चन्द्रशेखर

चन्द्रशेखर का जन्म 17 अप्रैल, 1927 को बलिया, उत्तर प्रदेश के इब्राहीम पट्टी गाँव में हुआ। आरम्भिक शिक्षा गाँव में ही। बलिया के सतीश चन्द्र कॉलेज से बी.ए. और इलाहाबाद विश्वविद्यालय से राजनीतिशास्त्र में एम.ए. किया। इसी वर्ष शोध-कार्य के दौरान आचार्य नरेन्द्र देव के कहने पर बलिया ज़िला सोशलिस्ट पार्टी के मंत्री बने। 1955 में प्रदेश सोशलिस्ट पार्टी के महामंत्री। 1962 में राज्यसभा के लिए चुने गए। 1964 में कांग्रेस की सदस्यता ग्रहण की। 1967 में कांग्रेस संसदीय दल के मंत्री। 1969 के बाद लगातार कांग्रेस कार्यसमिति के सदस्य। 1972 में हाईकमान के निर्देश के विरुद्ध लड़कर शिमला अधिवेशन में चुनाव समिति के सदस्य चुने गए। 26 जून, 1975 को आपातकाल लागू होने पर गिरफ़्तारी। 19 महीने जेल में। 1977 में जनता पार्टी के अध्यक्ष। इसी वर्ष बलिया से लोकसभा के लिए चुने गए। 10 नवम्बर, 1990 को प्रधानमंत्री बने और 21 जून, 1991 तक इस पद पर रहे। 12 दिसम्बर, 1995 को 'सर्वश्रेष्ठ सांसद' का पुरस्कार मिला। 2004 में बलिया से पुन: लोकसभा के लिए निर्वाचित हुए।

उनकी प्रमुख कृतियाँ हैं—मेरी जेल डायरी, डायनेमिक्स ऑफ़ सोशल चेंज, रहबरी के सवाल, चन्द्रशेखर से संवाद और सर्वश्रेष्ठ सांसद चन्द्रशेखर (अन्तिम दोनों पुस्तकों के सम्पादक : सुरेश शर्मा)।

8 जुलाई, 2007 को नई दिल्ली में उनका निधन हुआ।

सुरेश शर्मा

सुरेश शर्मा का जन्म 8 अप्रैल, 1952 को मुज़फ़्फ़रपुर, बिहार में हुआ। जे.एन.यू. से पी-एच.डी.। जनसत्ता और नवभारत टाइम्स में पत्रकारिता। सांध्य टाइम्स के सम्पादक रहे। महात्मा गांधी अन्तरराष्ट्रीय हिन्दी विश्वविद्यालय, वर्धा में कुछ वर्षों तक फ़िल्म और नाटक का अध्यापन किया।

उनकी प्रमुख कृतियाँ हैं—रघुवीर सहाय रचनावली, बेनीपुरी ग्रंथावली, रघुवीर सहाय का कवि-कर्म, राजकमल चौधरी की सम्पूर्ण कविताएँ तथा प्रभाष जोशी की अनेक किताबों का संकलन-सम्पादन।

जीवन जैसा जिया

चन्द्रशेखर

सम्पादक
सुरेश शर्मा

राजकमल पेपरबैक्स

पहला पुस्तकालय संस्करण
राजकमल प्रकाशन प्राइवेट लिमिटेड द्वारा
2002 में प्रकाशित

राजकमल पेपरबैक्स में
पहला संस्करण : 2018
छठा संस्करण : 2026

राजकमल पेपरबैक्स : उत्कृष्ट साहित्य के जनसुलभ संस्करण

राजकमल प्रकाशन प्रा. लि.
1-बी, नेताजी सुभाष मार्ग, दरियागंज
नई दिल्ली-110 002
द्वारा प्रकाशित

शाखाएँ : अशोक राजपथ, साइंस कॉलेज के सामने, पटना-800 006
पहली मंजिल, दरबारी बिल्डिंग, महात्मा गांधी मार्ग, प्रयागराज-211 001
1, अनमोल सोराबजी सन्तुक लेन, धोबी तलाव, मरीन लाइंस, मुम्बई-400 002

वेबसाइट : www.rajkamalprakashan.com
ई-मेल : info@rajkamalprakashan.com

विकास कम्प्यूटर एंड प्रिंटर्स
ट्रॉनिका सिटी-201 102
द्वारा मुद्रित

मूल्य : ₹299

JIVAN JAISA JIYA
Autobiography by Chandrashekhar
Edited by Suresh Sharma

ISBN : 978-93-88183-47-5

नई पीढ़ी को
जो आज की शक्ति और
कल की आशा है

—चन्द्रशेखर

बलिया से लखनऊ की यात्रा ने जीवन को एक नयी धारा में मोड़ दिया। कार्यक्षेत्र व्यापक होगया, राजनीतिक नेताओं से सम्पर्क बढ़ा। बहुत सारे खट्टे मीठे अनुभव हुये। जिन्हें आदर्श मान रखा था वे बाद में आशा के विपरीत मिले। राजनीति की जिन्दगी जो भी उतार चढ़ाव की होती है पर इस व्यापक क्षेत्र में काम करने अवसर ऐसी स्थिति में मिला जब उत्तर प्रदेश के अधिकांश [illegible] दिग्गज लोग डा० राम मनोहर लोहिया जी के साथ जा चुके थे। एक चुनौती थी पर उसका सामना करना था - आचार्य नरेन्द्र देव जी का वरदहस्त था वह भी मौत ने थोड़े ही दिनों में हमारे बीच से उठा लिया, कितनी उथल पुथल के बीच चलती जिन्दगी का सफर। आचार्य जी ने कहा था चन्द्रशेखर छोड़िये शोध कार्य देश बनाने के लिये निकलिये, उसी एक वाक्य ने जीवन की धारा को सदा के लिये बदल दिया। मंजिल की तलाश में चलता रहा, देश बनाने की तमन्ना दिल में लिये कितने जोखिम भरे अवसर से गुजरा, कितने ऐसे मुकाम आये जब मंजिल सामने आती दीख पड़ी, पर फिर वही उधेड़बुन, वही [illegible] हुआ। विचारों से बदलने के प्रयास का परिणाम निकला एक उलझन भरा जीवन। देश को निकट से देखने का अवसर मिला - उच्च स्थानों पर आसीन लोगों के भिन्न भावनाओं को देखने परखने का अवसर मिला। नेता के आतंक में काम करने वाले लोगों को निकट से देखा केवल समय के लिये ही नहीं उसका व्यक्तिगत अनुभव भी किया, साधारण जन की भावनाओं से परिचित हुआ, देश की शासन और इसके लोगों की शक्ति में भरोसा बढ़ा, जो कुछ सम्भव था करने का व्यक्तिगत रूप से प्रयास किया - समय रहते आसन्न संकट के प्रति उत्तरदायी लोगों को आगाह किया - पर परिणाम अधिकतर आशा के विपरीत ही रही, कई बार मेरी आवाज को चुनौती समझ कर उसका प्रतिवाद करने का प्रयास किया गया, पर मैंने सदा यही कोशिश की समय रहते लोगों को आने वाले सम्भावित खतरे के प्रति आगाह करूँ। सारे प्रयास के बावजूद आज जिस दौर से हम गुजर रहे हैं उसमें भविष्य अन्धकारमय दिखाई देता है पर इस मोड़ पर भी देश के लोगों ने अपनी शक्ति का परिचय दिया है अपनी दृढ़ता से अपने उज्ज्वल भविष्य की निर्मिति के लिये कदम उठाया है। उन्हीं भावों को दोहराता हूँ। मैंने सितम्बर 1955 में अपनी डायरी में लिखा था - "परिवार की सीमाओं में हम न रुक सके, नये परिवार हम बना न सके, प्यार के पारम्परिक स्रोत सूख गये और नये चश्मों की तलाश में हम भटकते ही रहे।" अपनी तो मनः स्थिति आज भी वैसी ही है काश हम भारत के इस जीवन को संजोये रखने की दिशा में कुछ कर सकते।

चंद्रशेखर की हस्तलिपि में आत्मकथा का एक पन्ना

क्रम

आत्मकथा की कहानी

17 अप्रैल, 2001 को चन्द्रशेखर जी ने जीवन के 75वें साल में प्रवेश किया। यह मौका उन सब लोगों के लिए एक उपलब्धि थी जो लोग चन्द्रशेखर जी के पिछले साठ वर्षों की राष्ट्रसेवा और विशिष्ट राजनैतिक शैली को ऐतिहासिक मानते रहे हैं। आजादी के बाद देश के राजनैतिक इतिहास को नई दिशा देने में चन्द्रशेखर जी की महत्त्वपूर्ण भूमिका रही है। इसलिए उनकी ज़िन्दगी सिर्फ निजी ज़िन्दगी नहीं है। उन्होंने अपने समय के राजनैतिक इतिहास के निर्णायक मोड़ों को अपने विवेक और विचारधारा से निर्धारित किया है। उसे सार्थक दिशा दी है। इसलिए उनके जीवन का इतिहास समकालीन भारत के राजनैतिक इतिहास का अभिन्न हिस्सा है।

अतः जरूरत महसूस की गई कि चन्द्रशेखर जी से अपनी जीवन-यात्रा बयान करने को कहा जाए। इससे वे अपनी ज़िन्दगी के पिछले 75 साल पर एक निगाह भी डाल सकेंगे और समकालीन भारतीय इतिहास को एक प्रामाणिक दस्तावेज भी उपलब्ध हो जाएगा। इसके अलावा उन छोटी-बड़ी घटनाओं के वृत्तांत भी हासिल हो जाएंगे जिनसे चन्द्रशेखर जी का विशिष्ट व्यक्तित्व बना है।

इन बिंदुओं पर विचार करने के लिए दिसंबर, 2001 में दिल्ली स्थित नरेंद्र निकेतन में एक बैठक हुई। उसमें पत्रकार प्रभाष जोशी, राम बहादुर राय, देवदत्त, प्रवाल मैत्र और हरिवंश आदि शामिल थे। बैठक में राय बनी कि इस मौके पर चन्द्रशेखर जी के असंकलित लेखों और साक्षात्कारों का संकलन निकले। उनकी अनुपलब्ध प्रकाशित कृतियों का पुनर्प्रकाशन हो। इसके अलावा सबसे अधिक जरूरत इस बात की महसूस की गई कि चन्द्रशेखर जी की आत्मकथा सामने आनी चाहिए।

इसके बाद चन्द्रशेखर जी की 'ज़िन्दगी के 75 वर्ष' पर होनेवाले एक आयोजन के सिलसिले में उनके दिल्ली निवास–3, साउथ एवेन्यू में बैठक हुई। उसमें पूर्वराष्ट्रपति वेंकेट रमन, पूर्व प्रधानमंत्री नरसिंह राव, पत्रकार प्रभाष जोशी, आलोचक नामवर सिंह, पत्रकार राम बहादुर राय तथा देवदत्त आदि शामिल थे। उस बैठक में भी इस बात पर जोर दिया गया कि चन्द्रशेखर जी की आत्मकथा छपकर आनी चाहिए। श्री वेंकेट रमन ने कहा कि यह बहुत जरूरी है। श्री नरसिंह राव का कहना था कि इससे अनेक नई बातें सामने आएंगी। प्रभाष जोशी ने उनकी आत्मकथा की जरूरत इसलिए बताई ताकि वर्तमान के इतिहास का प्रामाणिक दस्तावेज उपलब्ध किया जा सके। बैठक में निर्णय लिया गया कि 17 अप्रैल, 2002 को जीवन के 75 साल पूरे करने के मौके पर चन्द्रशेखर जी की आत्मकथा का प्रकाशन मौजूं रहेगा। लेकिन उनकी राजनैतिक-सामाजिक

व्यस्तताओं और सीमित समय के कारण निश्चित तिथि तक आत्मकथा का लेखन और प्रकाशन असंभव था। इसलिए चन्द्रशेखर जी का यह ज़िन्दगीनामा आत्मकथा लेखन की एक नई प्रक्रिया अपनाकर तैयार हुआ।

राम बहादुर राय, देवदत्त, प्रवाल मैत्र तथा मैंने चन्द्रशेखर जी की आत्मकथा तैयार करने की एक भिन्न पद्धति अपनाई। राम बहादुर राय इस आत्मकथा लेखन योजना के सूत्रधार रहे। उनकी संकल्प शक्ति और दृढ़ता के कारण ही यह आत्मकथा तैयार हो सकी। उनके साथ देवदत्त, प्रवाल मैत्र तथा मैंने नरेंद्र निकेतन में जनवरी, 2002 के अंत में चार-पाँच बैठकें कीं। उनमें चन्द्रशेखर जी के जीवन और कार्य से संबंधित लगभग डेढ़ सौ सवाल बनाए गए। ये सवाल चन्द्रशेखर जी की ज़िन्दगी के विभिन्न कालखंडों से जुड़े थे। सवालों का क्रम इस तरह रखा गया कि उसके उत्तर से चन्द्रशेखर जी की आत्मकथा तैयार हो जाए। राम बहादुर राय ने वह लंबी प्रश्नावली चन्द्रशेखर जी को सौंपी। उन्होंने वह पढ़ी। उसके कुछ समय बाद फरवरी-मार्च और अप्रैल में उन प्रश्नों को लेकर चन्द्रशेखर जी के साथ राम बहादुर राय, देवदत्त, प्रवाल मैत्र और मेरी लगभग दस बैठकें हुईं। एक बैठक में पत्रकार जवाहरलाल कौल भी शामिल थे। बातचीत के दौरान मूल प्रश्न सिर्फ प्रस्थान बिंदु की तरह इस्तेमाल हुए। चन्द्रशेखर जी के उत्तर में से अनेक नए प्रश्न निकले। उनका भी उन्होंने विस्तार से उत्तर दिया। चन्द्रशेखर जी की बातचीत की सबसे बड़ी विशेषता यह है कि वे कहीं भी अस्पष्ट नहीं होते। नपे तुले शब्दों में वे दो टूक बात कहते हैं। 'अगर' और 'लेकिन' जैसे शब्द उनके कोश में नहीं हैं। उनकी स्मृति क्षमता अद्वितीय है। किसी वजह से अगर उन्होंने किसी घटना का दुबारा बयान किया तो उसके वाक्य-दर-वाक्य लगभग एक से थे। उनसे की गई सारी बातचीत टेप की गई। इस बातचीत से पहली बार पिछले पचास वर्षों के राजनैतिक घटनाचक्रों के कुछ अनुद्घाटित तथ्य सामने आए। ये तथ्य एक ओर अगर भारत के समकालीन राजनैतिक इतिहास को नए सिरे से लिखने की स्थिति पैदा करते हैं तो दूसरी ओर चन्द्रशेखर जी के व्यक्तित्व और कार्य के पुनर्मूल्यांकन के लिए भी प्रेरित करते हैं।

आत्मकथा तैयार करने के अंतिम चरण में चन्द्रशेखर जी से की गई बातचीत के टेप को कागज पर उतारा गया और उसे संपादित करके उन्हें देखने के लिए दिया गया। उसे उन्होंने पढ़ा और ज्यादातर हिस्सों का पुनर्लेखन कर दिया। बहुत बारीकी से उसका संपादन भी किया। वे एक अच्छे संपादक हैं। उनके संपादन में छठे दशक में निकले 'संघर्ष' के अंकों को फिर से देखने की जरूरत है। इस आत्मकथा के अनेक हिस्से उन्होंने स्वतंत्र रूप से लिखे हैं। उनकी भाषा सर्जनात्मक है। उसमें ऐंद्रिकता है। उसकी सबसे बड़ी विशेषता यह है कि वह स्पष्ट होने के कारण अति संप्रेषणीय है। उनके विचार और व्यवहार की स्पष्टता का असर उनके लेखन पर भी है। उनका चिंतन इतना स्पष्ट होता है कि वे लिखते हुए अपने शब्द या वाक्य कम से कम बदलते हैं। वृत्तांत लिखने की शब्दचित्र-शैली उन्हें पसंद है। समाजवादी लेखक श्रीरामवृक्ष बेनीपुरी इस शैली के आचार्य थे। फणीश्वरनाथ रेणु की भाषा भी शब्द-चित्रात्मक है। वे भी समाजवादी ही

थे। क्या ज्यादातर समाजवादी विचारधारा के लेखकों की भाषा चित्रात्मक होने की वजह यह तो नहीं कि उनकी संवेदना सीधे जमीन से जुड़ी हुई है ?

आत्मकथा के पुनर्लेखन के दौरान चन्द्रशेखर जी की तन्मयता याद रहेगी। जो भी अध्याय उन्हें दिया गया, उसे उन्होंने तत्काल संपादित करके तथा छूटे हुए प्रसंगों को लिख कर हमें वापस किया। इस दौरान कहीं यात्रा पर भी गए तो पांडुलिपि साथ लेते गए और उसे निश्चित समय के भीतर संपादित करके भिजवाया। लेखन के प्रति उनकी यह निष्ठा और एकाग्रता एक ओर अगर उत्साहित करती है तो दूसरी ओर उदास भी करती है कि राजनीतिक व्यस्तताओं ने हिंदी के एक महत्त्वपूर्ण लेखक को बहुत कम लिखने दिया।

पूरी आत्मकथा दस अध्यायों में है। ये अध्याय चन्द्रशेखर जी की ज़िन्दगी के विभिन्न पड़ाव हैं। इन सभी पड़ावों पर वे एक शाश्वत यायावर की तरह दिखाई देते हैं। बलिया के एक छोटे-से गाँव में पैदा हुए चन्द्रशेखर जी का जीवन, संघर्ष की पाठशाला में विकसित हुआ है। समस्याओं के समाधान के लिए समझौते का रास्ता निकालने की भी परंपरा है, लेकिन चन्द्रशेखर ज़िन्दगी के हर मोड़ पर संघर्ष का रास्ता चुनते हैं। किसी आधारहीन स्वप्न में वे नहीं जीते। वास्तविकता के आधार पर स्थिति का मूल्यांकन करते हैं। समाजवादी आंदोलन के दौर में उन्होंने कुछ समाजवादी नेताओं के व्यक्तित्व के दुहरेपन का विरोध किया। प्रजा समाजवादी पार्टी से निकाले जाने पर जब कांग्रेस में गए तो वहाँ भी उन्होंने तब 75 साल पुरानी कांग्रेस को जनसंबद्ध बनाने के लिए ऐतिहासिक प्रयास किए। प्रिवीपर्स की समाप्ति या बैंकों के राष्ट्रीयकरण जैसे श्रीमती गांधी के महत्त्वपूर्ण कदमों के प्रेरकबिंदु चन्द्रशेखर ही थे। इसी तरह बिहार-आंदोलन, आपातकाल तथा जनता पार्टी की सरकार के दौर में चन्द्रशेखर ने निर्णायक अवसरों पर ऐतिहासिक भूमिका निभाई। पद यात्रा करके भारतीय मानस को समझने का प्रयास किया। प्रधानमंत्री बने तो अपनी शर्तों पर। जब लगा कि अतिरिक्त दबाव आ रहा है तो उससे समझौता करने से इनकार किया और इस्तीफा दे दिया। जिस दिन इस्तीफा दिया उसी दिन बाद में कांग्रेस के लोगों ने उनके पास जाकर निवेदन किया कि वे इस्तीफा वापस ले लें। दरअसल राजीव गांधी को तुरंत यह अहसास हो गया था कि उन्होंने चन्द्रशेखर सरकार से समर्थन वापस लेकर भूल की है। इसके लिए उन्होंने चन्द्रशेखर जी से खेद भी व्यक्त कर दिया था लेकिन उन्होंने इस्तीफा वापस नहीं लिया ! चन्द्रशेखर की यह दृढ़ता उनके गहरे आत्मविश्वास और समझौताहीन व्यक्तित्व का परिचायक है।

चन्द्रशेखर का मानस लोकमत पर आधारित विवेक से निर्धारित है। वे दलीय लोकतंत्र में विश्वास करते हैं। लेकिन उन्होंने दल को कभी अपना उद्‌देश्य नहीं बनाया। वे अक्सर दलीय सीमाओं के पार चले जाते हैं। वे भारत के अधिसंख्य लोगों के मानस की वास्तविकता से किसी से भी अधिक वाकिफ हैं। उनके हित और भविष्य को आधार बनाकर अपने विवेक से वे घटनाओं का मूल्यांकन करते हैं। यही उनकी विशिष्ट राजनैतिक शैली है।

इस विशिष्ट शैली के कारण वे दूसरे राजनेताओं से हटकर हैं। लेकिन अपनी इस विशिष्टता की उन्होंने हमेशा कीमत चुकाई है। इसी के कारण कुछ लोगों को वे भीड़ की वर्तमान राजनीति से अलग-थलग दिखाई देते हैं। उनकी इस आत्मकथा में उनके व्यक्तित्व के इन पहलुओं को नए सिरे से समझने का मौका मिलता है।

चन्द्रशेखर जी किसान परिवार से आते हैं। उनके व्यक्तित्व में भारतीय किसान का आत्मसम्मान और गरिमा है। यही वजह है कि वे बिना बुलाए कभी किसी के पास अपनी पहचान के लिए नहीं गए। उनके व्यक्तित्व में कहीं भी बनावट नहीं है। जहाँ इस तरह की स्थिति आती है वे असुविधा महसूस करते हैं। इस आत्मकथा के लिए उनका चित्र खींचा जा रहा था। उन्हें कहा गया कि कुछ लिखते हुए सीधा बैठिए और मुस्कुराइए। चन्द्रशेखर जी ने कहा माना। कुर्सी पर जाकर बैठ गए और मेज पर कागज रखकर कुछ लिखने लगे। तस्वीर खिंचवाने के बाद मैंने देखा कि उस कागज पर उन्होंने लिखा था : 'चित्र बनवाने के लिए सीधा बैठना और मुस्कुराना पड़ता है। यह मेरे लिए बहुत कठिन है।' उनके द्वारा अनयास ही लिखी ये पंक्तियाँ व्यक्तित्व की सहजता के प्रति उनके आग्रह की परिचायक हैं।

इस आत्मकथा में उन्होंने अपने दौर की उथल-पुथल भरी घटनाओं और चर्चित - अचर्चित लोगों का जीवंत चित्रण किया है। यह सिर्फ चन्द्रशेखर जी की ज़िन्दगी की कहानी नहीं है। यह उस कारवाँ की भी कहानी है जिसमें उनकी ज़िन्दगी आज तक शामिल रही।

रामबहादुर राय, देवदत्त और प्रवाल मैत्र ने नरेंद्र निकेतन में महीनों सक्रिय रहकर आत्मकथा को यह रूप दिया। यह पुस्तक इन्हीं मित्रों की कल्पना का विस्तार है। ओमप्रकाश श्रीवास्तव जी ने समय-समय पर समाजवादी आंदोलन के बारे में नई जानकारियाँ दीं। एच.एन. शर्मा जी ने सारी योजना को मूर्तरूप देने में अथक परिश्रम किया। उन्होंने महीनों निरंतर सक्रिय रहकर इस योजना को गंतव्य तक पहुँचाया। रजनी शर्मा ने संपादन के साथ ही अनुक्रमणिका तैयार करने में महत्त्वपूर्ण भूमिका निभाई। इसके अलावा आत्मकथा को इस रूप में सामने लाने में जिन स्वजनों का सहयोग मिला वे हैं : राधिका शर्मा, संघप्रिया, संजय तिवारी, तोमर जी, मनोज शर्मा और तुलसी बिष्ट।

राजकमल प्रकाशन के निदेशक, मित्र अशोक महेश्वरी ने आत्मकथा को सुरुचिपूर्ण ढंग से तत्काल प्रकाशित किया। मित्र हरीश आनंद ने पुस्तक को नया और आकर्षक रूप दिया। उपेन्द्र झा ने प्रूफ संशोधन में काफी मेहनत की। सभी मित्रों और सहयोगियों को विनम्र आभार। चन्द्रशेखर जी को शतायु होने की शुभकामनाएँ !

15 अप्रैल, 2002

—सुरेश शर्मा

दूसरे संस्करण की भूमिका

चन्द्रशेखर के बिना पिछला एक दशक

चन्द्रशेखर की आत्मकथा का दूसरा संस्करण 16 साल बाद प्रकाशित हो रहा है। 'ज़िन्दगी का कारवाँ' नाम से यह पुस्तक चन्द्रशेखर जी के 75वें जन्मदिवस के मौके पर 2002 में छपी थी। वरिष्ठ पत्रकार श्री रामबहादुर राय इसकी मूल प्रेरणा बिंदु थे। उनकी योजना ही इस आत्मकथा का आधार बनी थी।

चन्द्रशेखर ने नरेन्द्र निकेतन, दिल्ली में अपनी इस आत्मकथा का अंतिम प्रारूप देखते हुए मुझसे कहा था कि इस में उन्होंने अपनी नहीं बल्कि समय की कहानी कही है। इसमें तो वे एक माध्यम भर हैं। आजादी के बाद की अनेक निर्णायक घटनाओं और उसकी प्रक्रिया के वे निकतम प्रत्यक्षदर्शी रहे। इस आत्मकथा में उन्होंने उन वास्तविकताओं को दर्ज करने की कोशिश की है ताकि आधुनिक भारत के इतिहासकार इन निर्णायक घटनाओं के विकास को प्रमाणिकता के साथ प्रस्तुत कर सकें। इतिहासकार अब आत्मकथा को इतिहास लेखन का महत्त्वपूर्ण स्रोत मानने लगे हैं। भारत में आज़ादी के बाद का राजनैतिक इतिहास लिखने में यह आत्मकथा अनेक राजनैतिक घटनाओं के प्रामाणिक तथ्य उपलब्ध कराती है। इतिहास में व्यक्ति की भूमिका के स्वरूप को नए सिरे से परिभाषित करती है।

मुझे आश्चर्य हुआ जब यह आत्मकथा छपने के कुछ ही समय बाद आधुनिक भारत के जाने-माने इतिहासकार विपिनचन्द्र ने एक बार मुझसे कहा था कि चन्द्रशेखर जी ने अपनी आत्मकथा में बिहार आंदोलन और आपातकाल की जो अंतर्कथा दी है उसे आधार बनाकर वे उस दौर का पुनर्मूल्यांकन करना चाहते हैं। कहने की जरूरत नहीं कि चन्द्रशेखर की बात वहाँ पहुँच गई थी जहाँ तक वे समकालीन भारत के कुछ निर्णायक घटनाओं के वास्तविक तथ्य पहुँचाना चाहते थे।

चन्द्रशेखर जी को गए एक दशक से अधिक बीत चुका है। इस दशक में देश के अंदर अनेक निर्णायक परिवर्तन हुए हैं। उनका विश्लेषण भी हुआ है, लेकिन चन्द्रशेखर जिस तरह आम लोगों की सामूहिक चेतना को आधार बनाकर किसी घटना पर विवेक आधारित टिप्पणी करते थे, उसकी कमी आज खटकती है। अक्सर विचार आता है कि अभी चन्द्रशेखर होते तो आज के प्रसंगों पर क्या टिप्पणी करते? क्या रास्ता दिखाते? चन्द्रशेखर की यह आत्मकथा उनकी अनुपस्थिति के इस अहसास को कम करती है।

आत्मकथा लेखन के दौरान चन्द्रशेखर इस बात के लिए बेहद सचेत थे कि किसी घटना से जुड़ी कोई जानकारी छूट न जाए। कोई प्रसंग रह न जाए। इसलिए आत्मकथा का अंतिम ड्राफ्ट देखने के बाद उन्होंने कहा कि कुछ बातें रह गई हैं। वे उन्हें लिखना चाहते हैं। इसके बाद चन्द्रशेखर अपनी आत्मकथा का अंतिम ड्राफ्ट लेकर हरिद्वार चले

गए ताकि एकांत में उसे पढें और छूटी हुई बातें लिखें। हरिद्वार पहुँचने के अगले ही दिन उन्होंने अंतिम ड्राफ्ट के 'कागज' संशोधित करके भिजवा दिए। साथ में एक पत्र लिखकर यह सूचना भी दी कि छूटे हुए प्रसंगों को लिखकर वे तत्काल भेजेंगे :

सुरेश जी,

जो कागज आपने दिये थे, उन्हें वापिस भेज रहा हूँ
जो लिखना है उसे पूरा करने का प्रयास कर रहा हूँ

सस्नेह

चन्द्रशेखर

चन्द्रशेखर जी ने अपने छूटे हुए जीवन-प्रसंग जल्द ही हरिद्वार से लिखकर भेजे। उन्हें इस आत्मकथा के अंत में 'मुश्किल है जिन्हें भूलना' शीर्षक से दिया गया है। बाहर से सख्त दिखनेवाले चन्द्रशेखर की ये संवेदनात्मक स्मृतियाँ उनके भावुक मन का भी पता देती हैं। चन्द्रशेखर आज मौजूद नहीं हैं, लेकिन इस आत्मकथा में हम उनके जीवन की धड़कन सुन सकते हैं। आधुनिक भारत के इतिहास को समझने के लिए चन्द्रशेखर की इस जीवन कथा में बार-बार झाँकने की जरूरत हमेशा बनी रहेगी। इस आत्मकथा में जनतापार्टी के गठन, उसे टूटने तथा प्रधानमंत्री के रूप में उनके निर्णयों की पृष्ठभूमि भी विस्तार से उद्घाटित हुई है। समकालीन इतिहास के इन बिंदुओं पर चन्द्रशेखर की भूमिका को आज फिर से समझने की जरूरत है।

श्री रामबहादुर राय चन्द्रशेखर की आत्मकथा को फिर से प्रकाशित करने की प्रेरणा रहे हैं। चन्द्रशेखर जी के सहयोगी रहे श्री एच.एन. शर्मा ने चन्द्रशेखर की आत्मकथा को फिर से प्रकाशित करने का निर्णय लेकर एक बड़ी आवश्यकता की पूर्ति की है। राजकमल प्रकाशन के प्रमुख श्री अशोक महेश्वरी ने न्यनूतम समय में इस आत्मकथा को पुनर्प्रकाशित किया है। सब स्नेहीजनों को धन्यवाद।

26 जून, 2018

–सुरेश शर्मा

हला अध्याय

इस तरह शुरू हुआ जीवन

बलिया जिले का इब्राहिम पट्टी मेरा गाँव है। इस छोटे-से गाँव में मेरे पूर्वज कहाँ से आए, अब तक यह एक अनजान कहानी है। मैंने इस बात का पता लगाने का प्रयास किया लेकिन सफलता नहीं मिली। गाँव का नाम इब्राहिम पट्टी कैसे पड़ा, इसका पता मुझे जरूर चला। कोई नवाब था बहुत पहले। उनका एक कारिंदा था, जिसका नाम था इब्राहिम। उसी ने अपने नाम पर गाँव का नाम इब्राहिम पट्टी रख दिया। इब्राहिम पट्टी उन दिनों छोटा-सा गाँव था। मेरे बचपन में लगभग वहाँ 500 लोगों की आबादी थी। यह आबादी बहुत छोटी कही जाएगी। वहाँ तक पहुँचने का कोई रास्ता और आने-जाने का कोई साधन नहीं था। लेकिन वास्तव में मेरा जन्म तो हुआ मेरे ननिहाल कचुअरा में। तारीख थी 17 अप्रैल, 1927; अर्थात् चैत्र शुक्ल पूर्णिमा संवत् 1887। मेरा ननिहाल कचुअरा, सिकन्दरपुर कस्बे के नजदीक है। यह एक बहुत छोटा-सा गाँव है। कचुअरा में हमारे नाना के परिवार में अब कोई नहीं है। इब्राहिम पट्टी में मेरा बचपन गुजरा। यहाँ अपने पूर्वजों के आगमन की कहानी जानने के लिए मैंने एक बार कोशिश की। तब मैं इण्टरमीडिएट में पढ़ता था। हमारे यहाँ एक बड़े बुजुर्ग थे–परगन सिंह। उनको पूर्वजों के नाम याद थे। उनसे पूछकर मैंने कुर्सीनामा बनाया था। बड़ी मेहनत की थी। गर्मी की छुट्टियों में लगा रहा। कई रंगों की रोशनाई से उसे बहुत आकर्षक बनाया था। लेकिन कोई उसे चुरा ले गया। इसलिए मेरे पूर्वजों के इब्राहिम पट्टी आगमन की कहानी अनजान ही है। वैसे तरह-तरह की किंवदंतियाँ कही जाती हैं, लेकिन वास्तविकता यह है कि किसी को सच्चाई मालूम नहीं।

मेरे गाँव की आबादी बहुजातीय रही है। मेरे बचपन में वहाँ दो घर पंडितों के थे। 8-10 घर ठाकुरों के रहे होंगे। 8-10 घर बनियों के भी थे। हरिजन बस्ती दो थीं। एक छोटी, एक बड़ी। वह गाँव से बाहर थी। कहार और कुर्मी के भी कुछ घर थे। मेरे गाँव में तब किसी एक जाति का प्रभुत्व नहीं था।

वहाँ मुसलमानों के भी दो घर थे। आज भी वे दोनों घर हैं। मेरे बचपन से आज तक उनकी दो पुश्त गुजर गईं। बचपन के वे दिन याद आते हैं जब गाँव में मुहर्रम के लिए ताजिया रखा जाता था। हम सब लड़के ताजिया उठाते थे, मर्सिया गाते थे, ताजिया गाँव में घुमाया जाता था, हर दरवाजे पर घर के बड़े-बूढ़े एक घड़ा पानी लुढ़काते थे, गुड़ का एक ढेला चढ़ाते थे। बचपन में ही मुझे बताया गया था कि कर्बला के मैदानों में खलीफा हुसैन आवाम के हक के लिए लड़ते हुए शहीद हुए थे। उन्हें पीने के लिए पानी भी नहीं मिला था, उसी याद में यह पानी और गुड़ देने की परम्परा मेरे गाँव में थी। नैं नहीं जानता, कहीं और है या नहीं।

इब्राहिम पट्टी में बचपन

हमारे गाँव में एक कोट थी। लोग कहते हैं, इस गाँव के अन्दर शुरू में आबादी यहीं आई थी। कोट ऊँचे टीले जैसी थी। वहाँ पर किसी देवता का स्थान था। उसे देखने से ऐसा मालूम पड़ता था कि वह कोट तीन सौ वर्ष पुरानी तो जरूर होगी। गाँव की रक्षा के लिए यह कोट बनाई गई होगी। कोट के चारों ओर गहरी खाई रही होगी। मेरे बचपन में वह गड्ढे में बदल गई थी।

मेरे बाबा तीन भाई थे। बचपन में मैने दो भाइयों को देखा था। सबसे बड़े पलकधारी सिंह थे। बड़े बाबा का नाम जंगबहादुर सिंह था। छोटे सहदेव सिंह थे। पलकधारी सिंह जी की कोई सन्तान नहीं थी। जंगबहादुर सिंह के दो लड़के थे : एक का नाम यशोदा नन्द सिंह और दूसरे का यमुना सिंह। मेरे पिता सदानन्द सिंह सहदेव सिंह के इकलौते बेटे थे। मेरे परिवार के लोग किसान थे। खेती करते थे। 25-30 एकड़ की खेती थी। लेकिन खेती के लिए सिंचाई की व्यवस्था नहीं थी। ढेकुली से लोग पानी का इंतजाम करते थे। गाँव में बेहद गरीबी थी। दो-तीन परिवारों को छोड़ कर कोई परिवार ऐसा नहीं था जो साल भर के खाने का अनाज पैदा कर सकता हो। तब गेहूँ नहीं होता था। जौ, सावां, कोदो और चना होता था। जौ और सावां जैसे अनाज तो अब कम उपजाए जाते हैं। हमारे खाने-पीने की आदतें भी पैदा होने वाली फसल से निर्धारित थीं। रबी की फसल आई तो हम गेहूँ या जौ-कोदई खाते थे। मकई उबालकर खाई जाती थी। मटर की घुघनी भी बहुत बनती थी। मटर को छौंककर घुघनी बनाते हैं। लोग गाय-भैंस पालते थे—अपने परिवार में दूध के लिए, व्यवसाय के लिए नहीं।

हमारा संयुक्त परिवार था। उसमें 25 लोग थे। अपनी उम्र के बच्चों में हम लोग दो ही थे—एक मैं और दूसरे मेरे चाचा के लड़के शिव पूजन सिंह। अब वह इस दुनिया में नहीं रहे। परिवार से लगे हुए तीन-चार घर थे, जिनमें हमारी उम्र के कुछ बच्चे थे। उनके साथ हम खेलते थे। बाकी सब हमसे बड़ी उम्र के थे। हमारे परिवार से लगे तीन घर और थे—सब एक ही अहाते के अन्दर, गाँव के पूरब से पश्चिम तक फैले, एक-दूसरे से लगे हुए। बीच में दो-तीन आँगन और एक से दूसरे घर में जाने का रास्ता ? रात में यदि सारे दरवाजे बन्द कर दिए जाते तो कोई बाहरी आ नहीं सकता था। बीच में एक कुआँ था—पीने के पानी के लिए।

उस समय गाँव में आपसी सौहार्द था। हमारे परिवार के निकट के लोगों में एक थे शिवबहाल सिंह। उनको सारी रामायण कंठस्थ थी। वैसे वे ज्यादा पढ़े-लिखे नहीं थे। घर में बैठकर वे हम सब को रामायण सुनाया करते थे। उस समय आल्हा का बहुत प्रचलन था। गाँव में फगुआ और कजरी आदि गाई जाती थी। हरि-कीर्तन भी होता था। चौधरी रामलखन जी पास के गाँव उसरी के थे। यह गाँव उस समय आजमगढ़ जिले में था। अब मऊ में है। मेरा गाँव बलिया जिले के पश्चिम में अन्तिम गाँव है। चौधरी रामलखन राम-भक्त थे। हर साल रामलीला का आयोजन करते थे, उसमें समय लगाते थे और पैसा भी। हम लोग काफी दिलचस्पी लेते थे। उसमें मैंने वानर-भालू का

रोल भी किया था। हाईस्कूल में भी मैंने नाटकों में अभिनय किया। कभी नारद बना, कभी कुछ। यह सब शौक से किया। कभी अभिनेता बनना है इसलिए नाटकों में शिरकत नहीं की। असल में मैं उस समय बहुत शान्त स्वभाव का बालक था। गाँव में सबसे सीधा कहा जाने वाला। स्वास्थ्य में भी मैं जरा कमजोर ही था। मैं तो सोच भी नहीं सकता था कि कभी गाँव से बाहर जाऊँगा। उन दिनों के गाँव की याद आती है तो एक अजीब सिहरन-सी होती है। एक ओर कीचड़ भरे रास्ते, प्रारम्भिक पाठशाला के केवल दो कमरे, अधिकतर कक्षाएँ पास के बरगद और पाकड़ के नीचे लगती थीं। पर कभी पास की घनी अमराई गाँव की बंसवारी में आपसी रगड़ से उठती धुन और कहीं दूर से आती चरवाहों के संगीत की आवाज। सूरज की पहली किरण के साथ अनेक घरों से उठती पूजा की ध्वनि और पेड़ों में चहकती चिड़ियाँ। गाँव के पूरब में मिश्राइन का पोखरा, जिसमें लोग सुबह-शाम जुटते थे–नित्यक्रिया व स्नान आदि के लिए। अब वह कुछ भी नहीं।

हमारे चारों घरों के बीच एक बड़ा-सा मैदान था। गर्मी के दिनों में वहाँ चारपाई बिछाने के लिए स्थान मिलना कठिन हो जाता था। हम लोग बड़े होने पर पास ही बगीचे में बने खलिहान में सोने के लिए चले जाते थे।

घर के आँगन के बीच एक चबूतरा, उससे लगा हुआ एक ऊँचा पौधा लगाने के लिए बना छोटा स्तम्भ, जिस पर लगा तुलसी का बिरवा, जो शायद जीवन के प्रारंभ में मुझे प्रकृति के निकट जाने का संकेत दे गया और साथ ही रहस्यमयी पर अनजान आध्यात्मिकता की जिज्ञासा भी, जो आज तक उतनी ही रहस्यमयी बनी हुई है। मुझे याद नहीं कि अपने गाँव से पहली बार मैं बलिया शहर कब गया। बचपन में कभी बैलगाड़ी पर चढ़कर ददरी का मेला देखने गया था। आज बेशक मेरे गाँव से कार या बस द्वारा घंटे-डेढ़ में ददरी पहुँचा जा सकता है लेकिन तब बैलगाड़ी से दो-तीन दिन में पहुँचा था। वहाँ रात को रुका फिर अगले दिन मेला घूमकर घर लौटा। कार्तिक पूर्णिमा को यह मेला अब भी लगता है। उसमें गाय, भैंस, घोड़े बिकते हैं। अपने जीवनकाल में भारतेन्दु ददरी के मेले में बोलने के लिए आए थे। उनका वह भाषण बहुत महत्वपूर्ण है। उसमें उन्होंने देश के उत्थान के लिए लोगों का आह्वान किया था। भारतेन्दु जी की पुस्तक मैंने पटियाला जेल में पढ़ी थी उसका जिक्र मैंने अपनी जेल डायरी में किया है।

पिता का व्यक्तित्व

मेरे पिता सदानन्द सिंह जी मुझसे बातचीत कम करते थे, जैसा उन दिनों रिवाज था। वे उग्र स्वभाव के थे, जैसे गाँव के ठाकुर होते हैं। लोग उनसे बहुत घबराते थे। अपने गाँव के ही नहीं, आसपास गाँव के लोग भी। वे हर जगह पंचायत में जाते थे। कोई कुछ गलत बोल दे तो उसको डाँट देना या गाली दे देना उनके लिए साधारण-सी बात थी। लेकिन उनमें कुछ ऐसा था जिसकी वजह से लोग उन्हें प्यार भी बहुत करते थे।

मऊ के हाईस्कूल में पढ़ते समय की एक घटना मुझे याद है। एक बार मैं मऊ से घर लौट रहा था। ट्रेन 4 बजे भोर में मेरे गाँव के पास के स्टेशन पर पहुँची। मेरा सामान भारी था। स्टेशन के एक परिचित हलवाई के पास अपना सामान रखकर मैं पैदल गाँव की ओर चल पड़ा। पैदल के अलावा घर जाने का दूसरा कोई रास्ता नहीं था। स्टेशन से गाँव 5-6 किलोमीटर दूर है। जब मैं गाँव के नजदीक आ गया तो पिता जी दूर से ही दिखे, वे गाँव से कहीं बाहर जा रहे थे। मेरे गाँव के बाहर ही रास्ते में हरिजन बस्ती है। मैं हरिजन बस्ती की तरफ से ही आ रहा था। पिता जी ने मुझे रोककर पूछा कि मैं हरिजन बस्ती की तरफ से क्यों लौट रहा हूँ ? मैंने उन्हें बताया कि मेरा सामान स्टेशन पर है। उसे ले आने के लिए मैं किसी से कहने गया था। पिता जी ने पूछा कि क्या कोई तैयार नहीं हुआ ? मैंने कहा कि जो मिले, वे व्यक्तिगत काम में फँसे हैं। फिर पिता जी ने मुझे यह कहा कि तुम घर चलो। वे हरिजन बस्ती की तरफ चले। अभी मैं ज्यादा दूर नहीं गया था कि मैंने सुना, पिता जी उस बस्ती में कुछ घरों के सामने गुस्से से बरस रहे हैं। वे कह रहे थे, मेरा लड़का एक छोटे से काम के लिए आया था तो सब लोग आज ही व्यस्त हो गए ! मैंने दूर से ही देखा कि जिस आदमी के घर मैं पहले गया था, वह अपने घर से निकलकर तेजी से स्टेशन की ओर जा रहा है। मुझे आश्चर्य हुआ। जब वह आदमी स्टेशन से सामान लेकर मेरे घर आया तो उस जमाने में उसे मेहनताने के बतौर मैंने एक चवन्नी देनी चाही। पिता जी ने यह देखा तो मुझ पर बहुत बिगड़े। गुस्से में बोले, "रखो चवन्नी," और वहीं खड़े किसी आदमी से कहा : अन्दर से इसके लिए अनाज ला दो। उन्होंने मुझे मजदूर को चवन्नी नहीं देने दी। पर इससे अधिक कीमत का अनाज देने में उन्हें कोई आपत्ति नहीं थी। ये थीं जमींदारी प्रथा की मान्यताएँ। गुस्सैल स्वभाव के बावजूद वे अपने लोगों से बहुत प्यार करते थे। उनकी रक्षा के लिए तत्पर रहते थे। इसका उदाहरण मुझे तब मिला जब उनका निधन हुआ। पूरी हरिजन बस्ती उनके लिए रोई। उनका कहना था कि मेरे पिता जी बेशक उन्हें डाँट लेते थे लेकिन उनके रहते कोई दूसरा उन लोगों को नहीं डाँट सकता था।

ममतामयी माँ

लेकिन मेरी माँ ठीक उनके विपरीत थीं। उनका नाम दुरपाती था। वे मेरे पिता की दूसरी पत्नी थीं। मेरी पहली माँ का निधन जिस समय हुआ उस समय पिता जी की उम्र सिर्फ 30 साल थी। पहली माँ से मेरे बड़े भाई स्व. रामनगीना सिंह और मेरी बड़ी बहन स्व. मोतिसरी देवी। दूसरी माँ से मैं सबसे बड़ा हूँ। मेरे बाद मेरी छोटी बहन फुल कुँवरी, उससे छोटे मेरे दो भाई कृपा शंकर सिंह और बद्री नारायण सिंह और सबसे छोटी बहन शकुन्तला। माँ पहले ही चल बसीं, पिताजी भी थोड़े साल बाद नहीं रहे। संयुक्त परिवार में स्व. यशोदानन्द सिंह के एक ही पुत्र हैं ब्रजनन्दन सिंह। वे हमारे पिताजी से बड़े थे। उनको हम सब लोग बाबू जी कहते थे। उनसे छोटे थे स्व. यमुना सिंह जी। उनके दो पुत्र थे– स्व. शिवपूजन सिंह और हरिशंकर सिंह। परिवार के सभी लड़के बाबूजी को इसी नाम

से पुकारते थे। मैं अपने पिता जी को 'काका' के नाम से जानता था और छोटे चाचा यमुना सिंह जी को 'बबुआ' के नाम से। परिवार के सभी लोग इन्हीं नामों से उन्हें पुकारते भी थे। बड़े भाई के ज्येष्ठ पुत्र गिरिजा शंकर सिंह जो कृपा शंकर से कुछ महीने बड़े थे, वे भी इन लोगों को इसी नाम से सम्बोधित करते थे। उस समय अपने से बड़े का नाम लेकर सम्बोधित करने को अशिष्टता माना जाता था। हम लोगों की बहनों में भी यही मान्यता थी और उनको सम्बोधित करने में भी इसी परम्परा का निर्वाह होता था। बाद में इसमें बड़ा बदलाव आया। कभी-कभी मुझे यह बहुत अटपटा लगता था पर अब तो यह सामान्य बात हो गई है। स्थिति यहाँ तक पहुँच गई कि बेटों-भतीजों की पत्नियाँ भी अपने पतियों का नाम लेने में नहीं सकुचातीं। इसमें कोई आपत्ति नहीं हो सकती पर अपना मन तो इसे स्वीकार करने में हिचकता अवश्य है।

मेरे गाँव के घर में महिलाएँ पुरुषों के सामने कम आती थीं। परिवार में पूरी पर्दा-प्रथा थी। आज माँ की याद करता हूँ तो उनकी ममता याद आती है। वे गरीबों का बहुत खयाल रखती थीं। मुझसे उनका गहरा लगाव था। बचपन की उनकी कुछ यादें मेरे मन में आज भी उतनी ही ताजा हैं। मुझे पैसे की जरूरत होती थी तो उन्हीं से माँगता था। एक दिन मैंने गमछा खरीदने के लिए माँ से पैसे माँगे। उन्होंने आठ आना या एक रुपया दिया था। पैसे लेकर मैं एक मीटिंग में चला गया। आठवें दर्जे से ही मैं एक प्रकार से राजनीति में आ गया था। तब मैं आर्य समाजियों के प्रभाव में था। माँ के दिए पैसे मीटिंग में कहीं खर्च हो गए, या मैंने किसी को दे दिए। घर लौट कर आया तो माँ ने पूछा : गमछा नहीं खरीदा ? क्या पैसे झण्डा उड़ाने में खर्च कर दिए ? झण्डा उड़ाने से उनका तात्पर्य मेरी राजनीतिक-सामाजिक गतिविधियों से था। मैं हँस पड़ा। वे भी हँसने लगीं। उन्होंने गमछा खरीदने के लिए फिर से पैसे दिए और कहा कि इस बार जरूर खरीद लेना।

मेरी माँ स्वभाव से बड़ी धार्मिक थीं। वे परिवार को एक रखने के लिए हमेशा सचेत रहती थीं। जब मैं बी.ए. में पढ़ता था तब उनका निधन हुआ। वे अचानक बीमार पड़ीं और चल बसीं। इलाज या दवा का इंतजाम नहीं हो पाया। मैं उस समय बलिया में था। मुझे खबर लगी तो गाँव आया। उनकी अंत्येष्टि हो चुकी थी। बचपन में मुझे गुड़-घी के साथ रोटी खाना बहुत पसन्द था। गुड़ और घी रोटी में लपेटकर 'चोगा' बनाते थे, फिर खाते थे। माँ मेरे लिए अक्सर यह बना देती थीं। वे बचपन में कभी-कभी रात में भी यह चोगा बनाकर मुझे खिलाती थीं। बेसन की सब्जी भी मैं बहुत चाव से खाता था। जब तक वे जिंदा रहीं, मैं जब भी स्कूल या कॉलेज से छुट्टियों में घर लौटता था तो वे मेरे लिए बेसन की सब्जी बनाकर रखना नहीं भूलती थीं। जब मेरी माँ का निधन हो गया, उसके बाद मुझे मेरी पसन्द की वह सब्जी गाँव जाने पर मिलती रही। दूर के मेरे एक चाचा थे। उनकी पत्नी को हम 'मौसी' कहते थे। उनका मायका मेरे ननिहाल के गाँव के पास था। जब गाँव लौटता था तो वही बेसन की सब्जी बनाकर मुझे खिलाती थीं। एक बार मैं घर गया तो मौसी का कोई सन्देश नहीं आया।

मैंने किसी से पूछा कि क्या बात है, इस बार मौसी ने खाने पर नहीं बुलाया ? तो मुझे बताया गया कि वे तो दो महीने पहले ही गुजर गईं। उनके लड़के अनिरुद्ध सिंह जो मुझसे उम्र में बड़े हैं, मौसी के निधन के बाद भी आए और कहा कि मेरे घर खाना खाने चलिए। मैंने पूछा, किसने बनाया है ? उन्होंने कहा, हमारी श्रीमती जी ने। लेकिन मैं खाना खाने नहीं गया। जब मौसी ही नहीं रही तो क्या जाते खाना खाने ! माँ से मेरा लगाव इतना गहरा था कि उनके गुजर जाने के बाद भी संकट के क्षणों में हमेशा उन्हीं की याद आती थी। राजनीतिक जीवन की बात छोड़ दीजिए, व्यक्तिगत जीवन में भी जब कई बार उलझनें पैदा होती थीं तो उन्हीं का ममतामयी चेहरा सामने आ जाता था। इसे आप अंधविश्वास कहिए या रहस्य, मुझे माँ का सपना अक्सर आता था। सपने में वे बस एक ही बात कहती थीं कि घबराना मत बेटे, सब ठीक हो जाएगा और यह बात होती रही। आपातकाल के दिनों तक सपने में माँ आती रही। उसके बाद इस तरह का सपना नहीं देखा।

पहली याद

ज़िन्दगी की पहली घटना जो मुझे याद है, वह सन् 1934 की है। उसी साल भूकम्प आया था। 1934 में सात वर्ष की उम्र में मैं पहली बार स्कूल गया। उसके पहले ननिहाल में था। एक मुंशी दयाशंकर जी थे। वे मुझे पकड़कर स्कूल ले गए थे। यह ज़िन्दगी का पहला दृश्य है, जो मुझे याद है। दूसरी घटना भूकम्प से जुड़ी है। मेरे गाँव को भूकम्प का मामूली झटका लगा था। मैं सुनता था कि दूसरी जगहों पर बहुत लोग मरे हैं।

पाठशाला में

मुंशी दयाशंकर मुझे पहली बार जिस स्कूल में ले गए थे वह इब्राहिम पट्टी का पुराना प्राइमरी स्कूल था। मेरे बड़े भाई साहब ने भी वहाँ पढ़ाई की थी। यह स्कूल चौथे दर्जे तक था। उस समय दर्जा चार तक ही प्राइमरी स्कूल होता था। दर्जा पाँच में पढ़ने के लिए मैं भीमपुरा गया। प्राइमरी स्कूल में मेरे पहले शिक्षक वंशीधर मिश्र थे, जिन्हें हम मोटका पंडित जी कहते थे। उन्होंने मुझे वर्णमाला सिखाई। बाबू परमेश्वर सिंह उसी स्कूल में प्रधानाध्यापक थे। वे मेरी पट्टीदारी के ही थे। स्कूल के ही नहीं बल्कि सारे गाँव और इलाके के लड़के उनका बहुत सम्मान करते थे। उनके पुत्र देवेन्द्रनाथ सिंह (रामसूरत सिंह) मेरे सहपाठी थे। बड़े हँसमुख व्यक्ति थे। अब वे नहीं रहे। लेकिन आरम्भिक शिक्षकों में जिनका प्रभाव मेरे ऊपर सबसे ज्यादा पड़ा, वे काशीनाथ मिश्र थे। स्कूल से उनका घर 4-5 किलोमीटर दूर था। हम लोगों को दर्जा चार में पढ़ाते थे। 5 बजे छुट्टी करके अपने घर जाते थे। 8 बजे रात में स्कूल लौटकर फिर से हमें पढ़ाते थे। इस तरह लालटेन की धीमी रोशनी में मेरी पढ़ाई की शुरुआत हुई। पढ़ाई में मेरी काफी रुचि थी। प्राइमरी स्कूल में मैं पढ़ने में सबसे अच्छा था। प्राइमरी के बाद मिडिल स्कूल भीमपुरा का मेरे घर से 10-11 किलोमीटर दूर था। मैं रोज पैदल यह दूरी तय

करता था। सवर या रात का बना बासा खाना खाकर स्कूल जाता था। दिन के खाने के लिए चना-चबेना साथ में ले जाता था। उन्हें भड़भूजे के यहाँ भुनवाता था। वही मेरा दोपहर का भोजन था। घर लौटते हुए शाम हो जाती थी। उस समय के मेरे सहपाठियों में ऋषिदेव सिंह, देवेन्द्रनाथ सिंह तथा बुद्धू शाह थे। ऋषिदेव सिंह हम लोगों से बड़े थे। कक्षा में भी आगे। पढ़ाई में उनकी कोई दिलचस्पी नहीं थी। उनके पिता प्रसिद्ध नारायण सिंह मेरे गाँव के सबसे बड़े जमींदार थे। उनका स्वभाव मनमौजी किस्म का था। देवेन्द्र जी की रुचि पढ़ाई में बहुत कम थी। दूरी की वजह से हमें स्कूल पहुँचने में अक्सर देर हो जाती थी। ऋषिदेव सिंह हमें सलाह देते थे कि अब तो देर हो गई, जाएँगे तो बहुत मार पड़ेगी। इसलिए अक्सर हम लोग भीमपुरा के पास एक बगीचे में बैठ जाते थे। वहाँ दिन भर खेलते और शाम को घर लौट आते थे। साथ में लाए हुए चावल और चना चिड़ियों को खिला देते थे। घर आकर कहते थे कि स्कूल से आ रहे हैं। इस तरह की बहानेबाजी में 8-10 दिन बीत गए। मैंने सोचा कि अगर रोज-रोज स्कूल नहीं जाऊँगा तो पढ़ूँगा कैसे ? ऋषिदेव जी ने मुझे डराया कि इतने दिन बाद जाओगे तो सजा मिलेगी। इस पर मैंने उनसे कहा कि अब चाहे सजा ही क्यों न मिले लेकिन मैं तो स्कूल जाऊँगा। उसके बाद मैं स्कूल जाने लगा। लेकिन ऋषिदेव जी ने अपनी पढ़ाई छोड़ दी।

मिडिल स्कूल जाने का हमारा रास्ता एक पगडंडी भर था। अगर देर हो जाती तो इस पगडंडी पर दौड़ते हुए मैं स्कूल पहुँचता था। मेरे पास जूते नहीं थे। रास्ते में एक फरही नाला था। इसमें बरसात के दिनों में पानी भर जाता था। रास्ता रुक जाने के बाद बरसात में 10-15 दिन हम स्कूल के बोर्डिंग हाउस में ही रह जाते थे। उन दिनों की एक पीड़ा मैं कभी भुला नहीं सका। मेरी जाँघ में एक फोड़ा हो गया। सारी जाँघ फूल कर लाल हो गई। बीच में एक उभरी हुई जगह के अन्दर असहनीय दर्द था। गाँव में कोई डॉक्टर नहीं था। पास के गाँव में एक पंडित रछपाल तिवारी थे। वे जर्राह थे। सर्जरी करते थे। उनको बुलाया गया। देखते ही उन्होंने कहा सारी जांघ मवाद से भरी है। इसे निकालना होगा। एक चीरा लगाना पड़ेगा। बिना कोई सावधानी बरते दो लोगों ने मेरे हाथ पकड़े और दो ने पैर। नाई के छुरे से उन्होंने चीरा लगा दिया। केवल एक ही सावधानी बरती कि छुरे को नीम के पत्तों के साथ उबाल लिया था और बाद में एक महीने तक साफ कपड़े को नीम की पत्तियों के साथ उबाल कर घाव में डालते रहे। घाव अन्दर से भरता गया और फोड़ा ठीक हो गया। उस समय जाँघ में जो जगह खराब हो गई थी, उसका एक भाग आज भी गहरा है। उस समय मैं पैर मोड़कर ही रखे रहता था, उसे सीधा करने में डेढ़ महीना लगा। उपचार में केवल सुअर के तेल की मालिश धूप में करनी होती थी। बाद में मेरे छोटे भाई बद्रीनारायण को भी यही रोग हुआ पर उस समय हालात बदल गए थे। उनका ऑपरेशन बलिया के अस्पताल में हुआ। मैं उस समय इलाहाबाद में पढ़ता था। उसे देखने बलिया आया। कुल चार-पाँच रुपये का व्यय। पर परिवार के कुछ लोग इससे दुखी हुए। ऐसी थी वह बेबसी, एक अभाव की ज़िन्दगी। भीमपुरा स्कूल में हमारे शिक्षक भी रहते थे। इस स्कूल में पाँचवी-छठी

और सातवीं करने के बाद यहीं से मैंने अंग्रेजी में भी मिडिल की परीक्षा दी। उसके बाद मैंने मऊ के डी.ए.वी. हाई स्कूल में सातवीं क्लास में दाखिला लिया। आठवीं तक वहाँ पढ़ा। डी.ए.वी. में नौवीं नहीं थी। इसलिए नौवीं-दसवीं जीवनराम हाईस्कूल से करनी पड़ी। मऊ में मैं अपने चाचा यमुना सिंह के मित्र पं. जटाशंकर पाण्डेय के साथ रहा। वे वहाँ एक प्राइमरी स्कूल में शिक्षक थे। वहीं वे रहते भी थे। इसी स्कूल से मैंने 1945 में मैट्रिक की परीक्षा पास की। उन दिनों मेरे बड़े भाई रामनगीना सिंह रंगून में रहते थे। वहाँ कोई नौकरी करते होंगे। 20-25 रूपए वेतन रहा होगा। वे बहुत थोड़ा पैसा ही घर भेज पाते थे। उसी से काम चलता था।

राजनीतिक जीवन की शुरुआत

उन्हीं दिनों मैं आर्यसमाज के गहरे सम्पर्क में आया। मऊ का आर्यसमाज मन्दिर काफी सजग और सचेत था। आर्यसमाज के लोग राष्ट्रीय आंदोलन से बहुत गहरे जुड़े हुए थे। वहीं पर मैंने आर्यसमाजियों के साथ पहले प्रहल प्रभात फेरियाँ निकालीं। राष्ट्रीय भावना के बारे में मैं आर्यसमाज के कारण ही सचेत हुआ। एक और कारण था, 1940 का व्यक्तिगत सत्याग्रह। मेरे गाँव के एक रामछबीला सिंह जी मेरे चाचा थे। उन्होंने मेरे दरवाजे पर ही सत्याग्रह किया। उन दिनों मेरे लिए आजादी का मतलब थोड़ा-बहुत स्पष्ट हो चुका था। लोग कहते थे कि अंग्रेज चले जाएँगे तो देश से गरीबी चली जाएगी। अंग्रेज देश को लूट रहे हैं। इस अहसास की वजह से मैं सत्याग्रह से अपना लगाव महसूस करता था। उन्हीं दिनों मैंने कांग्रेस की पहली मीटिंग देखी थी। सुन्दर व्यक्तित्व के एक यूसुफ कुरेशी थे। वे बहुत अच्छा गाते थे : 'सरफरोशी की तमन्ना अब हमारे दिल में है, देखना है जोर कितना बाजू-ए-कातिल में है।' तब मेरी पहचान के दूसरे सत्याग्रही थे अवध बिहारी पाण्डेय, जो पास क़े सुलगनीपुर गाँव के थे। पाण्डेय जी जाने-माने कांग्रेसी नेता थे। पहली बार गांधी जी का नाम मैंने 1940 में ही सुना होगा। हो सकता है, उससे पहले भी सुना हो ! गांधी जी को देख नहीं पाया। उनके बारे में उत्सुकता बहुत थी। वे 1948 में जब बिहार जाने वाले थे तो उनके दर्शन के लिए मैं पटना जाने को तैयार था। उसी समय गांधी जी की हत्या हो गई।

मेरा विवाह

जून, 1944 में द्विजा जी से मेरा विवाह हुआ। मैं उस समय विवाह नहीं करना चाहता था। मैंने सुना कि मेरी शादी हो रही है। मैंने बड़ा विरोध किया क्योंकि उस समय मैं बहुत कट्टर आर्यसमाजी था, लेकिन मेरा विरोध माना नहीं गया। मेरे मन में विरोध की भावना जरूर थी लेकिन पिता जी, चाचा या घर के लोगों का विरोध मैं एक सीमा तक ही कर सकता था। मुझे याद है, मैं पालकी पर चढ़ कर शादी करने गया था। लाल कुर्ता और पीली धोती पहने हुए था। उन दिनों बरात दूसरे दिन भी ठहरती थी। शादी के अगले दिन मैंने कहा कि लाल कुर्ता और पीली धोती नहीं पहनूँगा। अपने बड़े भाई

रामनगीना सिंह के साले वशिष्ठ नारायण से मैंने कहा कि अपना कोई सादा कपड़ा मुझे दे दें जिसे मैं पहन सकूँ। मुझे याद है कि बरात में ही मैंने वैवाहिक लाल कुर्ता उतार दिया था और सादे कपड़े पहन लिए थे। मुझे तो काफी दिनों तक यह शादी भार स्वरूप लगी। गाँव में मेरे एक बड़े भाई थे—महेन्द्र नारायण सिंह। उनकी श्रीमती जी ने मुझे समझाया कि शादी कोई बुरी चीज नहीं है। वे विधवा थीं। मैं उनका बहुत आदर करता था। इसलिए उनका समझाना मुझे याद है। आर्यसमाज के प्रभाव में मैं इन बातों से उदासीन था।

मेरी श्रीमती जी पढ़ी-लिखी नहीं थीं। वैसे उनका परिवार मेरे परिवार से अच्छा और सम्पन्न था। बाद में बहुत-से लोग दाम्पत्य में मेरी अरुचि देखकर दूसरी शादी का सुझाव लेकर आए। उस समय दूसरी शादी करना कोई वर्जित नहीं था। कई लोगों ने परोक्ष रूप से सम्पर्क करने की कोशिश की। लेकिन उस समय मेरे मन में यह भाव था कि जिससे मैंने शादी की है, उस लड़की का तो कोई दोष नहीं है। जितना मैं भुगत रहा हूँ, उतना ही वे भुगत रही होंगीं, मेरे मन में यह भाव जरूर बना रहता था। इसलिए मैंने दूसरी शादी का बहुत विरोध किया। मेरी पत्नी बुरी नहीं थीं। वे बहुत अच्छी थीं। बाद में बहुत बीमार हो गईं। उनके स्वभाव में गहरी करुणा थी। सबसे आश्चर्यजनक बात यह थी कि जिस तरह गरीब और दुःखी आदमी को देखकर मेरी माँ द्रवित हो जाती थीं वैसे ही मेरी पत्नी भी भावुक हो उठती थीं। उनका मेरी माँ जैसा ही स्वभाव था। जब यहाँ दिल्ली में एस.पी.जी. के घेरे में रहती थीं तब भी गाँव या पड़ोस से उनका रिश्ता बना रहता था। पड़ोस का साधारण से साधारण व्यक्ति अगर बीमार पड़ गया या उसके घर में कोई शोक हो गया तो वे जरूर जाती थीं। अभी कुछ ऐसी बातें याद आ रही हैं जिनसे उनके व्यक्तित्व की सरलता को समझा जा सकता है। वे भोंडसी जाती थीं। वहाँ मैं थोड़ी-बहुत खेती कराता हूँ। वहाँ वे खेत से उपजा हुआ कुछ गेहूँ गाड़ी में लाद कर दिल्ली ले आती थीं। मुझे जब यह बात मालूम हुई तो मैंने उनसे पूछा कि वहाँ से गेहूँ लादकर दिल्ली क्यों ले आती हैं ? वे बोलीं : जो गरीब हैं, उन्हें देती हूँ। इस पर मैंने उनसे कहा कि यहाँ से अनाज ले जाने में परेशानी होती होगी इसलिए मुझसे पैसा ले लीजिए और जितना जिसको देना हो खरीदकर दे दीजिए। उन्होंने उत्तर दिया : आपको शायद मालूम नहीं कि अपने पैदा किए हुए अन्न को देने से बरकत होती है।

वे पहले पहल 1968 में दिल्ली आईं। वह जमाना ऐसा था कि जो युवा सांसद थे, वे एक साथ अक्सर किसी न किसी के घर खाना खाने चले जाते थे। कभी-कभी मेरे घर भी अचानक लोग खाने के समय जुट जाते। मेरे घर में सिर्फ मेरी पत्नी थीं और एक नौकर था। सिर्फ तीन आदमियों का खाना बनता था। एक दिन मेरी पत्नी ने कहा, आप तो बहुत गड़बड़ करते हैं। मैंने पूछा : क्या गड़बड़ कर दी मैंने ? वे बोलीं : पहले से आप बताते क्यों नहीं कि खाना खाने के लिए कई लोग आ रहे हैं ? मैंने उत्तर दिया कि ठीक है, भरपेट भोजन नहीं मिलता लेकिन मिल तो जाता है। उन्हें यह भी समझाया कि ज्यादा खाने से आदमी को नुकसान होता है। आधा पेट खाने से कोई

नुकसान नहीं होता। इस पर उन्होंने भोजपुरी में कहा कि अपने चौके में आधा पेट खिलाना बड़ा भारी पाप है। इसके बाद उन्होंने तय किया कि कोई खाए अथवा नहीं, लेकिन रोज 3-4 आदमियों का खाना चौके में अधिक बनेगा। वह परम्परा मेरे घर में आज भी चल रही है। कोई खाने के समय मेरे यहाँ पहुँच जाए तो उसके लिए मुझे अलग से खाना नहीं बनवाना पड़ता। दूसरों की सेवा के लिए वे हमेशा तैयार रहती थीं। कोई परिचित बीमार पड़े तो उसकी चिकित्सा के लिए वे तत्पर हो जाती थीं। बलिया के मेरे मित्र और कांग्रेसी नेता काशीनाथ मिश्र के गॉल ब्लाडर में पथरी हो गई थी। मैं दिल्ली में नहीं था। काशीनाथ जी को अचानक जोर का दर्द हुआ। वे उन्हें लेकर अखिल भारतीय आयुर्विज्ञान संस्थान में गईं और भर्ती कराया। ऑपरेशन हुआ। उनके घर भी खबर नहीं हो पाई थी। जब तक उनकी पत्नी अपने गाँव से आई नहीं, तब तक वे तीन दिन उनके बेड के पास बैठी रहीं। वहीं वे अपने कपड़े मँगाकर बदल लेती थीं।

गाँव का कोई हरिजन भी आता था तो बिठाकर कहती थीं–पहले इसको खाना खिलाओ। वैसे वे हरिजन का छुआ खाती नहीं थीं। जब उनका निधन हुआ तो हम लोग उनकी तेरहवीं करने के लिए 10-12 दिन गाँव में रहे। गाँव वालों ने हमारे ही दरवाजे पर एक शोकसभा की। गाँव में एक पंडित जी हैं–धनंजय मिश्र। वे केंद्रीय विद्यालय में शिक्षक थे। उन्होंने कहा कि साउथ एवेन्यू (मेरा दिल्ली आवास) से अब हम लोगों का संबंध टूट गया। वही एक थीं जो गाँव के गरीब से गरीब और धनी से धनी आदमी की खबर एक ही साथ रखती थीं। किसके घर बच्चा होने वाला है ? कौन बीमार है ? कौन नहीं रहा ?–ये सारी खबरें वे पहले मुझे देती थीं। कहती थीं : क्या इस घटना का आपको पता है ? कभी-कभी वे मुझ पर गुस्सा भी करती थीं। उनकी शिकायत रही कि मैंने बेटों के लिए धन एकत्र नहीं किया। मैं उसे टाल जाता। जब अधिक कुपित होतीं तो मैं उन्हें समझाता और वे मान जातीं। बाद में मुझसे कहतीं कि मैं आपसे झगड़ती हूँ लेकिन क्षणिक तौर पर।

मुझे कुछ लोगों पर तरस आता है जो ऐसा मान बैठे हैं कि मेरा-उनका संबंध कटुतापूर्ण रहा। आज जब याद करता हूँ तो ऐसा लगता है कि मैंने एक सच्चा सहयोगी और विश्वसनीय मित्र खो दिया। वह अभाव मेरे मन में उदासी के क्षणों में टीसता रहता है विशेषकर जब निकट के लोग ही भ्रमवश अपनी धारणा उजागर करते रहते हैं। क्या असर पड़ता है मुझ पर इन लोगों की बातों का ! इसलिए व्यक्तिगत संबंधों के बारे में मौन रहकर मैं सब कुछ सहन करना ही श्रेयस्कर समझता हूँ।

नौकरी के लिए पहल

मैट्रिक पास करने के बाद मैंने नौकरी के लिए न्यायालय में अर्जी दी। मेरे चाचा जी के एक दोस्त कोर्ट में मुंशी थे। उन्हीं के कारण अर्जी दी। लेकिन उस नौकरी के लिए 18 साल की उम्र जरूरी थी। मेरी उम्र उससे थोड़ी कम थी। इसलिए संयोग से वह नौकरी मुझे नहीं मिली। वैसे मुझ पर कोई जिम्मेदारी नहीं थी। लेकिन मैंने इतना जरूर सोचा

कि अगर पढ़ नहीं पाए तो नौकरी करनी ही होगी। जब नौकरी नहीं मिली तो मेरे चचेरे भाई ब्रजनन्दन सिंह ने इण्टर मीडिएट में मेरा नाम लिखवा दिया। आगे की शिक्षा में उन्होंने मेरी मदद की। उस समय हम सब लोग एक साथ रहते थे। बाद में छोटे भाई कृपाशंकर और हरिशंकर भी बलिया में ही पढ़े। मेरे बड़े भाई रामनगीना सिंह के ज्येष्ठ पुत्र गिरिजाशंकर भी वहीं पर पढ़ रहे थे और ब्रजनन्दन सिंह के बेटे राधेश्याम भी। बलिया के सतीश चंद्र कालेज का मैं छात्र था। गौरीशंकर राय वगैरह भी इस डिग्री कालेज में थे। इण्टरमीडिएट तक आते-आते मैं राजनीतिक दृष्टि से बहुत सक्रिय हो गया था। इलाके में सोशलिस्ट पार्टी का जोर था। जब इण्टरमीडिएट में पढ़ रहा था तभी से मैं छात्र कांग्रेस का सदस्य था। उस समय कांग्रेस और सोशलिस्ट, दोनों का एक ही युवा संगठन था।

कविता से लगाव

छात्र-जीवन से ही कविता में मेरी दिलचस्पी थी। कविता सुनना अच्छा लगता था। जब मैं हाई स्कूल में पढ़ता था, एक कवि रूपनारायण पाण्डेय जी से मेरा परिचय हुआ। वे हमें कविता सुनाया करते थे। वे कवि श्यामनारायण पाण्डेय के गाँव के थे। रूपनारायण पाण्डेय भी राष्ट्रवादी कविताएँ लिखा करते थे। वे प्राइमरी स्कूल के शिक्षक थे। बाद में वे पागल होकर मरे। उनकी कहानी करुणा-भरी है। मैं इण्टरमीडिएट में पढ़ता था तो कवि-सम्मेलनों में अक्सर जाता था। गवर्नमेंट हाईस्कूल में एक कवि-सम्मेलन का आयोजन किया गया। तय हुआ कि सोशलिस्ट लोगों की ओर से 'हलवाहे' पर कविता लिखी जानी चाहिए। हम लोग हॉस्टल में रहते थे। जितने सोशलिस्ट थे, उन्होंने मिलकर तय किया कि कविता में क्या-क्या लिखा जाएगा। हलवाहे के साथ जमींदार का क्या व्यवहार होता है ? पुरोहित उसे किस निगाह से देखता है ? अन्त में समाज के लिए हलवाहे का क्या योगदान है ?—कविता में इन सवालों का उत्तर होना चाहिए। मेरी हिन्दी बहुत अच्छी थी, इसलिए सब लोगों की राय थी कि कविता मैं ही लिखूँ। यह कविता हमारे एक हरिजन साथी चेलाराम को पढ़नी थी। लेकिन कवि-सम्मेलन के दिन वह लापता हो गए। चूँकि कविता के नीचे उन्हीं का नाम लिखा था, इसलिए उनकी गैर-मौजूदगी के कारण वह कवि-सम्मेलन में पढ़ी नही जा सकी। कविता की कुछ पंक्तियाँ मुझे आज भी स्मरण हैं :

'शासन तेरा सीमित है शिशु को फटकार बताने में,
या उन जर्जर वृषभों को पैने दो-चार लगाने में,
ऐ हलवाहो, तुम जाग उठो, हम सच्ची राह बताते हैं
मजलूम मसीहा जयप्रकाश तुमको प्रकाश में लाते हैं।'

उस समय युवा समाजवादी लड़के ऐसी ही कविताएँ लिखते थे। मुझे भी उन दिनों साहित्यकारों से सम्पर्क बहुत अच्छा लगता था। सभाओं में जाने और भाषण सुनने का भी शौक था। मुस्लिम लीग की सभी सभाओं में मैं जाता था। उन दिनों साहित्यिक

किताबें तो पढ़ता ही था, लेकिन तभी विचारधारा से जुड़ी पुस्तकें भी मैंने पढ़नी शुरू कर दी थी। मुझ पर कम्युनिस्टों का प्रभाव बहुत गहरा था। मार्क्सवाद पर काफी पढ़ा, हालांकि काफी बातें समझ में नहीं आती थीं। बाद में मैंने देखा कि कम्युनिस्ट-आंदोलन में लोग आपस में ही एक दूसरे को कत्ल करने लगे। इस तरह की हिंसा के प्रति मुझमें अजीब वितृष्णा पैदा हुई ? मुझे लगा, जो लोग अपने साथियों का भी कत्ल कर देते हैं वे समता का समाज कैसे बनाएँगे। इसी बीच सोशलिस्टों से हमारा सम्पर्क हुआ। विश्वनाथ चौबे और पारसनाथ मिश्र से परिचय हुआ। रामनाथ बरई बलिया में 1942 के प्रमुख लोगों में से थे। 1946 में जब लोग छूटकर जेल से आए तो उन्होंने फिर से क्रान्ति का माहौल पैदा करने की कोशिश की, क्योंकि जयप्रकाश जी कहते थे कि क्रान्ति होगी। हम लोग तैयारी कर रहे थे क्रान्ति की। ये क्रान्तिकारी हमारे हॉस्टल में आते थे। चोरी का एक पिस्तौल था, उसे चलाना सिखाते थे।

'भारत छोड़ो' आंदोलन के दौरान

एक पुरानी घटना याद आई। 1942 में एक उमाशंकर थे। मऊ में वे 1942 के आंदोलन में सक्रिय थे। उन्होंने एक दिन मुझसे कहा कि चलो, तार काटने चलें। हम लोग सात-आठ लड़के तार काटने चले। पिपरीडीह से मऊ रेलवे स्टेशन के किनारे एक सुनसान जगह पर पहुँचे। खम्भे के सहारे एक लड़का दूसरे के कंधे पर चढ़ा। उमाशंकर सुनार की सोना काटने वाली आरी ले गए थे। मैं छोटा था। कमजोर भी था। इसलिए मुझे जिम्मेदारी दी गई कि मैं आसपास निगाह रखूँ कि कोई आ तो नहीं रहा है। घटनास्थल से मैं थोड़ी दूर खड़ा था। हममें से किसी को यह ज्ञान नहीं था कि तार काटने के क्या परिणाम होंगे। इसलिए जब तार एक जगह से कटा तो बहुत तेज आवाज हुई और हम भौंचक रह गए। संयोग से कोई तार के नीचे या सामने नहीं था वरना बड़ी दुर्घटना हो जाती। हम लोग थोड़ी देर के लिए इधर-उधर हो गए। जब देखा, कोई नहीं आ रहा है तो दूसरी जगह से तार काटने लगे। बाद में तार के टुकड़े बनाकर सबको बाँटे गए ताकि उसे स्मृतिचिन्ह की तरह रख सकें। 1942 के 'भारत छोड़ो' आंदोलन में यह मेरी पहली शिरकत थी। उन्हीं दिनों की एक और भी घटना है। डीएवी स्कूल में प्रार्थना-सभा हुई तो उसमें मैने पहली बार इंकलाब जिन्दाबाद का नारा लगा दिया। लोगों ने मुझसे कहा कि मैंने खतरनाक काम किया है, लेकिन उस समय मुझ पर आर्य समाज का बड़ा प्रभाव था और मैं निर्भय था। आर्यसमाज मन्दिर में हम रोज जुटते थे और बैठक करते थे। जहाँ मैं रहता था, आर्यसमाज मन्दिर वहाँ से सिर्फ 100 गज की दूरी पर था। उस मन्दिर से जुड़े लोग काफी जागरूक थे। मैंने 'सत्यार्थ प्रकाश' पूरा पढ़ लिया था और उसे अक्षरशः सत्य मानता था।

'पथ के दावेदार' की प्रेरणा

इसी समय मैंने एक उपन्यास पढ़ा–'पथ के दावेदार'। इस उपन्यास के एक चरित्र

दादा ने मुझ पर गहरा प्रभाव डाला। उपन्यास के अन्त में जब सब लोग बिखर जाते हैं तो दादा अपना कम्बल उठाकर अँधेरे में बरसते पानी में निकल पड़ता है। एक युवक और युवती जब उससे पूछते हैं कि दादा कहाँ जा रहें हैं, तब वह कहता है : सबको इकट्ठा किया था, सब बिखर गए। अब मैं जा रहा हूँ। तुम लोग घबरा गए हो। अब दूसरी जगह जाकर शुरुआत करूँगा। उपन्यास के मुख्य चरित्र के इस कथन ने मुझ पर गहरा असर डाला। मेरे जीवन में भी जब कोई संकटपूर्ण स्थिति आती है तो मेरी प्रतिक्रिया इससे कुछ मिलती-जुलती ही होती है। मैं मानता हूँ कि कोई भी आदमी अंतिम व्यक्ति नहीं है। मेरा प्रयास भी अंतिम प्रयास नहीं है। जितना मुझसे हो सकता है, उतना मैं कर रहा हूँ। मैं अगर असफल हुआ तो कोई दूसरा करेगा।

इन प्रभावों के बीच कम्युनिस्ट पार्टी से मैं इंटरमीडिएट में ही अलग हो गया। उनकी हिंसा मुझे जँची नहीं। उन दिनों गांधी के विचारों का भी बहुत प्रभाव था। गांधी के बारे में तो बहुत देर से समझा कि वे कितने महान और वास्तविकता के सही पारखी थे। यह अहसास राजनीति में आने के भी बहुत दिनों बाद हुआ। 1946 में जब जयप्रकाश जी जेल से बाहर आए तो वे बहुत लोकप्रिय थे। उनकी सभाएँ नेहरु की सभाओं से बड़ी होती थीं। जयप्रकाश जी के विचारों से मैं आन्दोलित हुआ। उन्हीं दिनों पटना में नेहरु की सभा हुई। उन्हें सुनने के लिए मैं पटना गया था। हालाँकि इससे पहले मैं उन्हें बलिया में देख चुका था। पटना में हुए नेहरु के भाषण का मुझ पर कोई प्रभाव नहीं पड़ा। वैसे मैं यह मानता हूँ कि नेहरु एक करिश्माई नेता थे। उनकी ऐसी ही छवि थी। उनके व्यक्तित्व के बारे में मेरे मन में आदर था। मैं आज भी मानता हूँ कि जवाहर लाल जी ने आजादी के बाद जनतांत्रिक संस्थाओं को मर्यादा दी। लेकिन बहुत देर से मुझे यह लगा कि उन्होंने जहाँ जनतन्त्र को महत्ता और मर्यादा दी, वहीं देश की अनेक समस्याओं को उलझा दिया। जब डॉ. राममनोहर लोहिया जवाहरलाल जी की कड़ी आलोचना करते थे, तब मैं उस आलोचना के बहुत खिलाफ था। वैसे भी मैं लोहिया की बातों से असहमत ही होता था। लेकिन बाद में मुझे लगा कि डॉ. लोहिया नेहरु के बारे में बहुत बातों में सही थे। जवाहरलाल जी ने बहुत-से ऐसे काम किए जो अगर वे नहीं करते तो आज देश में इतनी उलझनें नहीं होतीं।

देश का बँटवारा

उन्हीं दिनों देश का बँटवारा हुआ। हालाँकि बाहरी दुनिया की घटनाओं के प्रति मैं बहुत सचेत नहीं था, लेकिन मानसिक रूप से मुझे बहुत दुःख पहुँचा। जो संयुक्त परिवार से आया है, उसे परिवार का टूटना बुरा लगेगा ही। यह देश का टूटना था, इससे तकलीफ होनी स्वाभाविक थी। अनेक लोग कहते हैं कि सुभाषचंद्र रहते तो इस बँटवारे को रोकते। मैं यह तो नहीं कहता कि वे बँटवारा रोक सकते थे, लेकिन वे प्रबल विरोध जरूर करते। गांधी जी भी इसके विरोधी थे। लेकिन सरदार पटेल, मौलाना आजाद और जवाहरलाल ने ऐसी परिस्थितियाँ पैदा कर दी थीं कि सबने विवशता में

बँटवारे को स्वीकार किया।

आजादी का पहला दिन

जब 15 अगस्त, 1947 को आजादी आई तो अपने दोस्तों के साथ मैं बलिया में था। उस दिन जुलूस निकला था। मेरे साथ थे, गौरीशंकर राय और पारसनाथ मिश्र। शायद विश्वनाथ चौबे भी थे। हम लोग जुलूस में शामिल नहीं थे। सिर्फ उसे अगल-बगल से देख रहे थे। जब दोपहर हो गई तो हमें भूख लगी। लेकिन हमारे पास खाना खाने के लिए पैसे नहीं थे। मैंने सोचा कि यह कैसी आजादी आई कि पहले ही दिन भूखा रहना पड़ रहा है ! शायद यह एक संकेत था कि यह आजादी क्या लेकर आने वाली है ! बाद में हमें किसी मंत्री के एक सचिव मिल गए। बलिया के सुखपुर गाँव के थे, पारसनाथ जी के परिचित थे। उन्होंने पैसे दिए तो हम लोगों ने खाना खाया। जब गांधी जी की हत्या की गई तो बड़ी तीव्र प्रतिक्रिया हुई। लोग हिन्दू महासभा और आर. एस. एस. के सदस्यों पर हमला करने के लिए तैयार थे। हमारे यहाँ डॉ. गुरुहरख सिंह जी थे। वे एक जाने-माने चिकित्सक थे। उन्हीं के यहाँ हिन्दू महासभा के नेता महन्त दिग्विजयनाथ जी ठहरते थे। उनके घर पर हमला करने के लिए भीड़ जानेवाली थी। गौरीशंकर राय और मुझे यह खबर लगी तो हमने कुछ साथियों के साथ मिलकर यह घोषणा कर दी कि किसी के घर पर कोई हमला नहीं करेगा, हालाँकि हम लोग राष्ट्रीय स्वयंसेवक संघ के बहुत खिलाफ थे। उस इलाके में हम युवाओं का इतना दबदबा या असर था कि किसी तरह का कोई हमला नहीं हुआ। हमारा कहना था कि जो लोग हत्या से नहीं जुड़े हैं, उन पर हमला गलत है। गांधी को जिसने मारा, वह होगा कोई राष्ट्रीय स्वयंसेवक संघ वाला, लेकिन उसके लिए राष्ट्रीय स्वयंसेवक संघ के पूरे समुदाय पर हमला गलत है।

इलाहाबाद विश्वविद्यालय और समाजवाद का सपना

1948 में मैं इलाहाबाद विश्वविद्यालय आया और बी.ए. में दाखिला लिया। उस समय इलाहाबाद विश्वविद्यालय हमारे यहाँ का सबसे अच्छा विश्वविद्यालय माना जाता था। इसी समय बलिया में सतीशचंद्र कॉलेज में बी.ए. की पढ़ाई प्रारंभ हुई थी। गौरी शंकर राय और दूसरे मित्रों ने वहाँ प्रवेश लिया था। उस समय हम लोग बलिया की राजनीति में प्रभावकारी हिस्सा लेने लगे थे। गौरीशंकर ने खबर भेजी कि मैं बलिया वापस आ जाऊँ, राजनीति में पूरा हिस्सा लेंगे। मुझे भी बात अच्छी लगी। घरवालों को भी यह बात भा गई। पढ़ाई का खर्च कम लगेगा और मैं इलाहाबाद छोड़कर बलिया आ गया। वहीं से मैंने बी.ए. किया। उसके बाद मैंने राजनीति शास्त्र में एम.ए. करने के लिए इलाहाबाद विश्वविद्यालय में प्रवेश लिया। मैं एक छोटे शहर से इलाहाबाद जैसे बड़े शहर में पहुँचा था। लेकिन जल्दी ही मैंने खुद को वहाँ के माहौल के अनुरूप ढाल लिया। मैं किसी भी नए माहौल में जाता हूँ तो एक-दो दिन में ही सब सहज हो जाता

है। जल्दी ही मेरे लिए नए माहौल में कोई असुविधा नहीं रह जाती। मैं खुद को उसके अनुकूल बना लेता हूँ। चुनौतियों के समाधान के लिए सक्रिय हो जाता हूँ। 1951 में मैंने निर्णय लिया कि सोशलिस्ट पार्टी में रहकर समाजवाद के लिए काम करेंगे। यह भी मन बना लिया कि पूरे समय राजनीतिक काम में ही लगाना है। लेकिन जीवनयापन के लिए कुछ पैसा तो चाहिए। यह कैसे होगा ? बहुत सोचने के बाद मुझे एक समाधान सूझा। बलिया में मेरे एक परिचित थे–विश्वनाथ तिवारी। वे जिला बोर्ड में क्लर्क थे। जो पैसा मिलता था, उससे एक होटल चलाते थे। उस होटल में समाजवादी, कांग्रेसी तथा राष्ट्रीय आंदोलन से जुड़े लोग खाना खाते थे। वे बहुत स्नेह से जगन्नाथ शास्त्री, गौरीशंकर राय और मेरे लिए घी डालकर खाना परोसते थे। मैंने निर्णय लिया कि जीवनयापन के लिए इसी तरह का एक छोटा-सा होटल खोलना ठीक रहेगा। आंदोलन के साथियों को खाना भी मिल जाया करेगा। एक दिन मैं कटरा में टहलते हुए एक किताब की दुकान पर गया। वहाँ नई-पुरानी किताबें मिलती थीं। अचानक मुझे वहाँ एक किताब दिखी : 'हाउ टु रन ए स्माल होटल'। यह एक पुरानी किताब थी, तीन रुपए की। किताब खरीदकर मैं होस्टल आया। उसे पढ़ने लगा। किताब दिलचस्प थी। लेकिन पढ़ने के बाद पता चला कि ऐसा होटल खोलने के लिए तो एक मिलियन डॉलर चाहिए। इतने पैसे का इंतजाम कहाँ से होगा ? इसलिए मैंने होटल खोलने का इरादा छोड़ दिया।

इसके बाद मैंने निर्णय लिया कि लेखक बनूँगा। मैं हिन्दी बहुत अच्छी लिखता था। मैंने इसके लिए कोशिश शुरू की। एक लेखक थे गोरखनाथ चौबे। वे नई किताबें लिखने के साथ ही हिन्दी में रूपान्तर भी करते थे। उस समय हिन्दी में राजनीतिशास्त्र की किताबों की बड़ी माँग थी। मैं चौबे जी के यहाँ गया। उनसे निवेदन किया कि क्या मैं लिखने का कुछ काम कर सकता हूँ ? उन्होंने मुझे प्रोत्साहित किया और पता नहीं, किस विषय पर एक लेख लिखने को दिया। अगले दिन मैं लेख लिखकर ले गया। चौबे जी बहुत प्रसन्न हुए। कहा, बहुत अच्छा लिखा है। आप किताब लिखिए। उन्होंने किताब लिखने के लिए कोई विषय दिया। लेकिन जब मैं चलने लगा तो कहाः देखिए, किताब तो लिखेंगे आप। इसके लिए मैं आपको पैसा भी दूँगा। लेकिन वह किताब छपेगी मेरे नाम से। मैं भौंचक रह गया। होस्टल लौटकर सोचने लगा, यह तो अजीब है। समाजवादी समाज बनाने के संघर्ष के लिए नौकरी नहीं कर रहा हूँ, शोषण रोकने की बात कर रहा हूँ, लेकिन यहाँ तो पहले मेरा ही शोषण शुरू हो गया। इसलिए मैंने लेखक बनने का इरादा भी छोड़ दिया। इसके बाद थोड़े दिन तो मैं बहुत मुसीबत में रहा। इन मुसीबत के दिनों में कुछ लोगों द्वारा दिए गए स्नेह की याद आज भी है। बस्ती के एक पंडित जी थे, पृथ्वीनाथ। वे हिन्दू होस्टल में मेस चलाते थे। उनके मेस में मैं था। जब हम लोग पार्टी का काम करने लगे तो ज्यादातर समय बाहर ही बिताते थे। बाहर जब रद्दी खाना खाते-खाते परेशान हो जाते थे तो दोस्तों से कहते थे कि कहीं अच्छा खाना खाने चलें। हम पृथ्वी महाराज के मेस में पहुँच जाते। वे हमें बड़ी लगन और प्यार से खिलाते थे। दाल में घी डाल देते थे। आरएसएस वाले इसका विरोध

करते। वे कहते थे, हम लोगों को पृथ्वीनाथ मुफ्त में क्यों खिलाते हैं ? उत्तर में पृथ्वीनाथ मेरे बारे में कहते थे : 'इतने दिन से होस्टल में हूँ। एक ही बाबू ऐसे मिले जिनको जो भी बिल मैंने दिया, उसको लेकर कोई सवाल नहीं किया। जितना माँगता था, वह उतना ही पैसा दे देते थे। इसलिए इनके लिए मेरे मन में बहुत इज्जत है।' उन दिनों मेस चार्ज 25 रुपया मासिक लगता था।

गोलवलकर का विरोध

गुरु गोलवलकर जी (माधव सदाशिव गोलवलकर 'गुरूजी') इलाहाबाद विश्वविद्यालय में आए। सबने विरोध किया। वैसे मैं इस राय का था कि जब सब पार्टियों के लीडर आते हैं तो गोलवलकर को भी आने देना चाहिए। लेकिन कम्युनिस्ट मित्रों ने जोर दिया कि हर हाल में उनका विरोध होना चाहिए। अन्ततः मैं सहमत हो गया। तय हुआ कि गोलवलकर जी को बोलने नहीं देना है। हल्ला मचा। बड़ा झगड़ा हुआ। मारपीट हुई। इलाहाबाद मंडल से बाहर के राष्ट्रीय स्वंयसेवक संघ के लोग भी लाठी-डंडा लेकर आ गए। हम लोग यूनियन के दफ्तर के अन्दर घुस गए। बाहर हल्ला मचने लगा। पुलिस आ गई। उसने सबको बाहर निकलने के लिए कहा तो हम बाहर निकल आए। अब क्या करें ? साथी रामाधार पाण्डे ने लगभग चिल्लाते हुए मुझसे कहाः चंद्रशेखर ! वह रही ईंट। यूनियन की बिल्डिंग बन रही थी इसलिए वहाँ काफी रोड़े टूटे पड़े थे। हम लोगों ने उन्हें उठाया और फेंकना शुरू कर दिया। किसी के कान पर लगा तो किसी के चेहरे पर। गोलवलकर की सभा दो मिनट में खत्म हो गई। राष्ट्रीय स्वयंसेवक संघ के लोग लाठी लेकर टूट पड़े। हम लोग तो बिना लाठी-डंडे के थे। हमारे साथी थे वशिष्ठ नारायण राय। वे हैवीवेट कुश्ती के चैम्पियन थे। मैंने किसी की एक लाठी छीन ली थी। मेरे हाथ में लाठी देखी तो वशिष्ठ ने वह लाठी मुझसे ले ली। मैं जानता नहीं था कि वे लाठी भी चलाते हैं। उन्होंने मुझे हिदायत दी कि तुम हमारी पीठ से पीठ जोड़कर पीछे की ओर देखते रहो। अगर पीछे से कोई चोट करना चाहे तो मुझे इशारा कर देना। वशिष्ठ लाठी घुमाते हुए निकले तो भगदड़ मच गई। वे जिधर से निकलते थे, भीड़ भाग खड़ी होती थी। अन्ततः मार-मारकर उन्होंने लोगों को भगा दिया। राष्ट्रीय स्वंयसेवक संघ के एक मुख्य नेता पर उन्होंने प्रहार किया, वह गिर पड़ा। उस पर जब दूसरी लाठी चलाने लगे तो मैंने पकड़ लिया। मैंने रोकते हुए कहा : यह तो मर जाएगा। वशिष्ठ मुझ पर बहुत बिगड़े : मेरा हाथ कभी न पकड़ना। इसी बीच जब थोड़ी देर के लिए उनकी लाठी रुकी तो एक राष्ट्रीय स्वयंसेवक संघ वाले ने उनके सिर पर लाठी मार दी। मैंने आव देखा न ताव, तुरंत वह लाठी पकड़ ली। मेरी एक उँगली टूटकर मुड़ गई। वह आज भी टेढ़ी है। टूटी हुई उँगली को मैंने रूमाल से बाँध लिया। राष्ट्रीय स्वयंसेवक संघ के लोग आखिर चले गए। कम्युनिस्टों में आर.के. गर्ग और आसिफ अन्सारी घायल हुए थे। कई साथी गिर गए। कई बेहोश हो गए।

गर्ग और आसिफ के साथ मैं मोतीलाल नेहरु अस्पताल गया। डॉक्टर ने इन दोनों

के बारे में कहा कि वे ठीक हैं। अन्त में मैंने डॉक्टर से कहा कि मुझे भी उँगली में थोड़ी चोट आई है। जरा इसको देख लीजिए। मेरी उँगली की जाँच करने के बाद डॉक्टर ने आश्चर्य से कहा कि यू आर ए पिक्यूलियर मैन, यू हैव कम विद ए फ्रेक्चर्ड फिंगर एण्ड यू से दैट इज ए स्लाइट इंजरी। (आप तो एकदम भिन्न किस्म के आदमी हैं। आपकी तो उँगली टूटी हुई है और कह रहे हैं कि जरा-सी चोट लगी है !) इसका तो प्लास्टर करवाना पड़ेगा। मेरे एक साथी ने कहा : प्लास्टर होगा तो डेढ़ महीना लगेगा। मैंने सोचा कि अगर उँगली में प्लास्टर लगा तो इम्तहान नहीं दे पाएँगे। एम.ए. फाइनल का इम्तहान था। साथी रामाधार ने मुझे सलाह दी कि यहाँ बगल में ही एक आदमी है जिसने मौलाना आजाद का मुड़ा हुआ पैर ठीक कर दिया था। चलो, वहीं चलते हैं। फिर मैंने डॉक्टर को प्लास्टर करने से मना कर दिया और उन्हीं जर्राह से पट्टी बँधवा ली। लौटकर मैंने एम.ए. फाइनल का पूरा इम्तिहान तीन उँगलियों से दिया। टूटी हुई उँगली में सूजन थी। मुझे किसी ने कहा कि अगर सूजी हुई उंगली को शराब में डुबोकर रखें तो सूजन कम हो जाएगी। चिन्तित हुआ कि अब शराब कहाँ से लाऊँ ? किसी ने बताया कि मेरे एक मित्र के कमरे में शराब रहती है। वे चोरी से पीते हैं। मैं उनके कमरे में अचानक घुसा। उनकी अलमारी खोली। वहाँ शराब की बोतल रखी थी। मेरे मित्र भौंचक हुए। उन्होंने कहा कि यह आप क्या कर रहे हैं ? मैने उन्हें डाँटा : आपका दिमाग खराब है, देखिए उँगली में चोट लगी है। यह सूज गई है। रात में इसे शराब में डुबोकर रखूँगा तो सूजन कम हो जाएगी। इस तरह किसी प्रकार मैंने एम.ए. के पर्चे खत्म किए।

विश्वविद्यालय में मैं नियमित छात्र नहीं था। क्लास नोट्स के आधार पर मैं तैयारी नहीं करता था। स्वतन्त्र रूप से सोचने में मेरी गति ज्यादा थी। इस सिलसिले में एक दिलचस्प घटना याद आती है। एम.ए. प्रथम वर्ष में एक मौखिक परीक्षा होती थी। परीक्षक दो होते थे। उनमें एक तो अपने विश्वविद्यालय के होते थे और दूसरे किसी अन्य विश्वविद्यालय के। वे परीक्षार्थी से सवाल पूछते थे। बाहर से आए मुस्लिम यूनीवर्सिटी के प्रोफेसर तालुकेदार थे । इलाहाबाद के ए. बी. लाल थे। उस समय वे रीडर थे। बाद में जयपुर में वाइस चांसलर हो गए। लड़कों को उत्साहित करने के लिए ए. बी. लाल अनौपचारिक सवाल पूछते थे। मैं जब वाइवा के लिए गया तो मुझसे पूछा : 'मिस्टर चंद्रशेखर ! 'व्हाट प्लेस डू यू कम फ्रॉम ?'

मैंने कहा : 'आई ऐम फ्रॉम बलिया।'

इस पर प्रोफेसर तालुकेदार ने कहा, 'दैट नोटोरियस प्लेस ?'

मैंने उन्हें तेज आवाज में उलटकर कहा : 'नॉट नोटोरियस बट पापुलर सर !'

वे जरा झेंपे : 'आई मीन नोटोरियस इन द आइज ऑफ ब्रिटिश रिजीम !'

इस पर मैंने कहा : 'आई होप यू नो दैट ब्रिटिश रिजीम इज नो मोर इन इण्डिया !'

जब मैंने यह कहा तो वहाँ एकदम सन्नाटा छा गया। ए.बी. लाल को लगा कि मामला गड़बड़ा रहा है। इसे ठीक करने के लिए उन्होंने पूछा कि : ऑल राइट मिस्टर चंद्रशेखर ! लेट मी नो व्हाट फिलासफर्स हैव यू प्रिपेअर्ड बेस्ट, सो दैट वी मे आस्क

क्वेश्चन्स फ्रॉम देयर वर्क।'

मैंने पहले की तरह रोब में जवाब दिया : आई हैव प्रिपेअर्ड आल फिलासफर्स इक्वली वेल, यू आस्क क्वेश्चन्स फ्रॉम एनीव्हेयर यू लाइक।' इसके बाद उन लोगों ने चौदह-पंद्रह सवाल पूछे और मैंने धड़ाधड़ उत्तर दे दिए। मुझे मौखिक परीक्षा में बहुत अच्छे अंक मिले। अपने छात्र-जीवन में मैं क्लास में जरूर जाता था लेकिन इम्तिहान आने पर किताबों के सिर्फ पन्ने पलट लेता था। शायद यही वजह थी कि मुझे द्वितीय श्रेणी मिली।

उस समय का बौद्धिक माहौल उच्च स्तरीय था। हम लोग समाजवादी आंदोलन से जुड़े थे। समाजवादी लोगों की गोष्ठियों में उच्च स्तरीय बहस हुआ करती थी। मजदूरों की सभाओं तथा सेमिनारों और कैम्पों में भी काफी बहस-मुबाहसा होता था। इलाहाबाद विश्वविद्यालय की बौद्धिकता का यह खास चरित्र था कि राजनीतिक गतिविधियों में शामिल रहते हुए भी हम लोग गंभीर विषयों पर ज्यादा विचार-विमर्श किया करते थे।

मोहम्मद मुस्तफा का प्रसंग

उस समय के मेरे साथियों में कुछ का व्यक्तित्व बेहद दिलचस्प था। ऐसे ही थे एक मोहम्मद मुस्तफा। आजादी की लड़ाई में उन्होंने महत्त्वपूर्ण भूमिका निभाई। वे बड़े मजेदार आदमी थे। वे 1942 में जेल चले गए थे। इस बीच उनके पिता का निधन हो गया। मुस्तफा का घर लगभग बिखर गया। लेकिन किसी तरह पैसा जुटाकर उन्होंने एम.ए. के प्रथम वर्ष में दाखिला लिया। वे मुस्लिम छात्रावास में रहते थे। एम.ए. अन्तिम वर्ष में वे तीन महीने तक क्लास से अचानक गायब रहे। वे अर्थशास्त्र के विद्यार्थी थे। उनके टीचर थे प्रोफेसर रूद्रा। रूद्रा साहब ने जब उन्हें काफी दिनों बाद देखा तो उन्हें टोका : मिस्टर मुस्तफा, विल यू प्लीज सी मी इन माई ऑफिस, आफ्टर दी पीरियड ?

साथियों के बीच सन्नाटा छा गया। हमने सोचा, मुस्तफा गया काम से। लेकिन मुस्तफा के चेहरे पर जरा भी परेशानी नहीं थी। उसने लगभग चुनौती भरे अन्दाज में कहा, देखिए, आज कैसे पटकी देता हूँ रूद्रा साहब को।

वे रुद्रा साहब के पास गए। उन्होंने गंभीर आवाज में पूछा : 'मिस्टर मुस्तफा, व्हाई डिड यू नाट अटेंड माई क्लासेस फॉर थ्री मंथ्स ?'

इस पर मुस्तफा ने दुखी होने का अभिनय करते हुए कहा : 'सर, माई फादर वाज सीरिअली इल।'

'व्हाट हैंप्पंड टू हिम ?'

मुस्तफा ने लगभग रोनी-सी आवाज में कहा : 'अनफॉरचुनेटली ही डाइड।'

वर्षों पहले उनके पिता का निधन हो चुका था, लेकिन मुस्तफा ही उस मृत्यु को हाल में हुआ बता सकते थे। मुस्तफा के द्वारा यह दुःखद सूचना देने पर प्रोफेसर रूद्रा ने कहा : 'वैरी सॉरी, माई सीरियस कंडोलेंस, प्लीज आस्क दी क्लर्क टू ब्रिंग रजिस्टर।'

क्लर्क रजिस्टर ले आया। प्रोफेसर रुद्रा ने अपने हाथ से उनकी अनुपस्थिति को

उपस्थिति में तब्दील किया। प्रोफेसर रूद्रा से यह काम कोई देवता भी नहीं करा सकते थे। लेकिन जब प्रोफेसर रूद्रा अपनी कुर्सी से उठने लगे तो उन्होंने मुस्तफा से कहा : 'मिस्टर मुस्तफा, नाउ बी पंक्चुअल, लेट योर फादर नाट डाई अगेन।' इससे मुस्तफा साहब बहुत लज्जित हुए और हम लोग सारी ज़िन्दगी इस बात पर चिढ़ाते रहे।

मेरे मित्र काशीनाथ मिश्र और उनके बीच गाली-प्रतियोगिता होती थी। मुस्तफा की जुबान पर हमेशा गाली रहती थी। मजाक में वे कहते थे, हमारी रगों में चंगेजी खून बहता है। हमने ही सोमनाथ को लूटा था।

व्यंग्य और अभिनय में न मालूम और क्या क्या-क्या बोलते थे ! हम लोगों को बहुत मजा आता था। काशीनाथ मिश्र उनसे गाली-प्रतियोगिता में हार जाते थे। प्रतियोगिता के दौरान मुस्तफा ने एक बार कहा : पत्तलचट्टू पंडित ! तुम लोगों के पास है ही क्या ? भिखमंगे हो ! भीख से तुम्हारा पेट चलता है। बेचारे काशीनाथ पंडित निरुत्तर हो जाते थे। हार जाते थे। एक दिन मुस्तफा ने कहा कि आज काशीनाथ मिश्र मुसलमान बनेंगे और मैं ब्राह्मण बनूँगा। काशीनाथ ने कहा–ठीक है, मैं तैयार हूँ। गाली-प्रतियोगिता शुरु हुई। काशीनाथ ने कहा : पहले मैं गाली दूँगा। मुस्तफा ने उत्तर दिया–ठीक है, पहले आप गाली दीजिए। काशीनाथ ने तो सारी गालियाँ मुस्तफा से ही सीखी थीं। उन्होंने उन्हीं से सुनी हुई गालियाँ उन्हीं को देनी शुरू कीं। कहा, मेरी नसों में चंगेजी खून बहता है. ..मैंने तुम्हारे सोमनाथ को लूटा...। वे मुस्तफा के सारे पुराने डायलाग बोलने लगे। मुस्तफा की तुरंत बुद्धि का कोई जवाब नहीं था। मुस्तफा ने पंडित काशीनाथ को अचानक बीच में टोका : 'अरे मियाँ, तुम क्या बोलोगे ! तुम मुस्लिम लोग तो रिश्ते में अपनी बहन से ही विवाह कर लेते हो।' मुस्तफा की इस एक तर्कयुक्त गाली से काशीनाथ की बोलती बन्द हो गई। इसके बाद वे मुस्तफा को माँ-बहन की गाली देने लगे। वे भूल ही गए कि यह प्रतियोगिता एक अभिनय मात्र थी। वे अब भी पंडित हैं, मुस्लिम नहीं। हम लोग गाली-प्रतियोगिता की इस परिणति पर देर तक हँसते रहे।

मोहम्मद मुस्तफा को भारत से गहरा लगाव था। पाकिस्तान से उनको ऑफर आया कि उन्हें पाकिस्तान पुलिस सर्विस से पूर्वी पाकिस्तान (बंगलादेश) में सीधे सुपरिंटेंडेंट बना दिया जाएगा। इस प्रस्ताव की जानकारी देने वे मेरे पास आए और बोले : मैं मर जाऊँगा लेकिन पाकिस्तान नहीं जाऊँगा। उनके घर की माली हालत अच्छी नहीं थी। लोगों से पैसा इकट्ठा करके हम उनके घर अनाज पहुँचाते थे। एक दिन हमने तय किया कि मुस्तफा की नौकरी के लिए जयप्रकाश जी से कहा जाए। मैंने जयप्रकाश जी से कहा तो उन्होंने लालबहादुर शास्त्री के लिए एक सिफारिश पत्र लिख दिया। वे रेल मंत्री थे। लालबहादुर जी ने मुस्तफा के आवेदन पत्र की कापी रेल मंत्रालय को भेजी होगी। साल-डेढ़ साल बीत गए। बाद में मुस्तफा के परिवार की हालत और भी खस्ता हो गई। इसी दौरान जयप्रकाश जी विश्राम राय के चुनाव में आजमगढ़ आए। हमने वहाँ जेपी से मिलकर कहा कि मुस्तफा साहब का काम नहीं हुआ। उनको अब तक नौकरी नहीं मिली। जेपी थोड़े विस्मित हुए, फिर उन्होंने अपना पैड निकाला और रफी अहमद

किदवई को एक पत्र लिखा : माई डिअर रफी साहब, इफ वी कैन नाट गिव हिम ए जाब, टू ए मैन लाइक मुस्तफा, फ्रीडम हैज नो मीनिंग टू दिस कंट्री। मुझे जेपी का यह वाक्य आज भी याद है। फिर अन्त में लिखा : प्लीज लेट मी नो, इफ यू आर नाट एबल टू डू एनीथिंग, आई शैल राइट टू भाई साहब (जवाहरलाल जी)। चिट्ठी लेकर मुस्तफा साहब रफी अहमद किदवई के यहाँ गए। रफी अहमद ने चिट्ठी पढ़ी। उन्होंने मुस्तफा साहब से पूछा आपने क्या पढ़ाई की है ? मुस्तफा ने कहा : एम.ए. तक पढ़ा हूँ। रफी साहब ने फिर उनसे कुछ औपचारिक बातें कीं, कहाँ ठहरे हैं, आदि। उनके सामने ही जेपी की चिट्ठी फाड़कर फेंक दी। इसके बाद रफी साहब मुस्तफा से यह कहते हुए चले गए कि आते रहिए। मिलते रहिए। थोड़े दिनों के बाद मुस्तफा फिर उनसे मिलने गए। फिर वही बात : मिलते रहिए, आदि। ऐसी ही एक मुलाकात के दौरान उन्होंने अपने सेक्रेटरी को कुछ इशारा किया। जब रफी साहब चले गए तो उनके सेक्रेटरी ने मुस्तफा को सौ-दो सौ रुपए दिए। दो-चार दिन बाद मुस्तफा फिर रफी साहब से मिलने गए। उन्होंने सेक्रेटरी से कहा कि मुस्तफा साहब का सामान यहीं ले आओ। वे अब हमारे साथ ही रहेंगे। वे रफी साहब के घर में रहने लगे। रफी साहब उन्हें खाने के समय साथ बिठाकर खिलाते थे। थोड़े दिन इसी तरह गुजरे। एक दिन मुस्तफा ने अचानक रफी साहब से कहा कि मैं खाना खाने के लिए यहाँ नहीं आया हूँ। मेरे लिए नौकरी की व्यवस्था हो जाए तो आप मुझे खबर दे दीजिएगा। मैं आ जाऊँगा। रफी साहब बोले : अरे मुस्तफा साहब, आप नाराज हो गए। मैं सोचता था कि इण्डियन एयरलाइन्स नेशनलाइज होने वाली है। इसमें कोई अच्छा जॉब दिला दूँगा। लेकिन आप नाराज क्यों होते हैं ? मैं कुछ और करता हूँ। वहीं देवबन्द शुगर फैक्टरी का मालिक बैठा था। रफी साहब ने उनसे कहा : मुस्तफा साहब हमारे दोस्त हैं। इन्हें ले जाइए और फिलहाल कोई नौकरी दे दीजिए। उस समय वे 150 रुपए महीने पर फैक्ट्री में रख लिए गए। कुछ समय बाद रफी साहब नहीं रहे। मुस्तफा साहब ने मुझे चिट्ठी लिखी कि रफी साहब के न होने से देश का जो नुकसान हुआ सो हुआ लेकिन मैं तो उजड़ ही गया। रफी साहब के गुजर जाने के एक महीने के अन्दर देवबन्द शुगर मिल के मालिक ने मुस्तफा साहब को नोटिस दे दिया कि आपके लिए अब यहाँ कोई काम नहीं है। आपको बिना पद के ही रख दिया था। मुस्तफा ने मुझे फोन किया। फिर चिट्ठी लिखी कि उन्हें नोटिस मिल गया है। मुस्तफा के लिए मैंने कोई और व्यवस्था करने की सोची। निजी तौर पर सी. बी. गुप्ता से मेरा परिचय नहीं था, फिर भी मैंने उन्हें फोन किया। मैंने उनसे कहा, मुस्तफा साहब फ्रीडम फाइटर हैं। रफी साहब के जरिए देवबन्द शुगर फैक्टरी में इनको नौकरी लगी थी। मिल के मालिक ने उनके मरने के बाद मुस्तफा को निकालने का नोटिस दे दिया है। गुप्ता जी बोले : अच्छा, निकालने का नोटिस दिया ! ठीक है, देखता हूँ। इस के बाद सी.बी. गुप्ता ने शुगर फैक्टरी मालिक को फोन करके कहा कि तुमने रफी साहब के आदमी को नौकरी से क्यों निकाला ? उन्हें तुरंत वापस लो वरना तुम्हारी फैक्टरी बन्द हो जाएगी। इस तरह मुस्तफा साहब की अनेक दिलचस्प कहानियाँ हैं...।

फाकामस्ती के दिन

छात्र-जीवन की समाप्ति और सम्पूर्ण राजनीतिक जीवन की शुरुआत के दौर में अनेक प्रकार की मुश्किलों से गुजरना पड़ा। नियमित खाने-पीने का इंतजाम नहीं था। अनेक शामें तो बिना भोजन के भी गुजरीं। इलाहाबाद में एक पावर हाउस था। उसके सामने मजदूरों के लिए खाना बनाने वाला ढाबा था। वहाँ मुझे चार आने में रोटी और कोहड़े या लौकी की सब्जी मिल जाती थी। वही खाकर मैं रहता था। पहले से ही मुझे पेट की तकलीफ थी। इस भोजन से वह और बढ़ गई। उसके बाद मैं बलिया जाकर काम करने लगा। तब भी वही खाना खाता था। हालाँकि मेरे कई दोस्त वकील और शिक्षक थे। संबंधी भी थे। लेकिन मैं किसी के यहाँ नहीं खाता था। पार्टी ऑफिस में रहता था। फुटपाथ पर दुकानें थीं। वहाँ तीन आने की रोटी और सब्जी मिलती थी। गौरीशंकर जी के यहाँ मेस चलता था। वे पूछते थे कि खाना खा लिया ? मैं कह देता था खा लिया। दिन में कुछ भी सत्तू या चना आदि खा लेता था। शाम के भोजन का भी यही हाल था। कमल के पत्ते में तीन आने की रोटी और सब्जी पैक कराकर बलिया स्टेशन पर चला जाता था। वहाँ सीमेंट की बेंच पर बैठ कर खाता था। रेलवे के नल से पानी पीकर पार्टी ऑफिस में सो जाता था। हालाँकि तब तक मैं आम लोगों के बीच जाना जाने लगा था। सड़क पर इस तरह ज़िन्दगी गुजारने का असर मेरी सेहत पर पड़ा। मैं बुरी तरह बीमार हो गया। पेट की तकलीफ काफी बढ़ गई। दोस्तों को लगा कि बचूँगा नहीं। वे घर पर खबर करने जा रहे थे। मैंने मना कर दिया। मैंने सोचा, जो कुछ होगा, देखेंगे। डिग्री कॉलेज हॉस्टल के दो-तीन लड़कों ने मेरी सेवा की। मेरे चचेरे भाई ब्रजनन्दन सिंह कम्पाउंडर थे। किसी लड़के ने उन्हें बताया कि मेरी तबियत खराब है। फिर वह बब्बन लाल डॉक्टर को लेकर आए और मेरा इलाज शुरू हुआ। डॉ. गुरूहरख सिंह आए। बाद में दो-तीन और डॉक्टर आ गए, क्योंकि गौरी शंकर और मुझे काफी लोग जानते थे। उन्होंने दवा दी। किसी तरह मैं ठीक हुआ। ज़िन्दगी के ऐसे तकलीफदेह दिनों को मैंने हमेशा सहजता से लिया।

पहला राजनैतिक भाषण

मैंने अपना पहला राजनैतिक भाषण बलिया में दिया। तब मैं इंटरमीडिएट का छात्र था। वहीं के एक स्वाधीनता सेनानी थे जिन्हें 'ट्रांस्पोर्टेशन फॉर लाइफ' की सजा हुई थी। उनका नाम परशुराम सिंह था। 1946 में वे छूट कर आए थे। उन्हीं के स्वागत में यह सभा हुई थी। उन दिनों छात्रों की ओर से गौरीशंकर राय ही भाषण देते थे। उस दिन गौरीशंकर राय किसी मीटिंग में लखनऊ या कहीं और गए हुए थे। अतः सभा में मुझको लोगों ने कहा कि आप ही भाषण दीजिए। फिर मैंने भाषण दिया। यह मेरा पहला सार्वजनिक भाषण था। उस सभा में बलिया के क्रान्तिकारी नेता पं. महानंद मिश्र जी थे। उन्होंने लोगों से कहा कि यह लड़का एक दिन बड़ा नेता होगा। इस पर ध्यान देना चाहिए। उसके बाद लगातार भाषण देने के मौके आए जब सतीशचंद्र कालेज में चुनाव

हुए। गौरीशंकर अध्यक्ष पद के लिए लड़े और मैं 'प्राइम मिनिस्टर' पद के लिए। गौरीशंकर चुनाव हार गए पर मैं जीत गया। प्राइम मिनिस्टर की हैसियत से मैंने समाजवादी विचारों के आधार पर एक नीति वक्तव्य बनाया था। इसे काफी पसन्द किया गया। वह सतीश चंद्र कालेज में कहीं रखा होगा।

शुरू से ही मैं अपने विचारों में बहुत स्पष्ट रहा हूँ। जो तय कर लेता हूँ, वह करता हूँ। हालाँकि अपने निश्चय का मैं कभी ढिंढोरा नहीं पीटता। अगर कुछ परेशानी भी हुई तो मन में ही रखा। रहीम की ये पंक्तियाँ मुझे पसन्द है : *'रहिमन निज मन की व्यथा मन ही राखो गोय। सुनि इठलैहें लोग सब बांट न लैहें कोय।'* मेरी एक और भी आदत रही है कि मैं किसी की सलाह भी नहीं लेता। इसकी वजह यह रही है कि जब भी मैंने किसी से सलाह ली, उसका गलत परिणाम निकला। इसलिए हमेशा ही मैंने अपने विवेक से निर्णय लिया और आज तक लिए। अपने किसी भी निर्णय के लिए मुझे अफसोस नहीं है।

दूसरा अध्याय

समाजवाद के लिए संघर्ष

जयप्रकाश नारायण से मुलाकात

1951 में अनायास एक घटना घटी। जून के महीने में सोशलिस्ट पार्टी की ओर से दिल्ली में जनवादी दिवस मनाया जा रहा था। उसमें जाने के लिए मैं इलाहाबाद स्टेशन पर आया। दिल्ली के लिए टिकट ले रखा था। प्लेटफार्म पर बाबू गेंदा सिंह मिले। वे उस समय उत्तर प्रदेश सोशलिस्ट पार्टी के सेक्रेटरी थे। वे बहुत दुखी दिख रहे थे। मैंने पूछा, गेंदा बाबू, इतने दुखी क्यों हैं ? उन्होंने कहा कि जयप्रकाश जी का कार्यक्रम तय करने आया था। यहाँ के जितने नेता हैं उनमें से कोई तैयार नहीं है। उनका कहना है कि जून के महीने में बड़ी गर्मी है। जेपी की सभा आयोजित करना सम्भव नहीं होगा। उस समय सोशलिस्ट पार्टी में कई नेता थे, लेकिन सब वकील थे। मैंने सोचा कि क्या किया जाए ? कुछ देर बाद उन्होंने पूछा कि क्या आप इस कार्यक्रम को नहीं कर सकते ? मैंने कहा कि अगर विश्वविद्यालय खुला होता तो मेरे लिए सम्भव हो सकता था। विश्वविद्यालय फिलहाल बन्द है। विश्वविद्यालय से बाहर अन्य लोगों से मेरा सम्पर्क बहुत कम है। वकील लोगों के सहयोग पर मुझे भरोसा नहीं। सम्पर्क में जो एक-दो लोग हैं, उनका प्रभाव इतना नहीं है। यह कहने के बाद मैंने इस बारे में थोड़ी देर सोचा। फिर गेंदा बाबू से बोला : अच्छा, ठीक है। अगर आप यह चाहते हैं कि जेपी की सभा होनी ही है तो मैं प्रयास करूँगा। मैंने रेलवे का जो टिकट लिया था, उसे वापस किया और फिर जेपी के कार्यक्रम को संगठित करने के काम में जुट गया। मेरे साथ रामेश्वर बाली थे। वे पश्चिमोत्तर प्रदेश से आए थे। शरणार्थी थे, पर थे बड़े उत्साही और कर्मठ। समाजवादी आंदोलन में काम करते थे। दूसरे बलिया के मेरे मित्र काशीनाथ मिश्र थे। दोनों साथ थे। हम लोगों ने काम शुरू किया। उस जमाने में जयप्रकाश जी विभिन्न राष्ट्रीय श्रमिक संस्थानों में काम करनेवाले मजदूरों के संगठन के अध्यक्ष थे। वे रेलवे मैन्स फेडरेशन के चेयरमैन थे। पोस्टल यूनियन के अध्यक्ष थे। आर्डीनेन्स फैक्टरी कार्यकर्ता के संघ के भी अध्यक्ष थे। हम लोगों ने इन संगठनों से सम्पर्क किया। उन्होंने अपने यहाँ जेपी की सभा आयोजित की। उन लोगों ने बहुत सहयोग किया। एक बड़ी सार्वजनिक सभा करने के लिए हम सबने धन इकट्ठा करना शुरू किया। शहर में हमें ज्यादा लोग जानते भी नहीं थे। लेकिन छोटे दुकानदारों और साधारण लोगों से हमने सहयोग लिया। हर छोटी-बड़ी दुकान से चार आना, आठ आना या एक रुपया मिला। मुझे याद है कि मीटिंग आयोजित कराने में जो खर्चा हुआ, उसके बाद हम लोगों ने एक हजार एक रुपए की थैली जयप्रकाश जी को दी थी। जेपी की पाँच या छह सभाएँ हुईं।

शाम को जेपी जब विश्राम के लिए रेलवे अतिथि गृह में ठहरे तो उन्होंने किसी से पूछा, चंद्रशेखर कौन हैं ? उनका नाम हर जगह सुनता हूँ लेकिन मुलाकात नहीं हुई। लोगों ने बताया कि वे तो बलिया के ही रहने वाले हैं। मुझे बुलाया गया और मैं उनसे मिलने गया। उससे पहले स्टेशन पर उनका स्वागत करने की बात आई। उसी समय किसी और ट्रेन से डी.एफ.कराका भी आ रहे थे। उन्हें जयप्रकाश जी की इस यात्रा की रिपोर्टिंग 'करेण्ट' साप्ताहिक में करनी थी। लेकिन सभी जयप्रकाश जी के स्वागत के लिए जाना चाहते थे। कोई डी.एफ.कराका को लेने जाने के लिए तैयार नहीं था। तब मैं अकेले डी. एफ. कराका को लेने के लिए सोशलिस्ट पार्टी का झण्डा लेकर प्लेटफार्म पर गया। मुझे याद है कराका ने बाद में 'करेण्ट' में लिखा कि : 'आई गॉट वन मैन रिसेप्शन विद ए रैड फ्लैग ऑन दी रेलवे प्लेटफार्म।' जून 1951 में जयप्रकाश जी से वहीं मेरी पहली मुलाकात हुई। उसके पहले उनकी सभाओं में मैं जरूर गया था, लेकिन कभी उनसे मुलाकात नहीं हुई। सोशलिस्ट नेताओं के साथ मैं एक कार्यकर्ता की हैसियत से जाता रहा। 1948 के नासिक सम्मेलन में भी सम्मिलित हुआ था। जब पार्टी कांग्रेस से अलग हुई थी, उस समय सोशलिस्ट पार्टी के सम्मेलन में जाने के लिए पार्टी का सदस्य होना आवश्यक था। सदस्यता मिलना सुगम नहीं था पर राजनारायण जी ने मेरे लिए किसी के नाम पर कार्ड का प्रबंध कर दिया। जेपी से पहली मुलाकात में सिर्फ औपचारिक बातें हुईं।

1942 में हजारीबाग जेल से भागने तथा भूमिगत आंदोलन चलाने के कारण जेपी बहुत प्रसिद्ध हो गए थे। उनका स्वभाव ही ऐसा था कि उनसे प्रभावित हुए बिना कोई रह नहीं सकता था। हर व्यक्ति के साथ वे स्नेह और समानता का व्यवहार करते थे। भोजपुरी क्षेत्र के हर व्यक्ति से वे भोजपुरी भाषा में ही बात करते थे। इससे एक प्रकार की आत्मीयता का बोध होता था। जेपी एक मर्यादित व्यक्ति थे। लेकिन यह भी सच है कि उस वक्त जयप्रकाश जी और आचार्य नरेंद्रदेव की तुलना में नई उम्र के लोग डॉ. राममनोहर लोहिया के खुलेपन से ज्यादा प्रभावित होते थे। डॉ. लोहिया का खुलापन उस सीमा तक था जहाँ तक जाने की बात जयप्रकाश जी या आचार्य नरेंद्रदेव सोच भी नहीं सकते थे। डॉ. लोहिया का खुलापन अनेक रूपों में था, जैसे : कॉफी हाउस या रेस्त्रां में युवाओं के साथ बैठना, अगर कहीं डांस भी हो रहा हो तो लड़कों से कहना कि जाओ, हिस्सा लो। लोहिया के व्यक्तित्व की यह मुक्तशैली थी। जेपी का मर्यादित व्यक्तित्व इससे उलट था। जेपी से दूसरी मुलाकात के बारे में याद नहीं है। असल में जब परिचय हो गया तो लगातार मुलाकातें होती रहीं। उस वक्त कुछ लोग ऐसे थे जो नेताओं के पीछे-पीछे दौड़ते थे। मेरे लिए यह संभव नहीं था। मैं बहुत संकोच करता था। उन दिनों मैं सोच भी नहीं सकता था कि जयप्रकाश जी जिस मंच से भाषण दे रहे हैं, मैं उस पर जाकर बैठूँ।

मैं भोजपुरी भाषा बोलनेवाले के प्रति स्वाभाविक रूप से सामीप्य महसूस करता था। जेपी मुझसे अक्सर भोजपुरी में ही बात करते थे इसलिए उनसे आत्मीयता एक सहज

परिणति थी। एक बार जयप्रकाश जी मेरे गाँव में गए। तब वे आधे सर्वोदयी थे और आधे सोशलिस्ट। उनकी एक अपील थी कि जितने समाजवादी कार्यकर्ता हैं, वे अपने-अपने गाँव में कोई रचनात्मक काम करें। मैं अपने गाँव में गया और सोचा कि क्या करूँ ? फिर मैंने एक अस्पताल बनवाने का निर्णय लिया। मेरे यहाँ उसकी बहुत जरूरत थी। व्यक्तिगत रूप से मैं स्वयं भी आहत था, क्योंकि मेरी माँ बिना दवा के मर गई थी। मै स्वयं बचपन में उपचार के अभाव को झेल चुका था इसलिए मैंने तय किया कि अस्पताल ही बनाना चाहिए। मेरे गाँव के पास के गाँव सिउरी में कुछ जमीन थी। लोग कहते थे, वहाँ भूत रहते हैं। मैंने गाँववालों से कहा कि हम यहाँ अस्पताल बनवाना चाहते हैं। गाँववालों ने जवाब दिया कि काम कौन करेगा ? इस पर मैंने और मेरे चचेरे भाई अनिरुद्ध सिंह ने फावड़ा चलाना प्रारंभ किया। दो-चार दिन में जितना खोद सके, हमने मेहनत की। हमारी जिद और लगन को देखकर अनेक मजदूर वहाँ पहुँच गए। हमने मिलकर अस्पताल की जमीन तैयार कर दी। इसके बाद जयप्रकाश जी आए और अस्पताल का शिलान्यास किया। उन्हें गाँव ले जाने के लिए हम लोगों ने पाँच-छः किलोमीटर का रास्ता गाँव के खेतों की मेड़ काट-काटकर तैयार किया। उसे जीप के जाने लायक बनाया। जीप के अलावा और कोई दूसरी गाड़ी नहीं जा सकती थी। उन दिनों डॉक्टर की सलाह पर जयप्रकाश जी अन्न नहीं खाते थे। मीट, मछली और मुर्गा आदि ही उस समय उनका प्रमुख भोजन था। रात में जयप्रकाश जी हमारे गाँव के प्राइमरी स्कूल में ठहरे। अपने यहाँ की सभा के बाद अगले दिन हम लोग जयप्रकाश जी के गाँव के लिए चले। रास्ते में एक मजेदार घटना घटी। आगे एक जीप में जयप्रकाश जी और एक-दो लोग थे। दूसरी जीप में पीछे मैं और कुछ अन्य साथी थे। जयप्रकाश जी के गाँव जाने का रास्ता खेतों के बीच से जाता था। कच्चे रास्ते के बीच एक नाला पड़ता था, उसमें थोड़ा पानी था। लेकिन जयप्रकाश जी के गाँव की जमीन बालूदार थी। वहाँ बरसात के पानी में गाड़ी धँसती नहीं थी। उनकी जीप आगे निकल गई लेकिन हम लोगों की जीप पीछे फँस गई। मैंने अपनी जीप में बैठे साथियों से मजाक में कहना शुरू किया : 'सभी उतरो, और धक्का दो।' सब लोग उतर रहे थे। मैं अपनी जगह पर बैठा जीप से ही लोगों को ललकार रहा था। थोड़ी देर में मैंने देखा कि जयप्रकाश जी अपनी जीप से उतरकर नीचे आ गए हैं। उन्होंने अपनी चप्पल हाथ में ले रखी हैं और पानी में चलकर हमारी तरफ आने वाले हैं, ताकि मेरी जीप को धक्का दे सकें। मुझे आश्चर्य हुआ और मैं जीप से उतरने लगा। तब तक जीप स्टार्ट हो गई और हम सब आगे चल पड़े।

जयप्रकाश जी के साथ प्रभावती जी भी थीं। जयप्रकाश जी के गाँव में पश्चिम की तरफ से एक रास्ता जाता था। उस वक्त रात हो गई थी। अँधेरा था, रास्ता दिखाई नहीं दे रहा था। जयप्रकाश जी का घर लालाटोला में था। अँधेरे में ड्राइवर ने किसी मजदूर से पूछा : लालाटोला का रास्ता कौन-सा है ? उसने भोजपुरी में कहा कि मैं तो केवल अपने गाँव के पश्चिम में ही घास काटता हूँ। पूरब की तरफ तो कभी गया

ही नहीं। इस पर बड़ी हँसी हुई। खैर, रास्ता हमें मिल गया और हम लोग लालाटोला पहुँच गए। अगले दिन हमने सुबह जयप्रकाश जी से रात की घटना बताई। जिस मजदूर से रास्ता पूछा था, उसकी दुनिया कितनी सीमित है, यह बताया। फिर मैंने मजाक के लहजे में कहा कि असल में बड़े पेड़ के नीचे छोटे पौधे अगर उग भी गए तो उनका विकास नहीं होता। आप इस गाँव के बड़े पेड़ हैं...जेपी इस बात पर हँसने लगे। जयप्रकाश जी से शुरुआत में मेरी कोई सैद्धांतिक बातचीत नहीं होती थी। असल में उनसे बातचीत करने की हिम्मत ही नहीं थी। वैसे उनके चेलों से मेरी बहुत बहस होती थी, बल्कि सैद्धांतिक बहस तो डॉ. लोहिया से होती थी। लेकिन कभी जयप्रकाश जी और आचार्य जी से सैद्धांतिक बहस नहीं हुई। लेकिन बाद में जयप्रकाश जी से मैंने बहुत सैद्धांतिक बातें कीं। जब वे भू-दान में गए तो मैंने उनसे विरोध जताया। जब उन्होंने यह कहा कि हम जीवनदान करते हैं तो उसका भी मैंने विरोध किया। दलविहीन लोकतन्त्र के उनके सिद्धांत से मैं कभी सहमत नहीं हुआ। नागालैंड के बारे में उनके विचार पर भी मैंने उनसे बहस की। जयप्रकाश जी के '74 के आंदोलन पर भी मेरी उनसे बहुत चर्चा हुई।

जब मैं रो पड़ा

1951 में विश्वविद्यालय छोड़ने के बाद मैं सोशलिस्ट पार्टी में पूरा समय देकर काम करने लगा। कुछ ही दिनों में मैं इलाहाबाद...पार्टी का सेक्रेटरी बन गया। गेन्दा सिंह ने मुझे नियुक्त किया था। छः-सात महीने काम करते बीते थे। वे बड़ी कठिनाई के दिन थे। कोई पूछने वाला नहीं। पार्टी में अधिकतर बड़े वकील थे, पैसे वाले थे। पार्टी को ख्याति प्राप्त करने का साधन मानते थे। दिन-रात गरीबों, मजदूरों और किसानों के बीच में काम करने वाले कार्यकर्ताओं के लिए उनके यहाँ कोई स्थान नहीं था। मैं पुस्तक पढ़कर और गरीबी का अनुभव करके इस विश्वास से पार्टी में आया था कि गरीबों को इज्जत की ज़िन्दगी दिलाने में पार्टी अगुआई करेगी, पर वास्तविकता कुछ और दिखाई पड़ी। मन विद्रोह कर उठा और जब 1952 का चुनाव हुआ तो उन चुनावों में हमारी लड़ाई वकीलों से हुई। होलटाइमर वर्कर्स के स्थान पर वकीलों को टिकट दिया जाने लगा। मोतीलाल जी आजादी की लड़ाई में जेल गए थे। बड़े कर्मठ थे। दिन-रात संगठन के काम में लगे रहते थे। उनके टिकट को लेकर वकीलों ने बड़ा विरोध किया। मैंने मोतीलाल जी का समर्थन किया। एक वकील थे सतीश चंद्र खरे। खरे साहब बहुत अच्छे वकील थे। उनका बड़ा योगदान था। 1942 में जब बलिया में कोई वकील स्वतन्त्रता संग्राम सेनानियों की वकालत करने नहीं आया तो वे महीनों बलिया जाकर रहे और वहाँ उनकी पैरवी की। मैं उनका आदर करता था। सतीश चंद्र खरे को पार्टी ने टिकट दिया। मुझे यह सन्देह था कि वे अन्त में चुनाव से हट जाएँगे। मैं इस तरह के टिकट बँटवारे के बहुत खिलाफ था। अन्त में मेरी बात सही साबित हुई। वे बैठ गए। उस समय सोशलिस्ट पार्टी में टिकट देने से पहले हर जिले के लोगों को बुलाया जाता था। उससे पहले पर्यवेक्षक जाते

थे। जयप्रकाश जी के बड़े अभिन्न मित्र एमपी सिन्हा बड़े करीने वाले आदमी थे। वे यू.पी. पार्लियामेंट्री बोर्ड के सेक्रेटरी थे। वे इलाहाबाद गए। पार्टी के लोगों की मीटिंग बुलाई गई। मेरी उनसे मोतीलाल के सवाल पर कुछ झड़प हो गई। वकीलों ने तो उनका बड़ा स्वागत-सत्कार किया था, लेकिन मैंने सिन्हा साहब से कहा कि वे कल आए और आज सब निर्णय स्वयं करने लगे। यहाँ हम लोगों ने पार्टी बनाई है। आपने और इन वकीलों ने नहीं बनाई। जब यहाँ पार्टी कुछ नहीं थी तो मैंने इसे बनाया। इसके लिए क्या-क्या किया, यह सिर्फ मैं जानता हूँ। आप चुप रहिए और मेरी जो राय है, वहाँ बता दीजिए। मुझे आगे बात करने की जरूरत नहीं।

मैं उस समय इलाहाबाद नगर पार्टी का सेक्रेटरी था। छोटे-से होटल में मैंने एक कमरा किराए पर लिया था, बहुत सस्ता। उसी में ऑफिस बना रखा था। सोशलिस्ट पार्टी के इलाहाबाद के सेक्रेटरी की हैसियत से मुझे भी राज्य-कार्यालय में बुलाया गया। जब मैं पार्लियामेंट्री बोर्ड के सामने पहुँचा तो एमपी सिन्हा ने मेरा विरोध किया। उन्होंने कहा, इन्होंने मुझे इलाहाबाद पार्टी मीटिंग में बोलने नहीं दिया था। अगर यहाँ इनकी बात सुनी जाएगी तो इससे मेरा अपमान होगा। उनके इस कथन पर मीटिंग में कोई कुछ नहीं बोला। मैं बैठा रहा। उसी मीटिंग में राजाराम शास्त्री और फरीदुल हक अंसारी आदि भी थे। मैं बाहर निकल आया। पान दरीबा लखनऊ में ऑफिस था। वहीं एक बरामदे में पत्थर पर बैठा मैं सोचने लगा यह कौन-सा समाजवाद है ? सारे नेता कहते हैं कि विचार से सब लोग समान हैं, लेकिन मुझे बोलने नहीं दिया गया। मुझे बहुत आत्मग्लानि हुई, बुरा लगा। मैं यह सोचने लगा, कि कहाँ फँस गया ! फरीदुल हक अंसारी बहुत संवेदनशील व्यक्ति थे। वे आए, उन्होंने पीछे से आकर मेरे दोनों कंधों पर हाथ रखा और कहा, चंद्रशेखर, परेशान मत हो। राजाराम शास्त्री से मैंने कहा है, वे बाद में तुमसे राय लेंगे। मेरे धैर्य का बाँध टूट गया। मैं उस जमाने में बहुत गुस्सेवाला था। मैंने अपना गुस्सा रोक रखा था कि नेताओं के सामने क्या गुस्सा जाहिर करूँ। मुझे जो गुस्सा और ग्लानि थी, उसके कारण मैं जोर-जोर से रोया और नेताओं को जमकर गाली दी। मैं बोलता रहा : ये सब दलाल हैं, बिजनेस करते हैं, इन सबको न पार्टी चलानी है और न समाजवाद से कोई मतलब है। ये यहाँ इसलिए नहीं आए हैं कि उन्हें दल के विकास से कुछ लेना-देना है। फरीदुल साहब ने मुझे ढाँढ़स बँधाया और थोड़ी देर में मैं चुप हो गया।

छात्र-जीवन के बाद

विद्यार्थी-जीवन के बाद मैं पार्टी के काम में पूरी तरह लग गया था। इलाहाबाद यूनीवर्सिटी में उस समय सोशलिस्टों का बहुत जोर था। ज्यादातर लड़के इसके सदस्य थे। जितने भी अच्छे लड़के थे, उसमें से 70 प्रतिशत समाजवादी आंदोलन में थे। बाकी कम्युनिस्ट या आर.एस.एस. के थे। आर.एस.एस. वाले गुप्त तरीके से शाखा में जाते थे। दो-चार प्रतिशत ही ऐसे थे जिनके बारे में लोग जानते थे कि वे आर.एस.एस. में हैं। 1952-53 में कम्युनिस्ट पार्टी में रणदिवे की 'लाइन' अपनी चमक खोने लगी थी।

उन्हीं दिनों मैंने बलिया में सोशलिस्ट पार्टी के सेक्रेटरी की हैसियत से काम शुरू किया।

1952 के आम चुनाव में सोशलिस्ट पार्टी काफी अच्छा परिणाम दिखाएगी, यह उम्मीद थी। कम से कम बिहार में लोग यह समझते थे कि वैकल्पिक सरकार बनेगी। 1952 में हम लोगों को भी बहुत आशा थी। एक अजय कुमार बसु थे जो डीएसपी हो गए थे। वे फ्रीडम फाइटर थे। इस्तीफा देकर 1952 का चुनाव लड़ने आए। मुझे उनका प्रचार करने निकलना था। कोई और साथ नहीं था। मेरे साथ केवल एस. के. श्रीवास्तव होते थे। वे आर्डिनेंस फैक्टरी के नेता थे। उनके पास मोटर साइकिल थी। मोटर साइकिल पर एक लाल झण्डा लगाकर हम दोनों जाते थे। मैं पीछे बैठता था। एस. के. श्रीवास्तव मोटर साइकिल चलाते थे। चौराहे पर इलाहाबाद में मैं नारा लगाता था, 'इंकलाब', वे कहते थे–'जिन्दाबाद'। दूसरा नारा था–'कमाने वाला खाएगा', 'लूटने वाला जाएगा।' इलाहाबाद के चौराहे पर 25 से 50 तक आदमी खड़े हो जाते थे। मैं समाजवाद पर लम्बा भाषण करता था। 10-15 मिनट के भाषण के बाद फिर मोटर साइकिल चल पड़ती थी दूसरे चौराहे की ओर। हम लोगों के चुनाव-प्रचार का यही तरीका था। शाम को बैठकर तय करते थे कि कल कहाँ चलना है। अगले दिन वहाँ इसी प्रकार से नुक्कड़ सभाएँ करते थे।

उरई जिले का एक लड़का था–जमींपाल सिंह। वह चुनाव के दौरान काफी सक्रिय था। मतदान के समय उसने हमारे एक और साथी सोहनवीर सिंह तोमर जी से कहा : बड़ी गड़बड़ है, कोई वोटर हम लोगों के पास आता ही नहीं, जबकि हम लोगों ने काउंटर हर जगह लगाए थे। वहाँ 10-10 लड़के बैठे थे। तोमर जी बहुत बुद्धिमान आदमी थे। वे परिस्थितियों की अनुकूल व्याख्या करने में माहिर थे। उन्होंने जमींपाल से कहा : घबराओ मत, जितने कांग्रेस के काउंटर से वोट डालने जा रहे हैं, वे सब हम लोगों के ही वोटर हैं। डरकर हमारे काउंटर पर नहीं आ रहे हैं। लेकिन तोमर जी के आशीर्वाद की तब कलई खुल गई जब नतीजा आया। सबकी जमानत ही जब्त हो गई। मुझे याद है कि नतीजा जब आ रहा था तब एक दिन 'लीडर' अखबार ने छापा–आचार्य नरेंद्रदेव फेसिंग डिफीट। कोई लड़का सिविल लाइंस गया था, वह लौटकर हिन्दू होस्टल में आया और खबर फैला दी कि लीडर ने छाप दिया है–'आचार्य नरेंद्रदेव फेसिंग डिफीट'। अब हल्ला मचा कि 'लीडर' बिरला का अखबार है, समाजवादियों के खिलाफ है, चलो जलाओ इसको। 'लीडर' अखबार को जलाओ। लड़के तैयार थे। मैंने पूछा, क्या हंगामा है ? फिर उन्हें समझाया कि जरा रुक जाओ। पता लगा लें कि सच क्या है। थोड़ी देर के बाद मैंने किसी को भेजा कि पता लगाओ। जानकारी मिली कि काउंटिंग हो रही है और हम लोग काफी पीछे हैं। हम सब एक-दो दिन उदास पड़े रहे। 'लीडर' अखबार के लिए लड़कों के मन में उठा गुस्सा शान्त हो गया।

इस तरह रखी दाढ़ी

मेरे एक मित्र माताबदल जायसवाल उन दिनों पी-एच.डी. कर रहे थे। उनको कोई

अपने यहाँ ठहरने नहीं देता था। वे गरीब थे। उन्हें टी.बी. हो गई थी। मैंने बीमार माताबदल जी को अपने यहाँ ठहराया। उन्होंने स्वामी प्राणनाथ पर किताब लिखी है। वे यूनीवर्सिटी में टॉप कर चुके थे। उन्होंने कहा, 'चंद्रशेखर, मुझे एक बड़ा अवसर मिला है। ओरिएंटल इंस्टीट्यूट (लन्दन) ने मुझे साक्षात्कार के लिए कार्ड भेजा है। मुझे हिन्दी में ध्वनि विज्ञान पर शोध करने के लिए साक्षात्कार हेतु बुलाया है। इंटरव्यू के लिए मुझे जयपुर जाना है।' तारीख नजदीक ही थी। उन्होंने बताया कि उन्हें फर्स्टक्लास का टिकट, रहने की जगह और भोजन के अलावा शायद 40 रूपये ऊपर से देंगे। कहने लगे, देखो, अगर हम लोग सेकेण्ड क्लास में भी चलेंगे तो बहुत पैसा बचेगा। तुम भी साथ चलो। मैं उनके साथ जयपुर गया। वहाँ उनके लिए खासाकोठी में कमरा बुक था। उस समय खासाकोठी के एक कमरे का किराया 40 रुपये था। उन्होंने कहा, तुम भी यहीं रुक जाओ। उनके कमरे में रहने पर 15-20 रुपये और देने पड़ते। साथ वाला कमरा लेता तो 40 रुपये लगते। मैंने कहा, इतना पैसा खर्च क्यों करेंगे ?

मैं दूसरे होटल में चला गया। वहाँ दो रुपए में मुझे एक कमरा मिला। साथ में बाथरूम था। कमरे में एक चारपाई थी। रात को वहीं रुका। जाकर खाना खा लिया। हिन्दू होस्टल में हम लोग सेफ्टीरेजर नहीं रखते थे। नाई से दाढ़ी बनवाने की आदत हो गई थी। नाई आता था और होस्टल के कमरे में आकर दाढ़ी बनाता था। डेढ़ रुपया महीना लेता था। कई लड़के ऐसे नवाब थे कि उसे कहते थे कि मेरी दाढ़ी लेटे-लेटे ही बनाओ। बेचारा नाई कपड़ा लगा कर लेटे-लेटे ही उनकी दाढ़ी बना देता था। रोज दाढ़ी बनाने की आदत थी, इसलिए दाढ़ी खुजलाने लगी। फिर मैंने सोचा कि होटल से बाहर निकलकर दाढ़ी बनवा लूँ। लेकिन खासाकोठी के पास कोई सैलून नहीं था। मैं करीब आधे घंटे घूमता रहा। रास्ते में बहुत-से नाई मिले। वे ईंट रखकर बैठे थे। मुझे इतना बोध था कि इनसे दाढ़ी बनवाऊँगा तो परेशानी हो सकती है। मैं वापस लौट आया। दूसरे दिन भी दाढ़ी नहीं बनवाई। दो दिन के बाद मैंने सोचा कि इरादा तो समाजवाद लाने का है, दाढ़ी से ही परेशान हो जाएँगे तो क्या कर पाएँगे ! मैंने दाढ़ी बनाना छोड़ दिया। इंटरव्यू में मेरे मित्र चुने नहीं गए। जयपुर से हम चितौड़ और अजमेर गए। अजमेर में उनका एक दोस्त था। बाद में मेरा कभी उससे सम्पर्क ही नहीं हो पाया। पति-पत्नी दोनों शिक्षक थे। पति किसी इंटरमीडिएट कॉलेज में लेक्चरर थे, पत्नी किसी गवर्नमेंट स्कूल में प्राध्यापिका थीं। उनके यहाँ हम लोग पाँच-छह दिन ठहरे। उनके जैसा अच्छा परिवार मैंने नहीं देखा। उनकी पत्नी हम सब को रात को खाना खिलाने के बाद एक गिलास गर्म दूध देती थी। सवेरे उठने पर हाथ धुलाने के लिए गर्म पानी का डोल लेकर खड़ी रहती थी। वहाँ से लौटे तो दाढ़ी बढ़ गई थी। मैं दाढ़ी न बनाने का निर्णय ले चुका था। आरएसएस वाले दोस्त कहने लगे कि अशोक मेहता बन रहे हो ? मैंने कहा, नहीं, गोलवलकर बनने का विचार है, धीरे-धीरे वही बन जाऊँगा।

पी-एच.डी. करने का फैसला और बाधा

1952 के आम चुनावों के परिणाम के बाद पार्टी में घोर निराशा छा गई। एक प्रकार से पार्टी का काम ठप्प हो गया। मेरे मन में यह विचार आया कि अब पी-एच.डी. करूँ और कहीं अध्यापन का काम करना प्रारंभ करूँ। इस विचार से बनारस गया। बनारस हिन्दू विश्वविद्यालय में नाम लिखवाया। प्रो. मुकुट बिहारीलाल जी राजनीति शास्त्र विभाग के अध्यक्ष थे। आचार्य नरेंद्रदेव जी कुलपति थे। मैंने शोध के लिए स्वयं विषय चुना 'इन्फ्लूएन्स ऑफ इकॉनामिक डेवलपमेंट ऑन पालिटिकल थाट्स'। मैंने इस विषय पर एक संक्षिप्त नोट बनाया। प्रोफेसर मुकुटबिहारी लाल उसे देखकर बहुत प्रसन्न हुए। मुझे बड़ा प्रोत्साहित किया और मैं भी लगन के साथ इस काम में लगा। उस समय कम्युनिस्ट पार्टी का रणदिवे पीरिएड चल रहा था। गाजीपुर, बलिया और आजमगढ़ आदि में उस दल का बहुत जोर था। बलिया के एक गाँव में एक जमींदार घर के चार लोगों की हत्या हो गई। इस कारण कई जगह झगड़े हुए। हिंसा के इस माहौल पर सोशलिस्ट पार्टी ने एक बैठक रखी। बैठक काशी विद्यापीठ में हुई। उसमें यह तय किया गया कि एक समिति बनाई जाए जो लोगों को हिंसा का रास्ता छोड़कर अहिंसक प्रतिरोध के लिए तैयार करे। उस समिति के संयोजक फरीदुल हक अन्सारी बनाए गए। किसी ने सुझाव दिया कि फरीदुल साहब की उम्र ज्यादा है, बहुत दौड़-धूप नहीं कर सकते हैं, लिखा-पढ़ी का भी काम होगा इसलिए उनका कोई सहायक होना चाहिए। राजनारायण जी ने तुरंत मेरा नाम पेश कर दिया। उन्होंने कहा, मेरी राय में चंद्रशेखर को बनाया जाए। बाकी लोगों की भी यही राय थी। मेरे गाइड प्रोफेसर मुकुट बिहारी लाल भी उसमें बैठे थे। उन्होंने कहा : नहीं, चंद्रशेखर जी का नाम आप लोग मत रखिए। उन्हें दो वर्ष के लिए छुट्टी दीजिए। इस बीच वे अपनी पी-एच.डी. पूरी कर लेंगे। इन्होंने बहुत अच्छा विषय चुना है। मैं चुप बैठा था। थोड़ी देर तक सन्नाटा रहा। फिर अचानक आचार्य नरेंद्रदेव जी बोले : चंद्रशेखर जी, इन प्रोफेसरों के चक्कर में आप मत आइए, इन्होंने बहुतों की ज़िन्दगी बरबाद की है। आपकी थीसिस कौन पढ़ेगा, अगर देश ही नहीं रहेगा ? आप देश बनाने के काम में लगें। उस दिन मैंने तय किया कि पी-एच.डी. नहीं करूँगा। और तब से देश बनाने के काम में लगा। यह 1952 के आसपास की बात है। अब तक देश का कुछ बना नहीं सका।

जीवन के दो प्रेरणा पुरुष

मैंने जीवन में जितने भी लोगों को देखा, वे चाहे साधु-महात्मा हों, राजनीतिक नेता या उच्च विद्वान, किसी को देखकर मुझे ऐसा नहीं लगा कि यह आदमी कुछ अलग है और मैं वैसा नहीं हो सकता। ठीक है, इन्हें अवसर मिला है, प्रयास किया होगा, विद्वान हैं, पढ़े-लिखे हैं, लेकिन दूसरों की तरह ही हैं। आचार्य नरेंद्रदेव को देखते ही मुझे यह लगा कि इस आदमी जैसा होना मेरे वश का नहीं है। ठीक यही भावना मेरे मन में अवधूत भगवान राम के लिए भी थी। वे बनारस के रहने वाले थे। मैं दिल्ली में कम्युनिकेशन

बिल्डिंग के अन्तर्गत 'यंग इंडियन' चलाता था। एक दिन वे मार्कंडेय सिंह के साथ मेरे ऑफिस में आ गए। 'यंग इण्डियन' 1970 में शुरू किया था। 1971 के शुरू में अवधूत जी आए होंगे। फिर धीरे-धीरे उनसे सम्पर्क हुआ।

आचार्य नरेन्ददेव में मैंने पाया कि उनके मन में किसी के लिए कोई भेदभाव नहीं है। चाहे कोई बड़ा राजनीतिक हो या गाँव का साधारण आदमी, किसी से भी मिलते ही उनका एक ही प्रश्न होता था : कहिए, कैसे हैं ? प्रसन्न तो हैं न ? टण्डन जी आदि के आने पर वे बेबाक हँसी हँसते थे।

ज्वाइंट सेक्रेटरी का पदभार

लखनऊ आया, जब मुझे अध्यक्ष राजाराम शास्त्री का तार मिला तब। तार था 'कम इमीडिएटली टू मीट आचार्य जी'। यह 1954-55 की बात है। पार्टी में टूट हुई तो राजनारायण आदि ने पार्टी के दफ्तर पर कब्जा कर लिया था। हमारे पास कोई दफ्तर नहीं था। यह बात किसी ने आचार्य जी से कही होगी। मैं समझ नहीं पा रहा था कि आचार्य जी ने मुझे क्यों बुलाया है ? पहले मैं राजाराम शास्त्री जी के पास गया। उनसे पूछा। उन्होंने कहा : आचार्य जी आपको ज्वाइंट सेक्रेटरी बनाना चाहते हैं। मैंने शास्त्री जी से कहा कि ज्वाइंट सेक्रेटरी नहीं बनूँगा। मैं यह काम नहीं कर सकता। उत्तर प्रदेश में मेरा कोई सम्पर्क नहीं है। आचार्य जी उस समय लखनऊ में थे। उनके घर पहुँचते ही शास्त्री जी ने उन्हें बता दिया कि मैं तैयार नहीं हूँ। मिलने पर आचार्य जी ने पूछा : तैयार क्यों नहीं हैं ? मैंने कहा : आचार्य जी, मुझसे यह काम नहीं होगा। उन्होंने कहा : सोच लीजिए, काम करते-करते ही आता है। ऑफिस का काम तो आप कर ही सकते हैं। मैंने कहा, यह काम मेरे लिए मुश्किल है। आचार्य जी ने जब दो-तीन बार दबाव डाला तो मैं उनके सामने खुला। मैंने उनसे कहा कि दल के नेताओं से मेरी नहीं पटेगी। बाबू गेंदा सिंह और त्रिलोकी सिंह आदि से मेरा झगड़ा हो जाएगा। मेरा स्वभाव इनसे नहीं मिलता। इनमें से कोई नहीं है जिसके साथ मेरा मतैक्य हो। आचार्य जी ने कहा : क्या हुआ अगर कोई नहीं है, मैं तो हूँ। आपको मेरे ऊपर भी विश्वास नहीं है ? मैंने कहा : आचार्य जी, अब मेरे पास कोई तर्क नहीं रह जाता, आप कह रहे हैं तो मैं तैयार हूँ। इस तरह मैं ज्वाइंट सेक्रेटरी हो गया।

मेरा पहला वक्तव्य

सरकार का स्वशासन पर जोर था। इस विचार पर समझ के लिए नगरपालिकाओं को अधिक अधिकार देने की बात चल रही थी। 1954 की बात है। तभी एक मामला उछला। मैंने खुद टाइप करके अपना बयान बनाया और उसे नेशनल हेराल्ड में भेज दिया। वह छपा। अखबारों में तो बयान छपते ही रहते हैं। इस बयान का जिक्र इसलिए कर रहा हूँ क्योंकि यह मेरा पहला बयान था। चेलापति राव ने अपने सहयोगियों के सामने उस बयान की तारीफ की थी। वे नेशनल हेराल्ड के संपादक थे। मेरा बयान

सरकार के खिलाफ था। उसे छापने से पहले स्टाफ ने चेलापति राव से पूछा था। मैं जब ज्वाइंट सेक्रेटरी होकर आया था, उस वक्त ओमप्रकाश जी अस्थायी रूप से बलिया में कार्य कर रहे थे। वे सतीशचंद्र डिग्री कालेज, बलिया में लेक्चरर थे। उनको तार देकर बुलाया गया। वे नौकरी छोड़कर आ गए। काशी विद्यापीठ से सत्यप्रकाश मित्तल आए। उनको भी बुला लिया। तब केएमपीपी का विलय हो चुका था। त्रिलोकी बाबू ने अमीनाबाद के पास लाटूस रोड पर केएमपीपी का ऑफिस बनाया था। एक छोटा-सा कमरा था और खाना बनाने की जगह थी। वहाँ सीढ़ियों से चढ़कर जाते थे। जब सीढ़ियाँ चढ़ते थे, तो लगता था कि अब टूट जाएंगी। वहीं हम लोग रहते थे।

कुछ दिनों बाद मैंने ओम प्रकाश जी से कहा कि आप विधानमण्डल पार्टी से सम्पर्क रखिए। असेंबली के मेम्बर पार्टी को दस रुपए महीना देते थे। ओम प्रकाश जी वसूल करने जाते थे, जब वसूल नहीं हो पाता था, खिन्न होकर लौट आते थे। फिर दोबारा जाते थे। एक दिन उन्हें शायद बहुत बुरा लगा होगा। उन्होंने आकर कहा : आप किसी और को भेजिए। अब मैं नहीं जाऊँगा। मैंने पूछा, क्यों ? उन्होंने बताया : सब कहते हैं कि उनकी आर्थिक हालत खराब है, हम 10 रुपए नहीं दे सकते। सबने बैठकर तय किया कि आज से कोई वहाँ नहीं जाएगा, चाहे जैसे भी चलाना पड़ेगा, हम काम चलाएंगे। खैर, हम लोगों ने कुछ दिन चना-चबेना खाकर गुजारे। रात को खिचड़ी बनाते थे। खिचड़ी भी अपने हाथ से बनानी पड़ती थी। वे लोग मुझे बर्तन नहीं धोने देते थे। अपने आप धो लेते थे। रात को देर से खाना खाते थे। बर्तन वैसे ही जूठे पड़े रहते थे। सब लोग देर तक सोते थे। सवेरे मैं जल्दी उठ जाता था। उन सबके जागने से पहले बर्तन धो देता था।

एक वरिष्ठ नेता थे दामोदर स्वरूप सेठ। वे वहीं पार्टी ऑफिस में आकर ठहरते थे। बरेली के थे। मुँह अँधेरे जल्दी उठते थे। उन्होंने देखा, कोई बर्तन धो रहा है। पूछा : कौन है ? मैंने कहा, सेठ जी, मैं चंद्रशेखर। मैं ज्वाइंट सेक्रेटरी था इसलिए वे मुझे जंट साहब कहते थे। उन्होंने उस समय कुछ नहीं कहा। नहा-धोकर तैयार हो गए। वे जब लखनऊ आते थे, तब आचार्य जी के पास जरूर जाते थे। वे आचार्य जी के पास पहुँचे तो वहाँ दो-चार लोग बैठे थे। उन्होंने आचार्य जी से कहा : आप तो बड़े भारी नेता बने हुए हैं, लेकिन उस लड़के को किस काम के लिए बुला लिया ! एम.ए. पास करके चंद्रशेखर आपके यहाँ बर्तन धोएगा ! आप लोग वहाँ एक चपरासी का इंतजाम नहीं कर सकते ? वहाँ एक और सज्जन थे, आचार्य जी ने कहा : मुझे मालूम नहीं। किसी ने कहा कि इन पर क्यों बिगड़ रहे हैं। इनकी तबीयत ठीक नहीं है। सेठ जी बोले : आप बता दीजिए, इनकी तबीयत कब ठीक रहती है, तब इनसे बात करें। उसके बाद जब मैं गया तो आचार्य जी ने मुझसे पूछा : आपके ऑफिस में कोई चपरासी नहीं है ? मुझे सन्दर्भ का पता नहीं था। मैंने कहा : नहीं, कोई जरूरत ही नहीं है। इतना काम नहीं है, हम सब स्वयं ही कर लेते हैं। उन्होंने बताया कि आपने हमारी बड़ी लड़ाई करा दी। सेठ जी बिगड़कर गए हैं। उनसे भला कौन लड़े, वे तो बिगड़ते ही चले गए। मैंने

सारी बात पूछी तब उन्होंने बताया कि सेठ जी क्या कह रहे थे।

पार्टी ऑफिस में रहकर काम करने के ये दिन परेशानियों से भरे थे। खाना खाने का कोई ठिकाना नहीं रहता था। उन दिनों देवरिया के विधायक राजवंशी बाबू हफ्ते में एक-दो दिन घर बुलाकर हम लोगों को अच्छा खाना खिला देते थे। वे अपने हाथ से भी कुछ बनाते थे और माँ की तरह स्नेह से खिलाते थे। उन जैसा ममत्व से पूर्ण व्यक्तित्व किसी और में नहीं देखा। स्वतंत्रता संग्राम सेनानी थे। उनके पुत्र रामायण राय मेरे घनिष्ठ मित्रों में से थे। वे भी आजादी के आंदोलन में जेल गए। बाद में विधानसभा और लोकसभा के भी सदस्य बने। वैसे कई बार भूखे पेट भी रहना पड़ा।

लखनऊ में उन्हीं दिनों मेरा परिचय हुआ पत्रकार उपेन्द्र वाजपेयी से। उपेन्द्र वाजपेयी के पिता बड़े विद्वान थे। उनके यहाँ हम लोग कभी-कभी जाते थे। उपेन्द्र वाजपेयी हमारी पार्टी ऑफिस में नियमित रूप से आने लगे। जब पार्टी अलग हुई तो गया में हमारी पार्टी का सम्मेलन हुआ। सम्मेलन के लिए पीएसपी ने एक थीसिस बनाई। यह गया 'थीसिस' के नाम से जानी जाती है। जब वह थीसिस पूरी हो गई तो आचार्य जी ने मुझे बुलाकर कहा कि इसे प्रकाशित करना है। लेकिन जब तक राष्ट्रीय कार्यसमिति इसको स्वीकृत न करे, यह प्रेस में नहीं जानी चाहिए। मैंने उन्हें विश्वास दिलाया कि भरसक कोशिश करेंगे। उपेन्द्र जी को इसकी भनक लग गई। इसके बाद वे रोज आकर हमारे पास बैठ जाते थे। थीसिस के बारे में रोज पूछताछ करते थे। मैं उनसे दो टूक कह देता था कि मुझे नहीं मालूम। उन्हें यह भी पता चल गया था कि वह थीसिस कहीं छप रही है, लेकिन मुझसे वे कोई जानकारी हासिल नहीं कर पाए। लेकिन एक्जीक्यूटिव की मीटिंग से एक दिन पहले उन्होंने थीसिस का एक अध्याय किसी तरह राजाराम शास्त्री (कानपुर) से हासिल कर लिया और अगले दिन किसी अखबार में प्रकाशित करा दिया। जिस दिन एक्जीक्यूटिव बैठी, उसी दिन सुबह थीसिस का एक हिस्सा छपा देखकर आचार्य जी बहुत हँसे। कहने लगे, यह कैसे छप गया ? इसके बाद वाजपेयी जी बहुत दिनों तक मुझे कहते रहे कि थीसिस के लिए बहुत दौड़ाया था। एक चैप्टर भी नहीं दिया था। मैं भी उनसे कहता रहा, आपने भी तिकड़म करके राजाराम शास्त्री से एक अध्याय ले ही लिया। वैसे यह मुझे मालूम हो गया था।

इसके बाद हमने दल को संगठित करना शुरू किया। उस समय सोशलिस्टों में दो धाराएँ थीं। एक ओर थे राजनारायण, प्रभुनारायण सिंह, रामचंद्र शुक्ल और अर्जुन सिंह भदौरिया आदि। ये सब जाने-माने लोग थे। दूसरी ओर था मैं, जिसका किसी से परिचय नहीं था। मेरे साथ थे नारायणदत्त तिवारी। उन्हें जब राजनारायण वगैरह घुड़क देते थे तो वे कुछ नहीं बोलते थे। अधिकतर कन्नी काट जाते थे। वैसे पार्टी की बैठकों में बाकायदा दोनों पक्ष अपनी-अपनी बात कहते थे। बैठकों का माहौल बहुत जीवंत और दिलचस्प होता था। उन्नाव में एक बार मेरा और राजनारायण जी का एक साथ भाषण हुआ। उसके बाद सभी उत्सुक थे कि साथी खजान सिंह क्या बोलते हैं ? खजान सिंह वहाँ के स्थानीय नेता थे और विधायक भी। खजान सिंह ने राजनारायण की कड़ी

आलोचना की। कहा : राजनारायण, तुमको गंगा की पवित्र धारा में केवल विष्ठा ही दिखाई पड़ी। तुम्हें समाजवादी आंदोलन में आचार्य नरेंद्रदेव जैसे लोग दिखाई नहीं देते। लोग इस पर काफी हँसे।

कैसे-कैसे समाजवादी

पार्टी के संगठन के सिलसिले में हम लोग लगातार घूम रहे थे। मोदी नगर में हड़ताल हुई थी। हम लोगों के साथ सोहनवीर सिंह तोमर, हुकमसिंह, सरयू प्रसाद त्यागी और महावीर सिंह जैसे नौजवान थे। एक दिन हमारे पास सोहनवीर सिंह तोमर का तार आया : मीटिंग ऐट बड़ौत, कम पोजीटिवली ब्रिंग वन एमपी विद यू।' मैं चिन्तित हुआ कि बड़ौत कैसे जाएँगे ? कौन सांसद जाने के लिए राजी होगा ? उस जमाने में हमारे पास एक-दो ही सांसद थे—एक राजाराम शास्त्री, जो कानपुर के लेबर लीडर थे और दूसरे रामजीलाल वर्मा। रामजीलाल वर्मा को तो फोन ही नहीं हो सकता था। देवरिया में उन दिनों फोन से सम्पर्क करना आसान नहीं था। अन्त में तय किया कि शास्त्री जी को ले चलूँ। तीन घंटे में कानपुर फोन मिला। मुझे तब तक अमीनाबाद पोस्ट आफिस में बैठना पड़ा, पार्टी ऑफिस में फोन नहीं था। मैंने शास्त्री जी से कहा कि बड़ौत चलना है। उन्होंने इन्कार करते हुए कहा कि बड़ौत कौन जाएगा ! वहाँ आसानी से पहुँचना मुश्किल है। फिर मैंने बड़ी मिन्नत की। अन्त में शास्त्री जी थोड़े पिघले। कहा : एक शर्त पर चल सकता हूँ कि आप भी साथ चलिए। मैंने कहा : शास्त्री जी, मेरे सामने मुश्किल यह है कि बड़ौत जाने के लिए मेरे पास खर्च कहाँ से आएगा ? वे मानने को तैयार नहीं थे और मुझे उनकी शर्त स्वीकार करनी पड़ी। मैंने किसी से कुछ रुपए का इंतजाम किया। उस समय किराया बहुत कम लगता था। कानपुर पहुँचा तो शास्त्री जी मिले। उन्होंने बताया कि उनका तो रिजर्वेशन है। मैं ट्रेन में कहीं बैठ जाऊँ। उस समय जनता गाड़ी चली थी। थर्ड क्लास में सोने के लिए रिजर्वेशन पहले पहल चला था। शास्त्री जी आरक्षित बर्थ पर जाकर सो गए। मैं किसी सामान्य तीसरे दर्जे के डिब्बे में घुस गया। मेरे पास दो झोले थे। एक में पहनने के कपड़े थे; दूसरे में चादर ओढ़ने और बिछाने के लिए। मैं डिब्बे में दो टॉयलटों के बीच की खाली जगह में बैठ गया। वहीं बैठे-बैठे दिल्ली पहुँचा।

वह गाड़ी शाहदरा में नहीं रुकती थी। हम लोग दिल्ली लेट पहुँचे। राजाराम शास्त्री जी वेंटिंग रूम में गए। उसके बाद उन्होंने कहा कि कुछ नाश्ता करना चाहिए। मैंने हाँ कहा। सोचा, सांसद है। नाश्ता तो करा ही सकते हैं। लेकिन मन में एक भय भी था। इसलिए शास्त्री जी ने तो आमलेट आदि खाया लेकिन मैंने थोड़ा-सा ही कुछ लिया। यह मैंने ठीक ही किया था क्योंकि नाश्ते के पैसे मुझे ही देने पड़े। इसके बाद हम बड़ौत जाने के लिए शाहदरा पहुँचे, कि सवेरे की ट्रेन मिल जाएगी। लेकिन वह ट्रेन जा चुकी थी। शास्त्री जी ने कहा कि मैं तो अब दिल्ली वापस चला जाऊँगा। लेकिन मुझसे नहीं कहा कि तुम भी चलो। मेरे पास बहुत कम पैसे रह गए थे। उन दिनों टैक्सी नहीं चलती

थी। इसलिए शास्त्री जी के दिल्ली जाने के लिए ताँगा तय किया गया। 9 रुपये पर तांगा तय हुआ। मैंने गुस्से में पूछा कि क्या तांगे का पैसा मैं दे दूँ ? शास्त्री जी बोले : हाँ, हो तो दे दीजिए। मैंने ताँगे के पैसे दे दिया। मेरे पास कुल ढाई या तीन रुपये बच गए थे। मुझे यह नहीं मालूम था कि शाहदरा से बड़ौत का टिकट कितने का लगता है। मैंने रेलवे स्टेशन पर लगी सारी सूचियाँ पढ़ डालीं लेकिन रेल भाड़े की सूची कहीं नहीं थी। भूख बहुत तेज लगी थी। लेकिन खाना इसलिए नहीं खा रहा था कि पता नहीं टिकट के लिए कितने पैसों की जरूरत हो। काफी देर बाद बुकिंग क्लर्क आया। मैंने उससे टिकट लिया। उसके बाद मेरे पास सिर्फ एक-सवा रुपए बच गए थे। मैंने हल्का सा कुछ खाकर चाय पी और ट्रेन में चढ़ा। पहले उस ट्रेन में कोई खिड़की नहीं होती थी। अगर खिड़की होती भी थी तो शीशे टूटे होते थे। ट्रेन खट-खट करती चलती थी। ढाई बजे चलकर 8 बजे रात में बड़ौत पहुँचती थी। मेरे डिब्बे में एक और लड़का बैठा हुआ था। उसने टेरलीन की कमीज और पैंट पहन रखी थी। उसकी ट्रेन भी मेरी ही तरह छूट गई थी। थोड़ी देर के बाद वह लड़का बैठे-बैठे सो गया। मैंने देखा, नींद में वह लड़का जाड़े से काँप रहा है। मेरे मन में आया कि इसे मैं कुछ ओढ़ने को दूँ। मेरे पास दो चादरें थीं, एक ओढ़ने की। दूसरी बिछाने की। मैंने सोचा कि ऊनी चादर अगर उसे दूँगा तो वह गन्दी हो जाएगी। इसलिए मैंने बिस्तर की चादर दोहरी करके उसके ऊपर डाल दी। उसे नींद में बहुत आराम मिल गया। जब ट्रेन बड़ौत के नजदीक पहुँच गई तो मेरे मन में द्वंद्व हुआ कि क्या करूँ ? वह अपने भाई के पास शामली जा रहा था। वहाँ पहुँचने में उसे डेढ़-दो घंटे लगेंगे। अगर मैंने उससे अभी चादर ले ली तो वह ठंड में अकड़ जाएगा। इसलिए इससे चादर मुझे वापस नहीं लेनी चाहिए। मैंने सोचा, बिछाने की चादर की तो उतनी जरूरत नहीं है। इसलिए मैंने वह चादर उसी के पास छोड़ दी और बड़ौत उतर गया।

कुछ खटका हुआ तो वह लड़का जग गया और कंपार्टमेंट के दरवाजे पर आकर खड़ा हो गया। मुझे उसकी सूरत आज भी याद है। हाथ में चादर लिए वह दरवाजे पर परेशान-सा खड़ा था। कहा : भाई साहब, आप अपनी चादर भूले जा रहे हैं। मैंने बिना रुके उत्तर दिया : भूल नहीं रहा हूँ, छोड़े जा रहा हूँ। ट्रेन खिसक रही थी। उसने हड़बड़ी में पूछा : आपको यह चादर कहाँ पहुँचा दूँ ? इस पर मैंने कहा : बड़ी लम्बी दुनिया है, कहीं न कहीं मिल जाएँगे।

बड़ौत स्टेशन पर जब मैंने जेब टटोली तो पाया कि मेरे पास सिर्फ आठ आने शेष थे। फूलन चौधरी के घर जाना था, वे सोहनवीर सिंह के पिता थे। सम्मानित किसान थे। स्टेशन से बाहर निकला तो सीधे रिक्शे पर बैठ गया। भाड़ा इसलिए तय नहीं किया कि पता नहीं कितना माँग ले। मैंने रिक्शेवाले से कहा कि चलो फूलन चौधरी के घर। उन्हें सब लोग जानते थे। रिक्शा मुझे वहाँ ले गया। मैंने दरवाजा खटखटाया। सोहनवीर सिंह तोमर निकले। उन्होंने हालचाल पूछने के बाद सूचना दी कि सभा हुई थी। आपस में ही हम लोगों को जो बोलना था, बोल चुके। इसके बाद तोमर ने कहा कि चलिए,

हाथ धोइए, खाना तैयार है। मैंने तोमर से कहा कि पहले इस रिक्शेवाले को भाड़ा दो। अगले दिन तोमर से किराया लेकर मैं लखनऊ पहुँचा।

इसके बाद भी शास्त्री से छोटी-छोटी मुलाकातें होती रहीं। लेकिन काफी अर्से बाद उनसे हुई एक और मुलाकात की चर्चा के बिना उनसे जुड़ी यादों का विवरण अधूरा रहेगा। 1974 में मैं कांग्रेस चुनाव समिति का सदस्य था। कांग्रेस के टिकटार्थियों की भीड़ हर सदस्य के घर के सामने लगी रहती थी। मैं थोड़ी-थोड़ी देर पर कमरे से बाहर निकलता था और लोगों के आवेदन-पत्र ले लेता था। कांग्रेस के टिकट माँगने वालों की उसी भीड़ में मुझे कानपुर वाले राजाराम शास्त्री दिखे–टोपी लगाए, कुर्ता-पाजामा पहने। मैंने पूछा : शास्त्री जी, आप कैसे ? शास्त्री ने कहा : आप तो जानते हैं, मैं जीवनभर समाजवादी रहा हूँ। समाजवाद के लिए काम किया। अब इस बुढ़ापे में फिर से टिकट चाहता हूँ। शास्त्री जी को देखते ही पुरानी यादें एक दम सामने आ गईं। शाहदरा के दुकान डबल रोटी का वह हलका नाश्ता और चाय, शास्त्री जी का ताँगा, उनका वह निर्लिप्त व्यवहार, वह अपनी बेबसी...पुरानी यादों से अचानक मैं वर्तमान में लौटा और शास्त्री जी से बोला कि आपको टिकट जरूर मिलेगा, यह बात अलग है कि उन्हें टिकट नहीं मिला। वे मुझे बता रहे थे कि वे समाजवादी हैं !

डॉ. राममनोहर लोहिया से पहली मुलाकात

डॉ. लोहिया से मेरी पहली मुलाकात 1952 में ही हो गई थी। वे चुनाव-प्रचार करने आए थे। इस दौरान एक बड़ी मजेदार बात हुई। मैं शहर पार्टी का सेक्रेटरी था। लोहिया साहब ने मुझसे पूछा : इस जिले में किसका जोर ज्यादा है ? मैंने कहा : आले हसन का। आले हसन एक मुख्तार थे। बड़े मशहूर थे। उनके मुवक्किलों ने हिन्दी, उर्दू में हजारों पर्चे बाँटे थे। उनके प्रचारक मुख्तार साहब से कहते थे कि सब लोग आप ही के नाम की चर्चा करते हैं। वे उत्साहित होकर कहते थे कि इन पर्चों को ले जाओ और बड़ी संख्या में बाँटो। उनके समर्थक पर्चों का गट्ठर ले जाते थे। वे उसे बाँटते थे, या फेंक देते थे, कौन जाने ! लोहिया जी ने आले हसन के क्षेत्र में कार्यक्रम के बाद मुझसे कहा कि चंद्रशेखर, आले हसन का जोर अन्दर-अन्दर है क्या ? बाहर तो कुछ दिखाई नहीं दिया।

लोहिया जी की सबसे बड़ी विशेषता यह थी कि वे नए-नए विचार देते थे। उनके व्यक्तित्व की दूसरी दिलचस्प विशेषता यह थी कि उन्हें पैसे से लगाव नहीं था। व्यक्तियों से भी उनका कोई खास लगाव नहीं था। उनमें यायावर की प्रवृत्ति बहुत ज्यादा थी। आज मन हुआ तो यहाँ गए, कल कहीं और।

मैंने बलिया में एक सम्मेलन किया था–ददरी के मेले के मौके पर। आचार्य जी को उसमें जाना था। आचार्य जी पत्रकार पी. डी. टण्डन के यहाँ इलाहाबाद में ठहरे थे। सुबह उनसे मिलने पहुँचा। आचार्य जी दमा के रोग से बीमार थे। रात में उन्हें दमे का दौरा पड़ा था। उन्हीं के पास डॉ. लोहिया बैठे थे। आचार्य जी ने मुझसे कहा कि मेरी तबीयत ठीक नहीं है, अब मैं बलिया नहीं जा सकूँगा। डॉ. लोहिया बैठे हैं, इन्हें लेकर

बलिया जाइए। लोहिया जी ने मुझसे कहा कि मुझे तो कलकत्ता जाना है। मैं बलिया कैसे जा सकता हूँ ? मैंने लोहिया जी से कहा कि बलिया का कार्यक्रम करके अगले दिन कलकत्ता पहुँच जाएँगे। उन्होंने कहा कि कैसे पहुँचूंगा ?

लोहिया जी को यात्रा की बहुत जानकारी रहती थी। मैंने कहा : पंजाब मेल आपको बक्सर में मिल जाएगी। वह गाड़ी वहाँ से छह-सात बजे चलती है, जो आपको सुबह आठ-नौ बजे कलकत्ता पहुँचा देगी। उन्होंने कहा कि बलिया से बक्सर मैं कैसे जाऊँगा, सड़क तो बहुत खराब है ? मैंने उनसे कहा कि आपके लिए जीप की व्यवस्था हो जाएगी। उस समय जीप मिलना बहुत मुश्किल होता था। तय करने के बाद मैं बलिया लौट आया। निश्चित तारीख को मैं लोहिया जी को लेने के लिए स्टेशन पहुँचा। इलाहाबाद से एक छोटी लाइन की गाड़ी आती थी उसी से वे आए। गाड़ी विलम्ब से बलिया पहुँची। सात बजे सवेरे आती थी, नौ बजे पहुँची। स्टेशन पर उतरे तो उनके चेहरे पर तनाव था। पता नहीं उन्हें किसने क्या खबर दे दी थी ! उन्होंने उतरते ही पूछा कि क्या मेरे लिए जीप का इंतजाम किया है ? मैंने 'हाँ' कहा। स्टेशन पर उनके सम्मान में कार का प्रबंध था। हम स्टेशन से बाहर निकले। जब कार में बैठने लगे तो उन्होने मुझसे पूछा कि चंद्रशेखर, मेरा अभी कोई प्रोग्राम तो नहीं है। मैंने कहा कि अभी तो नहीं है, ग्यारह बजे हैं। लोहिया जी का तेवर बदल गया। कहने लगे इतने कम समय में मैं तैयार कैसे हो पाऊँगा ? मैंने कहा कि अभी तो दो घंटे हैं। तैयार होने में इससे ज्यादा समय क्या लगेगा। मैने स्वाभाविक ढंग से यह बात कही। उस समय तक मैं यह अनुमान भी नहीं कर सकता था कि तैयार होने के लिए दो घण्टे से अधिक समय क्यों चाहिए। हमने उनके ठहरने का इंतजाम एक बड़े शरीफ आदमी राय बहादुर सुदर्शन सिंह जी के यहाँ किया था। हम राय बहादुर के दरवाजे पर पहुँचे। वे बड़े जमींदार थे। उनके घर के सामने बरामदा था। हम बरामदे में गए। घर में घुसने से पहले लोहिया जी ने अचानक पूछा : जीप कहाँ है जिससे मैं बक्सर जाऊँगा ? मैंने उनसे कहा कि डॉक्टर साहब, जीप तो आपको शाम को चाहिए। वे मेरी बात लगभग अनसुनी करते हुए बोले : झूठ बोलते हो, किसी जीप का इंतजाम नहीं है। झूठ बोलकर लोग कार्यक्रम बनवा लेते हैं।' मैं चुप रहा। फिर उन्होंने जब यह बात दो-तीन बार दोहराई तो मेरे लिए चुप रहना असम्भव हो गया। मैंने उनसे कहा : डॉ. राममनोहर लोहिया केवल आप ही ईमानदारी के पुतले नहीं हैं, मैंने आपको बुलाया नहीं था, मैंने आचार्य जी को बुलाया था। उनके कहने पर आप आए हैं। आप मेहरबानी करके तशरीफ ले जाइए।' वे शायद समझ गए कि मैं झूठ नहीं बोल रहा था। आगे मैंने कहा : आप आ गए, इसके लिए धन्यवाद। लेकिन अब कृपा करके जाइए और जरा औरों की भी इज्जत रखिए।

आज खुद मुझे अपने उस कथन पर आश्चर्य होता है कि कैसे अपने अत्यंत युवा दिनों में मैंने एक वरिष्ठ व्यक्ति को साफ और दो टूक बात कह दी। मैं समझौतापरस्त नहीं हूँ, मैं खुद को झूठा कहा जाना बर्दाश्त नहीं कर सका। लोहिया से गर्म बातचीत के बाद मैं बरामदे से नीचे उतर आया। वहाँ एक लड़का खड़ा था। मैंने उससे कहा कि

देखो, वहाँ जीप खड़ी है। उसमें लोहिया जी को बिठाओ और उन्हें बक्सर पहुँचा दो। लोहिया जी मुझे एकटक देखते रहे। गए नहीं। थोड़ी देर बाद तैयार होकर ग्यारह बजे मीटिंग में पहुँचे। तीन-चार सभाएँ थीं, वे सब में गए। मैं उन सभाओं में नहीं जा पाया क्योंकि मुझे लोगों के ठहरने-खाने का इंतजाम करना था। बाद में मुझे पता चला कि लोहिया जी ने काफी अच्छे भाषण दिए।

अन्तिम भाषण ददरी मेले के युवक सम्मेलन में हुआ। उस सम्मेलन में सनत मेहता गुजरात के साथियों के साथ आए थे। उसमें अरुणा जी भी थीं। तब उन दोनों की शादी नहीं हुई थी। काफी उम्मीदों से भरे हुए ये लोग समाजवादी आंदोलन में सब कुछ न्योछावर करने की तमन्ना रखते थे। सनत आज भी उसी लगन से लगे हुए हैं। अरुणा का स्वास्थ्य अच्छा नहीं रहता पर उसमें वही अदम्य आत्मविश्वास और आशा है। बिहार-आंदोलन में उन्होंने जेपी को स्वर्णदान किया। उसके बाद उन्होंने कभी सोने का स्पर्श नहीं किया।

मैं जब लोहिया जी को विदा करने के लिए खड़ा था। उन्होंने मुझसे पूछा : मेरा भाषण तुम्हें कैसा लगा ? मैंने उनसे कहा : डॉक्टर साहब, क्षमा कीजिए, मैं आपका भाषण नहीं सुन पाया। मैं लोगों की देखरेख में लगा था। उन्होंने मुझसे कहा कि क्या मुझे स्टेशन छोड़ने नहीं चलोगे ? मैंने कहा, काशी पंडित (काशीनाथ मिश्र) आपको छोड़ने जाएँगे।

उससे पहले कृषक मजदूर पार्टी और सोशलिस्ट पार्टी के विलय के सवाल पर डॉ. लोहिया से मेरी बहस हो चुकी थी। मैं विलय के बहुत खिलाफ था, डॉ. लोहिया उसके पक्ष में थे। आचार्य नरेंद्रदेव भी विलय के खिलाफ थे। कम्युनिस्ट नेता पीसी जोशी ने इस विषय पर एक लेख भी लिखा था। मैंने इसके जवाब में एक लेख लिखा : 'ए नोट टू पीसी जोशी'। बहस जब खत्म हो गई तो लोहिया जी ने काशी से कहा कि तुम्हारा दोस्त चंद्रशेखर कम्युनिस्टों से प्रभावित लगता है। काशी ने कहा कि नहीं, वह तो कम्युनिस्टों के बहुत खिलाफ है। इस पर डॉ. लोहिया ने प्रश्न किया कि यह कैसे कहा जा सकता है ? काशी ने इसपर कहा कि उन्होंने पीसी जोशी के खिलाफ एक लेख लिखा है। काशी ने वह पूरा लेख लोहिया जी को पढ़ कर सुनाया।

इसके बाद लोहिया जी ने करुणेश जी को मेरे पास भेजा। वे इलाहाबाद कॉफी हाउस में मुझे दो घंटे थीसिस समझाते रहे। मैंने उनसे कहा : डॉक्टर साहब, आप हमारे नेता हैं, यह मैं कैसे कहूँ कि मैं आपसे सहमत नहीं हूँ, लेकिन मैं आपसे यह जरूर कहूँगा कि मुझे आपकी बात समझ में नहीं आई, एक घटना और हुई। प्रतापगढ में पीएसपी का कैम्प लगा हुआ था। उसमें डॉ. लोहिया भाषण कर रहे थे। उन्होंने तर्क दिया कि लड़के को अगर तैराकी सिखानी है तो उसे पानी में छोड़ो। अगर हरदम हाथ पकड़े रहोगे तो वह कभी तैरना नहीं सीखेगा। जब वह तैरने में दो घूँट पानी पिएगा तो सीख जाएगा। इसलिए आपको खतरा मोल लेना पड़ेगा। इसके बाद उन्होंने कहा कि सवाल पूछिए। मैंने कहा, लोहिया जी, एक सन्देह है मेरे मन में। आपने तैराकी के सिलसिले

में तीन बिन्दु बताए, एक चौथा बिन्दु भी है जिसकी चर्चा आपने नहीं की। उन्होंने पूछा कि वह क्या है ? मैंने बताया कि एक तैराकी सीखने वाला, दूसरा सिखाने वाला, तीसरा है पानी और चौथा बिन्दु है नेचर ऑफ वाटर, जिसकी आपने चर्चा नहीं की। अगर पानी की धारा तेज हो और उसमें लड़के को छोड़ दीजिए तो वह बह जाएगा। मान लीजिए, ठहरा हुआ पानी हो और उसमें मगरमच्छ हों तो लड़के को निगल जाएँगे। आज हिन्दुस्तान की राजनीति में बड़े-बड़े मगरमच्छ प्रयोग कर रहे हैं, इस पर लोहिया जी निरुत्तर हो गए। मुझे उन्हीं दिनों लग गया था कि डॉ. लोहिया एक दिन पार्टी तोड़ेंगे।

आचार्य नरेंद्रदेव की विशेषताएँ

समाजवादियों में आचार्य नरेंद्रदेव का व्यक्तित्व सर्वाधिक प्रेरणाप्रद था। उन पर बौद्ध विचारों का बहुत प्रभाव था। वे भारतीय संस्कृति और परम्परा के बहुत बड़े जानकार थे। वे तंत्र विज्ञान पर पूरा अधिकार रखते थे। बनारस के प्रसिद्ध विद्वान गोपीनाथ कविराज से उनकी मित्रता थी। संगीत के भी वे बहुत पारखी थे। मार्क्सवादी होते हुए भी आचार्य जी आधिभौतिक मानवीय क्षमता में भी विश्वास रखते थे। लेकिन विडम्बना यह थी कि आचार्य जी को कभी अच्छा स्वास्थ्य नहीं मिला। वे सोशलिस्टों को विचार देते थे, लेकिन उन विचारों को कार्यान्वित करने की शक्ति नहीं थी।

अंतिम दिनों में वे कुछ उदास से थे। एक दिन उन्होंने कहा : चंद्रशेखर, पार्टी की हालत अच्छी नहीं है। दमे के हमारे दौरे चल रहे हैं। हमारा प्रयास भी इसी तरह चलता रहेगा जैसे मेरे दमे का दौरा चलता रहता है। पार्टी के दौरे भी इसी तरह चलते रहेंगे। एक बार प्रभुनारायण सिंह ने आचार्य जी से कहा कि आप बहुत महान हैं। इस पर आचार्य जी ने कहा : मैं नरेंद्रदेव हूँ, महादेव नहीं।

'संघर्ष' का संपादन

समाजवादी आंदोलन के दौरान 'संघर्ष' निकालना एक दिलचस्प अनुभव था। 'संघर्ष' में मैं सम्पादकीय कभी-कभी लिखता था। लेकिन मेरे कुछ कॉलम नियमित थे। इसमें मैं 'चंचरीक' के छद्मनाम से भी लिखता था। कॉलम के अन्तर्गत किसी व्यक्ति या कविता के बारे में टिप्पणी होती थी। उन दिनों मेरी साहित्यिक रुचि कुछ ज्यादा ही थी। पत्रिका निकालने के लिए आर्थिक स्रोत का कोई स्थायी प्रबंध नहीं था। आर्थिक सहायता के लिए हमने एक बार बिलकुल भिन्न तरीका अपनाया। एक दिन बैठे-बैठे सोचा कि आचार्य नरेंद्रदेव के जन्मदिन पर हम लोग कार्यकर्ताओं को चिट्ठी लिखेंगे कि संघर्ष चलाने के लिए एक रुपये का मनीआर्डर भेजें। उस समय पोस्ट कार्ड की कीमत कम थी। हमने कार्यकर्ताओं को पोस्ट कार्ड ही भेजे। पत्र का बहुत अच्छा असर हुआ। मनीआर्डर से हजारों रुपये आए। 'संघर्ष' के लिए आचार्य नरेंद्रदेव ने एक सन्देश भेजा, वह अविस्मरणीय है। (इसी पुस्तक के अंत में 'कुछ पत्र' के अंतर्गत वह संदेश संकलित है।) उन दिनों 'संघर्ष' को चलाने का पूरा दायित्व ओमप्रकाश जी का था। अन्य लोग

सहायता करते थे। 'संघर्ष' के प्रकाशन में मित्र बेनी प्रसाद माधव की रुचि जीवन के अंतिम दिनों तक बनी रही। मेरे पास माधव जी की अंतहीन यादें हैं।

मोदीनगर की मजदूर-हड़ताल और जेल-यात्री

1957 में मोदीनगर (मेरठ) में मजदूरों की माँग को लेकर हड़ताल हुई। ओमप्रकाश जी उस सिलसिले में लगभग दो सप्ताह मोदीनगर में रहे। एक दिन के लिए लखनऊ आए। उसी दिन मजदूरों पर पुलिस ने लाठी चलाई। बहुत-से मजदूर घायल हो गए, सैकड़ों जेल गए। समाचार मिलते ही मैं और ओमप्रकाश जी लखनऊ से मोदीनगर आए। वहाँ आतंक फैला हुआ था। लोग घरों से बाहर निकलने में डर रहे थे। हम लोग मजदूर-बस्ती में गए। उस दिन सहारनपुर के वरिष्ठ मजदूर नेता ताराचंद्र सेठी जी भी आ गए थे। हम लोगों का आना जानकर कुछ मजदूर घरों से बाहर निकले। उनका उत्साह बढ़ाने के लिए ओमप्रकाश और सेठी जी ने जो बातें कीं वे मुझे हैरानी में डालनेवाली थीं। कितनी मनगढ़ंत कहानियाँ ! किस प्रकार अपने पौरुष का बखान ! ! मैं तो सुनकर हैरान था। ये लोग जिन घटनाओं का बयान कर रहे हैं वे हुई कहाँ ? मैं इन लोगों के साथ ही था। एक क्षण के लिए भी कहीं नहीं गया। उत्सुकतावश मैंने पूछ ही लिया और उसी लहजे में ओमप्रकाश जी मुझसे बात करने लगे। सेठी जी हँसते ही रहे। फिर बात कुछ मेरी समझ में आने लगी कि इसमें कुछ चालाकी है। मैंने ओमप्रकाश को पकड़ा और सच बोलने के लिए मजबूर किया। फिर उन्होंने हँसते हुए कहा कि यदि इतना सच आपको चाहिए तो चुपचाप यहाँ पड़े रहिए। हम लोगों को मजदूरों की पस्तहिम्मती दूर करनी है, उन्हें संघर्ष के लिए तैयार करना है, आप तो इस तरह सब प्रयास ही मिट्टी में मिला देंगे। मुझे भी यह बात अच्छी लगी। मैं उसके बाद वहाँ गया नहीं। निश्चय किया गया कि मजदूर-बस्ती के पास के पार्क में सार्वजनिक सभा की जाए। धारा 144 लगी हुई थी। हम लोगों ने सभा के लिए इजाजत माँगी। इजाजत नहीं मिली। निश्चित दिन को जब हम सभा स्थल पर गए तो हम लोग गिरफ्तार कर लिए गए। कुछ मजदूर भी गिफ्तार हुए।

आंदोलन फिर चल पड़ा। लगभग चार सौ मजदूर गिरफ्तार हुए। सभी मेरठ जेल में भेजे गए। हम लोग भी वहीं थे। साधारण कैदी की हैसियत से जेल में रहने का निर्णय लिया गया ताकि साथ रहने पर मजदूरों का मनोबल बना रहे। लगभग एक महीना बीत गया। सत्याग्रहियों की संख्या बढ़ी। जेल में कैदियों को रखने की जगह नहीं। भीड़ के विरुद्ध जेल के अन्दर आवाज उठी। एक दिन बिना कोई सूचना दिए लगभग 100 कैदियों को स्वास्थ्य-परीक्षा के बहाने बुलाकर जेल के प्रमुख द्वार से ही आगरा जेल भेज दिया गया। वहाँ नारे लगने लगे। इधर बैरकों में शोर मचा कि उन पर लाठीचार्ज हो रहा है। उत्तेजना फैली। हम लोग जिस बैरक में थे, उस बैरक के दरवाजे का ताला कैदियों ने एकसाथ जोर लगाकर तोड़ डाला। मैं और ओमप्रकाश यों ही अपनी बैरक में टहल रहे थे। किसी ने खबर दी कि दूसरी बैरक का ताला टूट गया। जेल में यह एक

बड़ा अपराध माना जाता है। मैंने जब इसकी गंभीरता की ओर ध्यान दिलाया तो उन्होंने अपने अन्दाज में कहा, कहीं इतनी आसानी से जेल का ताला टूटता है ! तभी अचानक हम लोगों की बैरक का ताला भी टूटा और सारे मजदूर कैदी बाहर मुख्य द्वार की ओर दौड़े। हम लोग भी उनके पीछे दौड़े। बाहरी गेट तक पहुँचने के पहले मैंने जोर से रुकने के लिए कहा। कैदी रुके तो मैंने उन्हें लौटकर अपनी बैरक में जाने के लिए कहा। सब पीछे को मुड़े और चादर ओढ़-ओढ कर लेट गए। उधर खतरे की घण्टी (पगली) बजी। जेल के अधिकारी, वार्डर, पुलिस के सिपाही आक्रामक मुद्रा में हमारी बैरकों की ओर दौड़े। मैंने सबसे आगे दौड़ने वाले हेड वार्डर को डाँट लगाई। उसे रुकने को कहा। वह रुक गया। उसके पीछे सीताराम मैत्रेय जेल सुपरिंटेंडेंट थे। ओमप्रकाश ने उनका हाथ पकड़ लिया। वे ठिठक गए। उसके बाद ओमप्रकाश की गीदड़ भभकी के सामने उसकी घिग्घी बँध गई। ओमप्रकाश ने आरोप लगाना शुरू किया : कितनों का सिर तुड़वा दिए, कितनों की हड्डियाँ टूटीं, कितने जख्मी हुए, इनका विवरण आपको देना होगा। हम सारी ज़िन्दगी जेल में रहने वाले नहीं हैं। सम्पूर्णानन्द जी हमेशा के लिए मुख्यमंत्री नहीं रहेंगे। आपको अपने किए का जवाब देना होगा। सीताराम जी की हालत खराब ! अपनी सफाई देने लेगे। कहा, कोई लाठीचार्ज नहीं हुआ, किसी को चोट नहीं आई। आप पता लगा लीजिए। मैं अवाक सब सुनता रहा। कुछ क्षण पहले ही ओमप्रकाश मुझसे कह रहे थे कि मजदूरों ने बड़ा अनर्थ किया। अब बड़ी मार पड़ेगी और उन्हीं ओमप्रकाश का अब यह रूप ! थोड़ा माहौल शान्त हुआ तो सीताराम मैत्रेय ने अत्यंत विनीत भाव से ओमप्रकाश से कहा कि वे ताले दिलवा दीजिए अन्यथा मेरा जवाब-तलब हो जाएगा। मैं इस घटना की रिपोर्ट नहीं करूँगा। ओमप्रकाश ने बड़ी उदारतापूर्वक कहा, आप जाइए। मैं ताला ढुँढ़वाकर आपके पास भिजवा दूँगा। बाद में ताले मजदूरों ने वापस किए। उन्हें मिट्टी में गाड़ दिया था। ओमप्रकाश ने उन्हें वापिस कराया। ऐसे अनेक करिश्मे मैंने ओमप्रकाश के देखे हैं। हम लोग लगभग डेढ़ महीने जेल में रहे। सभी मजदूर रिहा हो गए थे। हम लोग तीन-चार आदमी रह गए थे। पहले साधारण कैदी की हैसियत से थे। बाद में उच्च श्रेणी में रहने लगे। सारी सुख-सुविधा का प्रबन्ध था, तभी ओमप्रकाश ने नारा दिया, 'वाह रे नेहरु तेरी शान, जेल भी कटता महल समान'। इस बीच हम लोगों ने जेल से एक याचिका इलाहाबाद उच्च न्यायालय को भेजी। इसमें हमने लिखा कि 144 धारा उल्लंघन का हम लोगों पर आरोप अवैध है ? सभा की इजाजत के लिए दी गई हम लोगों की दरख्वास्त नामंजूर कर दी गई इसकी हमें कोई सूचना नहीं दी गई। हाईकोर्ट ने गवर्नमेंट को नोटिस दिया और सरकार ने स्थिति की नजाकत को देखते हुए हम लोगों को तुरंत रिहा कर दिया। इस प्रकार समाप्त हुई मजदूर-आंदोलन के सिलसिले में मिले कारावास की ज़िन्दगी।

पार्टी ऑफिस का निर्माण

मोदी नगर जेल में ही मुझे सूचना मिली कि 3, ए.पी.सेन. रोड पर सरकार ने हमें पार्टी

ऑफिस एलॉट किया है। इसके लिए पहले ही आवेदन कर दिया गया था। लेकिन जब यह एलॉट हुआ तो पार्टी के नेता त्रिलोकी बाबू ने कहा कि दफ्तर के लिए इतना बड़ा मकान न लिया जाए। इसका 50 या 75 रुपये किराया देना पड़ेगा। त्रिलोकी बाबू ने कहा कि ऑफिस के लिए उस मकान के मालिक तीन कमरे का एक मकान दे देंगे। किराया भी नहीं लेंगे। लेकिन हमने इसे अस्वीकार कर दिया। केंद्रीय स्थान पर हमें यह ऑफिस मिला था। बड़ा-सा बंगला, लॉन। मैंने सोचा, इसके अन्तर्गत पार्टी का अच्छा दफ्तर बन जाएगा। हमने एलाटमेंट लिया और बँगले को अच्छी तरह व्यवस्थित कर दिया। किसी से पर्दा लेकर आए तो किसी से कुर्सी। उस समय अर्जुन सिंह भदौरिया हमारे साथ नहीं थे। पर सरला भदौरिया जी हम लोगों के साथ थीं, उन्होंने बड़ा सहयोग किया। पार्टी कार्यालय बहुत अच्छा बन गया। हम लोगों का पार्टी ऑफिस उस समय की किसी भी दूसरी पार्टी के ऑफिस से ज्यादा आकर्षक था। हम लोगों ने बाद में यह निर्णय किया कि यहाँ साथियों का खाना भी बनेगा। उस समय तक हम लोग जाने-पहचाने पार्टी कार्यकर्ता हो गए थे। भत्ते के रूप में पार्टी की ओर से हमें 75 रुपये मिलते थे। उसमें से 25 रुपये हम भोजन फंड में दे देते थे। बाकी लोग जो खाने के लिए आते थे उनकी इच्छा पर था कि वे भोजन फंड में जितना चाहें डालें। उसके लिए हम लोगों ने एक डिब्बा रख दिया था। सर्वजीत सरकारी नौकरी छोड़कर हमारे साथ आ गया था और उसने सारा इंतजाम सँभाल लिया। एक सरदार जी थे जो हमारे बीच पैंट-शर्ट पहनते थे। उन्होंने कहा कि पार्टी ऑफिस में और सब तो ठीक है लेकिन जमीन पर बैठ कर खाना बहुत बुरा लगता है। मैंने पूछा, फिर क्या करें ? सरदार जी बोले, एक डाइंनिग टेबुल होना चाहिए। मैंने उनसे कहा कि यहाँ जो होना चाहिए, वह करना चाहिए और आप इसे करें। सरदार जी कहीं से 10 कुर्सियाँ और टेबुल ले आए। बाद में उसी टेबुल पर सबको खाना परोसा जाने लगा। चाहे कोई बड़ा नेता हो या साधारण कार्यकर्ता, वे एक ही टेबुल पर खाते थे। इस प्रकार पार्टी ऑफिस हम लोगों ने आठ साल तक चलाया।

बेचारे हैदर अली अंसारी

हमारे पार्टी ऑफिस में एक हैदर अली अंसारी थे। वे जौनपुर के थे। फीरोजाबाद के मजदूरों में काम करते थे। उनके बारे में यह अफवाह थी कि उन्होंने पार्टी ऑफिस के पंखे बेच दिए। बाद में जब पार्टी टूटी तो एक बार वे मेरे पास आए। उन्होंने कहा कि पार्टी कांफ्रेंस हो रही है। आप मुझे पाँच सौ रुपये दीजिए। मैं पार्टी लिटरेचर खरीदकर बेचूँगा। 10-20 फीसदी कमीशन मिलेगा। आपके पाँच सौ रुपये तुरंत लौटा दूँगा। मैंने उन्हें आश्वासन दिया कि पैसों का इंतजाम मैं करूँगा। लेकिन बिहार के मजदूर नेता ब्रज किशोर शास्त्री ने मुझसे मजाक में कहा कि अंसारी बड़ा भारी चोर है। इसे पैसा मत दीजिएगा। मैंने अंसारी को बुलाया और कहा कि शास्त्री जी कह रहे थे कि आप पैसे वापस नहीं करेंगे। उन्होंने यह भी बताया है कि आपने पार्टी ऑफिस के पंखे बेच दिए।

अंसारी ने इसके बाद मुझे एक दिलचस्प किस्सा सुनाया। पानदरीबा के दफ्तर में पार्टी ऑफिस था तो वहाँ राजनारायण जी, शास्त्री जी, रामचंद्र शुक्ल और प्रभुनारायण सिंह भी रहते थे। सुबह-सुबह ये लोग आमलेट और टोस्ट का ब्रेकफास्ट करते थे और मैं भूखा रहता था। कोई मुझे पूछता तक नहीं था। जब मैं भूखा रहने लगा तो एक दिन मैंने पार्टी ऑफिस का पंखा गिरवी रखकर पैसा लिया और उससे खाना खाने लगा। ऑफिस में आकर मैंने यह सूचना दे दी कि मैंने पार्टी ऑफिस का पंखा क्यों और कहाँ गिरवी रखा है। अंसारी ने कहा कि आपके दफ्तर में देखता हूँ कि एक ही टेबुल पर अशोक मेहता और एक साधारण कार्यकर्ता एक साथ खा सकते हैं, तो मैं किसी तरह की बेईमानी क्यों करूँगा ?

आचार्य जी की एक और याद

पार्टी टूटने के बाद उस दौर में जगह-जगह सम्मेलन हो रहे थे। उसमें आचार्य जी बोलने के लिए जाते थे। गाजीपुर में भी एक सम्मेलन हुआ जिसकी मुझे याद है। आचार्य जी के बोलने से पहले राजाराम शास्त्री का भाषण हुआ। मैं उन दिनों 'संघर्ष' पत्रिका के लिए रिपोर्ट लिख रहा था। सभा में उसके लिए नोट ले रहा था। जैसे ही राजाराम शास्त्री का बोलना समाप्त हुआ कि आचार्य जी को दमे का दौरा पड़ गया। उन्होंने कहा कि मैं अब नहीं बोल सकता। एक-दो लोगों से बोलने के लिए कहा गया। उसमें प्रो. मुकुट बिहारी लाल भी थे, लेकिन कोई बोलने के लिए तैयार नहीं हुआ। अन्त में आचार्य जी ने कहा कि चंद्रशेखर कहाँ हैं ? किसी ने उन्हें बताया कि नीचे बैठे लिख रहे हैं। उन्होंने मुझे बुलाने के लिए इशारा किया। मैं उनके पास गया तो उन्होंने कहा कि चंद्रशेखर जी, आप बोलिए। मैंने उनसे कहा कि अब तो आपको बोलना है। मुझे लगा कि राजाराम जी के बाद और आचार्य जी से पहले बोलना मेरे लिए कठिन होगा। भाषण करने में मुझे संकोच हुआ। मुझे न बोलते हुए देखकर आचार्य जी ने थोड़ा खिन्न होकर कहा, ठीक है, जब आप मेरी बात नहीं मानते तो सभा में जनता बैठी रहेगी, मैं इंजेक्शन लूँगा फिर जब ठीक होऊँगा तब बोलूँगा। मैं विवश हो गया। 10-15 मिनट मैं बोला। हर दो-चार मिनट पर मैं कनखियों से देख लेता था कि आचार्य जी की क्या हालत है। बोलते-बोलते एक बार मैंने देखा कि आचार्य जी मुस्कराए। फिर एकाएक मैं भाषण खत्म करके बैठ गया। बाद में आचार्य जी ने राजाराम शास्त्री को बताया कि वे लोगों को पहचानते हैं। यह लड़का एक दिन देश का नेता होगा। मैंने ऐसे ही नहीं कह दिया था कि चंद्रशेखर जी बोलें। गाजीपुर की इस सभा को याद किए बिना समाजवादी आंदोलन के दिनों की चर्चा अधूरी ही रह जाती। इसलिए चलते-चलते मैंने उसका उल्लेख भी जरूरी समझा।

राज्यसभा में

प्रजा सोशलिस्ट के सदस्य के रूप में मैं 1962 में राज्यसभा में आया। प्रजा सोशलिस्ट

पार्टी को एक सीट मिलने वाली थी, मेरा नाम इसके लिए सर्वानुमति से तय हुआ था। आज के समय से उस समय की संसद के माहौल की तुलना करना असम्भव है। उस जमाने में संसद के अन्दर कटु आलोचना तो होती थी लेकिन उसमें किसी के लिए कोई कटुता नहीं थी। सांसदों के बीच ज्यादातर राष्ट्रीय समस्याओं और जनसमस्याओं को लेकर बातचीत होती थी। मेरे संसद में आने के पाँच-छह साल तक कोई नहीं जानता था कि मैं किस जाति का हूँ।

एक बार मेरा मोरारजी से विवाद हो गया। विवाद में कटुता आ गई। बाद में सेंट्रल हाल में भानु प्रकाश सिंह जी मुझे मिले। उन दिनों भानु प्रकाश जी भारत सरकार में उपमंत्री थे। उन्होंने कहा कि सिंह काट देने से तुम्हारी जाति नहीं छिपेगी। भानु प्रकाश राजा नरसिंहगढ़ थे। उन्हें दरबार कहा जाता था। मैंने कहा कि मैं तुम्हारी तरह नहीं हूँ। तुम्हारे माँ-बाप ने तुम्हें दरबार बनाकर भेजा और तुम यहाँ दरबारी बन गए। वह बहुत झेंपा। इस तरह हमारी नोकझोंक बहुत दिलचस्प हुआ करती थी।

एक बार सदन में दिनेश सिंह से मेरी बड़ी लड़ाई हुई। मैंने दिनेश को बहुत डाँटा था। उन दिनों दिनेश को डाँटने का मतलब समझा जाता था, इंदिरा गांधी से बैर मोल लेना। दिनेश सिंह से प्रश्नकाल में किसी सांसद ने सवाल पूछा, तो उन्होंने उसका मजाक उड़ाया। उसी सवाल को मैंने दूसरी तरह पूछा, वह मेरे साथ भी वैसा ही जवाब देने लगे। मैंने उन्हें डाँटा तो वे भी बिगड़ गए। मैंने उपाध्यक्ष से कहा : मैडम चेयरमैन, टेल द मिनिस्टर, आई एम नाट एट हिज मर्सी, ही इज एट आवर मर्सी एंड ही शुड नो, हाउ टू विहेव। इसके बाद मेरे मन में जो आया, बोल दिया। प्रश्नकाल के बाद दिनेश तमतमाए चेहरे से यह कहते हुए सदन से निकल गए कि मैं अभी जाकर इंदिरा जी से कहूँगा। लोगों ने आकर मुझसे कहा। मैंने कहा, कहने दो। सेंट्रल हाल में अनेक लोगों ने मुझसे पूछा कि क्या घटना हो गई। मैंने बताया कि कोई खास घटना नहीं हुई।

वहीं पर भानु प्रकाश आ धमके। उन्होंने कहा कि चंद्रशेखर, तुमने बहुत गड़बड़ कर दी। दिनेश से तुमको झगड़ा नहीं करना था। मैंने राजा नरसिंहगढ़ को तुरंत कहा : 'सुनो', कल तुमने दावत के लिए मुझे घर पर बुलाया था । तुमने मुझे कहा था कि हमारे दरबार के जमाने का कुक आया है, मुर्गा बहुत अच्छा बनाता है, हमारे घर मुर्गा खाने आओ। मोहन धारिया, अर्जुन अरोड़ा और मैं तुम्हारे घर मुर्गा खाने गए। मुर्गा बहुत अच्छा बना था। अब मैं क्या कहूँ कि मैं नहीं, तुम्हारा मुर्गा ही बोल रहा था, तुमने रात मुर्गा खिलाया था और कहा कि यही बोलना है और दिनेश का दिमाग ठीक करना है, तो मैंने वही बोल दिया, भानु वहाँ से भागा। फिर बाद में कहने लगा, तुम बहुत खतरनाक आदमी हो, लोग इसे सच मान जाएँगे।' मैंने कहा, चापलूसी के लिए तुमको बहुत अवसर था–वहाँ क्यों आ धमके ?

भारत का चीन-युद्ध

मेरे संसद में जाने के कुछ ही समय बाद भारत और चीन के बीच युद्ध हुआ। मैं यह

मानता हूँ कि युद्ध के लिए हम लोगों ने ही उत्तेजना पैदा की थी। पंडित जवाहरलाल नेहरु उस समय श्रीलंका जा रहे थे। जाते समय उन्होंने कहा कि चीनी फौजें हमारी सीमा में आ रही हैं, उनको उठाकर बाहर फेंक दो, थ्रो दैम आउट। नेहरु के इस एलान की वजह से असुविधाजनक स्थितियाँ पैदा हुईं और चीन ने भारत पर आक्रमण कर दिया। हमारे यहाँ उसके लिए कोई तैयारी नहीं थी।

हमारी तैयारी न होने के अनेक कारण थे। जिस समय हम हिन्दी-चीनी भाई-भाई का नारा लगा रहे थे, उस समय हमारे मन में यह बात कहीं भी नहीं थी कि चीन और हमारे बीच युद्ध भी हो सकता है। मेरी समझ में तब भी यह बात नहीं आती थी और आज भी यह बात नहीं आती कि जवाहरलाल नेहरु ने उस समय ऐसी असावधानी क्यों बरती ? यह असावधानी केवल सामरिक तैयारी के सिलसिले में ही नहीं थी, अनेक मामलों में थी। जहाँ तक मुझे याद है, सीमा-विवाद पर चीन, ब्रिटिश इण्डिया और तिब्बत के प्रतिनिधियों की समझौते के लिए कई बैठकें हुईं। हर बार जो संधि हुई, उस पर चीन ने एतराज किया। इस तरह संधि केवल ब्रिटिश इण्डिया और तिब्बत के बीच ही हुई। जिस समय हमने तिब्बत पर चीन की संप्रभुता स्वीकार की, उस समय हमने इन बातों को नजरअंदाज किया। हम चाऊ-एन-लाई को कह सकते थे कि जो पुरानी संधियाँ हैं, उन पर आप हस्ताक्षर कर दीजिए। चीन के लोगों का कहना है, जब आप मानते हैं कि तिब्बत हमारा हिस्सा है तो तिब्बत से हुई ब्रिटिश इण्डिया की जितनी संधियाँ हैं, उनका कोई मतलब नहीं है। यहाँ भी एक भूल हुई। शायद भारत की यह परम्परा बन गई है कि बाहरी देशों में ख्याति प्राप्त करने के लिए हम वास्तविकता को नजरअंदाज कर देते हैं। गलती यहीं से पैदा होती है। जब हम जानते थे कि चीन सीमा पर विवाद उठा रहा है तब उसके मुकाबले के लिए हमारी तैयारी भी होनी चाहिए थी। वह तैयारी नहीं हुई। उसके लिए प्रधानमंत्री को अकेले जिम्मेदार ठहराना उचित नहीं है। पंडित जी ने तो हिंदी-चीनी भाई-भाई का नारा दिया था। वे जहाँ जनतांत्रिक संस्थाओं को मर्यादा देना चाहते थे, वहीं अपने व्यक्तित्व को एक अंतरराष्ट्रीय व्यक्तित्व बनाने के लिए हमेशा सजग रहते थे। ऐसी बातें करने से उन्हें दुनिया में शोहरत मिली है।

मुझे ऐसा लगता है कि उसी इतिहास को ध्यान में रखकर आज के प्रधानमंत्री अटल बिहारी वाजपेयी भी काम करने लग गए हैं। जिस समय कारगिल की लड़ाई हो रही थी तो हमें दुनिया के लोगों ने कहा, वास्तविक नियंत्रण रेखा को आप पार मत कीजिए नहीं तो युद्ध होने की आशंका है। यह आशंका हम लोगों के दिमाग में पहले आ जानी चाहिए। मैं आज यह नहीं कह रहा हूँ, जिस दिन अणुबम बना था और सारी संसद में इसकी सराहना की जा रही थी, मैंने इसे एक भूल कहा था। अणुबम रक्षा का हथियार नहीं है। अणुबम आक्रमणकारी हथियार है, इसे हम अपनी सीमा पर और अपनी सीमा के अन्दर इस्तेमाल नहीं कर सकते, परमाणु बम हरदम दूसरे देश की सीमा में इस्तेमाल किया जाता है। अगर लाहौर पर बम का आक्रमण होगा तो अमृतसर कैसे बचेगा ?

इसे याद रखना चाहिए।

परमाणु परीक्षण से पहले हम पाकिस्तान से चार-पाँच गुना बड़ी सामरिक ताकत थे। अब हम दोनों बराबर हो गए हैं। अंतर इतना ही है कि पहले वे हमको बर्बाद करेंगे, या हम उनको बरबाद करेंगे। किसी को बर्बाद करने की हमारी परम्परा नहीं है। इसे भी ध्यान में रखना चाहिए। और फिर वही हुआ। सारी दुनिया फिर प्रशंसा करने लगी कि बड़े संयम का परिचय दे रहा है भारत। इसे हमने कूटनीतिक विजय की संज्ञा दी। हमारे जवान बलिदान देते रहे लेकिन हमने सीमा पार नहीं की, जो सामरिक दृष्टि से शायद जरूरी था। आखिर हम लोग कितनी बार भूलें करेंगे और कितनी बार इन सवालों को उठाएंगे ?

चीन-युद्ध के समय हमारी कोई तैयारी नहीं थी। चूँकि हमारे रक्षामंत्री कृष्णमेनन थे, इसलिए सारा दोष उनका बताया गया। वैसे भी कांग्रेस की यह परम्परा रही है, उसका नेता कुछ भी करे, उसका कोई दोष नहीं। उसके लिए किसी दूसरे आदमी को ढूंढते हैं, कि उसे बलि का बकरा बनाया जा सके। कृष्णमेनन का त्याग पत्र हुआ। बड़े बुरे तरीके से हुआ। मुझे दुख के साथ कहना पड़ता है कि कृष्णमेनन की आवाज कभी संयुक्त राष्ट्र में अमेरिका जैसी ताकतें सुनकर थर्राती थीं। लेकिन रक्षामंत्री पद से हटने के बाद संसद के केंद्रीय कक्ष में उनके पास कोई बैठनेवाला भी नहीं था। उन्हीं दिनों यह खबर आई कि तेजपुर तक फौजें पहुँच गई हैं। मैं नया सांसद था। उम्र कम थी। जोश और उत्साह जरा ज्यादा था। मैंने किसी से सलाह नहीं की। मैं सीधे गुवाहाटी गया और वहाँ से टैक्सी लेकर तेजपुर की ओर चला। क्यों गया, इसका कोई तर्क नहीं था। तेजपुर में मेरा कोई परिचय नहीं था। लेकिन मन में आशा थी कि कोई तो होगा ही। वहाँ हमें विपिनपाल दास मिले जो प्रिंसिपल थे, बाद में भारत सरकार के मंत्री भी बने।

मैं उन दिनों काफी चिंतित था कि आखिर यह स्थिति क्यों आई ? मैं इस बात को सीमा पर जाकर देखना चाहता था। उस समय देश की हालत बहुत बुरी थी। ऐसा लगता था कि कोई राजसत्ता काम ही नहीं कर रही। हालांकि चीन की सेना वापस चली गई थी, लेकिन लोगों का मन एक आतंक, भय, शंका और अपनी असमर्थता के अहसास से भर गया था। मुझे याद है कि उसी समय संसद में इस पर बहस हो रही थी। हमारी पार्टी के नेता आर. पी. सिन्हा ने पंडित जी से कोई सवाल पूछा। पंडित जी कभी-कभी लोगों का बड़ा मजाक बनाते थे। उनका भी मजाक बना दिया। सारे सदन में हँसी हो गई। वे बेचारे चुप बैठ गए। मुझे कुछ अजीब लगा और मैंने उठकर अंग्रेजी में कहा कि प्रधानमंत्री जी, क्या एक युद्ध-नेता की तरह बर्ताव करेंगे या पुरानी गलतफहमियों में रहेंगे ? अभी हम लोगों ने काफी सबक नहीं सीखा है। उस समय जाकिर हुसैन साहब अध्यक्ष थे। एक बार पहले कैरो के मामले में जवाहरलाल जी से मेरी जरा बहस हो गई थी। जब मैं पंडित जी से कोई सवाल पूछना चाहता था तो जाकिर साहब जरा आँखें फेर लेते थे।

चीन-युद्ध के समय अमेरिका के रुख को भारत के पक्ष में नहीं कहा जा सकता।

यह इस बात से भी साबित होता है कि जब से हिन्दुस्तान का बंटवारा हुआ, अमेरिका का रुख हमेशा पाकिस्तान की ओर रहा। एँग्लो अमेरिकन धुरी, भारत की सच्ची हितैषी के रूप में नहीं रही। पाकिस्तान बनाने में एक नैतिक जिम्मेदारी कहीं न कहीं अमेरिकियों की भी रही होगी। उन्होंने हमसे चाहे अच्छे रिश्ते बनाने की जितनी कोशिश की हो, लेकिन एक बात हमेशा याद रखनी होगी कि हमारे संबंधों में प्रगाढ़ता नहीं आ सकती। नेहरु जी और इंदिरा जी इस बात को अच्छी तरह समझते थे।

मैं यह तो नहीं कहूँगा कि चीन से पराजय के बाद नेहरु का प्रभावमण्डल टूटा। इतनी बड़ी पराजय के बाद भी नेहरु का व्यक्तित्व राष्ट्र के ऊपर छाया रहा। लेकिन चीन-भारत युद्ध के बाद नेहरु का दिल टूट चुका था या वे स्वयं टूट गए, क्योंकि उनकी आशा के विपरीत घटनाएँ हुईं।

प्रजा सोशलिस्ट पार्टी में संकट

प्रजा सोशलिस्ट पार्टी में एक बड़ा वैचारिक संकट 1963 में आया। विवाद अशोक मेहता को लेकर हुआ। 14 जनवरी, 1963 को पार्टी के बेतूल सम्मेलन में अशोक मेहता ने अपनी विवादास्पद थीसिस रखी। उनका कहना था कि भारत जैसे पिछड़े देश में विरोधी पार्टियों की विशेष भूमिका है। पिछड़ी अर्थव्यवस्था वाले देशों में विरोधी पार्टियों को उन क्षेत्रों की खोज करनी चाहिए जिनमें वे सरकार का सहयोग कर सकें। देश के विकास के लिए सरकार से संघर्ष के बजाय सहमति के मुद्दों पर सहयोग करना चाहिए। पूरी थीसिस तो मुझे याद नहीं है लेकिन उसकी मुख्य बातें यही थीं। उस समय अशोक मेहता के इन विचारों के मैं पूरी तरह खिलाफ था।

उसके बाद निर्णायक स्थिति तब आई जब पंडित नेहरु ने अशोक मेहता से कहा कि वे योजना आयोग के उपाध्यक्ष बन जाएँ। संयुक्त राष्ट्र संघ में प्रतिनिधि मंडल लेकर जाएँ। अशोक ने दोनों ही बातें स्वीकार कर लीं। लेकिन प्रजा समाजवादियों ने इसका विरोध किया। दल ने कहा कि अगर अशोक मेहता नेहरु का आमंत्रण स्वीकार करते है, तो उन्हें दल की सदस्यता छोड़ देनी चाहिए। अशोक का विचार पहले से ही था कि अंतरराष्ट्रीय मामलों, योजना तथा विकास के क्षेत्र में पार्टी को सरकार का सहयोग करना चाहिए। इस सोच के तहत ही उन्होंने नेहरु का आमंत्रण मंजूर किया था। लेकिन इसके साथ ही उन्होंने यह भी कहा था ऐसा करते हुए दल के किसी कार्यकारी पद पर मैं नहीं रहूँगा, लेकिन सामान्य सदस्य बने रहना चाहता हूँ। वैसे अशोक कोई नई बात नहीं कह रहे थे। 1950 में समाजवादियों की यह राय बनी थी कि अंतरराष्ट्रीय मामलों पर एक सर्वदलीय राष्ट्रीय नीति होनी चाहिए। उस समय जवाहरलाल की कुछ मजबूरियाँ रहीं होंगी, इसलिए ऐसा उन्होंने नहीं किया। आज वे ऐसा कर रहे हैं। इसलिए मैंने अपनी राय रखी थी कि अगर अशोक मेहता पार्टी के पूर्व निर्णय पर चल रहे हैं और दल में रहना चाहते हैं तो उन्हें दल की सामान्य सदस्यता से बाहर नहीं करना चाहिए। यहीं साउथ एवेन्यू के एम.पी. क्लब में मीटिंग हुई। उसमें कृपलानी जी, कामथ, गोरे, तथा

नाथ पई मेरे विचारों से सहमत थे, लेकिन अन्तिम समय में वे बदल गए। राष्ट्रीय कार्यकारिणी समिति में कहा गया कि : वी आर गोईंग टू टर्मिनेट दी मेंबरशिप ऑफ मेहता। मैंने कहा : यू टर्मिनेट दी मेंबरशिप ऑफ अशोक मेहता, आई शैल टर्मिनेट माई मेंबरशिप फ्रॉम नेशनल एग्जीक्यूटिव।' उसी समय राष्ट्रीय कार्यकारिणी से इस्तीफा देकर मैं बाहर निकल आया। बाहर आने के बाद कहा गया नाथ पई रो रहे हैं। उनको दिल का दौरा पड़ने वाला है। आप मिल लीजिए। मैं मिलने गया तो नाथ बहुत रोए। बोले, तुम अकेले कैसे चले गए ? मैंने कहा, कहाँ चले गए ? जहाँ गए हैं, वहाँ तो तुम भी आ सकते हो। लेकिन उनके ऊपर एस.एम. जोशी और एनजी गोरे का काफी प्रभाव था। उसके बाद अशोक जब लौटकर आए तो मुझसे मिले। उन्होंने मुझसे पूछा : चंद्रशेखर डू यू बिलीव इन माई थीसिस ?

मैंने कहा : आई डोंट बिलीव । इस पर उन्होंने कहा : यू आर ए यंग मैन, यू हैव टू गो अलांग विद पार्टी, क्यों रिजाइन कर रहे हो ? डोंट रिजाइन फ्रॉम दी नेशनल एग्जीक्यूटिव। अशोक को मैंने स्पष्ट किया कि मैं निर्णय ले चुका हूँ, आपकी सलाह नहीं चाहिए।

तीसरा अध्याय

कांग्रेस में

प्रजा सोशलिस्ट पार्टी की राष्ट्रीय कार्यकारिणी से इस्तीफा देने के बाद घटनाएँ तेजी से घटीं। अशोक मेहता संयुक्त राष्ट्र संघ की बैठक में शामिल होने के लिए पहले ही न्यूयार्क चले गए थे। इधर दल की कार्यसमिति ने उनकी पार्टी-सदस्यता समाप्त कर दी। जून, 1964 में अशोक मेहता के समर्थकों ने लखनऊ में एक सम्मेलन किया। इस सम्मेलन में शायद कामराज जी गए थे। मैं उस सम्मेलन में नहीं गया लेकिन उसे आयोजित करने में सहयोग दिया। इस सम्मेलन के डेढ़ महीने बाद मुझे प्रस्ताव पारित करके दल की सदस्यता से मुअत्तल कर दिया गया। प्रसोपा से मुझे निकालने वालों का समर्थन देने वालों में मेरे मित्र स्व. बेनी प्रसाद माधव जी और राजवंश सिंह भी थे। मैंने अशोक मेहता की मदद की इसलिए मुझे दल से निकाला गया। लेकिन एक-दो लोगों को छोड़कर दल के लोगों से मेरा संबंध पहले जैसा बना रहा—जो लोग कांग्रेस में आए, उनसे और जो पीएसपी में रह गए, उनसे भी। इतना जरूर था कि कांग्रेस में जितने लोग आए, उसमें से अधिकतर लोग इंदिरा गांधी की सरकार में चले गए। प्रजा सोशलिस्ट पार्टी के लोगों से मेरा व्यक्तिगत संबंध ज्यों का त्यों बना रहा, लेकिन जहाँ तक वैचारिक संबंधों का सवाल है, वे लोग कभी भूल नहीं सके कि मैंने पार्टी छोड़ी। शायद वे ज्यादा सिद्धांतवादी लोग थे। वे इस विचार के थे कि जो पार्टी छोड़ता है, वह कांग्रेस का पुछल्ला बनकर रह जाता है। लेकिन मुझे इस रूप में उन्होंने कभी नहीं देखा। मैंने कोई अवसरवादी रुख अपनाया है, ऐसा भी उन्होंने नहीं सोचा। यही नहीं, बाद के ऐसे अनेक प्रसंगों में लोगों ने मेरे प्रति किसी प्रकार की दुर्भावना नहीं दिखाई। उन लोगों के साथ मेरा जो संबंध दल में रहते हुए था, वह आज भी बना हुआ है। मुझसे पहले मेरे अनेक साथी जैसे अशोक मेहता, ओम प्रकाश, सनत मेहता, यशवन्त मेहता तथा छबीलदास कांग्रेस में चले गए थे। उसके छह महीने बाद मैं कांग्रेस में सम्मिलित हो गया।

इंदिरा गांधी से मुलाकात

मेरे कांग्रेस में शामिल होने से पहले गुजरात के महुआ क्षेत्र में एक सभा हुई। इसका आयोजन छबीलदास मेहता और यशवन्त मेहता ने किया था। उसमें उन्होंने मुझे भी आमंत्रित किया। इंदिरा गांधी को भी न्योता दिया था। हम दोनों एक ही ट्रेन से गए। उनसे पहली बार मेरी मुलाकात उस सम्मेलन के मंच पर हुई। किसी ने कहा : ये चंद्रशेखर जी हैं। उन्होंने कहा : मैंने नाम तो बहुत सुन रखा था। इसपर मैंने कहा कि मैंने भी आपका नाम बहुत सुन रखा था, अब तक मुलाकात का अवसर नहीं मिला। उसके बाद कई बार मेरे मित्रों ने कहा कि इंदिरा जी से मिलिए, मैंने मना किया। मिलने

की आवश्यकता नहीं समझता था। इंदिरा जी के यहाँ उस जमाने में गुरुपदस्वामी, इंद्रकुमार गुजराल, अशोक मेहता तथा कुछ अन्य लोग रोज शाम को बैठते थे। इन लोगों के अनेक बार कहने पर मैं इंदिरा जी से मिलने गया। वे लोग उनके लॉन के बाहर बैठे थे। मेरी इंदिरा जी से बात हुई। इंदिरा जी ने मुझसे सवाल किया : चंद्रशेखर जी, क्या आप कांग्रेस को समाजवादी मानते हैं ?

मैंने कहा, 'मैं नहीं मानता कि कांग्रेस समाजवादी संस्था है, पर लोग ऐसा कहते हैं।'

'फिर आप कांग्रेस में क्यों आए ?'

'क्या आप सही उत्तर जानना चाहती हैं ?

'हाँ, मैं यही चाहती हूँ।'

'मैंने प्रजा सोशलिस्ट पार्टी में 13 साल तक पूरी क्षमता और ईमानदारी से काम किया। दल को मैंने पूरी निष्ठा से समाजवाद के रास्ते पर ले जाने की कोशिश की, लेकिन काफी समय तक काम करने के बाद मुझे लगा कि वह संगठन ठिठक कर रह गया है। पार्टी कुंठित हो गई है, बढ़ती नहीं है। अब यहाँ कुछ होने वाला नहीं है। फिर मैंने सोचा कि कांग्रेस एक बड़ी पार्टी है। इसी में चलकर देखें, कुछ करें।'

'लेकिन यहाँ आने के बाद आप क्या करना चाहते हैं ?'

'मैं कांग्रेस को सोशलिस्ट बनाने की कोशिश करूँगा।'

'और अगर न बनी तो ?'

'इसे तोड़ने का प्रयास करूँगा। क्योंकि यह जब तक टूटेगी नहीं तब तक देश में कोई नई राजनीति नहीं आएगी। पहले तो मैं प्रयास यही करूँगा कि यह समाजवादी बने, पर यदि नहीं बनी तो इसे तोड़ने के अलावा कोई रास्ता नहीं बचेगा।'

'मैं आपसे सवाल पूछ रही हूँ और आप मुझे इस तरह का उत्तर दे रहे हैं ?'

मैंने बिना हिचक कहा : 'सवाल आप पूछ रहीं हैं तो उत्तर तो आपको ही दूँगा।'

'पार्टी तोड़ने से आपका क्या मतलब है ? इससे क्या होगा ?'

'देखिए, कांग्रेस बरगद का पेड़ हो गई है। इसकी फैली छाँव में कोई दूसरा पौधा विकसित नहीं होगा। इस बरगद के नीचे कोई पौधा पनप नहीं सकता। इसलिए जब तक यह पार्टी नहीं टूटेगी, कोई क्रांतिकारी परिवर्तन नहीं होगा।'

श्रीमती गांधी विस्मित-सी मुझे देखती रह गईं। बाद में भी मैंने श्रीमती गांधी से सदा स्पष्ट बातें कीं। उनसे अपना मन्तव्य कभी नहीं छिपाया।

नेहरू के बाद

नेहरू के बाद उत्तराधिकारी का सवाल उठा और शास्त्री जी प्रधानमंत्री बने, क्योंकि उस समय इंदिरा जी के प्रधानमंत्री बनने की कोई सम्भावना ही नहीं थी। उस समय लालबहादुर शास्त्री स्वाभाविक रूप से चुने गए। इंदिरा गांधी को सूचना एवं प्रसारण मंत्री इसलिए बनाया गया कि कांग्रेस किसी तरह से जाने-अनजाने नेहरु परिवार पर निर्भर करती रही है। उस समय नेहरु परिवार में इंदिरा गांधी ही थीं जिनके नाम पर

सहमति थी। लेकिन यह भी सच है कि शास्त्री जी ताशकंद से लौटकर आते तो श्रीमती गांधी को मंत्री-पद से हटाया जा सकता था। उस समय उन्हें हटाए जाने की बात चल रही थी। शायद उन दोनों के बीच कुछ गलतफहमियाँ पैदा हो गई थीं जिसकी जानकारी मुझे नहीं है। ताशकंद में जिस समय शास्त्री जी की मृत्यु हुई, मैं नहीं था। उससे पहले क्यूबा में एक प्रतिनिधिमंडल गया था। ट्रांइकांटीनेंटल कांफ्रेंस हो रही थी। उसकी नेता अरुणा आसफ अली थीं। उन्हें शामिल करके कांग्रेस के हम तीन व्यक्ति थे। शेष कम्युनिस्ट मित्र थे या उनके सहयोगी। खबर मिली तो मैं और अरुणा जी कांफ्रेंस छोड़कर आ गए। शास्त्री जी की मृत्यु के बारे में कुछ लोगों को सन्देह है कि वह स्वाभाविक मृत्यु नहीं थी, लेकिन मैं इस तथ्य में कोई सच्चाई नहीं देखता। दिल का दौरा उन्हें पहले भी पड़ चुका था। इससे तो अचानक मृत्यु होती ही है। उस समय यह बात भी उछाली गई कि शास्त्री जी की अचानक मृत्यु में इंदिरा गांधी और सोवियत संघ की साँठ-गाँठ थी। यह बात बेबुनियाद है क्योंकि सोवियत संघ उस समय ऐसा कोई कदम क्यों उठाता ?

हवाना से लौटते हुए रास्ते में अरुणा जी मुझसे पूछने लगीं : चंद्रशेखर जी, अब किसको प्रधानमंत्री बनाएँगे ? मैंने कहा, मेरी राय में इंदिरा गांधी को ही प्रधानमंत्री बनाना चाहिए। उन्होंने पूछा तो मैंने इसका कारण भी बताया। मैंने कहा, दूसरा कोई बुजुर्गों के सामने टिकेगा नहीं। जब तक ये बुजुर्ग रहेंगे तब तक कांग्रेस में कोई तब्दीली नहीं होगी। अशोक मेहता वगैरह इस सन्देह में थे कि मैं इंदिरा गांधी का समर्थन नहीं करूँगा। जैसे ही मैं दिल्ली हवाई अड्डे से घर पहुँचा कि घंटे भर में प्राण सब्बरवाल मेरे पास आए। उन्होंने पूछा, तुम्हारी क्या राय है ? प्रधानमंत्री किसको बनाना चाहिए ? मैंने कहा : इस समय तो इंदिरा गांधी को बनाना चाहिए। इस पर वे बहुत खुश हुए। मैंने पूछा : तुम इतने खुश क्यों हो रहे हो ? उन्होंने बताया : मुझे अभी अशोक ने कहा कि तुम आ रहे हो इसलिए जाकर पूछूँ कि तुम्हारा रुख क्या है ? उस समय इंदिरा गांधी के प्रधानमंत्री बन जाने का एक और भी कारण था। सिंडीकेट में और किसी नाम पर सहमति नहीं थी। इन लोगों ने सोचा कि इंदिरा जी अनुभवहीन हैं। उनकी जैसी मर्जी होगी, वैसे वे सरकार चलाएँगे। डॉ. लोहिया का भी ख्याल था कि प्रधानमंत्री-पद श्रीमती गांधी के वश का नहीं है। इंदिरा गांधी के प्रधानमंत्री बनने के बाद लोहिया जी के साथ इन लोगों की गलतफहमी भी दूर हो गई होगी। मोरारजी और श्रीमती गांधी के बीच चुनाव हुआ। श्रीमती गांधी जीतीं और प्रधानमंत्री बनीं। उस समय कांग्रेस के लिए कोई विकल्प नहीं था। हालाँकि कांग्रेस को अगर ज्यों का त्यों चलने दिया जाता तो शायद यह बिखराव जो आज राजनीति में दिखाई देता है, वह नहीं होता।

नेता के चुनाव में मैंने श्रीमती गांधी का समर्थन किया। मैं आज भी मानता हूँ कि वह मेरा सही कदम था। लेकिन राष्ट्रपति के चुनाव में हम लोगों द्वारा दल के उम्मीदवार नीलम संजीव रेड्डी को हराना राजनीतिक दिशा की दृष्टि से महत्वपूर्ण घटना थी। संजीव रेड्डी के बारे में मैंने कुछ बातें सुन रखी थीं। इसलिए मैं नहीं चाहता था कि

वे राष्ट्रपति बनें। जब नीलम संजीव रेड्डी का प्रसंग आया तो मैंने विरोध किया। बाद के दिनों की भी एक बात मुझे याद आती है। जब जनता पार्टी की सरकार बनी तब भी मैंने राष्ट्रपति पद के उम्मीदवार के रूप में संजीव रेड्डी का विरोध किया था। मैंने आचार्य कृपलानी के नाम का सुझाव दिया था। संसदीय बोर्ड में एक ही आदमी बीजू पटनायक ने इसका समर्थन किया। जगजीवन राम चुप थे। मोरारजी और चरण सिंह ने इसका घोर विरोध किया। उनका कहना था कि कृपलानी जी बहुत बूढ़े हो गए हैं। मैंने उत्तर दिया कि क्या फर्क पड़ता है ! बहुत-से बूढ़ों की इच्छा पूरी हो गई। एक वे भी बूढ़े हैं, उनकी भी इच्छा पूरी हो जाने दीजिए।

1969 का राष्ट्रपति चुनाव

अब 1969 के राष्ट्रपति चुनाव की ओर लौटें। संजीव रेड्डी के विरुद्ध मैं इसलिए था क्योंकि इंदिरा गांधी के विरुद्ध उन्होंने लोकसभा अध्यक्ष होते हुए षडयन्त्र किया। इस बीच राज्यसभा में मोरारजी से मेरी कहा-सुनी हो गई। विवाद खड़ा हो गया। इस प्रसंग में एक पत्रकार बंधु ने अपनी किताब में एक कहानी गढ़ी है कि इंदिरा गांधी ने मोरारजी के विरुद्ध सारी फाइलें अशोका होटल में मुझे दिखाईं और उनके कहने पर राज्यसभा में मैंने मोरारजी के खिलाफ आवाज उठाई। आज इंदिरा गांधी नहीं हैं। इसलिए मेरा उनसे कोई स्वार्थ-साधन भी होने वाला नहीं है। सच्चाई तो यह है कि श्रीमती गांधी ने तीन बार मुझसे कहा : चंद्रशेखर जी, आप उम्र में छोटे हैं इसलिए मोरारजी भाई से माफी माँग लीजिए। आखिरी बार उन्होंने मुझसे कहा, मैं नहीं चाहती कि आप कांग्रेस से बाहर किए जाएँ। असल में मोरारजी भाई के विरुद्ध मेरे लिए असम्भव होगा कि मैं आपकी कोई सहायता कर सकूँ। देखिए, आपका कांग्रेस में रहना मुश्किल हो जाएगा। मैंने इंदिरा जी को उत्तर दिया : मैं कोई हिन्दू रमणी नहीं हूँ कि शादी हो गई तो ताउम्र उसी पति के साथ ज़िन्दगी काटूँ। सम्मान के लिए मैं राजनीति में आया और सम्मान नहीं रहेगा तो मैं इस पार्टी को छोड़ दूँगा।

प्रारंभ में संजीव रेड्डी के पक्ष में वह बहुत जोरों से थीं। उन्होंने सलाह लेनी शुरू की कि किसको राष्ट्रपति बनाया जाए। सौभाग्यवश उन्होंने मुझसे भी सलाह ली। उन्होंने मुझे बुलाकर पूछा : किसको राष्ट्रपति बनाना अच्छा होगा ? मैंने कहा : पहले यह बताइए कि उम्मीदवार कौन है ?

'एक उम्मीदवार संजीव रेड्डी हैं और दूसरे जगजीवन राम।'

'अगर दो ही उम्मीदवार हैं तो जगजीवन राम को बनाइए।'

'लेकिन संजीव रेड्डी को क्यों नहीं बनाना चाहिए ?'

'जब वे मुख्यमंत्री थे तो प्रगतिशील भूमि विधेयक लाए थे।'

'लेकिन आप क्यों चाहते हैं जगजीवन राम को ?'

'क्योंकि संजीव रेड्डी बहुत चालाक राजनीतिज्ञ हैं। उनसे इस पद की गरिमा का निर्वाह नहीं होगा। स्पीकर होकर प्रधानमंत्री के खिलाफ अपने घर पर बैठक करते हैं।

लोकसभा अध्यक्ष पद पर रहते हुए यह बहुत निन्दनीय काम है। उनको यह नहीं करना चाहिए था। यह बात आपको मालूम है। अब आप इन बातों पर पर्दा डाल रही हैं, वह अलग बात है।'

'लेकिन जगजीवन बाबू का क्या होगा ? उनके आयकर की फाइल तो मोरारजी भाई के पास है।'

'अगर आपको आर्थिक दृष्टि से कोई साधारण गड़बड़ी करने वाले और राजनीति में तिकड़म करने वाले व्यक्ति में से चुनाव करना है तो पहले का ही चुनाव करें।' मैंने यह बात अंग्रेजी में की थी। जो शब्द मैंने इस्तेमाल किए थे, वे बड़े कठोर थे।

उन्होंने कहा : 'बहुत सख्त बोलते हैं आप।'

'असल में यही मेरी राय है।' मैंने कहा कि 'आप यह व्यर्थ ही प्रयास कर रही हैं संसदीय बोर्ड में आपका बहुमत नहीं है।'

'बताइए, कौन लोग हैं जो मेरी राय के विरुद्ध है ?'

'सभी आपके आसपास के ही लोग हैं !'

पर उनमें से एक व्यक्ति उनके विरोध में है, उन्हें विश्वास नहीं हुआ।

जिस दिन बंगलौर में बैठक हुई, वहाँ जाने से पहले इंदिरा गांधी ने गुजराल को वरिष्ठ नेताओं के पास भेजा और उनकी राय जानी। उन लोगों ने जो सवेरे बात की थी, उनमें से एक बदल गए। संसदीय बोर्ड में इंदिरा जी की बात नहीं चली और संजीव रेड्डी बहुमत से उम्मीदवार चुन लिए गए। बंगलौर में लालबाग में मीटिंग हो रही थी। वहीं आसपास इंदिरा जी ठहरी हुई थीं। लालबाग में मैं यों ही दोस्तों के साथ घूम रहा था। किसी ने कहा कि इंदिरा जी मुझे बुला रही हैं। मैं वहाँ गया। अकेले सी. सुब्रह्मण्यम जी उनके पास थे। दूसरी तरफ जश्न मनाया जा रहा था। जब मैं अन्दर गया तो सुब्रह्मण्यम जी ने कहा : 'चंद्रशेखर, प्राइम मिनिस्टर वांट्स टू रिजाइन।' मैंने कहा : 'व्हाई शुड शी रिजाइन, शी शुड फाइट इट आउट।' मैं तो उस समय युवा था। मन में जो बात आती थी, फट से बोल देता था। फिर मैंने इंदिरा जी को समझाया कि आप लड़िए। इस पर उन्होंने कहा कि पार्टी का निर्णय है।

वे दिल्ली लौटीं। इंदिरा जी के वामपंथी कहे जाने वाले नजदीकी जैसे भगवत झा आजाद, चंद्रजीत यादव आदि को भी रेड्डी ने अपनी तरफ कर लिया। मैं एक दिन के लिए बंगलौर रुक गया। वहाँ 'मीट द प्रेस' में मैंने पत्रकारों से बात की। पत्रकारों ने जब पूछा कि इस चुनाव में आप क्या करने जा रहे हैं तो मैंने कहा : 'आई शैल थ्रो माई वोट इन दी अरेबियन सी, बट आई कैन नॉट वोट फॉर संजीव रेड्डी।'

'बट ही इज ए पार्टी केंडीडेट एण्ड यू आर नॉट गोइंग टू इनवाइट चार्ज ऑफ इनडिसिप्लिन।'

'ही इज नॉट दी पार्टी केंडीडेट।'

मैंने समझाने के लिए एक उदाहरण दिया। किसी ने जवाहरलाल जी से कभी पूछा था कि राष्ट्रपति को पार्टी से अलग होना चाहिए, फिर आप पार्टी की ओर से उम्मीदवार

क्यों बनाते हैं ? इस पर जवाहरलाल जी ने कहा था, 'आई डोंट सेंट अप ए पार्टी केंडीडेट, बट बीइंग ए मेजर पोलीटिकल पार्टी, वी स्पौंसर ए केंडीडेट।' मैंने पत्रकारों से कहा कि इस तरह संजीव रेड्डी इज स्पौंसर्ड केंडीडेट, नॉट ए पार्टी केंडीडेट। अखबारों में यह प्रमुखता से छपा। दिल्ली लौट कर आया तो भगवत झा आजाद ने मुझसे कहा कि संजीव रेड्डी आपसे मिलना चाहते हैं। चलो, मिल लें। मैंने कहा, देखो, तुम लोगों ने उनका नामांकन दाखिल कराया है। आजाद बोले : इंदिरा जी भी गईं थीं नामांकन में। लेकिन मैं मिलने नहीं गया। उस समय शुरू में मेरे साथ मोहन धारिया तथा एक-दो और लोग संजीव रेड्डी की उम्मीदवारी का विरोध कर रहे थे। हम लोगों ने वीवी गिरि के लिए समर्थन जुटाने के बारे में विचार किया। इसी सिलसिले में मैं कलकत्ता गया था। एक जनसभा में बड़ी भीड़ थी। उसमें यूएनआई या पीटीआई का कोई संवाददाता था। उसने पूछा : ऑल दी कांग्रेसमैन आर वर्किंग फॉर संजीव रेड्डी, सो ही विल बी इलेक्टेड, आर यू अपोजिंग ? मैंने कहा : इफ आल दी कांग्रेसमैन आर सपोर्टिंग हिम, ही विल विन, बट आई नो दैट ऑल दी कांग्रेसमैन आर नाट सपोर्टिंग हिम, ईवन आई एम नाट सपोर्टिंग हिम।' मेरी यह बात तोड़ते-मरोड़ते हुए 'स्टेट्समैन' ने बाक्स बनाकर छापा : 'चंद्रशेखर सेज संजीव रेड्डी विल विन'। मैं दिल्ली के लिए चला। पटना में प्लेन लेट हो गया। पटना हवाई अड्डे पर प्रेस वाले आए। मैंने उनसे कहा : दिस इज रांग, आई हैव सेड दैट इफ ऑल दी कांग्रेसमैन विल सपोर्टिंग हिम, ही विल विन, अकार्डिंग टू माई असेसमेंट, ही विल नाट।' पत्रकारों ने यह भी छाप दिया।

जब मैं शाम को दिल्ली पहुँचा तो ललित नारायण मिश्र से मिला। उन्होंने स्टेट्समैन में छपी खबर के आधार पर कहा कि तुम्हारे बयान से संजीव रेड्डी का पक्ष मजबूत हुआ है। मैंने उन्हें बताया कि प्रेस में मेरा बयान तोड़-मरोड़कर छापा गया है। पटना में मैंने उसका खण्डन कर दिया है। वह आप तक नहीं पहुँचा है। उन्हीं दिनों तारकेश्वरी सिन्हा ने पटना के 'सर्च लाइट' में एक लेख लिखा जिसमें कहा गया था कि पहला चरण संजीव रेड्डी को जिताने का है, इसके बाद दूसरा चरण होगा प्रधानमंत्री को हटाना। श्रीमती गांधी को खुफिया विभाग ने संकेत दिया कि संजीव रेड्डी के जीतने की संभावना है लेकिन वे अगर खुला विरोध करती हैं तो गिरि के जीतने का चांस 50 फीसदी हो जाएगा। उसके बाद फखरुद्दीन साहब और जगजीवन राम जी से चिट्ठी लिखवाई गई। उसमें मेरा हाथ नहीं था। संजीव रेड्डी को लिखी चिट्ठी में उनसे पूछा गया कि जनसंघ एक साम्प्रदायिक संगठन है। वे उसका समर्थन लेने क्यों गए ? यह चिट्ठी संजीव रेड्डी को जगजीवन राम जी और फखरुद्दीन अली अहमद ने दी थी। इसके बाद श्रीमती गांधी ने कहा कि वे संजीव रेड्डी का समर्थन नहीं करेंगी। इसके बाद जोरों से चुनाव-प्रचार चला। हम लोग अनेक जगहों पर गए। कमलापति त्रिपाठी उत्तर प्रदेश के मुख्यमंत्री थे। उनके पास समर्थन के लिए बहुगुणा को नहीं बल्कि दिनेश सिंह को हम लोगों ने भेजा। हमारा तर्क यह था कि दिनेश कमलापति त्रिपाठी से जाकर कहें कि हम युवा लोगों ने तय किया है, 'आल पावर टू दी इंदिरा गांधी।' इसी में पार्टी का

भी कल्याण है। इसी में हम लोगों का भी कल्याण है। उन्होंने कहा : ठीक है। जब आप सब लोगों की यही राय है तो मेरी भी राय यही रहेगी। उदित नारायण शर्मा (जो चौधरी चरण सिंह के साथ थे) को भी हमने अपने पक्ष में किया। हम लोगों को सेकेण्ड प्रिफरेंस के वोट बहुत मिले। इसकी वजह यह थी कि एक न्यायमूर्ति सुब्बाराव भी खड़े थे। उनका चरण सिंह समर्थन कर रहे थे। चरण सिंह के लोगों ने सेकेण्ड प्रिफरेंस वीवी गिरि को दिया। फर्स्ट प्रिफरेंस में हम लोग हार गए थे। मैं पीछे बैठा हँसी-मजाक कर रहा था। इंदिरा जी आगे बैठीं थीं। वे चिन्तित थीं। जब हार दिखाई पड़ी तो वे पीछे आईं। मैंने उनसे कहा : घबराइए मत, सेकेण्ड प्रिफरेंस में जीत रहे हैं और सचमुच हम लोग सेकेण्ड प्रिफरेंस में जीत गए। राष्ट्रपति के चुनाव के दौरान ही किसी ने अंतरात्मा की आवाज पर वोट देने के लिए सबको चिट्ठी लिखी थी। मुझे याद नहीं, यह किसने लिखी थी। यह चिट्ठी सबके पास पहुँची। संजीव रेड्डी ने इसके खिलाफ पेटीशन दिया। इस सिलसिले में गिरि जी की ओर से मुझे और मोहन धारिया को गवाह रखा गया। सुप्रीम कोर्ट में मैंने वही एक गवाही दी है। वहाँ एक जज साहब के प्रश्न के उत्तर में मैंने कहा : मैंने वह पत्र नहीं पढ़ा पर ऐसा पत्र आया, मुझे इसकी जानकारी है। इस पर न्यायाधीश महोदय ने पूछा कि क्या इस पत्र से आपने अपनी राय बनाई ? मैंने कहा : नहीं महामहिम, मेरी अपनी भी चेतना और निर्णय-क्षमता है । इसके बाद जज साहब ने पूछा : क्या आप इंदिरा गांधी के पीछे चलने वाले हैं ? मैंने उत्तर में कहा कि 'मैं किसी के पीछे चलने वाला नहीं हूँ, कांग्रेस पार्टी का सदस्य हूँ। इंदिरा जी भी उसी पार्टी की सदस्य हैं और पार्टी की नेता हैं।' मुझसे किसी ने कहा कि इस पर जज साहब लोगों ने बहुत अच्छी टिप्पणी की है। उस समय हम लोगों के वकील सीके दफ्तरी थे। वही हमें ब्रीफिंग करते थे। जब हम सुप्रीम कोर्ट गए तो दफ्तरी ने मुझसे कहा था, आपको ब्रीफिंग की जरूरत नहीं है। अपनी समझ से जो आए, कहिए।

युवा तुर्क की उपाधि

1967 में इंदिरा जी से विचार-विमर्श के बाद एआईसीसी के अन्तर्गत आखिरी समय में एक 10 सूत्री आर्थिक कार्यक्रम बना। इस कार्यक्रम में सर्वाधिक महत्त्वपूर्ण कार्यक्रम थे : बैंक राष्ट्रीयकरण और प्रिवीपर्स की समाप्ति। बैंक राष्ट्रीयकरण के लिए हम लोग पहले से ही माँग उठा रहे थे। रघुनाथ रेड्डी तब राज्यसभा में थे। उन्होंने एक प्राइवेट मेंबर बिल रखा था। मैंने उसी समय कहा कि इन दोनों मुद्दों को पारित कराने के लिए कांग्रेस पर दबाव डाला जाए। वैसे तो आर्थिक कार्यक्रम के दसों मुद्दे महत्त्वपूर्ण हैं लेकिन बैंकों के राष्ट्रीयकरण और प्रिवीपर्स की समाप्ति ऐसे मुद्दे हैं जिनके सिलसिले में कांग्रेस पर दबाव डालना अच्छा होगा। उस समय बैंक राष्ट्रीयकरण बड़ा चर्चित मुद्दा था। हमने डॉ. एस.के. गोयल से कहा कि कुछ प्रोफेसर लोगों को जुटाइए और इस पर एक नोट बनाइए। डॉ. गोयल के साथ लखनऊ यूनीवर्सिटी के प्रो. वीर बहादुर सिंह और पंजाब यूनीवर्सिटी के प्रो. मनमोहन सिंह ने मिलकर बैंक राष्ट्रीयकरण के पक्ष में एक टिप्पणी

बनाई। मैंने इंदिरा जी और तत्कालीन कांग्रेस अध्यक्ष कामराज को कॉपी भेज दी। उसको लेकर हंगामा मचा। हम लोगों ने तय किया कि 10-सूत्री आर्थिक कार्यक्रम के पक्ष में देशभर में दौरा करेंगे। अखिल भारतीय कांग्रेस कमेटी ने फरमान जारी किया कि दल का दफ्तर हमें महत्त्व न दे, फिर भी हम लोग घूमते रहे। जगह-जगह कुछ असन्तुष्ट तो थे ही, वे हम लोगों की मदद करते रहे। जो हम लोगों के साथ थे, उन लोगों को इंदिरा जी ने जरा समझा-बुझा दिया। वे समझ गए। इस कार्यक्रम के पक्ष में मेरे साथ प्रचार करने वालों में थे—मोहन धारिया, अमृत नाहटा तथा रामधन। जगन्नाथ पहाड़िया भी साथ जाने के लिए तैयार थे। उसने मुझसे कहा कि इंदिरा जी मुझे कहती हैं कि मैं न जाऊँ। मैंने उससे कहा, मत जाओ। इस पर उसने कहा कि नहीं, जयपुर तक तो मैं जरूर चलूँगा। मैंने कहा, चलो। हमारा पहला पड़ाव जयपुर था। यात्रा में और कौन-कौन लोग थे, मुझे याद नहीं है। मैंने पहाड़िया से कहा कि तुम लौट जाओ। शायद तुम्हें मिनिस्टर बनाने वाले हैं। यात्रा के दौरान हम लोगों को दो जगह कोई लेने के लिए नहीं आया। एक तो गुजरात में कोई नहीं मिला और दूसरा कर्नाटक में। कर्नाटक में निजलिंगप्पा साहब थे। वहाँ उनका बड़ा जोर था। वैसे निजलिंगप्पा के अभिन्न मित्र डॉ. अल्वा ने निजी तौर पर हम लोगों का खयाल रखा क्योंकि वे मुझसे बहुत स्नेह करते थे।

ललित नारायण मिश्र की उदारता और उनका दुःखद अन्त

ललित नारायण मिश्र की बहुत आलोचना की जाती है, लेकिन ललित नारायण मिश्र से मेरी बड़ी मित्रता थी। जब कोई काम होता या पैसे की जरूरत पड़ती थी तो ललित नारायण मिश्र ही सहायता करते थे। मान लीजिए, चार आदमियों को भाषण देने बम्बई जाना है। ट्रेन के टिकट के लिए तो पैसा नहीं चाहिए, पर यदि हवाई यात्रा करनी हो तो ललित बाबू के पास पहुँचते थे। मिलते ही मैं कहता था : 'पंडित जी, पाँच लोगों के लिए बम्बई का हवाई जहाज का टिकट चाहिए। ललित बाबू पूछते थे : क्या बात है ? मैं कहता : हवाई जहाज के चार टिकट बम्बई आने-जाने के मिल जाएँ तो कृपा हो। इस पर ललित बाबू पहले तो यह कहते थे कि तुम बदमाशी की बात करते हो, हम कहाँ से भेजें ? फिर इंतजाम कर देते थे। ललित बाबू अच्छे आदमी थे। उनकी खलनायक की छवि अखबारवालों और सांसदों ने बनाई। जब उन लोगों को इंदिरा गांधी का विरोध करना होता था और ऐसा नहीं कर पाते थे तो वे ललित बाबू को गाली देकर अपनी भड़ास निकालते थे। ललित बाबू से हमारे इतने निकट संबंध थे कि मैं कभी उनके घर गया तो बिना खाए नहीं आया। जब कांग्रेस में टूट हुई, उस समय की एक घटना याद आती है। अखिल भारतीय कांग्रेस समिति के लिए एक आर्थिक नीति पर दस्तावेज बनाना था, उसके लिए एक समिति बनाई गई। उस समिति में बहुत-से लोग सदस्य थे। उसका अध्यक्ष पं. केशवदेव मालवीय जी को बनाया गया। मालवीय जी अपने दोस्तों से मिलकर कुछ बनाकर ले आए। मैंने उसका हर पृष्ठ काट दिया, क्योंकि

उस समय एक सिद्धांत की चर्चा चली थी, साम्यवाद धीरे-धीरे मन्थर गति से लाने का प्रयास। शायद इसी आधार पर वह दस्तावेज बनाया गया था। मालवीय जी ने मेरी बात का बुरा नहीं माना। उस पीढ़ी के लोगों का दृष्टिकोण ही अलग था। उन्होंने कोई एतराज नहीं किया और हम लोगों को दस्तावेज तैयार करने की छूट दे दी। पी.एन. धर भी उस कमेटी के मेंबर थे। वक्तव्य तैयार करने के लिए बहुत कम समय रह गया था। जाड़े के दिन थे। एसके गोयल, पी.एन. धर के साथ मैं रात-रात भर इण्डियन इंस्टीट्यूट ऑफ पब्लिक एडमिनिस्ट्रेशन में बैठता था। अंतिम दिन यह तय किया गया कि किसी तरह यह काम पूरा करना ही होगा। समय बीत रहा था। कांग्रेस अधिवेशन का समय निकट था। बारह-साढ़े बारह बजे एसके गोयल ने मुझे अलग ले जाकर कहा कि लिखते हुए पी.एन. धर की उँगली नहीं चल रही है ? कहते हैं कि अब काम नहीं कर सकते। अगर काम करना है तो कहीं से ब्राण्डी (कोनियक) का एक पैग मंगा दो। फिर मैंने कई दोस्तों को फोन किया, जिनके बारे में जानता था कि शराब पीते हैं। सबने कहा, व्हिस्की तो है, ब्रांडी नहीं है। अन्त में जब थक गया तो मैंने ललित बाबू को देर रात को फोन किया :

'ललित बाबू, आपसे एक निवेदन था।'

'इतनी रात को क्या जरूरत पड़ गई ?'

'मुझे ब्रांडी चाहिए।'

'तुम बदमाशी कर रहे हो, कहाँ से बोल रहे हो ?'

'पंडित जी, नाराज मत होइए। एक आदमी बीमार है, उसको दवा चाहिए।'

'देखो, सच बोलना, ब्रांडी दवा के लिए ही चाहिए ?'

'हाँ, नहीं तो मैं भला आपसे यह गुस्ताखी कर सकता था।'

'अच्छा, देखता हूँ।'

वे घर में गए और लौटकर फोन किया : 'ब्रांडी तो ज्यादा नहीं है, दो-तीन पैग होगी। मेरी लड़की आई हुई है। अपने बच्चे के लिए वह ले आई थी। जाड़े में बच्चे को एक चम्मच देती है।'

'बस, इतनी ही चाहिए।'

'कहाँ भेज दूँ ?'

मैंने पूछ लिया, 'आपके यहाँ कौन बैठा है ?'

मैं जानता था कि उनका दरबार रात को देर तक लगता है।

उन्होंने कहा, 'अट्टू बैठा है।'

मैंने कहा, 'अट्टू को दे दीजिए। वह जानता है, मैं कहाँ बैठा हूँ।'

अट्टू मेरे पास ब्राण्डी लेकर आए। मैं थोड़ी देर कमरे से बाहर रहा और फिर काम प्रारंभ हुआ। हम लोगों ने सवेरा होने से पहले काम समाप्त कर दिया। ललित बाबू इतने सहज व्यक्ति थे। 'अट्टू' ब्लिट्ज के संवाददाता राघवन साहब का ही नाम था। अब वे नहीं रहे। मुझसे उनकी मित्रता थी। वे एक दृढ़निश्चयी व्यक्ति तथा प्रगतिशील

विचारों के समर्थक थे।

'यंग इण्डियन' के लिए मैं विज्ञापन जुटा रहा था। मैंने ललित बाबू से भी कहा कि 500 रूपए का एक विज्ञापन दे दीजिए। अंक प्रेस में जा रहा था। अन्तिम समय तक ललित बाबू का विज्ञापन नहीं आया। 500 रूपए भी नहीं आए। एक दिन ललित बाबू मुझे राज्यसभा में मिल गए। मैंने कहा : 'पंडित जी, आप तो बड़े कपटी हैं।'

ललित बाबू चौंके, 'तुम कैसी बात करते हो ?'

मैंने कहा, 'विज्ञापन और आपके पाँच सौ रुपये नहीं आए ?'

'तुम मेरा दिमाग खा गए, पाँच सौ रुपये के लिए। छाप दो विज्ञापन।'

'क्या छाप दें ? आपका सिर ? कुछ बताइए भी कि क्या छापना है ?'

'विज्ञापन की खाली जगह में एक शुभचिन्तक की ओर से नेहरु का कोई उद्धरण छाप दो।'

ललित बाबू से संसद के सेंट्रल हॉल में ये बातें हो रही थीं। इसे सुन लिया होगा किसी ने। उन दिनों काफी लोग हम लोगों पर निगाह रखते थे। एक सदस्य ने राज्यसभा में सवाल उठा दिया कि चंद्रशेखर जी की पत्रिका में एक शुभ चिन्तक के नाम से कौन विज्ञापन दे रहा है ?

वर्तमान उपराष्ट्रपति कृष्णकान्त 'यंग इण्डियन' के सम्पादक मण्डल के सदस्य थे। वे उस समय राज्यसभा में उपस्थित थे, उन्हें बहुत बुरा लगा। वे मुझे ढूँढते हुए संसद के केंद्रीय कक्ष में आए। उन्होंने कहा : चलो, इस आरोप का खण्डन करो। मैंने कहा : मैं खण्डन नहीं करता। आखिर विज्ञापन कोई न कोई तो देता ही है। इसलिए ललित बाबू से लेने में क्या बुराई है ! तुम लोग जानते हो कि ललित बाबू 75 फीसदी अपना एकत्र किया पैसा किसी और को देते हैं और 25 फीसदी में से एक-आध फीसदी हम लोगों को भी मिल ही जाता है। बेचारे ललित बाबू के पीछे तुम लोग क्यों पड़े हो ? चलो, इंदिरा जी के खिलाफ बोलो, मैं भी बोलता हूँ। लेकिन युवा तुर्क कहलाने वाले लोगों में से कोई भी इसके लिए तैयार नहीं था।

इससे जुड़े एक प्रसंग की याद आती है। ललितनारायण मिश्र विवादों के घेरे में थे। मनुभाई शाह एक दिन सेंट्रल हॉल में मिले। उन्होंने कहा : अब तो मंत्रिमंडल में एक दिन भी ललित का होना ठीक नहीं है। ललितनारायण मिश्र के लिए मेरे मन में बड़ा आदर रहा है। मैंने कहा : क्या किया जाए मनुभाई ? मनुभाई ने कहा : इंदिरा जी को उन्हें सरकार से हटा देना चाहिए। वे इस तरह बोल रहे थे ताकि आसपास बैठे लोग सुन लें। मैंने उनसे कहा : किसको सुना रहे हैं यहाँ, ये लोग लिखेंगे तो इसका क्या असर होगा ? आप लिखिए, उस पर हस्ताक्षर कीजिए, मैं भी दस्तखत करूँगा और इसे इंदिरा जी के पास भेजा जाए तो शायद कुछ असर हो। मैं इस तरह की बातें विनोद में किया करता रहता था। मनुभाई जोश में थे। अत्यंत सन्तुलित व्यक्तित्व वाले थे पर न जाने उस दिन कैसे तैयार हो गए ! उन्होंने एक छोटा-सा पत्र इस आशय का तैयार किया कि ललित बाबू को लेकर विवाद बढ़ गया है, अब इस स्थिति को देखते हुए उन्हें

मंत्रिमंडल से मुक्त कर दिया जाए। उन्होंने हस्ताक्षर किए। उसके नीचे मैंने भी हस्ताक्षर कर दिए। प्रधानमंत्री कार्यालय का एक आदमी उधर से निकला। मैंने उसे वह पत्र दिया और कहा कि इसे प्रधानमंत्री के पास पहुँचाना है। यह सब कुछ पल में ही हो गया। मुझसे तो इंदिरा जी ने कुछ पूछा नहीं पर मनुभाई पर गाज गिरी। वे किसी आयोग के सदस्य थे। उससे हटा दिए गए और बाद में कुछ नहीं बने।

ललित बाबू द्वारा पचहत्तर प्रतिशत किसी और को दिए जाने के प्रसंग को कुछ लोगों ने काफी उछाला। ललित बाबू के विरुद्ध उस समय कुछ लोगों ने एक अभियान चला रखा था। उन लोगों ने उनको मंत्रिमण्डल से हटाने के लिए प्रचार प्रारंभ किया। एक दिन इंदिरा जी ने मुझसे इस बारे में राय ली। मैंने उनसे इतना अवश्य कहा कि आजकल ललित बाबू लोगों की नजरों में चढ़े हुए हैं। उन्हें एक महीने के लिए भारत के बारे में चर्चा के लिए कुछ देशों में भेज दीजिए या तो स्वास्थ्य-लाभ के बहाने या अपना निजी दूत बनाकर। कुछ दिनों में मामला ठंडा पड़ जायेगा। उसके बाद वे स्वदेश लौट आएँ। इंदिरा जी ने यह बात चुपचाप सुन ली, पर बाद में उसे दूसरे रूप में ललित बाबू को बता दी। उन्होंने उनसे कहा कि आप तो चंद्रशेखर जी को मंत्रिमण्डल में लेने को कहते हैं, लेकिन वे कहते हैं कि आपको मंत्रिमण्डल से हटा दिया जाए। ललित बाबू को इससे बड़ा दुख हुआ। वह स्वाभाविक भी था। उन्होंने अनेक लोगों से कहा कि 'चंद्रशेखर से ऐसी उम्मीद नहीं थी।' एक दिन यह बात उन्होंने प्राण सब्बरवाल से कही। उस दिन मैंने उनसे बात करना आवश्यक समझा। उसके बाद ललित बाबू मुझे सेंट्रल हॉल में मिल गए। मैंने उन्हें पकड़ लिया। मैंने कहा : पंडित जी, आप बड़े गलत आदमी हैं। वे कहने लगे : मैंने क्या किया ? मैंने कहा कि चलिए, आपसे बात हो जाए। वे कहने लगे, 'एक दिन तुम्हारे घर आऊँगा, वहीं तफसील से बात करूँगा।' मैं उन्हें खींचकर संसद के केंद्रीय कक्ष में ले गया। वहाँ उन्होंने कहा : 'तुम मुझे बेईमान समझते हो। मुझे तुमसे यह उम्मीद नहीं थी।'

'क्या मैंने आपको बेईमान कहा ?'

'हाँ, मुझे किसी ने ऐसा कहा है।'

'किसने कहा ?'

'इंदिरा जी ने।'

'ललित बाबू, मैं आपको क्या समझता हूँ, यह बात छोड़ दीजिए। मैं जानता हूँ कि आप जो इकट्ठा करते हैं, उसमें से 75 प्रतिशत किसको देते हैं और 25 प्रतिशत में से थोड़ा-थोड़ा बाकी लोगों को। उनमें मैं भी शामिल हूँ। इसलिए मैं आपको बेईमान क्यों कहूँगा ?'

'अच्छा, ठीक है, तुम पहले मेरे यहाँ खाना खाने आओ। मैं तुम्हें एक-एक पाई का हिसाब दिखाऊँगा।'

'पंडित जी, बड़े दिन की छुट्टियाँ हो रही हैं, अभी तो मैं कलकत्ता जा रहा हूँ। वहाँ से लौटकर आपके यहाँ खाना खाने आऊँगा और आपका हिसाब भी देखूँगा।'

उन्हीं दिनों ललित बाबू ने जेपी से भी समय लिया था। समस्तीपुर से लौटकर वे जेपी से मिलने जाने वाले थे, लेकिन समस्तीपुर में ही हमला हुआ और वे उसमें मारे गए। इस तरह ललित बाबू की मृत्यु मेरे लिए बहुत दुखद हो गई। उनके रहते हुए मैं उनके घर नहीं जा सका, इस बात को मैं कभी भुला नही पाया। ललित बाबू की मृत्यु संदिग्ध स्थितियों में हुई।

बैंकों का राष्ट्रीयकरण और मैं

जब बैंकों का राष्ट्रीयकरण नहीं हुआ था, तब उसकी सारी पूँजी से तेरह या चौदह औद्योगिक घरानों को ही लाभ मिलता था, जबकि यह सारा पैसा गरीब क्षेत्रों से इकट्ठा होकर आता था और उद्योगपतियों के हित में कलकत्ता, मुम्बई और दिल्ली जैसे शहरों में उनके उद्योगों में खर्च होता था। मुझे महसूस हुआ कि यह उल्टी गंगा बह रही है। शास्त्रों में एक कथा आती है। राजा इंद्र को कहा गया कि अपने मंत्री सूर्य से यह कहो कि जहाँ सागर में अथाह पानी है, उसको सुखाओ, और वायुदेव से कहो कि इसे उड़ा कर वहाँ ले जाएँ जहाँ मरुस्थल है और वरुण देव से वहाँ बरसाने के लिए कहो। यह राजा का कर्तव्य है। इसलिए राजा का काम यह होना चाहिए कि जहाँ सम्पत्ति का संचय होता है, वहाँ से सम्पत्ति गरीब की झोंपड़ी तक पहुँचाए, लेकिन यहाँ पर इसके विपरीत हो रहा है। मुझे लगता है कि आजादी के बाद एक ही काम हुआ जिसे काशी विद्यापीठ के जाने-माने समाजशास्त्री ने एक सार्वजनिक सभा में शेर के रूप में कहा था– **'गुलिस्तां में कलियाँ तरसती रहीं, समन्दर में बरसात होती रही।'** मुझे यह शेर बहुत मौजूं लगा, मैंने भी इसे खूब प्रचारित किया।

राष्ट्रीयकरण के मुद्दे पर कांग्रेस के नेताओं की प्रतिक्रिया अलग-अलग रही। कामराज और चव्हाण उसके पक्ष में थे, लेकिन कोई खुलकर समर्थन नहीं कर रहा था। मोरारजी भाई उसके बहुत खिलाफ थे। इंदिरा जी भी स्पष्ट नहीं थीं। एस.के. पाटिल और निजलिंगप्पा चुप रहे। पर उसे बेमानी परेशानी पैदा करने वाली कहानी समझते थे।

इसके बाद मुझे लक्ष्य बनाकर कांग्रेस के अन्दर विवाद शुरू हुआ। एक दिन सवेरे मेरे घर पर टेलीफोन की घंटी बजी। उधर से पूछा गया : चंद्रशेखर हैं ? मैंने कहा : मैं बोल रहा हूँ। उधर से कहा गया : मैं अतुल्य बोल रहा हूँ। मैंने पूछा : कौन अतुल्य ? उन्होंने कहा : अरे चंद्रशेखर, मैं अतुल्य घोष बोल रहा हूँ। उस समय मैं सोच ही नहीं सकता था कि इतनी सुबह वे फोन कर सकते हैं। मैंने कहा : दादा, आप इतने सवेरे ? उन्होंने कहा : मैं तुम्हें खाने पर बुलाना चाहता हूँ। आओगे ? मैंने कहा : दादा, आप खाने पर बुलाएँगे और मैं न आऊँ, यह धृष्टता कैसे कर सकता हूँ ? यह तो मेरे लिए बड़े सम्मान की बात होगी। उन्होंने पूछा : और किसको बुलाएँ ? मैंने कहा : जिसको आप चाहे उसे बुलाइए। उन्होंने कहा : अरे भाई तुम लोग सोशलिस्ट हो, पता नहीं किसका नाम ऐसा आ जाए कि तुम नाराज हो जाओ और न आओ। मैंने कहा : आपके

यहाँ शैतान आएगा तो उसके साथ भी मैं खाना खाऊँगा। वे हँसने लगे। मैं वहाँ पहुँचा तो मेरे अतिरिक्त वहाँ एक ही मेहमान थीं, तारकेश्वरी सिन्हा। उनके अलावा एक अन्य व्यक्ति थे जो वहाँ भोजन का प्रबंध कर रहे थे, उनका नाम था साहू। उन्हें बाद में लाल बहादुर शास्त्री जी ने केंद्र में उपमंत्री बना दिया था। अतुल्य घोष बहुत ही दूर दृष्टि के आदमी थे। काफी पढ़े-लिखे व्यक्ति थे। मार्क्स, एंगेल्स और द्वंद्वात्मक भौतिकताद के वे जानकार थे। उन्होंने देर तक मुझे बताया कि मैं जो अभियान चला रहा हूँ उससे कितना नुकसान होने वाला है। उन्होंने कहा कि मेरे इस प्रयास से कांग्रेस टूट जाएगी। मैंने कहा : मेरी वजह से कांग्रेस क्या टूटेगी, मेरी क्या हैसियत है ? दादा ने कहा : तुम नहीं जानते कि कांग्रेस में तुम्हारी क्या हैसियत है ? वैसे जो लोग तुम्हारा विरोध कर रहे हैं, वे गलत कर रहे हैं। इसी समय तारकेश्वरी सिन्हा आ गईं तो उन्होंने उनसे कहा कि देखो, चंद्रशेखर का विरोध कर रही हो, इसकी क्षमता कितनी है, यह भी जानती हो ? पूरे एक घंटे तक मुझे उन्होंने मार्क्सवाद पर भाषण दिया। तारकेश्वरी जी को भी समझाया। वे उन दिनों मेरे विरुद्ध 'करेण्ट' साप्ताहिक में लेख लिख रही थीं। उन्होंने सात-आठ लेख लिखे, मैंने कोई उत्तर नहीं दिया। उन दिनों 'करेंट' और 'ब्लिट्ज' में होड़ चलती थी। बिलट्ज के प्रतिनिधि मेरे घनिष्ठ मित्र राघवन के सहयोग से मैंने भी तारकेश्वरी जी के विरुद्ध कुछ कागज एकत्र कर रखे थे। राघवन उसे प्रकाशित करना चाहते थे, मैंने उन्हें मना कर दिया। बाद में तारकेश्वरी जी को इसकी जानकारी हो गई थी। बहुत दिनों के बाद यह बात उन्होंने मुझे बताई। इसके लिए मेरी प्रशंसा भी की। मैंने उनसे इतना ही कहा कि मैं विरोध मोरारजी भाई का कर रहा था, वह भी मजबूरी में। उन्होंने मुझे इसके लिए विवश कर दिया। अपने सम्मान की रक्षा के लिए। मैंने कहा : आपसे मेरा कोई विवाद ही नहीं था। आप अपना कर्तव्य पालन कर रही थीं, फिर आपसे क्या नाराजगी हो सकती थी ! यदि आप अति कर देतीं, तो शायद आत्मरक्षार्थ मैं भी कुछ करता। उन्हीं दिनों कृपलानी जी ने एक दिन सेंट्रल हॉल में मुझे बुलाकर कहा : ए दाढ़ीवाला, इधर आ। मैं उनके पास गया : कहिए दादा, क्या हुक्म है ? उन्होंने कहा : कांग्रेस को सुधारने की कोशिश मत कर। कृपलानी ने बड़ी कोशिश की पर नहीं सुधार पाया। ज्यादा कोशिश की तो कांग्रेस टूट जाएगी और इससे बड़ा नुकसान होगा। मैंने कहा : दादा, मेरी वजह से क्यों टूटेगी कांग्रेस ? दादा बोले : तुम्हें आगाह कर रहा हूँ। तुम्हें आगाह करना मेरा कर्तव्य है। वैसे कांग्रेस टूटेगी तो देश का बुरा होगा। कांग्रेस अन्ततः टूट गई। उसके बाद एक बार कृपलानी जी फिर सेंट्रल हॉल में मिले। कहने लगे : दाढ़ीवाला, यहाँ आ। मेरी बात नहीं मानी। पार्टी टूट गई न ? बुरा हुआ।

बांग्लादेश का जन्म

इंदिरा जी की यह विशेषता थी कि किसी भी बड़ी समस्या के वक्त वे पार्टी के अनेक लोगों से बात करती थीं। बांग्लादेश के प्रश्न पर उन्होंने सबसे बात की होगी। बांग्लादेश

के मुक्ति-युद्ध की सफलता के लिए जेपी लगातार सक्रिय थे। वे मुक्तिवाहिनी का पूरा समर्थन कर रहे थे। उस समय नेपाल में भी सशस्त्र क्रांति की तैयारी हो रही थी। बीपी कोइराला व अन्य लोगों ने काफी हथियार इकट्ठे करके भारत में कहीं रखे थे। उन लोगों को जयप्रकाश जी ने कहा कि वे हथियार मुक्तिवाहिनी को दे दें। उन लोगों ने सारा हथियार बांग्लादेश भिजवा दिया।

जयप्रकाश जी बांग्लादेश में पाकिस्तान की कार्रवाई को जनतांत्रिक मान्यताओं के विरुद्ध मानते थे। बांग्लादेश युद्ध का एक अमानवीय पहलू यह था कि वहाँ के आम नागरिकों को पाकिस्तान द्वारा बुरी तरह सताया जा रहा था। लोकतांत्रिक मूल्य के समर्थकों के लिए यह एक असह्य स्थिति थी। जयप्रकाश जी जैसे संवेदनशील व्यक्ति के लिए यह काफी था। जयप्रकाश जी के कारण हम लोग भी बांग्लादेश के मुद्दे पर अधिक सक्रिय हुए। जेपी के लिए ज्यादा महत्त्वपूर्ण था मानवीय और जनतांत्रिक मूल्यों की स्थापना। आजादी की लड़ाई के बाद दुनिया में जहाँ भी जनतांत्रिक आंदोलन चला, जयप्रकाश जी ने उसका समर्थन किया–चाहे वह आंदोलन नेपाल में हो, या बांग्लादेश में।

मेरे विचार से इंदिरा जी और जेपी को एक दूसरे के क्रियाकलापों की जानकारी थी, और हो सकता है, सहयोग भी रहा हो। मुझे याद है, उस समय कांग्रेस कार्यसमिति की बैठक हो रही थी। मुक्तिवाहिनी उस समय काफी तनावपूर्ण माहौल से गुजर रही थी। दूसरी ओर पाक़िस्तानी सेना का अत्याचार अपनी चरमसीमा पर था। एक दिन कांग्रेस की कार्यसमिति में मैंने कहा कि अब समय आ गया है जब हम लोगों को अपनी फौजें मुक्तिवाहिनी की मदद के लिए भेजनी चाहिए। अगर हम लोग वर्दी में सेना नहीं भेज सकते तो उन्हें सादी वर्दी में भेजा जाए। किसी वरिष्ठ सदस्य ने मुझे बीच में टोका और कहा कि क्या आप पाकिस्तान से युद्ध कराना चाहते हैं ? तुरंत इंदिरा जी ने उन्हें रोका और कहा, चंद्रशेखर जी को अपनी बात कहने दीजिए। मैंने अपनी बात कही और उसी समय समझ गया कि अब समय दूर नहीं जब हमारी सेना वहाँ सक्रिय हो जाएगी, अन्यथा मेरी बात इंदिरा जी कार्यसमिति में सुनने के लिए क्यों कहतीं ? अन्ततः श्रीमती गांधी ने बांग्लादेश में भारतीय फौज भेजने का फैसला किया। जेपी ने काफी कोशिश की थी कि विश्व जनमत बांग्लादेश की स्वतन्त्रता के पक्ष में हो जाए। इसके लिए उन्होंने विश्व के अनेक देशों का दौरा भी किया। इंदिरा गांधी के बारे में उस वक्त बड़ी चर्चा थी कि वे सोवियत संघ से बहुत प्रभावित हैं, लेकिन उस महिला ने राष्ट्र के गौरव और राष्ट्रीय गरिमा के बारे में कभी किसी से समझौता नहीं किया। यदि आप पुराना इतिहास देखें तो पाएँगे कि विभाजन के बाद हिन्दुस्तान-पाकिस्तान के बीच जब भी कोई समस्या खड़ी हुई, हर अवसर पर सोवियत यूनियन ने हर क्षेत्र में हमारी सहायता की, समर्थन किया। संयुक्त राष्ट्र संघ में भी जब कोई प्रस्ताव आया तो सोवियत यूनियन ने बहुमत के खिलाफ अपना वीटो लगाया। अमेरिका कभी पक्ष में रहा तो कभी विपक्ष में। लेकिन उसने मूलतः पाकिस्तान का समर्थन किया। आज भी इंग्लैंड और अमेरिका की विदेश

नीति एक साथ ही है। उस समय भी ऐसा था कि बांग्लादेश को सक्रिय सहायता देने की बहुत चर्चा हो रही थी और श्रीमती गांधी देर कर रही थीं। जेपी भी यही कहते थे कि नहीं मालूम ! वह क्यों देर कर रही हैं, सोवियत संघ बांग्लादेश मामले में कोई सक्रिय सहायता तो नहीं दे रहा था, लेकिन उसकी सहानुभूति बांग्लादेश के साथ थी। ऐसा भारत की वजह से था या अपने आप, इसके बारे में मैं नहीं कह सकता। लेकिन अमेरिका बांग्लादेश बनने के विरोध में था। इंडो-सोवियत ट्रीटी से उस समय तनाव कुछ ज्यादा बढ़ गया था और कुछ लोगों का ऐसा खयाल था कि अमेरिका कोई ऐसा खतरनाक कदम उठा सकता है जो भारत के लिए ज्यादा कष्टदायक साबित होगा। उस वक्त बांग्लादेश को एक स्वतन्त्र देश के रूप में स्वीकार करने में देर की जा रही थी। शायद परिस्थितियाँ ही ऐसी थीं। अन्दर क्या बात थी, क्या दबाव थे या दुनिया की दूसरी शक्तियाँ किस तरह से काम कर रही थी, मैं नहीं जानता। हो सकता है कि जल्दबाजी न करने के लिए सोवियत यूनियन की सलाह हो और शायद दूसरे देशों की भी। एक और भी बात है कि बांग्लादेश को मान्यता देना आसान निर्णय नहीं था। इसका कारण यह था कि भारत एक बड़ा देश है और किनारे की सीमा पर सब छोटे देश हैं। ऐसे में उनके मन में सन्देह पैदा हो सकता था कि पता नहीं, भारत की मंशा क्या है ? जब तक लोगों के मन में यह विश्वास न आ जाए कि बांग्लादेश में सही मायने में जन-आंदोलन था जिसका समर्थन भारत ने किया, तब तक इंतजार करना ही था। जल्दबाजी में कोई कदम उठाना खतरनाक साबित हो सकता था। बांग्लादेश के आजाद होने से भारत में श्रीमती गांधी को बहुत समर्थन मिला और उनकी लोकप्रियता बढ़ी, यहाँ तक कि अटल जी ने भी उनको दुर्गा कहा। बांग्लादेश बनने से गुणात्मक फर्क यह पड़ा कि पाकिस्तान की मानसिकता में कटुता का भाव बढ़ गया।

बांग्लादेश के निर्माण का हमारी राष्ट्रीय सुरक्षा पर आशा के अनुसार प्रभाव नहीं पड़ा। बंग-बंधु के समय में हालत में सुधार आया। लेकिन वहाँ की दुःखद घटना के बाद हालात बदल गए। उस घटना पर हमारी प्रतिक्रिया घटना की बर्बरता के अनुरूप नहीं हुई। उस समय हम स्वयं अपनी लोकतांत्रिक मान्यताओं के विपरीत आचरण करना प्रारंभ कर चुके थे। बांग्लादेश के स्वाधीनता-आंदोलन में हमने सही कदम उठाया। वह आंदोलन हमारी भावनाओं से भी जुड़ा हुआ था। लेकिन बाद में दोनों देशों के रिश्ते ठीक करने के लिए हम जो आवश्यक कदम उठा सकते थे, वह नहीं उठा पाए।

1971 का महागठबंधन

1971 का महा गठबंधन कुंठा की राजनीति का परिणाम था। डॉ. राममनोहर लोहिया ने इसकी परिकल्पना की थी। डॉक्टर साहब नए-नए विचार देने में निपुण थे; पर साथ ही उनमें प्रतिशोध की भावना प्रबल थी। उसी भावना से प्रेरित होकर उन्होंने गैरकांग्रेसवाद का नारा दिया था। 1967 के गैरकांग्रेसवाद में विभिन्न विचारों और सिद्धांतों के लोग इकट्ठे हो गए। कई राज्यों में उनकी सरकारें बन गई थीं। लेकिन

1971 के महागठबंधन के लोग निराशा से भरे हुए लोग थे। वे जनता का विश्वास खो चुके थे, इसलिए वे स्वीकार नहीं किए गए। चुनाव में उनकी हार हुई। 1971 के चुनाव के बाद जनता को किए गए वादे पूरे न होने के पीछे अनेक कारण थे। लेकिन मुख्य कारण तो इच्छाशक्ति का अभाव था। 1950 से लेकर जब तक पं. जवाहरलाल नेहरु प्रधानमंत्री थे, उन्होंने जो भी आर्थिक और औद्योगिक समस्याओं पर नीति-वक्तव्य दिया, उसके तुरंत बाद भारत के प्रमुख उद्योगपतियों ने अपनी बात रखी और सरकार ने उसके अनुरूप ही अपने नीति-वक्तव्य बदल डाले। समाज में यथास्थिति को बदलने की बात करना सुगम है लेकिन यथास्थिति को तोड़ना बहुत कठिन है। जैसे ही उस दिशा में कदम उठाने का प्रयास होता है, परेशानियाँ खड़ी हो जाती हैं। लेकिन यही परीक्षा की घड़ी होती है। मुझे चुनावों के बीच ही यह शंका होने लगी थी कि हमारे नारे जनता को मोहने वाले हैं, सत्ता में आने के बाद फिर वही पुरानी तर्ज चलेगी। यह होने ही वाला है।

मैं गाँव से आया हूँ। वहीं की जमीन से मैंने राजनीति शुरू की। मैंने गाँव की पीड़ा को परखा था, बेबसी को भुगता था। उससे छुटकारा मिले इसके लिए प्रयास किए, मेरे लिए यह बौद्धिक विलास नहीं था। यह आप-बीती पीड़ा से उपजी कराह थी, इसीलिए मैं इस प्रकार की गतिविधियों को कभी स्वीकार नहीं कर पाया।

मैंने कभी सोचा भी नहीं था कि मैं संसद सदस्य हो जाऊँगा। 1962 में राज्यसभा का सदस्य होकर जब मैं दिल्ली आया तो बहुत घबराया हुआ था। मुझे अशोका होटल में जाने से डर लगता था। कहीं काँटा या चम्मच गलत तरीके से न पकड़ लूँ। थोड़े ही दिनों में मुझे प्रमुख सदस्यों के बीच जाने का मौका मिलने लगा, क्योंकि संसद में मैं अपनी बातें बिना हिचक कहने लगा था। युवा मंत्रियों के घर पार्टियाँ होती थीं। प्रायः हर दावत में मुझे बुलाया जाता था। उनमें जहाँ भी गया, वहाँ कमरे की सुंदरता पर ज्यादा जोर दिया जाता था। दीवार और सोफे के रंग से पर्दा बिलकुल मैच कर रहा है, या नहीं। कालीन का रंग कैसा है ? इन बातों का ज्यादा खयाल था।

मैं संसद में आने के पहले सोचता था कि जब ये लोग मिलते होंगे तो गंभीर समस्याओं को हल करने के लिए विचार-विमर्श करते होंगे ? लेकिन इन मुलाकातों में ऐसा कुछ नहीं था। कुछ समय बाद मेरी झिझक समाप्त हो गई और मैंने यह कहना प्रारंभ कर दिया कि आपके सामने और कोई विषय नहीं है। क्या जीवन का यही उद्देश्य है ? कला और सौन्दर्य का अपना महत्त्व है, पर राजनीति यही है क्या ? असल में मैं जिस जमीन से आया, वहाँ इन बातों का कोई अर्थ ही नहीं, ये प्रसाधन गाँव वालों की कल्पना के बाहर थे। लेकिन विडम्बना यह है कि उस मिट्टी से भारत की राजनीति कभी जुड़ी ही नहीं। मुझे यह कहने में कोई हिचक नहीं है कि जिसने स्वयं गरीबी का अनुभव नहीं किया, वह गरीबी मिटाने का काम नहीं कर सकता। किताबों में गरीबी के बारे में पढ़ना एक बात है और उसे मिटाने के लिए कदम उठाना बिलकुल दूसरी।

बांग्लादेश के युद्ध के बाद युगोस्लाविया के एक प्रोफेसर दिल्ली आए। वे सारी

दुनिया में 'शरणार्थियों की समस्या' पर शोध कर रहे थे। कई देशों में उन्होंने अध्ययन किया था। भारत में भी वे इसी के लिए आए थे। उन्होंने बहुत-से लोगों से भेंट की। मुझसे भी उन्होंने मुलाकात की। बहुत सारे सवाल पूछे। उनके दो प्रश्न मैं भूल नहीं पाया। उन्होंने पूछा कि यहाँ की नौकरशाही के बारे में क्या राय है ? वे अंग्रेजी में बात कर रहे थे। मैंने उस समय भी कहा था कि इससे अच्छा तन्त्र कोई हो ही नहीं सकता, पर एक शर्त है कि उन्हें स्पष्ट रूप से गंतव्य और दिशा का निर्देश दिया जाए और उन्हें क्रियान्वित करने की स्वतन्त्रता दी जाए। कठिनाई यह है कि हम लोग स्पष्ट निर्देश नहीं देते और उनसे हम अपनी इच्छा के अनुसार काम कराना चाहते हैं और जिम्मेदारी उन पर डालना चाहते हैं। मेरी बात पर वे चौंके और कहा कि आप पहले राजनीतिक व्यक्ति हैं जो ऐसा विचार रखते हैं, पर उनका दूसरा वाक्य अधिक महत्त्वपूर्ण था। उनका कहना था कि वे मेरी बात से पूर्णतः सहमत हैं। यहाँ की नौकरशाही ही यह करिश्मा कर सकी कि एक करोड़ शरणार्थी इस देश में आए और 32 महीने के अन्दर वापस चले गए, दुनिया में कहीं और ऐसा नहीं हुआ।

उनका दूसरा प्रश्न था कि भारत में सब कुछ है, प्राकृतिक देन पर्याप्त और असीम है, लोग मेहनती और थोड़े में सन्तोष करने वाले हैं। गरीबी हटाने का नारा आप लोगों ने दिया था, फिर गरीबी क्यों नहीं मिटती ? मैंने उनसे एक सवाल पूछा : आप दुनिया में घूमते हैं, राष्ट्रों के बारे में अध्ययन किया है, खोज की है। आप एक भी ऐसा व्यक्ति मानव इतिहास में बताइए जिसके बिना गरीबी का अनुभव किए गरीबी मिटाने का प्रयास किया हो ? वे थोड़ी देर चुप रहे फिर उन्होंने मार्शल टीटो का नाम लिया। मैंने उनसे कहा कि आपने ठीक कहा, पर वे भी उस दिशा में कदम उठाने से पहले 10-12 वर्ष तक हिटलर के विरुद्ध संघर्ष में बेबसी का अनुभव कर चुके थे। गरीबी की पीड़ा को उन्होंने स्वंय परखा। हमारे देश में महात्मा गांधी को भी गरीबी के दर्द का अनुभव तब हुआ जब अफ्रीका में उन्हें तरह-तरह की यातना भुगतनी पड़ी और उससे प्रेरणा लेकर वे गरीबों की ज़िन्दगी से सीधे जुड़ गए। महात्मा बुद्ध को असली ज्ञान तब हुआ जब उन्हें सुजाता की खीर खाने के लिए मजबूर होना पड़ा। भूख की पीड़ा को समझे बिना कोई भूख मिटा नहीं सकता।

मुझे याद है, जब कांग्रेस टूटी थी, हमारा पहला सम्मेलन बम्बई में हुआ था। बम्बई में जब मैं एयरपोर्ट पर उतरा तो कमल मोरारका एक पुरानी फिएट में आए और मुझसे कहा : मैं आपको छोड़ दूँगा। उनके पास एक पुरानी फिएट गाड़ी थी जो असल में नाथ पई के निधन के बाद उनकी पत्नी ने राधेश्याम मोरारका को बेच दी थी। उस विदेशी फिएट की हालत काफी खराब हो चुकी थी। कमल ड्राइविंग कर रहे थे। सारा दिन मैं बम्बई में घूमता रहा। शाम को तीन-चार बजे बिड़ला क्रीड़ा केंद्र में नौजवानों की एक मीटिंग थी। वहाँ पहुँचा तो लड़कों ने मुझे घेर लिया और कहा कि आप विदेशी कार में कैसे बैठे हैं ? यह 1968 की बात है। आज 2002 में लोग पूछते हैं, आखिर आप कितने दिन तक अम्बेसडर में चलेंगे ?

1971 में 'गरीबी हटाओ' का नारा बेशक कांग्रेस ने दिया लेकिन उसकी शुरुआत काफी पहले ही हो गई थी। बम्बई सम्मेलन में नई नीति का दस्तावेज बनाने के लिए एक समिति बनी थी, उसमें पचास-साठ लोग थे। केशवदेव मालवीय उसके अध्यक्ष थे। लेकिन असल में उसमें सबसे अधिक काम डॉ. एस.पी. गोयल और पी.एन. धर ने किया था। मैं भी उसमें सहयोगी था। इन्हीं तीन लोगों ने उसको अन्तिम रूप दिया था। आज भी वह दस्तावेज उतना ही प्रासंगिक है।

1971 के चुनाव में 'गरीबी हटाओ' का नारा

1971 के चुनाव में 'गरीबी हटाओ' का नारा लगाया गया। चुनाव में ज्यादातर भाषण इसी पृष्ठभूमि में किए गए। शोषित और उपेक्षित समाज की भावनाओं के अनुरूप नया समाज बनाने का संकल्प बार-बार दोहराया गया। चुनाव की सफलता के बाद श्रीमती इंदिरा गांधी से मेरी बात हुई। उन्होंने कहा कि अब कुछ करना चाहिए। हमने जो वादे किए हैं, उनको पूरा करने की बात मैंने उनसे कही। लेकिन वादा पूरा करना तो दूर रहा, उन्होंने चुनावों के तुरंत बाद पूँजीपतियों के संगठन में जो भाषण दिया, वह उन नीतियों के विरुद्ध था जिनका हम लोगों ने जनता के सामने प्रचार किया था। उन्हीं दिनों मैंने 'यंग इण्डियन' में एक संपादकीय लिखा, जिसमें मैंने कहा था कि अगर सरकार अपने वायदे पूरे नहीं करती है तो जनतन्त्र से लोगों का विश्वास हट जाएगा, स्वयं प्रधानमंत्री के प्रति अविश्वास का भाव पैदा होगा। जनता के विश्वास को तोड़ना एक खतरनाक खेल है। 1971 का चुनाव अनेक दृष्टि से महत्त्वपूर्ण था। जो सवाल उठाए गए, वे मुद्दे काफी चर्चित हुए। कांग्रेस ने बाद में अपने वायदों को पूरा न करके एक बड़ी भूल की। 1971 का जनसमर्थन तीन वर्षो में बिखर गया। 1974 में सरकार के विरुद्ध विद्रोह की आवाज उठनी शुरू हो गई। 'गरीबी हटाओ' का नारा जहाँ तक मुझे स्मरण है, आई.के. गुजराल के मस्तिष्क की उपज था। इस नारे ने जनमानस को झकझोर दिया और उनके जज्बातों से जुड़ गया।

1971 के लोकसभा चुनाव में मेरे चुनाव न लड़ने के बारे में सवाल उठता रहता है। मैं 1967 में ही बलिया से लोकसभा चुनाव लड़ना चाहता था। उस समय जगन्नाथ प्रसाद रावत जी ने एक प्रस्ताव रखा कि राज्यसभा सदस्य लोकसभा चुनाव नहीं लड़ेंगे। मैं राज्यसभा से इस्तीफा देकर चुनाव लड़ना चाहता था। जब टिकट देने का सवाल हुआ तो इंदिरा जी ने कहा कि आपकी जरूरत अभी राज्यसभा में है। अशोक मेहता के कहने पर मैं कामराज जी से मिलने गया। मैं कभी किसी के पास टिकट के लिए नहीं गया। कामराज जी ने अपनी खास अंग्रेजी में कहा : प्रधानमंत्री कहती हैं कि इनका राज्यसभा में रहना जरूरी है। इसके बाद मैं क्या कर सकता था ! 1967 में चुनाव न लड़ने का दिलचस्प कारण था। इंदिरा जी ने मुझसे कहा था कि चंद्रशेखर जी, आप राज्यसभा में रहते हैं तो राजनारायण जी जरा संयत रहते हैं। मुझे बड़ी हँसी भी आई। लेकिन सही बात यह है कि शायद वे नहीं चाहती थीं कि मैं लोकसभा में आऊँ। वैसे हो सकता है

कि वे चाहती रही हों लेकिन कांग्रेस का एक वर्ग था जो मेरी गतिविधियों से बहुत खिन्न रहता था। इस निर्णय के पीछे उनकी मानसिकता हो सकती है। इसलिए मैं चुनाव नहीं लड़ा। 1971 का लोकसभा चुनाव न लड़ने का कारण आपको बताऊँगा तो आपको उसमें अहं की बू आएगी। 1971 में जब मैंने चुनाव लड़ने की इच्छा जाहिर की तो श्रीमती गांधी ने कहा कि आप अगर चुनाव लड़ने में व्यस्त हो जाएँगे तो चुनाव- प्रचार कौन करेगा ? वहाँ आपकी बड़ी जरूरत है। हालाँकि यह सुनकर कांग्रेस के बहुत- से लोगों की भृकुटि तन जाएगी। लेकिन कांग्रेस की ओर से उस समय जिन लोगों ने प्रचार किया, उसमें इंदिरा गांधी के बाद देश में सबसे अधिक चुनाव दौरा मैंने किया।

राजनारायण की दिलचस्प यादें

राजनारायण जी का प्रसंग आ गया है तो उनके जीवंत व्यक्तित्व की चर्चा करना मैं अपना कर्तव्य समझता हूँ। वे एक अनोखे व्यक्ति थे। कभी-कभी उनसे मेरी जमकर लड़ाई होती थी–सदन में और सदन से बाहर भी। लेकिन वैसा महत्त्वपूर्ण व्यक्ति मिलना मुश्किल है। ऐसा व्यक्ति जिसे पैसों का जरा भी मोह न हो, जिसने एक क्षण के लिए भी पैसे के प्रति अपना लगाव नहीं दिखाया। कार्यकर्ताओं के प्रति उनके मन में ऐसा स्नेह था जो मातृत्व के मोह की याद दिला देता था। चाहे वे किसी पद पर हों या न हों, जब मुझसे मिलते थे तो मैं उनसे पैसा लेता था। उनका तुरंत एक ही उत्तर होता मेरे पास पैसे नहीं हैं, केवल खाने भर को हैं। फिर मैं उनसे कहता, 'दिखाइए, कितना है ?' उनके पास सात-आठ जेबें होती थीं–यहाँ, वहाँ, अन्दर की बंडी में। ऊपर की जेब में हाथ डालने पर दस रुपये के नोट मिलते थे–वह भी एक-दो। फिर मैं उनकी अन्दर वाली पाकेट में हाथ डालता। वे कहते–'उसमें कुछ नहीं है।' यह वाक्य था जो वे सदा दोहराते। कहते, 'हमारी जान लोगे क्या ?' अगर सब देख लेंगे कि मेरे पास पैसा है, तो मुझे मार देंगे। इसके बाद वे कहते : सच-सच बताओं तुम्हें कितना चाहिए ? फिर मैं अपनी माँग उनके सामने रख देता था और यथासम्भव वे पूरा करते थे। कम से कम सौ रुपये हर बार देते।

राजनारायण जी ने एक बार मुझे कहा : मेरे यहाँ दोपहर को खाना खाने आओ। मैंने पूछा : बंधु, किस खुशी में खाना खिला रहे हैं ? उन्होंने कहा : कोई खास बात नहीं, ऐसे ही बहुत दिन हो गए हैं। इसलिए खाना खाने आ जाओ। मैं गया खाना खाने। वहाँ पर श्रीमती मेनका गांधी बैठी थीं। हम लोगों ने साथ खाना खाया और चले आए। दूसरे दिन हिन्दी 'दैनिक हिन्दुस्तान' ने छापा कि राजनारायण के यहाँ मेनका गांधी और चंद्रशेखर का दोपहर का भोजन हुआ। चंद्रशेखर ने मेनका को एक बनारसी साड़ी भेंट दी। अगले दिन लोगों ने मुझसे पूछा : आपने कैसी साड़ी मेनका जी को प्रेजेंट की ? मैं कुछ समझ नहीं पाया। मैंने राजनारायण जी से पूछा : बंधु, यह मेनका जी को मेरे द्वारा साड़ी भेंट किए जाने का क्या किस्सा है ? राजनारायण जी ने उत्तर दिया : तुम्हें पता नहीं है। कोई यह बनारसी साड़ी मुझे दे गया था। मेरे पास रखी थी। तुम्हारे यहाँ

आने से पहले मैंने तुम्हारे नाम पर मेनका को भेंट कर दी।

इसके बाद मैं बंधु को क्या कहता ?

राजनारायण जी से जुड़ी अनेक दिलचस्प यादें हैं जो स्मृति में कभी-कभी कौंध जाती हैं। सोशलिस्ट पार्टी में मेरे आरम्भिक दिन थे। एक बार मैं राजनारायण जी के साथ दौरा कर रहा था। मऊ स्टेशन पर हम लोग रात के साढ़े ग्यारह बजे पहुँचे। उस समय शीतलहर आई हुई थी। दूसरी ट्रेन रात को दो बजे मिलने वाली थी। कड़ाके का जाड़ा पड़ रहा था। हम लोगों के पास सेकेण्ड क्लास का टिकट था। सेकेण्ड क्लास वेटिंग रूम में तिल रखने की जगह नहीं थी। मैं चिन्तित था कि क्या करना चाहिए ? बाहर प्लेटफार्म पर उसी समय स्टेशन मास्टर दिखाई पड़े। राजनारायण जी ने उन्हें इशारे से बुलाते हुए कहा : ए टेशन बाबू, इधर आइए। वे आए। राजनारायण जी ने अपने खास अन्दाज में उनसे कहा : 'देखिए, मेरा नाम राजनारायण है और इनका नाम है चंद्रशेखर। हम दोनों आदमी फर्स्ट क्लास के हैं। इसमें कोई शुबहा नहीं है। लेकिन पैसे की कमी की वजह से हम लोगों के पास टिकट सेकेण्ड क्लास का है। और आप भी अपने स्वभाव और ड्रेस से फर्स्ट क्लास के आदमी दिखाई पड़ते हैं। हमें ऐसा नहीं लगता कि आप जैसा फर्स्ट क्लास आदमी यह चाहेगा कि पैसे की कमी से दो फर्स्ट क्लास आदमी जाड़े में ठिठुरकर मर जाएँ।' राजनारायण के इस तर्क से बेचारे स्टेशन मास्टर अवाक रह गए। उन्हें समझ में नहीं आ रहा था कि राजनारायण जी चाहते क्या हैं और उन्हें क्या करना है। उन्होंने कहा : 'इस स्थिति में मुझे बताइए, कि मैं क्या कर सकता हूँ ?' राजनारायण जी नाटकीय ढंग से बोले : वह प्रथम श्रेणी के प्रतीक्षालय के दरवाजे पर जो आपका ताला लटका हुआ है, अगर आप कुंजी लाकर उसे खोल दें तो हम दोनों आदमी ठंड से बच जाएँगे। बेचारे स्टेशन मास्टर गए। फर्स्ट क्लास वेटिंग रूम खुलवाया। उसके बाद हम लोग उसमें जाकर बैठे और ठंड से रक्षा हुई।

जब मैं बलिया में छात्रों के बीच काम करता था तो राजनारायण जी वहाँ पहुँचे। वहाँ मेरे एक कायस्थ मित्र थे, अच्छे परिवार से थे। उन्होंने मुझसे बहुत आग्रह किया कि उनके यहाँ राजनारायण जी भोजन करें। मैंने उनका निमंत्रण स्वीकार किया। उनसे कहा, ठीक है, बनवाइए खाना। 20-25 लोगों का उन्होंने इंतजाम किया। मैं भी उस समय मांसाहारी था। राजनारायण जी खाने बैठे। उनसे जब भी मेरे मित्र पूछते : 'और लाऊँ,' तो वे तत्काल कहते, 'लाइए।' ऐसा उन्होंने दो बार किया। जब मेरे मित्र ने तीसरी बार उनसे पूछा कि 'और लाऊँ ?' तो विनम्रतापूर्वक बोले : 'देखिए, हमें बड़ा संकोच होता है। मुझे मालूम नहीं, आपके घर में कितना गोश्त बना है और कितने लोग खाने वाले हैं। हमारे खाने का ढंग दूसरा है। आपके परिवार में जितने लोग हों, उनका हिस्सा निकाल लीजिए, अगर और कोई खाने वाला हो तो उसके लिए भी निकाल लीजिए और बाकी वो जो तसला है, वह यहाँ लाकर रखिए। राजनारायण जी की ऐसी यादें आज भी गुदगुदा जाती हैं।

चौथा अध्याय

बिहार-आंदोलन और आपातकाल

उधर गुजरात में जो आंदोलन शुरू हुआ, उसकी एक पृष्ठभूमि है। गुजरात में इंदिरा गांधी किसी और को मुख्यमंत्री बनाना चाहती थीं। लेकिन चिमन भाई पटेल ने स्वयं मुख्यमंत्री बनने के लिए कहा कि विधायक दल में चुनाव होना चाहिए। उमाशंकर दीक्षित चुनाव पर्यवेक्षक बनकर गए। चुनाव में जीत रहे थे चिमनभाई पटेल। तय किया गया कि चुनाव का नतीजा दिल्ली में घोषित किया जाए। बक्से को सील किया गया। मतगणना हुई, चिमनभाई पटेल जीत गए। लोकतांत्रिक पद्धति से चिमनभाई पटेल मुख्यमंत्री तो हो गए लेकिन इंदिरा जी इसे भूली नहीं थीं। इस बीच चिमनभाई से भी भूलें हुईं (मैं यह नहीं कहता कि यही कारण था, लेकिन उन्हें थोड़ा उकसाया जरूर गया होगा)। इस तरह गुजरात-आंदोलन ने जोर पकड़ा।

गुजरात-आंदोलन का विस्तार 1974 की शुरुआत में हुआ। उत्तर प्रदेश में मध्यावधि चुनाव हो रहे थे। उस चुनाव के लिए उम्मीदवार चुने जा रहे थे। मैं भी उस समय इलेक्शन कमेटी का मेंबर था। इंदिरा जी ने अचानक घोषणा कर दी कि तीसरे दिन मीटिंग दोपहर बाद नहीं होगी बल्कि सवेरे होगी। मैंने कहा : मीटिंग सवेरे नहीं होगी। वह दोपहर बाद ही होगी। इंदिरा जी ने कारण पूछा तो मैंने कहा : पिछली बार जब आप बलिया गईं थीं, तब मैं नहीं गया था क्योंकि आपके ऑफिस से मुझे सूचना नहीं मिली थी। इस बार उन्होंने मुझे सूचना दी है। अगर मैं नहीं जाऊँगा तो इसे गलत समझा जाएगा। उन्होंने कहा : चंद्रशेखर जी, आप आधा दिन बर्बाद करेंगे। पहले कहते तो साथ ही चले जाते। उससे पहले एक दूसरे नेता ने कहा था तो उनको प्रधानमंत्री के सचिव ने कह दिया कि सीट नहीं है। मुख्यमंत्री बहुगुणा जी थे। उन्होंने कहा, नहीं, तुम साथ चले जाओ। मैंने कहा, मैं कैसे चला जाऊँ, हेलीकॉप्टर में जगह नहीं है। क्या हेलीकॉप्टर पर लटककर जाऊँ ? बहुगुणा जी ने आर. के. धवन से कहा कि चंद्रशेखर को भी जाना है। उन्होंने बिना हिचक कहा कि चंद्रशेखर जी के लिए जगह है। मैं हतप्रभ रह गया। वे दूसरे सज्जन वहाँ मौजूद थे जिन्हें जगह न होने की बात कही गई थी।

मैं बैठक से सीधे हवाईअड्डे गया। आजमगढ़ में एक मित्र से कपड़े उधार लिए। आखिरी कार्यक्रम फूलपुर, इलाहाबाद में था। फर्टीलाइजर कारखाने का शिलान्यास हुआ। मेरे मित्र जसवंत मेहता उस समय फर्टीलाइजर कॉर्पोरेशन के चेयरमैन थे। वे उस हेलीकॉप्टर से जाने वाले थे। फखरुद्दीन साहब उद्योगमंत्री थे। वे भी वहाँ पर थे। हेलीकॉप्टर में जसवंत के लिए जो सीट थी उस पर जाकर फखरुद्दीन साहब बैठ गए। जसवंत बेचारे छूट गए। सबसे अंत में मैं हेलीकॉप्टर में बैठा। जब इंदिरा जी बैठीं तो

उन्होंने कहा : क्यों, जस्सूभाई, आप नहीं आ रहे हैं ? जसवंत जी ने कहा, मैं रात की ट्रेन से आ रहा हूँ। वे ट्रेन से दूसरे दिन आए। इंदिरा जी से मिले। वहाँ से लौटकर मेरे पास आए और उन्होंने चिमनभाई के खिलाफ बोलना शुरू कर दिया। मैंने कहा : जसवंत, मिल गया निर्देश ? मैंने उनसे कहा कि इस आंदोलन को बढ़ावा देकर चिमनभाई के विरुद्ध एक समस्या तो खड़ी कर दोगे, पर इसे नियंत्रण में नहीं रख पाओगे। परिणाम बुरा होगा। वही हुआ। उस आंदोलन का असर सारे देश पर पड़ा।

मोरारजी का अनशन

आंदोलन तेज होने के बाद तो चिमनभाई को हटाए जाने में सबसे बड़ा योगदान मोरारजी देसाई के अनशन का था। मोरारजी देसाई से उस समय मेरी मुलाकात नहीं होती थी। उनसे मेरे संबंध अच्छे नहीं थे, क्योंकि कांग्रेस की टूट के दौरान मैंने मोरारजी का बहुत विरोध किया था। इसलिए मैं दूर से ही इस दृश्य को देख रहा था। वे अनशन पर बैठे थे, मैं कहीं बाहर गया था। मुझे राधेश्याम मोरारका ने फोन किया कि वे मुझसे मिलने आ रहे हैं। मैंने कहा, मुझसे मिलने यहाँ मत आइए, मोरारजी के यहाँ मिलिए। मैं उनसे मिलने जा रहा हूँ। मैं मोरारजी भाई से मिलने गया। वहाँ कुछ और भी लोग थे। मेरे जाते ही सब लोग हट गए। मैंने कहा, मोरारजी भाई, आप इस तरह अनशन क्यों कर रहे हैं ? आपको अगर कुछ हो जाएगा तो देश की हालत बुरी होगी। बड़ा उत्पात होगा, बड़ी हिंसा होगी। मैं मोरारजी का बड़ा आदर करता रहा हूँ। उन्होंने कहा : चंद्रशेखर जी, आप ईश्वर में विश्वास करते हैं ? मैंने कहा : करता भी हूँ और नहीं भी करता, मैं दोनों के बीच में हूँ। वे कहने लगे : यही आपकी मुश्किल है। अगर भगवान मुझे ऐसे ही ले जाना चाहता है, तो मैं ऐसे ही चला जाऊँगा, नहीं तो इंदिरा बेन को मेरी बात माननी पड़ेगी। उन्होंने जिस प्रकार यह बात कही, मेरे मन पर उसका असर इतना पड़ा कि मैं सीधा संसद भवन गया और जाकर जगजीवन राम से कहा कि कुछ कीजिए, नहीं तो मोरारजी अनशन नहीं तोड़ेंगे। उन्होंने कहा : अब कुछ नहीं हो सकता। मैंने इंदिरा जी से बात की थी। वे बिलकुल अड़ी हुई हैं। यही बात मैंने वाई. वी. चव्हाण से भी की और वही उत्तर मिला।

मैं विवश होकर इंदिरा जी से मिलने गया तो उन्होंने पहले मुझे लम्बा भाषण सुनाया। वे कहने लगीं : चंद्रशेखर जी, इस समय कुछ भी होना संभव नहीं है। लोगों के कहने पर अगर हम विधानसभा भंग कर दें तो यह माँग कहीं से भी उठ जाएगी। मैंने कहा, 'कहीं' और गुजरात में अंतर है। यहाँ मोरारजी भाई का जीवन खतरे में है, अगर उनको कुछ हो गया तो आप स्थिति को संभाल नहीं पाएँगी। वे कभी-कभी बहुत गुस्से और जोश में बोलती थीं। मुझे आज भी याद है कि मैंने उनसे कहा : यू हैव टू डिसाइड, यू ऑर रेडी टू लूज गुजरात ऑर यू वांट टू लूज होल इण्डिया (आप निर्णय कर लीजिए कि आप गुजरात खोने को तैयार हैं या सारा भारत) ? मैंने आगे कहा कि

मैं मोरारजी से मिला था। वे इतने दृढ़ संकल्पवाले व्यक्ति हैं कि मर जाएँगे पर अनशन नहीं तोड़ेंगे। वे थोड़ा नरम पड़ीं। मुझे चलते-चलते इंदिरा जी ने कहा कि ठीक है, आप कहते हैं तो बात कीजिए। मैं भी कुछ सोचती हूँ। मेरी आशा बढ़ी।

जयप्रकाश जी से मिलने गया तो उन्होंने पूछा : आप इंदिरा जी से मिलने गए थे ? मैंने कहा : हाँ, गया था। वे बोले : उनका क्या रुख है ? मैंने कहा : उनका रुख तो बहुत कड़ा है, लेकिन कुछ रास्ता निकलेगा। उन्होंने पूछा : कैसे ? मैंने कहा : बात करने की उनकी शैली से मुझे लगा कि वे ऐसा सोच रहीं हैं। लेकिन उसी दिन इंदिरा जी ने मोरारजी के खिलाफ बड़ा सख्त बयान दे दिया। यह बात जब जेपी को मालूम हुई तो उन्होंने मुझसे कहा कि आप तो कुछ और कह रहे थे ! मैंने कहा : मुझे विश्वास है कि हल निकलेगा। दूसरे दिन उमाशंकर दीक्षित मोरारजी भाई से मिलने गए और समझौते की दिशा में कदम बढ़ा। सबसे पहले तो विधानसभा भंग हुई। उससे आंदोलन को बहुत शक्ति मिली।

बिहार-आंदोलन

उसी समय बिहार आंदोलन भी शुरू हो रहा था। जेपी पर तब ऐसा दबाव डालने की कोशिश की गई कि वे समझ जाएँ कि इस तरह के आंदोलन से कुछ नहीं होने वाला है। जेपी बिहार-आंदोलन का नेतृत्व सँभाल चुके थे, लेकिन मुश्किल यह थी कि श्रीमती गांधी जेपी के व्यक्तित्व को समझ नहीं सकीं। जेपी की यह प्रवृत्ति थी कि उनको जितना दबाने की कोशिश की जाती थी, वे इस संकल्प के साथ उतना ही उभरकर आते थे। उस समय मैंने एक संपादकीय में लिखा था : जेपी इज नॉट फाइटिंग फॉर पोलिटिकल पावर, सो ही कैन नॉट बी डिफीटेड बाई यूज ऑफ स्टेट पावर (जेपी राजनीतिक ताकत के लिए नहीं लड़ रहे हैं, इसलिए उन्हें राज्य की शक्ति का प्रयोग करके नहीं हराया जा सकता)। चंडीगढ़ में मैंने उस समय बयान दिया कि जेपी की मॉरल अथॉरिटी और इंदिरा गांधी की राजनीतिक शक्ति का संयुक्त उपयोग हो तो देश को वर्तमान संकट से निकाला जा सकता है। कांग्रेस में उसकी बड़ी आलोचना हुई। इंदिरा जी ने मुझसे कुछ नहीं कहा। इसी बीच पटना में लाठीचार्ज हो गया। जेपी की तबियत ठीक नहीं थी। उनको डॉक्टर कह रहे थे कि आप प्रोस्टेट का ऑपरेशन कराने जाइए। वे टालते रहे। फिर आंदोलन चलता रहा। मैं इस लाठीचार्ज के बाद जेपी से मिलने पटना गया। वहीं अस्पताल में पहली बार नानाजी देशमुख से मुलाकात हुई। उन्हें जेपी को पुलिस की लाठी से बचाने में चोटें आईं थीं। जेपी के लिए जो पुलिस अंगरक्षक सरकार की ओर से मिला था, उसकी पीठ पर अनेक काले निशान लाठी की चोट के थे।

बाद में जेपी डॉक्टरों की सलाह मानकर वेल्लोर गए। वहाँ उनके प्रोस्टेट का ऑपरेशन हुआ। मैं कृष्णकांत जी के साथ उनसे मिलने वेल्लोर गया। मद्रास में पहली बार राज्यपाल के साथ राजभवन में ठहरा था। वहाँ के राज्यपाल केके शाह थे। मेरा भी उनसे निकट का परिचय था, पर राजभवन में ठहरने का साहस कभी नहीं जुटा

सका। कृष्णकांत के सौजन्य से पहली बार किसी राजभवन में ठहरा। वेल्लोर में ही मेरा मन टूटा रामनाथ गोयनका से। वहाँ जो लोग जेपी के लिए गए थे, उनके लिए उन्होंने कमरे बुक कराए थे। उसमें एअर कंडीशनर्स लगाए थे। यही बात उन्होंने प्रचारात्मक लहजे में बतानी शुरू कर दी। उनका कहना था कि जेपी के लिए सुविधाएँ जुटाने में उन्होंने काफी पैसे खर्च कर दिए। 25 हजार रुपये उनके तब तक खर्च हो चुके थे, आदि। गंगा बाबू उनके साथ थे। मुझे गोयनका की बात बहुत बुरी लगी। मैंने कहा : गंगा बाबू, जेपी के बारे में गोयनका सार्वजनिक रूप से खर्चे आदि की चर्चा करते हैं। इनके बारे में मेरी पहले से ही कोई अच्छी राय नहीं थी। उनकी यह चर्चा तो और भी बुरी लगी। अगर आप इजाजत दें तो मैं अभी टेलीफोन करके 25 हजार रुपये का मनीआर्डर या चैक इनको भिजवा देता हूँ। गंगा बाबू ने कहा कि नहीं, अभी इस तरह की चर्चा न करें तो अच्छा रहेगा। जेपी दुःखी होंगे। चलने लगे तो जेपी ने कहा कि वे मुझसे बात करना चाहते हैं। डॉक्टरों ने मना किया, कहा : अभी इनकी हालत ऐसी नहीं है कि ज्यादा बातचीत कर सकें। इसलिए बाद में बात करना ठीक रहेगा। मैंने जेपी से कहा कि डॉक्टर मना कर रहे हैं तो मैं बाद में आ जाऊँगा, तभी बात होगी। उन्होंने कहा : आप कहीं फँस जाएँगे, बात करनी जरूरी है। मैंने कहा कि अगले शनिवार को निश्चित रूप से आऊँगा। भोजपुरी में हम लोगों की बात होती थी।

मैं दिल्ली लौट आया। मद्रास जाने के पहले मेरे मन में यह बात आई कि जेपी विद्यार्थी-आंदोलन के बारे में ही बात करेंगे, क्यों न इंदिरा जी से पूछ लूँ कि वे कोई समझौता करना चाहती हैं या नहीं ? मैंने इंदिरा जी के यहाँ डेढ़-दो बजे उनसे मिलने के लिए फोन किया। उनके निजी सचिव ने कहा, कल सवेरे का टाइम दे दूँ ? मैंने कहा : चार बजे प्लेन है, तो हँसने लगे और बोले, 'जब आइए, टाइम क्या लेना !' मैं गया। मैंने इंदिरा जी से कहा : मैं जेपी से मिलने जा रहा हूँ वेल्लोर। पता नहीं वे क्या बात करेंगे ! आपका क्या रुख है ? आप उनसे कोई बात करेंगी या उनसे लड़ाई ही रहेगी ? उन्होंने पूछा : जेपी बात करेंगे ? मैंने कहा, मैं जानता नहीं हूँ। मैंने बात नहीं की है, लेकिन जेपी से मिलने से पहले मैं आपके विचार जान लेना चाहता था। उन्होंने कहा, आप बात कीजिए। अगर जेपी चाहते हों तो मैं बात करूँगी।

मैं जेपी के पास गया। उनसे बहुत लंबी बात हुई। जब बात हो ही रही थी तभी वहाँ सीताराम केसरी आ गए। वे भी बैठ गए। सीताराम केसरी की उपस्थिति में मैंने कहा : जेपी, रामनाथ गोयनका बहुत निम्न श्रेणी के आदमी हैं। वे फालतू बातें बहुत करते हैं। जेपी ने कहा कि आप उनके प्रति पूर्वग्रह रखते हैं। मैंने कहा : मुझे कोई पूर्वग्रह नहीं है, लेकिन पिछली बार उन्होंने काफी अशोभनीय बातें की थीं।

गोयनका इंदिरा गांधी के बारे में भी बुरी बातें करते थे। उनके लिए जिस भाषा का वे प्रयोग करते थे, वे आपत्तिजनक थे। लेकिन इंदिरा जी ने इसके प्रति कभी कोई प्रतिक्रिया नहीं दिखाई। मेरी राय थी कि एक महिला देश की प्रधानमंत्री है। उसके बारे में इस तरह की हल्की बातें नहीं करनी चाहिए, हालांकि उन्हीं रामनाथ जी ने जनता

पार्टी के राज में इंदिरा जी के बारे में अपने विचार बदल लिए।

वेल्लोर में जब मैं दूसरी बार जेपी से मिलने गया तो मैंने उनसे कुछ साफ बातें कीं। उनसे कहा : आपका और इंदिरा जी का लड़ना देश के लिए दुर्भाग्यपूर्ण है। बाद में जेपी ने कहा : देखिए, इंदिरा जी ने 'हिन्दू' में हमारे खिलाफ यह कह दिया है कि मैं पूँजीपतियों से पैसा लेता हूँ, लेकिन यह आरोप मेरे ऊपर अब तक कोई नहीं लगा सका। मैंने कहा, अगर यह गलती हो गई, तो उसके बाद आप दोनों में बातचीत करने की कोई गुंजाइश नहीं बचती ? इस पर उन्होंने कहा : मैं किसी भी समय बात करने को तैयार हूँ।

मैं दिल्ली लौटकर इंदिरा जी से मिला। मुझे इंदिरा जी ने अपने साउथ ब्लाक के ऑफिस में बुलाया था। लेकिन मैं जानता ही नहीं था कि प्रधानमंत्री का ऑफिस कहाँ है ? मैं साउथ ब्लाक पहुँचा तो वहाँ सिक्योरिटी का केवल एक ही आदमी था। वह इंटेलीजेंस विभाग का था। मुझे देखा तो उसने कहा : आप जाइए। मैंने पूछा : कहाँ जाऊँ ? वह बोला : लगता है, आप पहली बार आए हैं। फिर वही मुझे लेकर गया।

मैंने इंदिरा जी से कहा, आप जेपी को चिट्ठी लिखिए, बात शुरू हो जाएगी। उन्होंने चलते-चलते एक बार फिर पूछा, क्या आपकी निश्चित राय है कि उसका अच्छा असर होगा ? मैंने कहा, यही मेरी राय है। इंदिरा जी ने जेपी को बहुत अच्छा पत्र लिखा। यह मुझे बताया गया, मैंने वह पत्र देखा नहीं। उन्होंने पत्र तो अच्छा लिखा लेकिन अपने भुवनेश्वर के उस बयान की चर्चा ही नहीं की जिसमें उन्होंने कहा था कि जेपी पूँजीपतियों से पैसा लेते हैं। जिस समय इंदिरा जी ने पत्र भेजा, उसी समय उमाशंकर दीक्षित ने एक वक्तव्य दिया कि 'जेपी इज ए ग्रेट नेशनल लीडर, नो बडी कैन डाउट हिज इंटेग्रिटी'। यह भी कहा कि वे बेहद ईमानदार और त्यागी हैं। जेपी उससे भी संतुष्ट थे। लेकिन वहाँ जेपी के उस समय के सलाहकार थे रामनाथ गोयनका और गंगा बाबू मौजूद। उन लोगों ने उनसे कहा कि देखिए, सब कुछ लिखा, लेकिन पूँजीपतियों से पैसा लेने वाली बात की चर्चा नहीं की। सिर्फ दीक्षित जी से प्रशंसा करवा दी। दीक्षित जी कोई साधारण व्यक्ति नहीं थे। वे गृहमंत्री थे। लेकिन इस बात से जेपी का मन खट्टा हो गया। जेपी थोड़े दिन के बाद पटना लौटे। उस समय बिहार-आंदोलन तेजी पर था। जेपी का बहुत जोर-शोर से स्वागत हुआ और समझौते की सारी बातचीत को धक्का लगा।

जेपी की चाय-पार्टी

उन्हीं दिनों मैंने जेपी को चाय पर बुलाया था जिसकी बहुत चर्चा की जाती है। संसद के पाँच-सात सदस्य जेपी से मिलना चाहते थे इसलिए मैंने जेपी के लिए अपने घर 3, साउथ एवेन्यू लेन में चाय का इंतजाम किया। 20-25 लोगों को मैंने कहा था कि आप लोग आ जाइए। मेरे घर में एक छोटा-सा हॉल है। उसी हॉल में हम लोग बैठे थे। 25 आदमियों को बुलाया था, आए करीब 100 लोग। इनमें सिद्धार्थ शंकर रे की पत्नी श्रीमती माया रे भी थीं। ऐसे लोगों की संख्या ज्यादा थी, जिनको बुलाया नहीं गया था।

बहुत लोग अपने-आप आ गए थे। प्रेस वाले भी आ गए। फोटोग्राफर भी आ गए।

हरिकिशोर जी ने कहा, जेपी, आप कुछ कहिए। तब जेपी ने कहा : नहीं, मैं केवल चाय के लिए आया हूँ। मुझे कुछ नहीं कहना है। जब लोग बहुत जोर देने लगे तब जेपी ने कहा : मुझे जो कुछ कहना है, वह कहता ही रहता हूँ। यहाँ कहने का अवसर नहीं है। लेकिन वे लोग माने नहीं। मैं चाय आदि के इंतजाम में था, क्योंकि अप्रत्याशित लोग आ गए थे। वहाँ के सारे टेबुल और सोफे निकाले गए। उस वक्त ऊँट के बालों की दरी संसद सदस्यों के घर के हाल में होती थी। वही उस समय बिछी हुई थी। सारे लोग उस पर बैठ गए। केवल जेपी के लिए एक कुर्सी थी। माया रे आईं तब तक हाल भर गया था। वे चौखट पर बैठीं। दरवाजे के बाहर एक कुर्सी रखी थी। मैंने उनसे कहा, माया, चौखट पर बैठना ठीक नहीं। माया ने कहा : मै ऐसे ही ठीक हूँ। इसे सब अखबारवालों ने कई कोणों से छापा था। उसके बाद हल्ला मच गया कि चंद्रशेखर जी ने जेपी के लिए बड़ा भारी 'रिसेप्शन' आयोजित किया। असल बात यह है कि ऐसी कोई न मेरी नीयत थी, न ही ऐसा कोई कार्यक्रम। सात-आठ लोग थे जो जेपी से बात करना चाहते थे। 15-20 और लोगों को भी बुला लिया था। लेकिन उम्मीद से ज्यादा लोग आ गए। बाद में जब यह मामला उछला तो उमाशंकर दीक्षित जी ने वहाँ मौजूद लोगों को बुला-बुलाकर पूछना शुरू किया कि आप लोग वहाँ कैसे गए ? सबने कह दिया कि हम लोगों को मालूम नहीं था कि जेपी आ रहे हैं। हम लोग तो गलती से चले गए। कुछ लोग ऐसे भी थे कि वे सोच-समझकर गए थे। मुझसे किसी ने नहीं पूछा, न इंदिरा जी ने, न दीक्षित जी ने। लेकिन कुछ समय बाद बुलंदशहर जिले के कलकत्ती नरौरा में कांग्रेस कैंप हुआ। नरौरा में जेपी की चाय-पार्टी की गूँज छाई रही। जब मैं कैंप के लिए वहाँ पहुँचा तो पहले दिन का अधिवेशन खत्म हो रहा था। सब लोग अपने-अपने टेंट में बैठे थे। एक टेंट में मैं था और मेरे साथ थे मध्य प्रदेश के मुख्यमंत्री पीसी सेठी। दूसरे टेंट में गुजराल और ज्ञानी जैल सिंह थे। सवेरे गुजराल ने मुझसे कहा : अरे ! तुम ज्ञानी जी से पूछो कि कल सारा भाषण तुम्हारी ही चाय-पार्टी के बारे में क्यों हुआ ? तुम्हारे खिलाफ बहुत भाषण हुए और ज्यादातर भाषण देनेवाले पंजाब के लोग थे। इसलिए ज्ञानी जी से जानकारी ले लो कि क्या बात है। मैंने ज्ञानी जी से मजाक में कहा : 'कहिए ज्ञानी जी, 'की गल' है ?' उन्होंने कहा : तुम नहीं समझोगे। उन्होंने बताया कि जब वे सवेरे इंदिरा जी से मिलकर निकले थे तो धवन ने उनसे कहा था किआज चंद्रेशखर की चाय पार्टी की आलोचना हो।

मैंने कह दिया, सभी उस पर बोल रहे हैं और कोई बात नहीं। दूसरे दिन भी वही क्रम चलता रहा। मैं चुपचाप बैठा सोचता रहा कि इन बातों से मुझे क्या मतलब है ? अचानक सिद्धार्थ शंकर रे ने अंग्रेजी में बोलना शुरू किया। उन्होंने कहा : राजनीति में गरिमा होनी चाहिए। मेरी पत्नी उस पार्टी में गई थीं। उसे नहीं बताया गया था कि यह चाय-पार्टी जेपी के लिए रखी गई है। राजनीति में नैतिकता और गरिमा की आवश्यकता है, उसे निभाया जाना चाहिए। इतनी ईमानदारी तो होनी ही चाहिए कि किसी को

गलतफहमी में इस प्रकार न बुलाया जाए। अब मेरे लिए बोलना जरूरी हो गया। मैंने सिद्धार्थ शंकर रे से कहा : जरा सोचकर बोलिए। आप क्या हैं, यह मुझे पता है। अगर आप अपनी पत्नी को काबू में नहीं रख सकते तो व्यर्थ मुझ पर गुस्सा क्यों करते हैं ? ठीक है, आपकी पत्नी को नहीं मालूम था कि चाय-पार्टी में जेपी आ रहे हैं, लेकिन जब उन्हें पता चल गया तो वे वहाँ से बाहर क्यों नहीं निकल गईं ? उनको किसी ने वहाँ गिरफ्तार नहीं कर लिया था। वे दरवाजे के पास चौखट पर बैठी थीं। मेरे यह कहने के बाद सिद्धार्थ चुप हो गए।

बाद में मुझे पता चला कि उनका गुस्सा इस बात से था कि बंगाल विधानसभा में विरोध पक्ष की ओर से उन्हें टोका गया, जब वे जेपी-आंदोलन के विरुद्ध कुछ बोल रहे थे। सिद्धार्थ से मेरे अच्छे संबंध थे, पर सवाल केंद्र सरकार की नाराजगी का था। वे इसे कैसे मोल लेते ? माया रे इस प्रकार की बातों की चिंता नहीं करती थीं। वे मेरे प्रशंसकों में से थीं, इधर बहुत दिनों से नहीं मिलीं। बाद में उमाशंकर दीक्षित जी ने मुझे संबोधित करके कहा : चंद्रशेखर जी, बहुत-से सदस्यों ने मुझसे कहा है कि उन्हें मालूम नहीं था कि जेपी वहाँ आ रहे हैं। किसी गलतफहमी में वे चले गए। उनके बोलने के बाद मैंने कांग्रेस अध्यक्ष देवकांत बरुआ जी से चंद मिनट बोलने की इजाजत माँगी। उस समय सारी चर्चा अंग्रेजी भाषा में चल रही थी। आजादी के बाद यह जेहनियत कुछ अधिक प्रबल हो गई है। हम लोग भावुकता-भरे गुस्से में अंग्रेजी बोलने लगते हैं। शायद मन के कोने में कहीं यह धारणा रहती है कि इसका असर कुछ ज्यादा होगा। मैंने भी अंग्रेजी में ही बोलना प्रारंभ किया और पहले ही वाक्य में मैने यह कहा कि दीक्षित जी, आप पिछले पंद्रह-बीस वर्षों से मुझे जानते हैं। मुझमें और बहुत सारी कमी हो सकती हैं पर साहस की कमी नहीं है और इस देश में कोई ऐसा व्यक्ति नहीं जिसको अपने घर बुलाने के लिए मैं झूठ का सहारा लूँ। जब मैं यह कह रहा हूँ तो मेरा तात्पर्य यहाँ बैठे हुए लोगों को मिलाकर है। मैंने फिर विस्तार से उस चाय-पार्टी के बारे में बात की। उसके बाद कोई चर्चा नहीं हुई और औपचारिक धन्यवाद-ज्ञापन के बाद शिविर की कार्यवाही समाप्त हो गई। इस सारे प्रकरण में इंदिरा जी ने मुझसे कुछ नहीं कहा और बाद में भी कभी कोई शिकायत नहीं की।

शिविर समाप्त होने के बाद देवकांत बरुआ मुझसे मिले। मैंने उनसे कहा कि यदि इस प्रकार की चर्चा की प्रतिक्रिया में मैं आपसे हुई कल की बात प्रेस के लोगों को बुलाकर कह दूँ तो फिर कांग्रेस अध्यक्ष की क्या प्रतिष्ठा रह जाएगी ? अपने स्वभाव के अनुरूप उन्होंने मुझसे कहा कि इस प्रकार की आलोचना से आपको प्रभावित नहीं होना चाहिए। मैंने तुरंत उत्तर दिया कि इस चर्चा से मुझे कोई दुख नहीं, पर दो दिन तक इस प्रकार की बात होती रही। आपने अध्यक्षता की और एक शब्द भी नहीं बोले। कम से कम आप तो मेरे विचार जानते हैं, मैं किसी प्रकार उस संकट को टालने के पक्ष में हूँ जो जेपी और इंदिरा जी के आपसी विवाद से देश के लिए उत्पन्न होने वाला है। उन्होंने जो कुछ कहा, वह अब यहाँ कहना किसी भी प्रकार उचित नहीं, पर एक-दो दिन

पहले मेरी उनकी जो बात हुई थी, उसको स्पष्ट कर देना आवश्यक है।

जेपी ने कुछ दिन पूर्व कहीं से एक वक्तव्य दिया था कि वे इंदिरा जी के विरुद्ध कोई और आंदोलन नहीं चलाएँगे और बिहार-आंदोलन को राष्ट्रव्यापी बनाने का उनका कोई इरादा नहीं है। जब यह समाचार आया कि जेपी दिल्ली आ रहे हैं और आते ही समाचारपत्र प्रतिनिधियों से बात करेंगे तो बरुआ जी ने मुझे फोन करके कहा कि वे मुझसे मिलना चाहते हैं। मैंने उनके यहाँ जाकर मिलने का वादा किया, पर कुछ ऐसी व्यस्तता थी कि ग्यारह बजे रात तक मैं उनसे मिल न सका। फिर उन्होंने मेरे यहाँ ही आने की बात कही। यह मुझे अत्यंत अशोभनीय लगा और मैं तुरंत उनके घर गया। वहाँ बरुआ जी ने मुझसे कहा कि जेपी ने जो वक्तव्य कुछ दिन पहले दिया है, यदि उसे ही कल के प्रेस-सम्मेलन में दोहरा दें तो बहुत अच्छा रहेगा। मैंने कहा कि इसमें कोई कठिनाई नहीं होनी चाहिए। किसी पत्रकार से वही सवाल पुछवा दें और जेपी वही उत्तर दोहरा देंगे, यह मेरा विश्वास है। पर बरुआ जी इस बारे में पूरी तरह आश्वस्त होना चाहते थे और उनका कहना था कि मैं जाकर जेपी से बात कर लूँ। मेरे लिए यह तभी संभव था जब मैं उनसे हवाईअड्डे पर ही मिलता क्योंकि वे वहाँ से सीधे प्रेस-सम्मेलन में ही जा रहे थे। इसमें मेरे लिए कठिनाई थी। वहाँ प्रेस के लोग होंगे, मेरा चित्र लेंगे, कोई कहानी बनाएँगे, इसमें मेरी कोई दिलचस्पी नहीं थी।

मैं इस प्रकार के विवाद से बचना चाहता था। पर बरुआ जी की बात को टालना भी अशोभनीय था। मैंने बचने का रास्ता ढूँढ़ा। मैंने बरुआ जी से कहा कि आप सवाल पुछवाएँ, मैं यह सुनिश्चित करुँगा कि जेपी वही उत्तर दें जो आप चाहते हैं। मैंने प्राण सब्बरवाल से कहा कि आप हवाईअड्डे जाएँ। जेपी के साथ चौधरी ब्रह्मप्रकाश जी आ रहे हैं। उनसे कहा कि मैं हवाईअड्डे के रेस्त्रां में उनकी प्रतीक्षा कर रहा हूँ। मुझसे दो मिनट बात कर लें। प्राण ने यही किया। ब्रह्मप्रकाश जी को मैंने अपनी बातें बताईं और जेपी से यह अनुरोध करने को कहा कि मेरी यह राय है कि जो वक्तव्य उन्होंने कुछ दिन पहले दिया है, उसे यदि कोई पत्र-प्रतिनिधि पूछे तो उसी प्रकार का उत्तर देने की कृपा करें। ब्रह्मप्रकाश जी के सौजन्य से यह काम उसी प्रकार हुआ। जिस जेपी का सर्टिफिकेट लेने के लिए इतनी बेचैनी थी, उन्हीं को चाय पिलाने पर इतनी बौखलाहट ! आज जब इन बातों की याद आती है तो ऐसा लगता है कि हमारे यहाँ के स्वतंत्रता संग्राम सेनानी वयोवृद्ध जगन्नाथ सिंह जो राजनीति की परिभाषा करते थे, वह शायद सदा के लिए सत्य है। सार्वजनिक सभा में भी वे अलंकृत भाषा का प्रयोग करते थे। तिलक जी के समर्थक थे, उग्र विचारों के प्रतिपादक। पुरानी यादें और आज के अनुभव इस कथन को सत्य प्रमाणित करने के लिए पर्याप्त हैं कि राजनीति नितान्त सत्य के आधार पर नहीं चल सकती।

जेपी और इंदिरा जी की मुलाकात

जेपी-आंदोलन जब तेजी पर था, अचानक एक दिन जयप्रकाश जी दिल्ली आए।

साधारणतः जब वे आते थे तो उनके यहाँ से मुझे खबर आती थी। इस बार खबर नहीं आई। किसी ने कहा कि जयप्रकाश जी आ गए हैं। मैं मिलने गया। वे गांधी शान्ति प्रतिष्ठान में ठहरे थे। मेरे पहुँचने के बाद और लोग कमरे से बाहर चले गए। जेपी ने भोजपुरी में कहा कि एक बात आपसे कहना चाहता हूँ लेकिन मुझसे कहा गया है कि इसकी किसी से चर्चा नहीं करनी है। विशेष रूप से कहा गया कि चंद्रशेखर जी को यह बात नहीं मालूम होनी चाहिए। मैंने कहा : आप कहना चाहते हैं तो कहिए यदि कोई विशेष बात हो तो मुझसे कहना आवश्यक नहीं। इस पर उन्होंने कहा, मैं यह बात आपसे छिपाए नहीं रह सकता, और बताया कि इंदिरा जी ने आज उन्हें बिहार-आंदोलन के बारे में बात करने के लिए बुलाया है। इसके लिए उन्होंने एक ड्राफ्ट भेजा है। इसके आधार पर मुझसे बात करना चाहती हैं। मैं समझ नहीं पाया कि ड्राफ्ट आपके द्वारा क्यों नहीं भेजा ? आश्चर्य की बात यह है कि यह क्यों कहा गया कि यह बात चंद्रशेखर जी को न मालूम हो ? उन्होंने मुझे ड्राफ्ट दिखाया। मैंने पढ़ा और कहा, यह ड्राफ्ट बिलकुल ठीक है। इस आधार पर आप समझौता कर लें। मेरी यह राय है। ड्राफ्ट विस्तारपूर्वक हर पहलू पर विचार करके लिखा गया था। जेपी ने कहा : समस्या यह है कि इंदिरा जी से आपके संबंध अच्छे हैं। वे भली भाँति जानती हैं कि मुझसे भी आपके निकट के संबंध हैं। फिर इसे आपसे छिपाए रखने को क्यों कहा गया ? मैंने उनसे कहा कि यदि आप यह बताएँ कि यह ड्राफ्ट आपके पास लेकर कौन गया था तो मैं इसका कारण बता सकता हूँ। वे जरा झिझके, फिर थोड़ी देर के बाद बोले : मेरे पास श्याम बाबू और दिनेश आए थे। मैंने कहा कि इसके आधार पर आपसे समझौता नहीं होगा। इसका प्रयोजन केवल इतना है कि यह लोगों को मालूम होना चाहिए कि आपसे बात हो रही है। मुझसे यह ड्राफ्ट गोपनीय रखने का कारण स्पष्ट है। अगर मेरी जानकारी में यह ड्राफ्ट होता और मेरे द्वारा भेजा जाता तो मैं इस बात पर जोर देता कि एक बार सहमति हो जाने के बाद प्रधानमंत्री इसे स्वीकार करें। अगर नहीं मानतीं तो इसको सार्वजनिक रूप से कहता। उस ड्राफ्ट में वे सारे मुद्दे थे जिनको लेकर आंदोलन चल रहा था। बिहार विधानसभा तुरंत निलंबित करने का प्रस्ताव था और थोड़े दिनों के बाद उसे भंग करने की बात थी। जेपी रात के नौ बजे प्रधानमंत्री से मिलने गए। जेपी के बैठते ही इंदिरा जी ने कहा : बाबू जी को भी बुला लें। जेपी को क्या आपत्ति हो सकती थी ? जगजीवन राम उनकी बातों के समर्थक हैं, उन्होंने ऐसा जेपी से कहा था। ड्राफ्ट पढ़ने के बाद जगजीवन राम ने कहा : यह कैसे हो सकता है ? विधानसभा निलंबित करने तक की बात ठीक है लेकिन ड्राफ्ट में विधानसभा भंग करने की बात क्यों है ? इसके बारे में अभी से वादा क्यों किया जाए ? इंदिरा जी चुप थीं। जेपी सारी बातें खामोशी से सुन रहे थे। वे यह तो कह नहीं सकते थे कि मुझे बुलाया क्यों ? भले आदमी थे। अंत तक चुपचाप बैठे रहे। 5-10 मिनट बाद अंततः उठकर चले आए।

कुछ लोग कहते हैं कि जेपी की चाय-पार्टी के बाद से इंदिरा जी और मेरे बीच दूरी

बढ़ गई थी लेकिन इंदिरा जी ने कभी मुझसे यह बात नहीं कही। 25 मई, 1975 को आपातकाल लागू हुआ। उससे पहले कुछ वरिष्ठ लोगों को छोड़कर इंदिरा जी के निकट के प्रायः सभी मंत्रियों ने मुझसे कहा था कि एक बार मैं इंदिरा जी से मिल लूँ, लेकिन मैं उनसे नहीं मिला। क्योंकि अगर मैं उनसे मिलता तो यही कहता कि इलाहाबाद हाईकोर्ट के फैसले के बाद अब आपको इस्तीफा दे देना चाहिए। हाईकोर्ट के निर्णय के बाद इस्तीफा देना इसलिए जरूरी था क्योंकि यह परम्परा रही है। मैं उन्हें यह भी सलाह देता कि वे अपने किसी विश्वासपात्र को प्रधानमंत्री बना दें और यदि निर्णय उनके पक्ष में उच्चतम न्यायालय कर देता है तो वे पुनः अपना पद ग्रहण कर लें। मैं जानता था, यह बात उन्हें अच्छी नहीं लगेगी क्योंकि प्रायः सभी लोग उन्हें इस पद पर बनाए रखने के लिए उतारू हैं। अपने संबंध को देखते हुए मैं उनसे यह बात कहने नहीं गया। मैंने कोई बयान भी नहीं दिया क्योंकि बयान में मैं उनसे इस्तीफे की माँग करता। मोहन धारिया ने एक बयान दे दिया। मैंने धारिया से कहा कि बयान देना था तो पार्टी से इस्तीफा देकर देना चाहिए था। पार्टी का सदस्य रहते हुए नेता के विरुद्ध बयान देना उचित नहीं। बाबू जी रामधन आदि से कह रहे थे कि वे श्रीमती गांधी से इस्तीफे की माँग करें। मोहन धारिया से भी किसी ने कहा होगा कि श्रीमती गांधी पर इस्तीफे के लिए दबाव डाला जाए। मुझे जब यह पता चला तो मैंने जगजीवन बाबू को फोन किया। मैंने कहा : जगजीवन बाबू, इन लोगों के बयान देने से कुछ नहीं होगा। आप इस आशय का एक बयान लिखिए, दस्तखत कीजिए और मैं भी उस पर दस्तखत करता हूँ। जगजीवन बाबू ऐसा नहीं चाहते, उन्होंने मुझसे कहा।

जेपी की इंदिरा जी से बातचीत सफल नहीं हुई। इसका कारण यह रहा होगा कि इंदिरा जी सही दिशा में सोचती थीं और उसके अनुसार कदम उठाती थीं। फिर उनके कुछ सलाहकार उसके विपरीत बात करके उनके निर्णय को बदलवाने में सफल हो जाते थे। ऐसे लोगों का प्रभाव स्थायी नहीं होता था पर उससे समस्या उलझ जाती थी। जेपी से समझौते का ड्राफ्ट तैयार करते समय उनके मन में उस पर अमल करने की तैयारी रही होगी। बाद में कुछ लोगों ने उसे अपने हित में न देखकर उन्हें दूसरी सलाह दी होगी। जेपी से समझौते की बात समाप्त कराने में जगजीवन राम का उपयोग इसलिए भी हो सकता है कि उनका सही रूप उजागर करने के लिए यह काम किया गया हो ! 1971 के बाद इंदिरा जी जनता की मानसिकता में छाई हुई थीं। जेपी ने पहली बार उनको चुनौती दी। जनभावना को उनके विरुद्ध उद्वेलित किया। जयप्रकाश जी और इंदिरा जी के चारों तरफ कुछ लोग भी ऐसे थे जो उनके बीच टकराव को बढ़ाना चाहते थे। इसका परिणाम भयावह हुआ। एक बार मैंने जयप्रकाश जी से कहा भी था कि इस आंदोलन को ज्यादा तीव्र न बनाइए। लेकिन इंदिरा जी इमरजेंसी जैसा कदम उठाएँगी, इसे मैं नहीं जानता था। पर मुझे यह मालूम था कि वे कुछ कठोर कदम अवश्य उठाएँगी, जिसमें कोई कुछ बोलने लायक नहीं रहेगा। जब पटना में लाठी चली तो उसके बाद इंदिरा जी ने सुरक्षा से संबंधित अधिकारियों की मीटिंग बुलाई। वह एक अनौपचारिक

बैठक थी। उसमें उन्होंने पूछा कि यदि जेपी को गिरफ्तार किया जाए तो क्या परिणाम होंगे ? वहाँ मौजूद अफसरों में से दो-तीन को छोड़कर सबने यही कहा, कुछ नहीं होगा। 18 मार्च को पटना में काफी तोड़फोड़ हुई। कुछ लोगों का आरोप है कि कांग्रेस के एक धड़े ने इसमें मदद की। मुझे अधिक जानकारी नहीं है पर हो सकता है, उन्होंने उकसाया हो ! लेकिन इतना जरूर था कि उस समय लड़कों में इतना जोश और उत्साह था कि घटना स्वतः घटी होगी, किसी के प्रोत्साहन की आवश्यकता नहीं थी।

उस वक्त कुछ शक्तियाँ थीं जो नया सिद्धांत लागू करके इस देश में कम्युनिज्म धीरे-धीरे सरकारी तंत्र का उपयोग करके लाना चाहती थीं। उन्होंने ही इमरजेंसी के लिए इंदिरा जी को सलाह दी और उनका साथ भी दिया। उसमें सबसे बड़ी भूमिका पीएन हक्सर जी की थी। वे अत्यंत गंभीर स्वभाव के व्यक्ति थे; पर अपने उद्देश्य के प्रति अटल हक्सर का असर केवल सरकार पर ही नहीं कांग्रेस संगठन पर भी था। दिल्ली में अखिल भारतीय कांग्रेस कमेटी का एक अधिवेशन हुआ। उसमें कांग्रेस की कार्यसमिति का चुनाव हुआ। मेरे मित्रों ने मुझसे चुनाव लड़ने को कहा। मैंने कहा कि मैं कांग्रेस में नया आया हूँ, किसी पुराने व्यक्ति को हम लोग चुनाव लड़ाएँ। पर सबकी जिद थी, इसलिए मैंने चुनाव लड़ने का फैसला किया। जगजीवन राम जी और फखरुद्दीन साहब ने मुझसे चुनाव न लड़ने की बात की। मैंने उनकी बात नहीं मानी, फिर उन लोगों ने मोहन धारिया और कृष्णकान्त से बात की और उन्हें आश्वासन दिया कि मुझे बाद में कार्यसमिति में मनोनीत कर लिया जाएगा। मैंने उन मित्रों से कहा कि यह आश्वासन पूरा नहीं होगा, पर यदि आप लोगों की राय है तो इसे बिना शर्त स्वीकार कर लिया जाए। पर वे लोग अपनी बात पर अड़े रहे। मैं चुनाव नहीं लड़ा। सर्वसम्मति से चुनाव हो गया। उसके बाद कार्यसमिति की घोषणा हुई, उसमें चंद्रजीत यादव, के आर गणेश और नंदिनी सत्यपथी जी सदस्य बनीं। मुझे और महाराजा बड़ौदा को आमंत्रित सदस्य बनाया गया। कृष्णकांत और मोहन बहुत नाराज हुए। मुझसे कहा कि मैं उसे स्वीकार न करूँ। मैंने उनकी बात नहीं मानी। मैंने जब उन्हें आगाह किया था तब वे मेरी बात सुनने को तैयार नहीं थे, यदि अब मैं आमंत्रित सदस्य की हैसियत से सम्मिलित न होऊँ तो ऐसा लगेगा कि मैं सदस्य बनने के लिए आतुर था। मैं समिति में गया। समाचार-पत्रों ने मुझे और महाराजा बड़ौदा को संगठन में समान अवसर देने पर टिप्पणी भी की।

आपातकाल की घोषणा होने के कुछ दिन पहले कांग्रेस कार्यसमिति में एक प्रस्ताव आया, जिसमें जेपी का नाम लेकर उनकी आलोचना की गई थी। मैंने उसका विरोध किया। सवेरे बैठक तीन-चार घण्टे चली। मैं अकेला था। कार्यसमिति के अन्य सदस्यों की एक राय थी। लगभग एक बजे मैंने कहा कि इंदिरा जी, मैं एक बात स्पष्ट कर देना चाहता हूँ, जो प्रस्ताव लाया गया है उसका मैं विरोध करूँगा। यदि प्रस्ताव स्वीकृत कर लिया गया तो इस प्रस्ताव की सार्वजनिक रूप से निंदा करूँगा। इसका नतीजा यह होगा कि आप मुझे पार्टी से निकालने के लिए विवश होंगी। मुझे इसकी कोई चिंता नहीं है,

पर इसे स्पष्ट कर देना अपना कर्तव्य समझता हूँ। इंदिरा जी ने कहा कि यदि चंद्रशेखर जी इस प्रकार महसूस करते हैं तो इस प्रस्ताव को फिर से देखना चाहिए। प्रस्ताव से जेपी का नाम हटा दिया गया और यह लिखा गया कि कुछ भूदान नेता बिहार-आंदोलन का विरोध कर रहे हैं जो हिंसक हो सकता है।

प्रस्ताव को ठीक करने का काम रजनी पटेल, सिद्धार्थ शंकर रे, डी.पी. धर आदि ने किया था। प्रस्ताव दोपहर बाद की बैठक में पेश हुआ और स्वीकृत कर लिया गया। बैठक से पहले मेरी पी.सी. सेठी से नोकझोंक चल रही थी। पी.सी. सेठी मेरे अच्छे दोस्त रहे थे। वे मुझे शेख जी कहते थे, मैं उनको सेठ जी कहता था। हम लोग यूँ ही बहस कर रहे थे। हँसी-मजाक चल रहा था। इसी बीच डीपी मिश्र ने कहा : चंद्रशेखर क्या बात है ? मैंने पंडित जी से कहा कि आपने किस 'नालायक' को अपना वारिस बना दिया ? यह हमको डरा रहा है, धमका रहा है। कह रहा है कि इस प्रस्ताव का विरोध मत करो। उन्होंने कहा : सेठी, चंद्रशेखर को डराने की कोशिश मत करना। जब इसको मैं देखता हूँ तो कबीर का दोहा याद आता है–'चाह गई चिंता गई मनुवा बेपरवाह, जा को कछु न चाहिए, वह शाहन को शाह।' उन्होंने कहा कि चंद्रशेखर, एक दोहा तुम सदा याद रखना–'खुल खेलो संसार में बांधि सके नहिं कोय, घाट जकाती क्या करे जो सिर बोझ न होय।' यह कह कर वे अपनी सीट पर जाकर बैठ गए।

इंदिरा जी की एक खास कार्यशैली थी। कोई परिवर्तन कराना होता तो कहतीं, बाबू जी, जरा इसको देख लीजिए। बाबू जी ने उसे देखा। उसमें कुछ आपत्तिजनक तो था नहीं, लेकिन उन्हें कुछ तो संशोधन करना ही था। कलम निकाली और प्रस्ताव पर सर्वोदय लीडर की जगह लिख दिया–'सो काल्ड सर्वोदय लीडर।' जगजीवन बाबू के इस संशोधन के बाद इंदिरा जी मेरी ओर देखकर मुस्कराईं। मैंने कहा कि इंदिरा जी, यदि इस संशोधन से जगजीवन बाबू को सन्तोष होता है तो मुझे कोई आपत्ति नहीं है। मैं जेपी की इज्जत सर्वोदय नेता के रूप में नहीं, 1942 के हीरो के रूप में करता हूँ। उसी बैठक में मुझे याद है कि रजनी पटेल ने कहा : 'इंदिरा जी, चंद्रशेखर इज ए वैरी गुड फ्रेंड। दी ओनली प्राब्लम विद हिम इज दैट ही सपोर्ट्स रांग परसन एण्ड रांग कॉज फॉर ए लांग टाइम।' मैंने कहा : 'व्हैदर आई एम सपोर्टिंग ए रांग परसन एण्ड रांग कॉज फॉर ए लांग टाइम, ऑर यू आर डूइंग, ओनली हिस्ट्री विल टैल।' इमरजेंसी में रजनी पटेल बहुत तिरस्कृत हुए, दुखी हुए। मेरी मित्रता उनसे बनी रही, दूसरों की मदद करने वाला उन जैसा मैंने नहीं देखा। जब तक जीवित रहे, मुझसे कहते रहे कि मैं सही था। मैंने जेपी से इन बातों का जिक्र कभी नहीं किया, क्योंकि उन्हें बहुत दुख होता जगजीवन बाबू की बात सुनकर। उन्होंने जेपी से निरंतर दूसरे प्रकार की बात की थी। चव्हाण की राय इस मामले में भिन्न थी। उन्होंने कहा : चंद्रशेखर, मैं तुम्हारी तरह जेपी के लिए किसी का खुला विरोध नहीं कर सकता लेकिन आई एम नॉट ए कांग्रेस मैन ऑफ गांधी एरा, आई एम ए कांग्रेस मैन ऑफ जेपी एरा। जयप्रकाश के खिलाफ एक शब्द कह नहीं सकता। उनके शब्द हैं। मैं जेपी आंदोलन को कभी उस तरह समर्थन नहीं दे रहा था,

जैसे जेपी-आंदोलन के समर्थक लोग दे रहे थे। इस बारे में मैं बिलकुल स्पष्ट था कि जेपी-आंदोलन की परिणति वह नहीं होगी जो जेपी का उद्देश्य है।

आपातकाल

जिस तरह की परिस्थितियाँ बनती जा रही थीं, उससे मुझे लगा था कि श्रीमती गांधी जल्द ही कठोर कदम उठा सकती हैं। 25 जून को मेरे यहाँ शैलजा आचार्य और बीपी कोइराला आए। उनका सिनेमा जाने का कार्यक्रम था। मुझे भी साथ ले गए। हम लोग फिल्म देखने गए। शायद 'शोले' फिल्म लगी थी कनॉट प्लेस के रीगल सिनेमा हॉल में। उसे लोग बहुत देखना चाहते थे। हमने भी देखी। खाना बाहर ही खाया। जब मैं फिल्म देखकर बाहर निकला तो मेरी जेब खाली थी।' मैंने पहले ही कहा कि कहीं से पैसे का इंतजाम कर लें, तब चलें।' इस पर वीपी बोले, नहीं, नहीं, मेरे पास पैसे हैं।' शैलजा ने मुझे उसी समय 100 रुपये दिए।

घर आया तो मुझे दयानन्द सहाय ने कहा कि आज तो जेपी ने अपने भाषण में कमाल कर दिया। दिल्ली के रामलीला मैदान में जो भाषण दिया था, उसका सारांश बताया। मैंने सुनते ही कहा : यह आखिरी भाषण है। रात में 12 बजे हम लोग सोए। साढ़े तीन बजे भोर में हमारे पास अचानक फोन आया कि जेपी को गिरफ्तार करने के लिए पुलिस गांधी शांति प्रतिष्ठान पहुँच गई है। मैंने दयानन्द से कहा : जरा बाहर देखो, यहाँ तो कोई पुलिस नहीं है। वह बाहर गया, लौटकर सूचना दी कि कोई पुलिस नहीं है। तब हम लोग टैक्सी लेकर गांधी प्रतिष्ठान पहुँचे। वहाँ जेपी ने कहा कि पुलिस आ गई है। वे गाड़ी में बैठे तो हम भी टैक्सी में पीछे-पीछे साथ-साथ चले। जब पार्लियामेंट स्ट्रीट थाने में आए तो वे लोग जेपी को अन्दर ले गए। मैं साथ जा रहा था तो एक दरोगा जी ने मुझे रोक दिया। मैं बाहर खड़ा था। उसी समय कोई डी.एस.पी. या कोई डिप्टी कमिश्नर आया। उसने कहा : सर, आप यहाँ कैसे खड़े हैं ? मैंने कहा : आपके दरोगा जी ने कहा है। उन्होंने मुझे कहा कि मैं अन्दर जाऊँ। अन्दर जाकर 15 मिनट या आधा घंटा बैठा रहा कि एस.पी. इंटेलीजेंस आए। उन्होंने वहाँ के स्थानीय एस.पी. से कान में कुछ कहा : उन्होंने मुझसे कहा कि वे मुझसे अलग से बात करना चाहते हैं। बाहर जाकर उन्होंने कहा कि जेपी के लिए गाड़ी आ गई है। मेरी हिम्मत नहीं होती यह कहने की। आप उनसे कहिए। आपको तो दूसरी जगह जाना है। मैं समझ नहीं पाया। उन्होंने दोबारा जब मेरे दूसरी जगह जाने वाली बात कही तो मैंने पूछा कि क्या मुझ पर भी वारन्ट है ? उसने कहा, 'हाँ। पुलिस आपके घर गई है।'

उसी समय यूएनआई के अरुण कुमार भी आ गए। जेपी से मैंने कहा : आप तो जाइए, आपकी गाड़ी आ गई है। मुझे दूसरी जगह जाना है। उन्होंने कहा : आप लोग भी गिरफ्तार हैं ? मैंने कहा, 'हाँ।' तभी उन्होंने थाने से बाहर निकलते हुए कहा : 'विनाश काले विपरीत बुद्धि।' उसी समय पुलिस की गाड़ियाँ आ गईं। मैंने कहा : चलो, कहाँ चलना है ? दयानन्द को मैंने पहले ही भेज दिया था कि मेरा सामान लेकर आए।

बताया गया कि केंटोनमेंट पुलिस स्टेशन चलना है। गाड़ी में पुलिस के जो अधिकारी थे, उन्होंने इंदिरा जी को भली-बुरी सुनाई और मुझसे कहा कि सर, आप चलिए घर। जिस-जिसको फोन करना है, कर लीजिए। मैं घर गया। दो-एक जगह फोन किया। बीपी कोइराला को भी फोन पर बताया। सिनेमा देखने के बाद शैलजा ने जो पैसे दिए थे, वही 100 रुपये मेरे पास थे। शंकर दयाल सिंह ने ट्रेन में आते समय मुझे एक छोटी-सी किताब दी थी। वह मेरे बैग में पड़ी थी, वह भी मैंने रख ली। केंटोनमेंट में दयानन्द और कृपाशंकर को उदास देखकर मुझे दुःख हुआ।

थाने में जाकर देखा तो वहाँ राजनारायण, पीलू मोदी, बीजू पटनायक, रामधन, सिकन्दर बख्त, मलकानी और अशोक मेहता मौजूद थे। जब हम थाने से निकले तो आगे और पीछे अनेक जीपें चल रही थीं। बीच में हम एक वैन में बैठे थे। पीलू और राजनारायण ने रास्ते में बहुत हँसाया। हम लोग रोहतक पहुँचे। अपनी जेल डायरी में मैंने लिखा भी है कि सबसे अधिक नारे मेरे लिए लग रहे थे। इस बात से मैं आश्चर्यचकित था।

अपनी डायरी में मैंने यह भी लिखा था कि यह विडम्बना ही है कि जिनको सरकार में पहुँचाने के लिए मैंने कोशिश की, वही मुझे जेल भेज रहे हैं और जिनको हराने के लिए कोशिश की, वे मेरी जय-जयकार बोल रहे हैं। मैंने चुनावों में कांग्रेस को विजयी बनाने के लिए पूरी कोशिश की थी और जिन विरोधी पार्टियों को हराने के लिए काम किया, वे कारागार में मेरे साथ हैं। रोहतक में प्रबंध पहले से था। मैं वहाँ 5-7 दिन रहा। आदमी का सही रूप तो जेल में ही दिखाई देता है। मैं कपड़े बहुत अच्छा धोता हूँ, इसलिए सबके कपड़े धोता था। पीलू कहते थे, मेरे कपड़े भी धो दो। बीजू ने भी यही कहा। मैंने कहा : तुम लोगों से आठ-आठ आने लूँगा, एक कपड़े का, जेल से छूटने के बाद हिसाब होगा। मैंने अशोक मेहता से कहा कि आपके कपड़े भी धो दूँगा। उन्होंने कहा कि क्यों धोओगे ? मै भी कैदी हूँ, सबको अपना काम स्वयं करना चाहिए और उन्होंने स्वयं इसे निभाया। जेल जाने के तीन-चार दिन बाद जेल सुपरिंटेंडेंट आए। कहने लगे : एस. पी. साहब, आपको मिलने के लिए कलेक्टर साहब आए हैं। मैंने कहा : क्या बात है ? वहाँ 4-5 डॉक्टर मौजूद थे। उन्होंने मेरे स्वास्थ्य की जाँच की। कोई कहता : मेरे चेस्ट में पेन है। कोई कहता : मुझे ब्लड प्रेशर है। किसी की राय थी कि मुझे साँस की बीमारी है। मैंने कहा : मुझे कुछ नहीं है। उस समय हरियाणा कांग्रेस के अध्यक्ष सुल्तान सिंह साथ थे। उन्होंने मुझसे अलग से बात की। इंदिरा जी से अपनी नाराजगी जाहिर की और कहा कि बंसीलाल जी ने भेजा है। उनका निर्देश है कि बीमारी बताकर मुझे गेस्ट हाउस में एयर कंडीशन कमरे में रखा जाए, जैसे मोरारजी को रखा है। मैंने उनसे कहा कि बंसीलाल जी को मेरा धन्यवाद कहिए और कह दीजिएगा कि जेल से यदि कभी छूटा तो मित्रता का निर्वाह कीजिएगा। बाद में कलेक्टर भी आ गए। उन्होंने कहा कि कुछ करने का आदेश दीजिए। मैने कहा कि यहाँ पीलू मोदी हैं, गर्मी से उनकी हालत खराब है। उनके लिए सम्भव हो सके तो एयर कण्डीशनर का प्रबंध करा दीजिए।

उन्होंने कहा कि यदि वे अपना एयर कंडीशनर मँगा दें तो तुरंत लगवा दूँगा। यदि सरकार से प्रबंध कराना होगा तो उसमें समय लग जाएगा। मैंने यह बात पीलू को बता दी। उसने घर से एयरकण्डीशनर मँगा भी लिया पर उसे लगाने की इजाजत नहीं मिली। किसी ने दिल्ली सरकार को खबर कर दी होगी। अजब थे वे दिन और अजब थी उन दिनों सत्ता में बैठे लोगों की जेहनियत।

उसी बीच में मुझे वहाँ से ट्रांसफर करने का आदेश आ गया। रोहतक में साढ़े 11 बजे रात को सुपरिंटेंडेंट आए। उन्होंने कहा, आपका ट्रांसफर है। मैंने कहा, रात को ट्रांसफर ! मुझे थोड़ा बुखार था। मैंने कहा कि कल सवेरे जहाँ जाना होगा, जाऊँगा। इस समय मैं नहीं जा सकूँगा। उन्होंने कहा कि पुलिस की गाड़ी आ गई है। मैंने कहा : कुछ भी आ गया हो, मैं इस समय नहीं जाऊँगा। इस पर उसने कहा : जाना पड़ेगा। बगल में सोए हुए राजनारायण जग गए थे। अपने स्वभाव के अनुरूप उन्होंने कहा, 'जरा लाओ तो हमारा डण्डा।' बंधु के इस कथन को सुनकर जेल सुपरिंटेंडेंट वहाँ से भागा। हम लोग हँसते-हँसते सो गए। दूसरे दिन सवेरे 7 बजे पुलिस आ गई। उस समय आतंक का माहौल था। दो-चार लोग मुझे जेल के गेट तक छोड़ने के लिए गए। लोगों ने पूछा, कहाँ ले जा रहे हैं ? कुछ भी मालूम नहीं था, किसी ने कुछ बताया नहीं। बाहर एक जीप थी, उसमें कुछ अधिकारी बैठे थे। वैन में पूरी आर्म्ड पुलिस थी और बीच में मैं था। गर्मी के दिन थे। अम्बाला के पास इंस्पेक्टर ने कहा : साहब, प्यास लगी होगी। मैंने कहा : हाँ, पानी जरूर पिला दें। हम शहर में नहीं जा सकते थे। अम्बला कैंट स्टेशन पर रेस्त्रां में ले जाकर मुझे पानी या कोई ठंडा पेय पीने को मिला। चंडीगढ़ पहुँचने पर स्वागत में अधिकारियों की जमात थी। कम से कम 15-16 गाड़ियाँ थीं। काफी लोग थे। रोहतक जेल से कुछ देर बाद ही पुलिस अधिकारी ने बता दिया था कि मैं चंडीगढ़ जा रहा हूँ।

चंड़ीगढ़ जेल में दो-तीन बैरक हैं। वहाँ जगह नहीं थी। सुपरिंटेंडेंट का कमरा खाली कराकर उसमें मुझे रखा गया। उसी बैरक में चंडीगढ़ के एक वकील साहब थे जो अब नहीं रहे। मेरे लिए सुपरिंटेडेंट का ऑफिस खाली करा दिया गया। कालीन बिछा कर कूलर लगा दिया। मैंने खाना खाया और सो गया। चार बजे उठा। प्यास लगी थी। पानी देखा तो कमरे में नहीं था। आगे गया तो दरवाजा बाहर से बन्द था। दरवाजा खटखटाया। वार्डर से मैंने कहा, पानी लाओ। तब मुझे आदत नहीं थी कूलर में सोने की। मेरी तबियत खराब हो जाती थी। मैंने कहा : मैं इस कमरे में नहीं सोऊँगा। मैं बाहर सोने का आदी हूँ। जेल-अधीक्षक एक भले व्यक्ति थे। उन्होंने कहा कि आप ऐसा मत कहिए। जेपी को यहाँ शिफ्ट करना है। जेपी ने कहा है कि उनके साथ कोई एक आदमी होना चाहिए। उनकी सेवा करने वाले गुलाब का नाम उन्होंने लिया। सरकार की ओर से कहा गया कि उसे कैदी की तरह रहना होगा, तो जेपी ने कहा, उसको कैदी की हैसियत से नहीं रखना है। उनसे पूछा गया कि किसी कैदी का नाम बताइए जो उनके साथ रह सके। जेपी ने आपका नाम लिया है। इसीलिए आप लाए गए हैं। थोड़े दिन

में कमरा तैयार हो जाएगा। मैं जाकर जेपी से कह चुका हूँ कि आप आ गए हैं। मुझे मालूम नहीं, उसने आगे क्या किया।

उसी समय एस.टी.डी. सेवा शुरू हुई थी। चंडीगढ़ से एस.टी.डी. पर फोन करके मेरे दिल्ली निवास पर किसी ने कहा कि मैं आगरा से बोल रहा हूँ, चंद्रशेखर जी चंडीगढ़ जेल में हैं। इसी बीच जेपी की बीमारी बढ़ गई। डॉक्टरों ने कहा कि इनको जेल में शिफ्ट करना ठीक नहीं है। उन्होंने जब यह रिपोर्ट दी, तब मुझे वहाँ से पटियाला भेज दिया गया। फिर अन्त तक मैं पटियाला में ही रहा। मुझे प्रारंभ में जेल में कोई जानकारी नहीं मिलती थी। तीन महीने पटियाला जेल में कोई किताब भी नहीं मिली। किसी से मुलाकात भी नहीं हुई। अखबार नहीं मिलते थे, रेडियो की भी सुविधा नहीं थी। स्वाधीनता सेनानी सरदार सेवा सिंह टिकरी वाले के लिए महाराजा पटियाला ने एक स्पेशल वार्ड बनाया था। वह पुराने किस्म का कमरा था। वही ऊँचे गेस्ट हाउस जैसा। चारों तरफ खिड़कियाँ थीं। सामने एक बरामदा। बरामदे में बड़ी-बड़ी छड़ें लगी हुई थीं। उसी में मुझे रखा गया लेकिन उसकी सफाई करने के नाम पर उसे पीली मिट्टी से रंग दिया गया था।

सम्भवतः इसे रामरज कहते हैं। ऐसा लगता था कि मुझे वह पीला रंग चारों ओर से घेरता चला आ रहा है। मैंने दूसरे दिन सुपरिंटेंडेंट से कहा कि इन पीली दीवारों पर सफेदी करवा दीजिए। कुछ समय बाद जेल में पढ़ने के लिए किताबें मिलने लगीं। तीन महीने तक मैंने सिर्फ सिक्ख धर्म का इतिहास पढ़ा। जेल के पुस्तकालय में हिन्दी, अंग्रेजी में काफी किताबें थीं पर अधिकांश सिख धर्म पर ही थीं।

जेल में जाते ही थोड़े दिनों के अन्दर ही मैं बीमार पड़ गया। मैं बाग में फावड़ा चला रहा था, मुझे स्लिप डिस्क हो गया। पहले मुझे पता नहीं चला लेकिन जब तेज दर्द हुआ तो डाक्टर को बुलाया गया। उसने दर्द दूर करने की दवा दी। कुछ आराम हुआ पर लगभग दो घण्टे बाद दर्द फिर होने लगा। उसे फिर बुलाया। वह समझा, मैं घबरा रहा हूँ। मुझसे कहने लगा : सर, घबराइए मत, कुछ नहीं है। मैंने कहा : साहबजादे, मुझे धीरज मत दो। मुझे दर्द हो रहा है। मैं चौकी पर सो गया। मेरे वार्ड में दो कैदी थे, वे मेरी बहुत सेवा करते थे। मेरे पैर दबाते रहे पर कुछ आराम नहीं मिला। एक मुंशीराम था, छोटा-सा। एक दिन मैंने गुंशीराम से कहा कि तुम मेरी पीठ पर चलकर दबाओ, उसने पीठ पर चलकर दबाया। शायद कोई नस दबी। मुझे नींद आ गई। सवेरे डाक्टर आए। अस्पताल ले गए। अस्पताल में हंगामा हो गया। उस समय मैंने बाल बढ़ा लिए थे। गेरुए वस्त्र पहने हुए था। मेरे साथ पुलिस के लोग थे। एक्सरे रूम में रेडियोलॉजी विभाग की अध्यक्ष कोई महिला थी। उसके रूम में एक नए डाक्टर थे। वे बिगड़े। पुलिस को कहा : आप लोग कैसे आ गए ? फिर मुझे देखकर कहा : अच्छा, तो इनके साथ आए हैं। ससुराल में आए होंगे। मैंने सोचा कि कोई झगड़ा न खड़ा कर दें।

मैंने कहा : इनका कोई दोष नहीं है। मेरा नाम चंद्रशेखर है और ये लोग मेरे साथ हैं।

मेरे गेरुआ वस्त्र पहनने का भी एक किस्सा है। रोहतक जेल में मेरे साथ आर्यसमाजी इंद्रवेश जी थे। इंद्रवेश गेरुआ वस्त्र में रहते थे। मैंने महसूस किया कि रोज जेल में कपड़ा धोना कष्टकारी है। इसलिए एक प्रकार से मजाक में मैंने इंद्रवेश से कहा : मेरे लिए भी अपने जैसे ही गेरुआ कपड़े मँगवा दें। दो-तीन दिन के अन्दर ही इंद्रवेश ने मेरे लिए गेरूआ लुँगी, कुर्ता मँगवा दिया। फिर एक दिन मैंने गेरुआ वस्त्र धारण कर लिया। राजनारायण, पीलू और अशोक ने हंगामा खड़ा कर दिया–उतारो इसको। फिर जब मैं यहाँ पटियाला के सोलिटरी कंसाइनटमेंट में आया तो मैंने उसे पहन लिया कि यहाँ तो कोई मिलने वाला है नहीं। इस पटियाला जेल में हफ्ते में तीन बार आई. बी. के लोग आते थे। उन्होंने कोई रिपोर्ट कर दी कि मैंने बाल, दाढी बढ़ा लिए हैं और संन्यासी हो गया।

अधिकारियों के व्यवहार से मुझे अक्सर ऐसा लगा कि नौकरशाह आमतौर पर इमरजेंसी के विरोध में थे। एक-दो बदमाशों को छोड़ दें तो 18 महीनों की कैद के दौरान मैंने यही महसूस किया। ब्यूरोक्रैट्स में मेरे प्रति व्यक्तिगत सम्मान का भाव काफी था। पटियाला जेल में मैं एकांत कारावास में था। फाँसी कोठी उसके बगल में थी। फाँसी कोठी और मेरे कमरे के बीच में केवल एक दीवार थी। मेरे रहते हुए उसके चार व्यक्तियों को फाँसी हुई। मेरे कमरे में पानी भी नहीं पहुँचता था। एक हौज बना दिया गया था। इसमें मैं दिन भर में पानी भरता था। उसमें चिड़िया आकर पानी पीती थीं। बीट करती थीं। पास में एक हैण्ड पम्प था, मैं वहीं स्नान करता था। एक बार वहाँ जेल के आई. जी. आए। वह डेपुटेशन पर आए थे–वैसे वे थे पुलिस अधिकारी, कहने लगे कि एम. पी. साहब, आपने तो इसको बिलकुल बदल दिया। यहाँ पहले बी क्लास के सजायाफ्ता कैदी रखे जाते थे। यह तो बड़ा साफ हो गया। मैंने कहा कि यह पूरी तरह साफ नहीं हो सकता, क्योंकि यहाँ नीम के पुराने पेड़ हैं, गन्दगी गिरती रहती है, गिलहरी और तोते काफी संख्या में हैं। उनकी वजह से भी गन्दगी होती है।

यहाँ पौधों के विकसित होने की सम्भावना नहीं है हालाँकि मैं पौधे लगाने की कोशिश कर रहा हूँ।

उसने पूछा, तो फिर इन पुराने पेड़ों को कटवा क्यों नहीं देते।

मैंने कहा : 'सुपरिंटेंडेंट साहब कहते हैं कि इन्हें काट नहीं सकते। इसके लिए परमीशन नहीं है।

'इसका क्या मतलब है ?'

सुपरिंटेंडेंट साहब ने कहा, 'सरकार का आदेश चाहिए।' आई. जी. ने कहा, कौन सरकार है ? मैं सरकार हूँ। अगर एम पी साहब चाहते हैं तो सारे पेड़ कटवा दो।' सेंट्रल जेल में तो एक से एक महारथी होते हैं। एक ही दिन में पेड़ की लकड़ी-पत्ते कहाँ चले गए, कुछ पता ही नहीं। 4-5 दिन में आसपास की जगह पूरी तरह, साफ कर दी गई। उसी अधिकारी ने पूछा : यह कोने में बना हौज क्या है, मैंने कहा, यह मेरे स्नान का स्थान है। उसकी त्योरी चढ़ गई। उसने बाहर जाकर सुपरिंटेंडेंट को बुरी तरह डाँटा।

उसने कहा : यह बाथरूम बनाया है ? पानी नहीं आता। अभी 24 घण्टे के अन्दर डायरेक्ट पाइप लाइन लगाओ। रात भर में पाइप लाइन लग गई।

दिसम्बर, 1976 के मध्य में एक विचित्र घटना घटी, जिसे भुला पाना सम्भव नहीं है। मैं जिस जेल में था, वहीं सरदार बुलकार सिंह आजीवन कारावास की सजा भुगत रहे थे। गाँव के झगड़े में कई लोगों की मौत होने के कारण उन्हें मृत्युदंड मिला था। बाद में हाईकोर्ट ने उसे आजीवन कारावास में बदल दिया। पिछले पाँच वर्षो से वे सजा भुगत रहे थे। भक्त स्वभाव के आदमी थे। कुशल कारीगर थे। भवन बनाने और बढ़ई के काम में उनकी महारत थी। पिछले एक साल से वे प्रायः रोज उसी वार्ड में काम करते थे जिसमें मैं रहता था। एक दिन वे मेरे पास आए। अनायास ही उन्होंने कहा कि एम. पी. साहब, जल्दी ही रिहा होने वाले हैं और आपकी सरकार बनने वाली है। हम लोगों का खयाल रखिएगा। मैंने यूँ ही मजाक में पूछा कि क्या आप ज्योतिषी हो गए हैं ? उन्होंने तुरंत उत्तर दिया कि उन्हें ज्योतिष का ज्ञान नहीं है, पर जो सपने में आभास होता है, वह प्रायः सच होता है। मैंने इस बात को टाल दिया।

दिसम्बर के अन्तिम सप्ताह में मैंने स्वयं एक सपना देखा कि मेरे एक मित्र कह रहे हैं, मैं दूसरे दिन जेल से रिहा हो जाऊँगा। मुझे जहाँ तक स्मरण है, यह बात 28 दिसम्बर 1976 की है। उसके बाद ही सपने में मेरी पत्नी ने कहा कि कल नहीं, परसों आप जेल से रिहा होंगे। कुछ दिन पूर्व इस प्रकार सपने में भगवान अवधूत राम को बात करते मैंने देखा था। उन दिनों यह चर्चा भी थी कि कुछ लोगों ने सरकार के पास माफीनामा भेजा है। उनमें कुछ बड़े नेताओं का नाम भी लिया जाता था। बाद में मुझे जो सूचना मिली, उससे एक सदमा लगा कि यदि इंदिरा जी आपातकालीन स्थिति को समाप्त नहीं करतीं और चुनाव की घोषणा नहीं होती तो बहुत-से लोग किसी प्रकार मुक्त होना चाहते थे। कितनी निर्बल थी इन मित्रों की संकल्पशक्ति ! आज उन्हीं में से कुछ अपने शौर्य और साहस का बखान करते नहीं थकते। यह सुनकर यही भाव मन में आता है कि किस प्रकार अपने को धोखे में रखने में ये लोग तनिक भी नहीं सकुचाते और समाज भी उन्हें किस प्रकार मान्यता देता है ! ऐसे लोगों के बारे में मौन रह जाना ही श्रेयस्कर है। ऐसे लोगों पर तरस आता है और इन कर्णधारों को स्वीकार कर राष्ट्र किस प्रकार अपने भविष्य के साथ अनजाने में अन्याय कर रहा है ! यही है इतिहास को भ्रमित करने की राह। इसके पहले कुछ लोगों को सरकार ने रिहा किया था लेकिन मेरे बारे में कोई सूचना नहीं थी। 30 दिसम्बर को प्रातः मैं सोकर उठा ही था कि जेल-अधिकारी, जो मेरे अहाते के इंचार्ज थे, उन्होंने आते ही कहा : सरकार का आज ही आदेश मिला है कि आपकी नजरबन्दी का स्थान पटियाला केंद्रीय कार्यालय से बदलकर 3, साउथ एवेन्यू लेन, नई दिल्ली किया गया है। आपको पटियाला से दिल्ली ले जाने के लिए दिल्ली पुलिस के लोग आएँगे। मैं सोचता ही रह गया कि क्या इस तरह सपने भी सच हो सकते हैं, पर इस यथार्थ को न भुला सका, न झुठला सका।

दिल्ली से पुलिस देर में आई। उधर पटियाला के जिला अधिकारियों ने कारागार

के लोगों से पहले ही कह रखा था कि मुझे यदि कहीं स्थानांतरित किया जाए या रिहा किया जाए तो उन्हें पूर्व सूचना दी जाए ताकि वे आकर विदा कर सकें। उनसे सम्पर्क करने और सूचना देने में देर हुई और मैं दोपहर बाद पटियाला से दिल्ली के लिए चला। साउथ एवेन्यू लेन पहुँचते-पहुँचते रात हो गई थी, पर वहाँ का माहौल बदला हुआ था। लोगों का आना-जाना लगा था। भीड़भाड़ का आलम था। इसकी सूचना सबसे पहले किशोर लाल जी ने दी थी। पिंटू ने लोगों को देखकर कहा था कि जब चाचा जी नहीं थे तो कोई नहीं आता था। अब सब भीड़ लगाने लगे हैं। यह थी एक छोटे बच्चे की प्रतिक्रिया।

जब मैं साउथ एवेन्यू पहुँचा तो वहाँ पुलिस का प्रबंध नहीं था। जो पुलिस के अधिकारी मुझे पटियाला से लाए थे, वे हैरान थे कि क्या करें ? बाद में वे मेरे पास आए। वे चाहते थे कि मैं यह लिखकर उन्हें दे दूँ कि मैं सकुशल साउथ एवेन्यू लेन में पहुँच गया हूँ। मेरे यह लिखकर देने के बाद वे आश्वस्त हो गए और मैं लोगों से मिलने लगा। लगभग 12 बजे रात को लोगों का तांता समाप्त हुआ और जब मैं अंत में कुछ लोगों को छोड़ने के लिए कमरे से बाहर आया तो देखा कि पुलिस का कड़ा प्रबंध मेरे घर के चारों ओर था। जो लोग मेरे साथ बाहर आए थे, उनमें से अधिकांश की हालत खराब हो रही थी क्योंकि वे यह सोचकर आए थे कि मैं रिहा हो गया हूँ लेकिन इस प्रकार की पुलिस तैनाती इमरजेंसी के बीच भयभीत करने के लिए पर्याप्त थी। जब तक मैं पूरी तरह से रिहा नहीं हो गया, मुझे उनमें से बहुत-से मित्र तो फिर कभी मिले ही नहीं।

लोगों में दहशत बनी हुई थी, पर ऐसा कोई कारण मुझे नहीं दिखाई दिया। उन दिनों कुछ ही लोगों ने ही मेरे परिवार से सम्पर्क रखा। इनमें किशोरलाल जी और उनका परिवार और प्राण सब्बरवाल का पूरा परिवार था। मेरठ के सरयू प्रसाद त्यागी आते और लखनऊ के पुलिस अधिकारी पं. पारसनाथ मिश्र उस पूरी अवधि में 3 साउथ एवेन्यू लेन में ही रुके। अत्यंत निकट के मेरे संबंधी भी इधर झाँकने नहीं आते थे। 31 दिसम्बर को लगभग चार-पाँच बजे तक मैं घर पर रहा। मैं उस समय अशोक मेहता और पटियाला की महारानी राजेन्द्र कौर से बात कर रहा था। तभी पुलिस के एक अधिकारी आए और उन्होंने सूचना दी कि मुझे अब साउथ एवेन्यू के एक बंगले में रखने का आदेश हुआ है। मैं थोड़ी देर बाद वहाँ के लिए चल पड़ा। दिसम्बर का महीना, कड़ाके की सर्दी, एक पुराना बंगला, जो बहुत दिनों से शायद खाली पड़ा था, उसकी चूनाकली की गई थी। फर्श की गन्दगी धोने के लिए प्रयोग किए गए पानी के कारण चारों तरफ अब भी सीलन थी। उस बंगले में जाते ही कँपकँपी का अहसास हुआ। मैंने वहाँ मौजूद एक उच्च अधिकारी से कहा कि कमरे में जहाँ आग जलाने की चिमनी बनी है, उसमें लकड़ी जलवा दें। उन्होंने तुरंत यह काम किया। इससे सर्दी का अहसास कम हुआ।

दूसरे दिन तो पूरी साजसज्जा—कालीन, फर्नीचर, बिस्तर, सब कुछ बदला हुआ था।

कितना बदल गया था वहाँ का माहौल ! सरकार की नजर बदल गई, अधिकारियों का व्यवहार बदल गया। यों तो पूरी जेल की अवधि में मैं जहाँ भी रहा, जेल और जिले के अधिकारियों का व्यवहार मेरे प्रति अत्यंत सौहार्दपूर्ण रहा। तीन-चार दिन बाद मोहन धारिया वहाँ आ गए। वे नासिक जेल से वहाँ लाए गए थे। केवल एक ही दिन हम दोनों अगल-बगल के बंगलों में साथ रहे, साथ खाना खाया, एक दूसरे को आपबीती सुनाई है। उसी बीच उन्होंने मुझे बताया कि उन्होंने इंदिरा जी को एक पत्र लिखा है। इस पर मुझे न कोई उत्सुकता हुई और न मैंने पूछा कि पत्र में क्या लिखा है। उसके बाद ही एक नया प्रयास शुरू हुआ और मुझे यह अहसास हुआ कि मुझे वहाँ क्यों लाया गया है। बाद में गुजरात के गृहमंत्री जसवंत मेहता मिलने आए। मेरे अत्यंत निकट के मित्र जस्सू देर तक इधर-उधर की बात करते रहे, फिर जाने से पहले मुझसे कहने लगे कि पास के बंगले में मोहन धारिया हैं उनसे भी मिल लूँ। मैंने कहा : अवश्य मिलिए। इस बीच दोनों बंगलों के बीच 12 फीट ऊँची कनात लगा दी गई थी, ताकि हम लोग आपस में मिल न सकें। मोहन ने आपत्ति की। उन्होंने कहा कि यदि हम लोग मिल नहीं सकते तो हम लोगों के भोजन का प्रबंध भी अलग होना चाहिए। बिना विलम्ब के सब कुछ हो गया। खाना बनाने के लिए अच्छे रसोइए तथा सब प्रकार की सुविधा अलग-अलग। परिवार के लोगों से मिलने की पूरी छूट। अब कारागार का केवल नाम मात्र का बंधन था। मेरे लिए तो पूरी मुक्ति का अहसास। न एकाकीपन, न पीड़ा और न समय बिताने की समस्या। मोहन से मिलकर जाते समय जस्सू मेरे यहाँ फिर आए और उन्होंने मुझसे पूछा कि मोहन धारिया ने इंदिरा जी को जो पत्र लिखा है, क्या उसे मैंने पढ़ा है ? मैंने कहा कि उन्होंने कुछ ऐसा कहा था पर मुझे पढ़ने की कोई उत्सुकता नहीं थी और न मैंने पूछा ही कि उस पत्र में उन्होंने क्या लिखा है।

दूसरे दिन जस्सू फिर आए। आते ही उन्होंने कहा कि 'यस्टरडे आई वाज ऑन ए सोशल कॉल, टुडे आई एम ऑन ए पोलिटकल मिशन।' मेरे बिना कुछ पूछे उन्होंने मोहन के पत्र की प्रतिलिपि दी और मोहन से मिलने दूसरे बंगले में चले गए। लगभग एक घण्टे बाद वे लौटकर आए और मुझसे पूछा कि 'हैव यू रेड मोहन धारियाज लेटर, व्हाट इज योर रिएक्शन ?' मैंने अंग्रेजी में ही जवाब दिया, 'द लेटर डज नॉट एग्जिस्ट फार मी।' फिर उन्होंने पूछा, 'व्हाई ?' मैंने कहा, 'बिकॉज इट हैज बीन रिटेन बाए ए फ्रेण्ड एण्ड ही इज ए प्रीजनर विद मी, बट आई हैव नॉट बीन एबल टू अंडरस्टैंड द परपज ऑफ दिस लेटर।' सो आई हैव नो कमेण्ट टू मेक।'

इसके बाद वे चले गए और फिर दूसरे या तीसरे दिन आए और उन्होंने कहा कि इंदिरा जी मुझसे मिलना चाहती हैं। मैंने कहा : मैं मजबूर हूँ। मैं एक कैदी हूँ। मैं जा नहीं सकता। अगर वे मिलना चाहती हैं तो आ जाएँ। मुझे मिलने में कोई आपत्ति नहीं है।

वे एक बार फिर आए और फिर यही बात दुहराई कि इंदिरा जी मुझसे बात करना चाहती हैं। मैंने पूछा कि किस विषय में ? उन्होंने कहा कि मोहन धारिया के पत्र के

बारे में। मैंने उनसे कहा कि जिसने पत्र लिखा है, इंदिरा जी उसी से बात करें। बात आगे नहीं बढ़ी। 11 जनवरी, 1977 को सवेरे दस बजे फिर जस्सू आए और उन्होंने मुझसे कहा कि आज आप रिहा हो रहे हैं। मैंने कहा कि मुझे मालूम है, गुप्तचर विभाग के लोगों ने मुझे सवेरे ही बता दिया था। औपचारिकता पूरी होने में दस बज गए। लगभग ग्यारह बजे हम लोगों की रिहाई का आदेश आया। सबसे पहले रामनाथ गोयनका और गांधी शान्ति प्रतिष्ठान के राधाकृष्ण जी आए। जब मैं बाहर निकलकर आया तो जस्सू फिर सरकारी गाड़ी लिए बाहर खड़े मिले। उन्होंने मुझसे कहा, चलिए इंदिरा जी के यहाँ, वे मिलने के लिए प्रतीक्षा कर रही हैं। मैंने कहा : जस्सू तुम भी अजीब हो ! जेल से छूट कर पहले मैं अपने घर जाऊँ या इंदिरा जी के ? जस्सू निरुत्तर हो गए। उस दिन रात को ग्यारह बजे फिर वही कहने के लिए आए। मुझे कुछ अजीब लगा और मैंने यह कहा कि इतनी जल्दी क्या है ? मित्र के नाते जस्सू ने पूछ ही लिया कि क्या इंदिरा जी से कभी नहीं मिलोगे ? मैंने कहा : एक बार तो अवश्य मिलूँगा, कम से कम यह पूछने के लिए कि यह सब उन्होंने क्यों किया।

मेरी यह धारणा है कि गलत सलाह और अनुमान के कारण श्रीमती गांधी ने इमरजेंसी लगाई। वैसे वे जनतांत्रिक परम्पराओं को तोड़ना नहीं चाहती थीं। वे यह समझती थीं कि थोड़ा-बहुत नियंत्रण करके वे अपनी शक्ति को बढ़ा लेंगी और फिर धीरे-धीरे जनता का विश्वास उन्हें मिल जाएगा, क्योंकि बार-बार बीजू पटनायक मुझे कहा करते थे कि एक बार इंदिरा जी ने उनको कहा था कि वे वैसे ही अधिकार चाहती हैं जैसे मार्शल टीटो और नासिर को मिले हुए थे। वे यह भूल जाती थीं कि भारत मिस्र या यूगोस्लाविया नहीं हैं। यहाँ की कुछ अलग परम्पराएँ हैं। उन लोगों ने जो अधिकार हासिल किए थे, उनके पहले के जो शासक थे, वे ज्यादातर तानाशाह थे। लेकिन भारत में हमेशा जनतांत्रिक पद्धति रही है। आजादी के बाद चाहे उनके पिता जी रहे हों, चाहे लालबहादुर शास्त्री रहे हों, सबने उस परम्परा का पालन किया है। लेकिन अचानक उस इतिहास को भुला देना सम्भव नहीं था। भारत के अतीत का इतिहास भी कुछ ऐसा ही रहा है। अतीत से लेकर आज तक देख लीजिए, जब-तब किसी ने निरंकुश होने की कोशिश की तो इतिहास ने उसको समाप्त कर दिया। इंदिरा जी को समय रहते समझ आ गई। मुझे यह कहने में बिलकुल भी संकोच नहीं है कि अगर मैं यह जानता कि भारत की राजनीति में इस तरह का मोड़ आ जाएगा जो आज अनुभव करने को मिल रहा है तो मैं उस स्थिति को आने से रोकने के लिए और अधिक प्रयास करता। मैं अगर अधिक सक्रिय होता तो जयप्रकाश जी और इंदिरा जी का झगड़ा इस हद तक नहीं पहुँचता। मैं अकेले इंदिरा जी को दोष नहीं देता। जयप्रकाश जी के कारण भी देश को इमरजेंसी की तरफ धकेल दिया गया। जब मैं जेल से छूटकर आया तब तो मैं तुरंत इंदिरा जी से नहीं मिला। जब जनता पार्टी की सरकार बन गई तो मैं इंदिरा जी से मिलने गया। मैं उनसे एक बात पूछना चाहता था कि वे आखिर इस हद तक क्यों गई ? जब हम लोग मिले तो थोड़ी देर चुप्पी छाई रही। मैंने चुप्पी तोड़ते हुए पूछा : इंदिरा जी,

आप कैसी हैं ? उन्होंने कहा, ठीक हूँ। फिर उन्होंने कहा : आप कैसे है ? मैंने भी 'ठीक हूँ' का औपचारिक उत्तर दिया। मैंने उसके बाद पूछ ही लिया कि आप इस हद तक कैसे चली गईं ? उनका जवाब था : चंद्रशेखर जी, लोगों ने मुझे गलतफहमी में डाल दिया। इसीलिए उन्होंने आर. के. धवन के द्वारा दिए पत्र मुझे दिखाए, जिनमें उन्हें गलत सलाह दी गई थी। पत्र दिखाने के पीछे मैं समझता हूँ कि यही कारण रहा होगा। फिर उन्होंने अपनी परेशानियाँ बतानी शुरू कीं, जैसे उन्हें अब सिक्योरिटी नहीं दी जाएगी। मकान नहीं मिलेगा। मैंने कहा कि आपको मकान कौन नहीं देगा ? उन्होंने कहा : मोरारजी भाई नहीं देंगे। मैंने कहा : मोरारजी ऐसा नहीं करेंगे। उन्होंने कहा मैं मोरारजी से मिलकर आई हूँ। मैं इस बात से सहमत नहीं हूँ कि श्रीमती गांधी ने मुझे इसलिए जेल भेजा कि मेरे बाहर रहने से पार्टी टूट जाती। वैसे इतना मैं कह सकता हूँ कि अगर मैं बाहर रहता तो इंदिरा जी इस सीमा तक नहीं जातीं।

18 जनवरी, 1977 को आम चुनाव की घोषणा के बाद अपने को श्रीमती गांधी के विश्वस्त कहने वाले जगजीवन बाबू ने भी श्रीमती गांधी का साथ छोड़ दिया। असल में जगजीवन राम उच्चपद पर आसीन होना चाहते थे। जगजीवन राम के बारे में इंदिरा जी की राय कभी ठीक नहीं रही। इंदिरा जी हमेशा उन्हें इस्तेमाल करती थीं। जगजीवन राम को भी यह बात मालूम थी। उनको इस बात के लिए भी विवश किया गया कि वे इमरजेंसी का प्रस्ताव रखें। ये सब बातें उन्हें याद थीं। वे उदारतावश या जयप्रकाश नारायण के प्रति ममतावश नए दल का गठन करके हम लोगों के साथ नहीं आ गए।

पाँचवाँ अध्याय

जनता पार्टी और सरकार का गठन

पार्टी बनाने की बातचीत जब चली, मैं जेल में था। उसी समय जयप्रकाश जी प्रयास कर रहे थे कि सभी विरोधी दलों को मिलाकर एक राजनीतिक संगठन बनाया जाए जो चुनाव में इमरजेंसी के मुद्दे पर इंदिरा गांधी की सरकार का विरोध कर सके। पता नहीं था कि इमरजेंसी कब तक चलेगी। चुनाव की कल्पना भी नहीं थी। अधिकांश नेता और दल सहमे हुए थे। राजनीतिक गतिविधियाँ ठप्प थीं। जयप्रकाश जी आपातकालीन स्थिति की विरोधी पार्टियों का मंच बना कर राजनीतिक गतिविधियों को पुनः प्रारंभ कराना चाहते थे। उन्होंने यह भी सोचा होगा कि ऐसा दल अगर बन जाए तो चुनाव आने पर चुनौती देने का साधन बन सकेगा। उन्होंने दयानन्द सहाय को पटियाला सेंट्रल जेल में मुझसे मिलने के लिए भेजा। उनके साथ शायद ब्रह्मानन्द जी भी थे। उन्होंने जयप्रकाश जी की राय बताई। जयप्रकाश जी का प्रयास सफल नहीं हो पा रहा है, ऐसा उनका कहना था। जयप्रकाश जी को ऐसा लगता था कि विपक्षी दल के नेता एक नहीं होना चाहते। ऐसी स्थिति में जयप्रकाश जी सरकार का विरोध करने के लिए कृतसंकल्प थे। वे एक नई पार्टी की घोषणा करना चाहते थे। उनका विचार था कि मैं इस नई पार्टी का अध्यक्ष बनूँ। उन्होंने दयानन्द को मेरी सहमति लेने के लिए भेजा था।

मैं जयप्रकाश जी के मानस को समझता था। वे एक बार इरादा कर लें तो उसे क्रियान्वित करने में उन्हें कोई हिचक नहीं होती थी। मुझे ऐसा लगा कि जयप्रकाश जी इंदिरा जी का विरोध करने के लिए ऐसा कदम उठा सकते हैं। उससे अनेक कठिनाइयाँ पैदा हो सकती हैं। मुझसे अनेक वरिष्ठ लोग हैं जो अध्यक्ष होना चाहेंगे। वे पुराने लोग हैं, उन्होंने राजनीति में बहुत दिनों से काम किया है, उनकी उपेक्षा उचित नहीं होगी। मैंने यह कहा कि यूँ तो जयप्रकाश जी की बात मेरे लिए सर्वोपरि है पर मेरी राय में जयप्रकाश जी को उन्हीं बुजुर्ग नेताओं में से किसी एक को नई पार्टी का अध्यक्ष बनाना चाहिए। एक ओर यह सब जब चल रहा था, दूसरी ओर समयचक्र तेजी से बदल रहा था। इंदिरा गांधी जी ने यह महसूस कर लिया था कि इमरजेंसी ज्यादा दिन तक नहीं चलाई जा सकती। उसकी एक सीमा थी। इमरजेंसी के बुरे नतीजे सामने आने लगे थे, कम्युनिस्ट लोगों से उनका मतभेद सामने आने लगा। उसी समय संजय गांधी ने कम्युनिस्टों के विरुद्ध एक विस्तृत साक्षात्कार दिया।

मेरे एक मित्र पटियाला सेण्ट्रल जेल में मुझसे मिलने आए। उन्हें इंदिरा जी ने भिजवाया था। जिस दिन वे मिलने के लिए आने वाले थे, उसके एक दिन पहले मुझे

जिले के अधिकारियों ने सूचना दी। उन्होंने मुझे उनका नाम नहीं बताया, शायद उन्हें भी नाम मालूम नहीं था। उनके आने पर जेल में बड़ी चहल-पहल थी। जिले के अधिकारी उन्हें अहाते में लाए जिसमें मेरे कारागार के एकाकी जीवन की कोठरी थी। मैंने सबके साथ सवेरे का जलपान किया। उसके बाद जिले के कलेक्टर महोदय ने मुझसे कहा कि आपको बात करनी होगी, वे अपने अन्य अधिकारियों के साथ बाहर चले गए हैं ताकि मैं एकान्त में बात कर सकूँ। मैंने उनसे कहा था कि इसकी आवश्यकता नहीं, बहुत बड़ा घेरा है, हम लोग इसमें टहलते हुए बात कर लेंगे। बात भी हो जाएगी और टहलना भी। मैंने यह भी कहा कि मेरे पास करने को कोई बात नहीं है। पता नहीं, इनको शायद कुछ कहना हो !

मेरे यहाँ उनका आना अप्रत्याशित था। टहलते हुए उनसे जो बात हुई, उससे मुझे आश्चर्य हुआ। मुझे बताया गया, कम्युनिस्ट लोगों से इंदिरा जी परेशान हैं। वे कुछ नया कदम उठाना चाहती हैं, उसमें वे मेरा सहयोग चाहती हैं। वे क्या कदम उठाएँगी, शायद उन्हें स्वयं भी मालूम नहीं था। मैंने उन्हें तुरंत उत्तर दिया कि मैं कम्युनिस्ट-विरोधी नहीं हूँ। मेरा उनसे राजनीतिक मतभेद अवश्य हैं। इस कार्य में मैं उनकी सहायता नहीं कर सकता। उन्होंने मुझसे एक सवाल किया जिस पर मुझे बहुत आश्चर्य हुआ। उन्होंने कहा कि फिर मेरे जेल से छूटने का क्या होगा ? मैंने उनसे कहा कि मैं सारी ज़िन्दगी जेल में बिताने के लिए तैयार हूँ। अठारह महीने की कारागार की एकाकी ज़िन्दगी में मैंने अपना इरादा बहुत मजबूत बना लिया था। उसके बाद वे वापस आ गए और फिर उस बारे में मेरी उनसे आज तक कभी चर्चा नहीं हुई।

जेल से छूटने के बाद

हम लोगों के बुजुर्ग गेंदा सिंह जी ने भी मुझसे फोन पर यह कहा था कि मैं विरोधी पक्ष के लोगों के साथ न जाऊँ। वे मुझसे बात करेंगे। मैंने कहा : उन्नीस महीने आपको मेरी याद नहीं आई ? आप क्या यह समझते हैं कि मैं जनता के बीच जाकर यह कहूँगा कि मैं राष्ट्रद्रोही था और इंदिरा जी ने मुझे उन्नीस महीने जेल में रखकर अपने राष्ट्रीय कर्तव्य का निर्वाह किया ? इस बीच सरकार के गुप्तचर विभाग के उच्च अधिकारी भी कुछ सन्देश लेकर आए। मैंने केवल सुन लिया। चुनाव की तिथि घोषित हो गई और उसके बाद मैंने यह फैसला किया कि चुनाव में जीतने या हारने के बाद ही अब इंदिरा जी से मिलना होगा।

मैं जब जेल से छूटा तो राजनीतिक दल बनाने की चर्चा जोरों पर थी। मैं नहीं जानता था कि जयप्रकाश जी ने क्या प्रयास किया। उन्होंने कांग्रेस (संगठन), समाजवादी, जनसंघ और कुछ अन्य लोगों को शामिल करके नया दल बनाने की बात की थी। मैंने कोई रुचि नहीं ली। यदि किसी ने बात चलाई तो मैंने अपनी राय अवश्य बता दी। उस समय भी बहुत-से लोग जेल में ही थे। संगठन का एक रूप बन रहा था। हमारे जैसे लोग जो कांग्रेस में होते हुए जेल गए, उनसे भी लोग सम्पर्क कर रहे थे।

चौधरी चरण सिंह ने मुझसे बात की थी। मेरे जेल में रहते हुए ही वे जेल से छूटे थे और मेरे घर-परिवार के लोगों का समाचार लेने गए थे। उन दिनों कांग्रेस के नेताओं में से जगजीवन राम, हेमवती नंदन बहुगुणा और नारायण दत्त तिवारी जी ने मेरे परिवारवालों से सम्पर्क किया था और उन्हें ढाढ़स दिया था। अन्य लोगों में ओमप्रकाश श्रीवास्तव, सरयू प्रसाद त्यागी और श्याम सिंह त्यागी आदि का नाम उल्लेखनीय है। शुरू की बात में मेरी कोई विशेष दिलचस्पी नहीं रही। कोई मिल गया तो इस बारे में बातचीत हो गई।

अचानक एक दिन हेमवती नन्दन बहुगुणा जी मिले। उन्होंने कांग्रेस छोड़ने और नया दल बनाने की बात कही। मैंने कहा कि विचार अच्छा है, लेकिन अन्य नेताओं से मिलना अच्छा रहेगा। मैं उनके साथ गया। चौधरी चरण सिंह से वे उन्हीं दिनों मिले। चौधरी साहब जेल से पहले ही आ गए थे। चुनाव घोषित हो गया था। चौधरी साहब बहुगुणा जी के निर्णय से बहुत उत्साहित और प्रसन्न हुए। उसके कुछ दिनों बाद बहुगुणा जी से पता चला कि बाबू जगजीवन राम बात करना चाहते हैं। हम दोनों रिक्शे पर बैठे। जाड़े की रात थी। चादर ओढकर चुपके से जगजीवन राम के घर गए। उस समय खुलेआम कुछ भी करने का माहौल नहीं था। इमरजेंसी लगी हुई थी। हम जेल से बाहर आ गए थे, लेकिन इमरजेंसी की छाया हमारे आगे-आगे होती थी। जगजीवन बाबू सशंकित थे। मिलते ही उन्होंने मेरा हाथ पकड़कर कहा कि उन्होंने कांग्रेस छोड़ने का फैसला कर लिया है। अब साथ-साथ रहेंगे, भविष्य इसी में है। मैंने कहा कि जगजीवन बाबू, अगर आप साथ रहेंगे तो इससे बड़ा बदलाव आएगा। उन्होंने कहा कि भरोसा करो, मैं पूरा साथ दूँगा। बहुगुणा जी को इससे बहुत बल मिला। विरोध पक्ष की राजनीति को एक नई शक्ति मिली। मुलाकात के बाद ही उनका वह बयान आया, जिससे कांग्रेस में खलबली मच गई। उस बयान का देशव्यापी प्रभाव पड़ा। कांग्रेस को अपनी जमीन खिसकती महसूस हुई। लोकतन्त्र की वापसी के लिए संघर्ष करने वालों को हौसला मिला। उनके साथ जिन अन्य लोगों ने कांग्रेस छोड़ी, उनमें प्रो. शेर सिंह और नन्दिनी सत्पथी प्रमुख थीं।

इसके बाद चुनाव की चहलपहल तेज हुई। चुनाव घोषित हो गया। नई पार्टी बनाने का वक्त नहीं था। एक ढीला-ढाला राजनीतिक मंच बना जिसने चुनाव लड़ा। विपक्ष की एक कमेटी बनी थी, उसमें 18-20 लोग थे। कुछ नाम मुझे याद हैं : लालकृष्ण आडवाणी, चौधरी चरण सिंह, हेमवती नन्दन बहुगुणा, सुरेन्द्र मोहन, आदि। इस कमेटी में मैं नहीं था। इस कमेटी को उम्मीदवार तय करने थे। किसको कितनी सीटें दी जाएँगी, यह भी तय करना था। एक दिन चौधरी चरण सिंह दौरे से आए, वे सीधे बाबू जगजीवन राम के घर पहुँचे। उनके कमरे में गए। उनसे कहा कि आपको हम आठ से ज्यादा सीटें नहीं दे पाएँगे। जगजीवन राम कुछ बोलते, इसके पहले ही वे गाड़ी में बैठे और चल दिए। रात को मेरे पास आडवाणी जी का फोन आया। पता चला कि बात बिगड़ रही है। चौधरी चरण सिंह किसी से बात नहीं कर रहे हैं। आडवाणी ने कहा कि आप बात

कीजिए। मैंने कहा, कोशिश करूँगा। मैं चौधरी चरण सिंह के निवास स्थान पर गया। वे विट्ठलभाई पटेल हाउस में किसान नेता भानु प्रताप सिंह के यहाँ ठहरे थे। मैंने बात शुरू की। मैंने कहा कि आपने तो वायदा किया था कि सीएफडी (कांग्रेस फॉर डेमोक्रेसी) को 18-20 सीटें देंगे। उन्होंने कहा कि हाँ, कहा था। लेकिन मैं क्या करूँ, किस-किसको सीटें दूँ ? बहुगुणा और राज मंगल जी अपनी-अपनी पत्नी को टिकट दिलवाना चाहते हैं। फिर कार्यकर्ताओं का क्या होगा ? उनसे डेढ-दो घंटे बहुत बात हुई। आखिरकार चौधरी चरण सिंह 12 सीटें देने पर राजी हुए। थोड़ी कोशिश करने के बाद एक-दो सीटों पर शायद और मान गए।

रात के 12 बज गए थे। जिस कमरे में हम लोग बात कर रहे थे, चौधरी चरण सिंह शायद उसी में रात्रि-विश्राम करते थे। वे चादर तानकर सो गए, बोले, चंद्रशेखर, अब मुझसे बात न करें। इससे ज्यादा सीटें नहीं दे पाऊँगा। उनकी वह बात मैं नहीं भुला सका, जब उन्होंने कहा कि चंद्रशेखर, अब सीट की बात मत करना, नहीं तो मैं मर जाऊँगा। मैं बुरी तरह थका हुआ हूँ, मुझे सोने दो। मैंने कहा कि चौधरी साहब, लोग क्या कहेंगे ? आपने वायदा किया था। चौधरी साहब बोले : तुम जाकर कह दो कि चौधरी साहब बेईमान हो गए। मैंने कहा कि कैसे कह दूँ, आप हमारी पार्टी के नेता हैं, लोग क्या कहेंगे ? मैं कहता रहा, लेकिन चौधरी साहब ने चादर से बाहर सिर नहीं निकाला।

दो-चार मिनट तक सिफारिश की। उसके बाद मैं सीधे बहुगुणा जी के पास गया। पहले उनसे कहा कि बहुगुणा जी, इस संगठन में अब और अधिक विवाद न बढ़ाइए। जो सीटें मिली हैं, उससे चुनाव लड़िए। मैंने पूरा प्रयास किया। अब इससे अधिक नहीं होगा। दूसरे दिन सवेरे मैं फिर चौधरी चरण सिंह के पास गया। उन्होंने हमारे मित्र गौरीशंकर राय का टिकट काट दिया था। पता नहीं उनको किसी ने बता दिया था कि इन्होंने इमरजेंसी में माफी माँगी है। मैंने सही बात बताई। लेकिन चौधरी साहब सुनने को तैयार नहीं थे। उन्होंने पूछा कि माफी नहीं माँगी तो जेल क्यों नहीं गया ? इंदिरा गांधी ने सबको पकड़ लिया था, इनको ही क्यों छोड़ा ? चौधरी खासे नाराज थे। दो घंटे की बहस के बाद वे गौरीशंकर राय को सीट देने पर राजी हुए और वे गाजीपुर से लोकसभा के सदस्य बने।

चुनाव के समय सवाल आया कि कौन कहाँ से खड़ा हो ? मेरे सामने प्रस्ताव रखा गया कि मैं रायबरेली में इंदिरा गांधी के खिलाफ चुनाव लड़ूँ। मैंने कहा कि यह नहीं हो सकता। यह तो हो सकता है कि मैं चुनाव न लड़ूँ। यह मुझे व्यक्तिगत विरोध की राजनीति में उतारने की कोशिश थी। इंदिरा गांधी से मेरा संबंध रहा है। जनता पार्टी के नेता रायबरेली को बहुत महत्त्वपूर्ण मानते थे। आखिरकार राजनारायण जी तैयार हुए। वे सहमे हुए थे। उन्हें लगता था कि चुनाव जीत नहीं पाएँगे। पर संघर्ष से पीछे हटने वाले नहीं थे, चुनाव लड़े और जीते भी।

चुनाव का नतीजा आया। सरकार बनाने के लिए बातचीत शुरू हो गई। ऐसे समय में न मुझे किसी ने बुलाया और न मैं कहीं गया। बुलाए वही लोग जाते हैं, जो जाते

हैं। मैं कहीं गया नहीं। मेरे पास बीजू पटनायक आए। मंत्रिमंडल के लिए शायद नौ नाम दिए जाने थे। उन्होंने कहा कि मेरा नाम उसमें है। मैंने कुछ नहीं कहा। उसी दिन दोपहर में मोहन धारिया आए। वे कहने लगे कि इंदिरा गांधी ने मुझे हटाया था। मेरा बड़ा अपमान होगा, यदि मंत्री नहीं बना। उन्होंने बताया कि वे मोरारजी भाई के पास गए थे, उन्होंने कहा कि उन लोगों की ओर से चंद्रशेखर का नाम है। मोहन धारिया ने मुझे कहा कि मैं मोरारजी से कह दूँ कि मैं मंत्री नहीं बनूँगा, मेरी जगह मोहन को बना दीजिए। मैंने उनसे कहा कि अभी मोरारजी ने मुझसे कुछ नहीं कहा है। मोरारजी भाई अगर पूछेंगे तो मैं कह दूँगा कि मोहन धारिया को बना दीजिए। इस बातचीत की दो पत्रकारों को जानकारी हो गई—एस. ए. सिद्दीकी और प्राण सब्बरवाल। इन दोनों की इस बारे में अपनी अलग-अलग राय थी। प्राण सब्बरवाल इस राय के थे कि मैं सरकार में सम्मिलित होऊँ और सिद्दीकी पूरी तरह इसके विरुद्ध थे।

जब मोरारजी भाई से मेरी बात हुई तो मैंने कहा कि मोहन धारिया को मंत्री बना दीजिए। कहने लगे, आपकी जगह उन्हें मंत्री बना दूँ ? मैंने कहा, हाँ, मेरी जगह बना दीजिए। शायद इससे उन्होंने संतोष की साँस ली, मेरा नाम हटा नहीं सकते थे और पुरानी यादें भूले नहीं थे। मंत्रिमंडल की सूची निकली। रेडियो पर समाचार आया।

शाम को मुम्बई के जसलोक अस्पताल से जेपी के सेक्रेटरी अब्राहम ने फोन पर कहा कि जेपी बहुत दुखी हैं। वे कह रहे हैं कि मोरारजी भाई ने आपको मंत्रिमंडल में नहीं लिया। मैंने कहा, ऐसा नहीं है। मोरारजी भाई ने मेरा नाम रखा था। मैं इसके लिए राजी नहीं था। मैंने कहा कि जेपी को बताइए कि मैं रात के जहाज से आ रहा हूँ, कल सुबह बात करूँगा। सवेरे मैंने जेपी को याद दिलाया कि आपने मुझसे पूछा था कि किस को प्रधानमंत्री बनाना चाहिए। मैंने कहा था कि किसी को भी बनाइए, मोरारजी भाई को मत बनाइए। यह पार्टी और सरकार के लिए अच्छा नहीं होगा। उन्होंने पूछा, क्यों ? मैंने कहा, तरह-तरह के लोग हैं इस पार्टी में। उन्हें एक साथ वही रख सकता है जो लोगों की बात सुनकर उन्हें साथ ले चलने के लिए थोड़ा समझौता कर सके। मोरारजी भाई अलग तरह के आदमी हैं। वे अपनी बात पर अड़े रहेंगे, पार्टी के लिए परेशानी होगी और सरकार भी टूट जाएगी। मेरी राय थी कि जगजीवन राम को प्रधानमंत्री बनाना चाहिए। मैंने बम्बई के जसलोक अस्पताल में जेपी से कहा कि जब मैं मोरारजी भाई को प्रधानमंत्री बनाने के खिलाफ था तो मेरे लिए क्या यह उचित था कि मैं उनके मंत्रिमंडल में शामिल हो जाऊँ ? प्रधानमंत्री की इच्छा पर ही कोई मंत्रिमंडल का सदस्य होता है। जब मेरा यह विचार था तो मेरा मंत्री बनना कहाँ तक उचित होता ?

जेपी के वे शब्द मुझे आज भी याद हैं। उन्होंने भोजपुरी में मुझे कहा था कि मैंने इस दृष्टि से नहीं सोचा था। आपसे यही अपेक्षा थी। मोरारजी भाई को प्रधानमंत्री बनवाने के लिए कई घटनाएँ जिम्मेदार हैं। कुछ लोग भी सक्रिय थे। जेपी जिनकी सलाह पर ज्यादा ध्यान दे रहे थे उनमें आचार्य जे. बी. कृपलानी, राधाकृष्ण और नारायण देसाई आदि थे। गांधी शांति प्रतिष्ठान इन गतिविधियों का केंद्र बना हुआ था। वहीं

एक पत्र चौधरी चरण सिंह का आया, जिससे मोरारजी भाई का चयन आसान हो गया। उस पत्र की अलग कहानी है। उन्होंने लिखा था कि जगजीवन राम जी ने न सिर्फ इमरजेंसी का समर्थन किया बल्कि उसके समर्थन कर प्रस्ताव भी संसद में रखा था। इसके विपरीत मोरारजी भाई उन्नीस महीने जेल में रहे। उम्र में भी बड़े हैं। चौधरी साहब को मोरारजी का नाम स्वीकार था, जगजीवन राम जी का नहीं। कृपलानी जी का भी यही मत था।

मैंने राजनीति को बिलकुल सैद्धांतिक रूप में लिया। सरकार जब बन रही थी, उस वक्त बहुत धमाचौकड़ी हुई। जगजीवन राम उपप्रधानमंत्री पद के लिए अड़ गए। उन्होंने शपथ नहीं ली। अखबारों में खबरें आ गईं कि सरकार बनाने में दिक्कत हो रही है। मेरे पास बहुगुणा जी आए, कहने लगे कि बाबू जी नहीं रहेंगे तो मैं भी नहीं रहूँगा। जार्ज फर्नांडीज ने भी यही रवैया अपनाया। झगड़ा बढ़ गया। उन्हीं दिनों जयप्रकाश जी की जगजीवन बाबू के नाम चिट्ठी आई। बहुगुणा जी चाहते थे कि उसे थोड़ा बदल दिया जाए। जेपी के सेक्रेटरी अब्राहम थे। उनसे मैंने फोन पर बात की। चिट्ठी में कुछ परिवर्तन की बात हुई। उन्होंने जयप्रकाश जी से बात की। उन्होंने कहा कि जो लिखा है, वह तो सही है। चंद्रशेखर जी अगर बदलना चाहते हैं तो पूछने की जरूरत नहीं है, बदल दें। मैंने आवश्यक परिवर्तन किया और जगजीवन बाबू को वह चिट्ठी दी और वे सरकार में सम्मिलित होने के लिए तैयार हो गए।

जनता पार्टी का अध्यक्ष

जनता पार्टी के पदाधिकारी बनाने के लिए एक समिति बनी थी। उस समिति में जनता पार्टी के सभी घटकों के प्रतिनिधि थे। संगठन कांग्रेस की ओर से चंद्रभानु गुप्ता जी थे, जनसंघ की ओर से नाना जी, सोशलिस्टों की ओर से जार्ज फर्नांडीज, और चरण सिंह की ओर से राजनारायण जी थे। समिति में मैं भी था। विभिन्न घटकों के लोगों ने विभिन्न लोगों का नाम अध्यक्ष-पद के लिए पेश किया। उन नामों का उल्लेख करना उचित नहीं। उन पर मतैव्य नहीं हो सका। एक मत न होने के कारण विवाद अन्तिम दिन तक चलता रहा। मोरारजी भाई के मंत्रिमंडल में मैं मंत्री नहीं बना, जेपी इस बात से दुखी थे। उन्होंने कहा कि मंत्री तो नहीं बने, लेकिन आप पार्टी अध्यक्ष बन जाइए। मैं बम्बई में उनसे बात कर रहा था। मेरे साथ मेरे मित्र ब्रह्मानन्द थे। इसके लिए जेपी वरिष्ठ लोगों को पत्र लिखना चाहते थे। मैंने कहा, जयप्रकाश जी, आपने बहुत बड़ा काम कर दिया है। अब इस विवाद में मत पड़िए। उन्होंने कारण पूछा। मैंने कहा, अगर आपके कहने से मैं मंत्री बन जाऊँगा तो मेरे मन में सदा यह बात बनी रहेगी कि आपके कहने से मैं मंत्री बना, मैं इसके योग्य नहीं था। अगर आपके कहने से भी मैं नहीं बना तो आपका अपमान होगा। मुझे यह स्वीकार नहीं। इसलिए आप इससे अलग रहिए। वे चुप हो गए। ब्रह्मानन्द ने जेपी से कहा कि आजादी के बाद गांधी जी ने जवाहरलाल और पटेल से कहा था कि आप लोग आचार्य नरेंद्रदेव को कांग्रेस का अध्यक्ष बना

दीजिए। उन लोगों ने गांधी जी की बात स्वीकार नहीं की। मैंने कहा कि जयप्रकाश जी, आप याद रखिए कि न आप गांधी है, और न मैं आचार्य नरेंद्रदेव हूँ और न ये लोग जवाहरलाल नेहरु और सरदार पटेल हैं। इस पर वे हँसने लगे। उन्होंने कहा : ठीक है। इसके बाद जेपी अमेरिका चले गए। मैं उन्हें छोड़ने बम्बई एयरपोर्ट गया था।

वहाँ से जब दिल्ली आया तो एयरपोर्ट पर बलिया के परमात्मानन्द सिंह मिले। उन्होंने कहा कि चरण सिंह जी आपसे मिलना चाहते हैं। मैं चरण सिंह के घर गया। चरण सिंह जी सम्मेलन में जा चुके थे। मैं वहाँ गया तो स्टेज पर विभिन्न नामों की चर्चा हो रही थी। मैं चुपचाप सुन रहा था। कोई दिलचस्पी नहीं ले रहा था। किसी नाम पर सहमति नहीं हो रही थी। अचानक बिहार के पुलिस नेता और प्रमुख समाजवादी पंडित रामानंद तिवारी ने यह कहा कि आप लोग किस बहस में पड़े हुए हैं ? चंद्रशेखर जी को अध्यक्ष क्यों नहीं बनाते ? इनसे अच्छा कौन अध्यक्ष होगा ? जेपी भी इनको चाहते हैं। उनका यह कहना था कि चंद्रभान गुप्ता ने कहा कि चंद्रशेखर बहुत अच्छे रहेंगे। नाना जी देशमुख ने तुरंत समर्थन किया। जार्ज फर्नांडीज ने भी स्वीकृति दे दी। फिर जार्ज, नाना जी आदि सब लोग जब मान गए तो राजनारायण जी ने कहा, मैं नहीं मानता। आपने पहले चंद्रशेखर का नाम क्यों नहीं लिया ? असल में आप लोग तो अपनी-अपनी पार्टी का अध्यक्ष चाहते थे ? अब चंद्रशेखर का नाम लेकर हम लोगों के बीच मतभेद पैदा करना चाहते हैं ? इस बीच मैं आडवाणी जी के साथ जगजीवन राम को लेने चला गया। जगजीवन राम जी ने सीएफडी बनाई थी। जब हम लौट के आए तो राजनारायण जी दौड़कर मुझसे मिले और कहा कि चौधरी साहब तुम्हारे नाम पर मान गए हैं और मैं जा रहा हूँ मोरारजी को यह बताने कि वे तुम्हें अध्यक्ष घोषित करें। मैं सोच ही नहीं पाया कि क्या हुआ ? उस समय सम्मेलन समाप्त होने को था। उन्होंने मोरारजी से नाम घोषित करने के लिए कहा, लेकिन उन्होंने घोषित नहीं किया और सम्मेलन समाप्त कर दिया। उसके बाद यह बहस चली कि घोषणा क्यों नहीं हुई। चौधरी चरण सिंह अपने चुनाव क्षेत्र में जा रहे थे। उन्होंने जाना स्थगित कर दिया। रामलीला मैदान में मीटिंग होने के पहले शाम को कमेटी की फिर बैठक थी। चौधरी साहब मीटिंग में आए और मोरारजी से कहा कि आपने अध्यक्ष के नाम की घोषणा क्यों नहीं की जबकि राजनारायण ने कहा कि इस मामले में सर्वसम्मति हो गई है। मोरारजी भाई ने कहा कि जगजीवन राम भी इसमें आने वाले हैं। उनसे भी पूछना जरूरी था, इसलिए मैंने एलान नहीं किया। राजनारायण जी की अपनी एक शैली थी। उन्होंने टेलीफोन पर जगजीवन बाबू से बात की। जगजीवन बाबू ने कहा कि मुझे इस निर्णय से बड़ी खुशी होगी। इस तरह मेरा नाम जनता पार्टी के अध्यक्ष के रूप में घोषित हुआ। मोरारजी भाई के सामने इसके अलावा कोई चारा नहीं था। जयप्रकाश जी ने न किसी को खत लिखा, न किसी से कहा। वैसे उनकी इच्छा बहुत थी।

उत्तर प्रदेश विधानसभा के लिए टिकट बँटवारों पर विवाद

1 मई 1977 को जनता पार्टी विधिवत् बनी। सम्भवतः लोकतन्त्र के इतिहास में पहली बार ऐसा हुआ जब पार्टी बाद में बनी और उसकी सरकार पहले बन गई। जनता पार्टी तमाम घटकों से मिलकर बनी थी। चुनाव के दौरान इन घटकों के अलग-अलग समूह थे। उनके आधार पर टिकट बँटा। उन घटकों का जनता पार्टी में विलय बाद में हुआ। हर घटक ने अपनी ओर से महासचिव का एक नाम दिया। संगठन कांग्रेस की ओर से रामकृष्ण हेगडे, चौधरी साहब के लोकदल की ओर से रविराय, सोशलिस्ट पार्टी की ओर से मधुलिमए और जनसंघ घटक से नानाजी देशमुख महासचिव बने।

जनता पार्टी बनने के बाद विधानसभा के चुनाव हुए। उस समय मैं अध्यक्ष था। मैंने देखा कि चौधरी साहब का उत्तर प्रदेश में जोर है। उन्हें वहाँ के टिकट बाँटने का अधिकार दे दिया जाए। पार्टी ने यह निर्णय कर दिया। उन्होंने जिस तरह टिकट बाँटे, उससे पार्टी में असन्तोष फूट पड़ा। उन्होंने अपनी पार्टी के लिए ढाई सौ सीटें रख लीं। डेढ़ सौ सीटें जनसंघ घटक को दे दीं। 25 सीटों में सबको समायोजित करने का उनका इरादा था। इसे बड़ी ज्यादती माना गया। नानाजी ने खुद मुझसे आकर कहा कि यह बँटवारा ठीक नहीं है।

मैंने चौधरी साहब से बात की। उन्होंने कहा कि प्रधान जी, मैंने बहुत सोच-समझ कर टिकट बाँटे है। अब मैं कुछ हेरफेर नहीं कर सकता। मधुलिमए से उनकी पटती थी। मैंने मधुलिमए को साथ लिया। हम दोनों उनके दामाद के घर गए। घंटों बातें हुईं। हमारी समस्या यह थी कि चुनाव चिन्ह बाँटने के लिए सिर्फ तीन दिन रह गए थे। मैंने अन्य सहयोगियों से कहा कि आप लोग उम्मीदवारों की सूची देखकर आवश्यक परिवर्तन कर दीजिए। बनारसीदास और नानाजी देशमुख, मधुलिमए व बहुगुणा जी ने कुछ अन्य लोगों की सलाह से आवश्यक परिवर्तन का सुझाव दिया।

आखिरकार मुझे चौधरी साहब की सूची में परिवर्तन करना पड़ा। 86 नाम बदल गए। उम्मीदवारों को जो चुनाव चिन्ह का फॉर्म दिया जाना था, उस पर रातभर जगकर मैंने हस्ताक्षर किए। जनता पार्टी का चुनाव चिन्ह लोकदल का था। चुनाव आयोग में वह लोकदल के चुनाव चिन्ह के रूप में ही दर्ज था। टिकट में बदलाव करने के बाद नाराज होकर चौधरी चरण सिंह ने एक पत्र चुनाव आयोग को भेजा। उसमें लिखा कि हमारा चुनाव चिन्ह जनता पार्टी को न दें। उन्होंने चुनाव चिन्ह वापस नहीं लिया था। उनका पत्र पाते ही आयोग ने जनता पार्टी से सम्पर्क किया। संयोग से उस वक्त रविराय जनता पार्टी के 7, जन्तर-मन्तर वाले दफ्तर में बैठे हुए थे। उन्हें चुनाव आयोग से कहा गया कि चौधरी चरण सिंह का एक पत्र आया है, उसे आप लोग वापस करवाइए। अगर यह सम्भव नहीं है तो नए चुनाव चिन्ह की सूचना दीजिए। कल तक का ही समय है।

यह सुनते ही रविराय सीधे चौधरी साहब के पास गए। चौधरी साहब ने उनकी बात नहीं सुनी। वे मेरे पास आए और कहा कि कल चार बजे तक का ही वक्त है। मैं चौधरी साहब के पास गया। उनसे बात की। चौधरी चरण सिंह जी का कहना था कि मेरे अपने

कुछ एतराज हैं। उनके रहते मैं चिट्ठी वापस नहीं लूँगा। मैंने उनसे कहा कि अगर आप चिट्ठी वापस नहीं लेते हैं तो मैंने आयोग को नये चुनाव चिन्ह की सूचना देने के लिए पार्टी की राष्ट्रीय कार्यसमिति की शाम चार बजे मीटिंग बुला रखी है, आप उसमें आने की कृपा करें। उसके लिए पार्टी की बैठक बुला कर नये चुनाव चिन्ह का फैसला वक्त से पहले मुझे करना होगा। इस पर चौधरी चरण सिंह ने थोड़ा सोचा और कहा कि चंद्रशेखर, तुम रुको। फिर करतार सिंह को बुलवाया जो उनकी सिक्योरिटी में थे। उन्हें चिट्ठी खोजने में लगाया। वह चिट्ठी मिली और वह वापस करवाई गई। चुनाव प्रचार के लिए प्रारंभ में चौधरी चरण सिंह और जगजीवन बाबू तैयार नहीं थे। उन्हें उत्तर प्रदेश और बिहार के उम्मीदवारों के चयन पर असंतोष था, इससे रामकृष्ण हेगड़े परेशान थे। वही केंद्रीय कार्यालय का सारा काम देखते थे, उन्हें चिंता हुई। मैंने उनसे कहा कि चिंता मत कीजिए, दोनों नेताओं को पत्र लिख दीजिए कि दो-चार दिन में वे स्वयं आपको पत्र लिखें। इन चुनावों में नेताओं के प्रचार की कोई आवश्यकता नहीं। जनता स्वयं वोट देने के लिए तैयार है। मैंने अपना दौरा प्रारंभ कर दिया। कुछ दिन नेताओं की नाराजगी चली, फिर स्वयं प्रचार में लग गए।

विधानसभा चुनाव में पार्टी काम करने लगी थी। मेरी कोशिश सभी समूहों को मिलाकर चलने की थी। यही अपने-आपमें कठिन काम था। पार्टी के सामने नया राजनीतिक दर्शन क्या हो, इसे तय करने का वक्त नहीं मिला। जो समूह पार्टी में थे, उनकी अपनी-अपनी मान्यताएँ थीं। शुरुआत में न कोई कार्यक्रम था और न कार्यशैली। कामचलाऊ व्यवस्था थी। 'दूसरी आजादी' का बुखार बना हुआ था। किसी ने पार्टी और उसका सिद्धांत बनाने की तरफ ध्यान नहीं दिया। विधानसभा चुनावों के बाद यह कामचलाऊ व्यवस्था केंद्र से उन राज्यों में भी पहुँच गई जहाँ जनता पार्टी की सरकारें बनीं। ऐसे आठ राज्य थे।

मैं महसूस करता हूँ कि जनता पार्टी एक सीमित उद्देश्य से बनी थी। लोकतन्त्र की वापसी के बाद उसका उद्देश्य पूरा हो गया था। अनेक नेता थे जिन्होंने अपनी निजी बातों को सैद्धांतिक जामा पहनाया। कुछ महीने बाद ही जनता पार्टी में सत्ता संघर्ष शुरू हो गया। सबसे कठिन काम पहली कतार के नेताओं में तालमेल पैदा करना था। इसमें तीन लोग आते थे—मोरारजी देसाई, चौधरी चरण सिंह और जगजीवन राम। शुरुआत में मुझे चारों तरफ से सलाह दी गई कि नानाजी देशमुख से सावधान रहिएगा। ऐसी सलाह देने वालों में मेरे मित्र, जनसंघवाले और कुछ पत्रकार भी थे। लेकिन ढाई वर्ष के दौरान मुझे नाना जी से शिकायत का एक भी मौका नहीं मिला। नानाजी अकेले व्यक्ति थे, जिन्होंने मुझे बताया कि चौधरी चरण सिंह का कहना है कि जनसंघ घटक को ज्यादा सीटें दे दी हैं, वे इस विवाद में न पड़ें। पर नाना जी इससे सहमत नहीं हुए और उत्तर प्रदेश की सूची में वांछित परिवर्तन करने में पहल उन्होंने ही की।

जनता पार्टी की टूट

आम धारणा है कि जनता पार्टी दोहरी सदस्यता के सवाल पर टूटी । वह राजनीतिक बहाना था। इसी बहाने झगड़ा खड़ा किया गया। मैंने इसमें से रास्ता निकालने के प्रयास किए। सीधे बात हुई। राष्ट्रीय स्वयंसेवक संघ के नेताओं से सम्पर्क साधा। बालासाहब देवरस और रज्जू भैया से बात की। उन लोगों का रुख सकारात्मक था। जैसे ही मुझे सफलता मिलने लगी, दिल्ली में खुट-खुट तेज हो गई। सत्ता-गलियारे में भागदौड़ बढ़ी। कई नेता अपने निजी कारणों से पार्टी तोड़ने में लगे हुए थे। अध्यक्ष के रूप में मुझे कभी परेशानी नहीं हुई। किसी से भी और कभी भी मैं बात कर सकता था। मुश्किल काम था तीन नेताओं में समन्वय का। उनसे अनौपचारिक बातचीत होती थी। ज्यादातर बातचीत उनकी आपसी समस्या को लेकर होती थी। अगर उन नेताओं में एक कामचलाऊ समझ पैदा हो जाती तो जनता पार्टी को टूट से बचाया जा सकता था।

एक बात लोग हरदम भूल जाते हैं कि जनता पार्टी जब बनी थी तो मानसिकता तानाशाही के खिलाफ लड़ने की थी। लोग प्रजातान्त्रिक मूल्यों की स्थापना चाहते थे। वह एक चुनौती थी। उसे पूरा कर लेने के बाद मान्यता और मानसिकता बदल गई। देश को बनाने और उसके लिए नई नीतियाँ अपनाने का तकाजा सामने आया। उसमें विचारों की विभिन्नता सामने आई। विचारों की विभिन्नता को तालमेल से कम किया जा सकता है लेकिन जब नेता व्यक्तिगत कारणों से अपनी बातों को अधिक महत्व देने लगें और उसे सैद्धांतिक जामा भी पहनाने लगें तो पार्टी को बचाना मुश्किल होता है। जनता पार्टी के साथ यही हुआ। इन नेताओं में बहुत छोटी-छोटी बातों पर आपसी मनमुटाव पैदा हो जाता था।

एक दिन चौधरी चरण सिंह ने मुझसे कहा कि मेरा दामाद पुलिस में था, उसको मोरारजी भाई ने बिना मुझसे पूछे विदेश में नियुक्त करा दिया। मेरा बेटा अमेरिका में रहता है, उससे मेरा लगाव नहीं, मेरा मन कभी-कभी उदास हो जाता है तो दामाद के यहाँ चला जाता हूँ। चौधरी चरण सिंह ने यह बात जब मुझे बताई तो उससे पहले प्रचार किया गया था कि उन्होंने ही यह नियुक्ति कराई है। उधर चौधरी साहब मुझसे कह रहे थे कि प्रधानमंत्री जी को एक बार मुझसे पूछ लेना चाहिए था। एक दिन सुबह-सुबह चौधरी साहब के यहाँ से फोन आया। वे दोबारा मंत्री हो गए थे। उनके आदमी ने कहा कि चौधरी साहब कह गए हैं कि मुझे बता दें कि उनके साथ जो डॉक्टर जाता था, उसे प्रधानमंत्री ने मना कर दिया है। मुझे यकीन नहीं हुआ। सोचा कि यह गलतफहमी का नतीजा है। मोरारजी भाई क्यों किसी डॉक्टर को रोकेंगे ? यह मुझे बुरा लगा। सुबह 7 बजे मैंने मोरारजी भाई को फोन किया। मैंने कहा : मोरारजी भाई, आपने चौधरी साहब के साथ जाने वाले किसी डॉक्टर को मना करा दिया ? उनको याद था। तपाक से बोले : हाँ, मना करा दिया। मैंने कहा कि आपने ऐसा क्यों किया ? मैं उनकी बात सुनकर हैरान था। डॉक्टर तो चौधरी साहब के साथ जाना ही चाहिए। मोरारजी भाई का जवाब था कि जब उनके साथ डॉक्टर नहीं जाता है तो चरण सिंह के साथ क्यों

जाए ? मैंने कहा, आपको हृदयरोग नहीं है, उनको है, इसलिए डॉक्टर जाना चाहिए। चौधरी साहब उस दिन शायद लखनऊ जा रहे थे और उनके साथ उनके दामाद डॉ जेपी सिंह छुट्टी लेकर गए।

ऐसी बहुत-सी साधारण कठिनाइयों से होकर मुझे गुजरना पड़ता था। छोटी-छोटी बातें बढ़ती गईं। आपसी तालमेल के अभाव में तिल का ताड़ बनता गया।

शाह आयोग और श्रीमती गांधी की गिरफ्तारी

शाह आयोग का गठन एक गलती थी। मैं मानता था कि चुनाव में हराने के बाद इंदिरा गांधी को उनके हाल पर छोड़ देना चाहिए था। मैं इस राय का था कि चुनाव में हार जाना ही सबसे बड़ी सजा है। उसके बाद हम लोगों को अपनी ओर से कुछ नहीं कहना चाहिए। लेकिन कई लोग सरकार में इस राय के खिलाफ थे। खुद गृहमंत्री, प्रधानमंत्री और जार्ज फर्नांडीज वगैरह। ये लोग इंदिरा गांधी को जेल भी भेजना चाहते थे। इसकी बात चल रही थी। शाह आयोग बनाते वक्त किसी ने मुझसे बात नहीं की। मैंने एक दिन सुना कि इंदिरा गांधी को जेल भेजने की तैयारी हो रही है। मैं प्राण सब्बरवाल के दफ्तर में था। वहाँ कई पत्रकारों ने मुझसे पूछा कि क्या इंदिरा गांधी को जेल भेजने की तैयारी चल रही है ? मैंने उन्हें कहा कि मुझे ऐसी कोई जानकारी नहीं है। उसी दिन मैंने इंदिरा जी के एक प्रेस वक्तव्य के विरुद्ध कड़ा जवाब दिया था जो समाचार-पत्रों में छपा था। पत्र-प्रतिनिधियों ने मुझसे कहा कि आजकल गृह-मंत्रालय में यह चर्चा जोरों पर है। मैंने वहाँ कुछ नहीं कहा, वहाँ से सीधे मोरारजी भाई के घर गया और उनसे पूछा कि क्या गृहमंत्री इंदिरा जी को जेल भेजने की तैयारी कर रहे हैं ? प्रधानमंत्री जी ने इस संभावना को नकारा। इसके राजनीतिक दुष्परिणामों से मैंने मोरारजी भाई को आगाह किया। इसके बाद मैं मुम्बई चला गया। मैं विधायक निवास में ठहरा हुआ था। शरद पवार के यहाँ रात्रिभोजन के लिए गया था, सूचना वहीं मिली कि इंदिरा जी को गिरफ्तार कर लिया गया। मुझे बुरा लगा। मैं दूसरे दिन सवेरे के हवाई जहाज से दिल्ली वापस आने ही वाला था। विधायक निवास में अपना सामान लाने गया। वहाँ से जब सामान लेकर नीचे आया तो कुछ युवक खड़े थे, उनमें से एक ने पूछा कि क्या इंदिरा गांधी गिरफ्तार कर ली गईं ? मैंने उनसे कहा कि मैंने सुना है, पर विवरण मुझे मालूम नहीं। वे युवक कांग्रेस के थे। वे इंदिरा गांधी की गिरफ्तारी पर अपना विरोध जताने के लिए वहाँ जमा थे। उन्हें पता था कि मैं वहाँ ठहरा हुआ हूँ। जब मैं गाड़ी में बैठ गया तो उन्होंने कुछ नारे लगाए। गाड़ी मेरे मित्र की थी। उनका बेटा गाड़ी चला रहा था। एक सरकारी अधिकारी का बेटा, वह थोड़ा घबराया। मैंने उसे आश्वस्त किया।

मैं रात को बम्बई एयरपोर्ट पर ही रुका। दिल्ली पहुँचने पर सीधे मोरारजी भाई के यहाँ गया और उनसे पूछा कि यह कैसे हो गया ? आपने तो यह कहा था कि इंदिरा जी को गिरफ्तार करने का कोई फैसला नहीं है ? उनका कहना था कि फैसला गृहमंत्री जी का है, पर मैंने फाइल देख ली है। मैंने जब आरोप की जानकारी चाही तो उन्होंने

कहा कि आर. पी. गोयनका से उन्होंने दो सौ जीपें ली हैं। मैंने कहा, चार जीपें तो गोयनका जी ने मेरे पास भी भेजी थीं। इसमें क्या अपराध बनता है ? दूसरा आरोप किसी विदेशी कम्पनी को ठेका देने का था–जिसका टेंडर दूसरे देश की कंपनी से शायद दस करोड़ अधिक था। मैं उनकी बात सुनकर हैरान रह गया। दूसरे दिन मजिस्ट्रेट ने बिना जमानत लिए इंदिरा जी को रिहा कर दिया। उस दिन किसी मंत्री के यहाँ केंद्रीय मंत्रिमंडल की अनौपचारिक मीटिंग थी, उसमें मैं भी आमंत्रित किया गया था। मीटिंग के बीच से बार-बार चौधरी साहब बाहर जाकर यह पता लगा रहे थे कि उस केस में इंदिरा जी का क्या हुआ। एक बजे जब वे फिर गए और लौटकर आए तो बहुत उदास थे। उन्होंने कहा कि मजिस्ट्रेट ने बिना जमानत लिए इंदिरा गांधी को रिहा कर दिया। अपने वकालत के दिनों में उन्हें ऐसी कोई मिसाल नहीं मिली। सब लोग भोजन के लिए उठे। मैं थोड़ी देर के लिए कमरे से बाहर गया, जब लौटकर आया तो चौधरी साहब और राजनारायण जी की बात सुनकर हैरान रह गया। राजनारायण जी कह रहे थे कि उसे मीसा में बन्द करा दीजिए। चौधरी साहब ने अपनी राय बताई कि वे तो चाहते हैं, पर प्रधानमंत्री तैयार नहीं होंगे। मीसा अभी समाप्त नहीं हुआ था। मैंने दूसरे कमरे में जाकर मोरारजी भाई से पूछा कि क्या ऐसा भी कोई इरादा है ? उन्होंने कहा, बिलकुल नहीं। गृहमंत्री जी की योजना असफल हुई, वे उससे परेशान हैं और कोई बात नहीं। मैं सोचता रहा, पहले तो कह रहे थे कि गिरफ्तारी सही है–मजिस्ट्रेट की हैसियत से उन्होंने जो अनुभव प्राप्त किए हैं, उनका हवाला दे रहे थे और आज ऐसी बातें ! इन दो बुजुर्गों के बीच काम करना बहुत कठिन था। उनसे कितनी बार मुझे बातें सुननी पड़ती थीं।

शाह आयोग के गठन और आरोप लगने से लोगों को लगा कि सरकार बदले की कार्रवाई कर रही है। चुनाव नतीजे के बाद मैं एक बार इंदिरा गांधी से मिला। मुझे वहाँ सब जानते थे। सुरक्षा में तैनात अफसर और कर्मचारियों ने मेरी तरफ ऐसे देखा जैसे कोई भूत आया हो। यह बात लोकसभा चुनाव के तत्काल बाद की है। उन दिनों इंदिरा जी सफदरजंग की अपनी सरकारी कोठी में ही थीं। 12, विलिंग्डन क्रिसेंट में तो वे बाद में गईं। मैंने इंदिरा जी से पूछा, आप कैसी हैं ? हताश निराश इंदिरा गांधी ने करुणा-भरी निगाहों से मेरी तरफ देखा। मुझसे पूछा कि आप कैसे हैं ? मैंने उनसे कहा कि जेल से छूटने के बाद कई बार मैंने सोचा कि आपसे मिलकर पूछूँ कि आपने यह भयानक काम क्यों किया ? इमरजेंसी लगाने की सलाह आपको किसने दी थी ? इमरजेंसी थोपना देश के साथ क्रूर मजाक था। यह फैसला आपने क्यों किया ?

बात करते हुए मैंने महसूस किया कि इंदिरा गांधी बेहद परेशान हैं। उनको अपनी और परिवार की चिंता सता रही है। कहने लगीं कि बहुत परेशानी है, लोग आकर बताते हैं कि संजय गांधी को जलील किया जाएगा। दिल्ली में घुमाया जाएगा। मुझे मकान नहीं मिलेगा। हमारी सुरक्षा खत्म कर दी जाएगी। मैंने कहा कि ऐसा कुछ नहीं होगा। मैने ईमानदारी से यह बात कही, क्योंकि मैं यही महसूस करता था। इंदिरा गांधी की बात

सुनकर मुझे हैरानी हुई। सोचने लगा कि क्या यह वही महिला हैं जिन्हें देश का पर्याय बताया जाता था ? जिसे कुछ लोगों ने दुर्गा मान लिया था ?

मैं सीधे वहाँ से मोरारजी भाई के यहाँ गया। उनका रुख समझना चाहा। उन्हें बताया कि आशंका है कि सरकार इंदिरा गांधी की सुरक्षा हटा रही है, मकान खाली करवा रही है। मैंने उनसे कहा कि लोगों में गुस्सा है, कुछ कर देंगे तो आप पर मुश्किल आएगी। मैंने उनसे पूछा कि क्या आप उनको मकान भी नहीं देंगे ? मोरारजी भाई ने कहा कि नहीं देंगे, नियम में नहीं आता। मैंने उन्हें बताया कि जाकिर हुसैन, लाल बहादुर शास्त्री, ललित नारायण मिश्र आदि के परिवार को मकान मिला हुआ है। मोरारजी भाई ने कहा कि उनका भी कैंसिल कर दूँगा। मैंने उनसे कहा कि जिस परिवार ने स्वराज भवन और आनन्द भवन देश को दे दिया, जो महिला 17 साल प्रधानमंत्री रही, उनको रहने के लिए आप मकान तक नहीं देंगे ? मोरारजी भाई से बड़ी बहस हुई। अन्त में वे माने, यह कहते हुए कि जब आप कहते हैं तो मकान दे दूँगा।

मोरारजी भाई ऐसी बातों में भी अड़ जाते थे। एक किस्सा तो मुझसे ही जुड़ा हुआ है। मैं उनसे मिलने गया था, जब उठकर चलने लगा तो वे बिना कारण बोले, चंद्रशेखर जी, यह एक फाइल है, जरा देखिएगा। मैंने पूछा, कौन-सी फाइल है ? मैंने गाड़ी में उस फाइल को सरसरी तौर पर देखा। राजनारायण ने वह फाइल प्रधानमंत्री को दी थी। मैं पलटा और प्रधानमंत्री से पूछा कि मोरारजी भाई, आपने यह फाइल मुझे क्यों दिखाई ? मोरारजी भाई ने कहा कि मेरे पास आई थी तो मैंने सोचा कि आपको दे दूँ। आपकी जानकारी में रहनी चाहिए। मैंने उनसे कहा कि मोरारजी भाई, किसी और के साथ यह तमाशा करिएगा। आपको जाँच करवानी है तो करवा लीजिएगा। ऐसी फाइलें मैंने बहुत देखी हैं। आप क्या समझते हैं कि मैं इस पर सफाई दूँगा ?

जेपी की मृत्यु की गलत घोषणा

जेपी गुर्दे की बीमारी के कारण अस्पताल में भर्ती थे। एक समय ऐसा आया जब उनकी हालत बिगड़ने लगी। हम लोग निराश थे। जसलोक अस्पताल के मालिक मथुरा दास ने इग्लैंड के एक बड़े डॉक्टर को बुलवाया। वे बम्बई आए। उन्होंने जेपी की जाँच की। उसके बाद उन्होंने मथुरा दास से कहा : जब डॉक्टर मणि जैसा व्यक्ति यहाँ है तो आपने अपना पैसा और मेरा समय क्यों बर्बाद किया ? शाम को मथुरा दास ने होटल ताज में डॉक्टर के लिए रात्रि का भोजन रखा था। उन्होंने मुझसे कहा कि आप भी आएँ तो बहुत अच्छा रहेगा। मैंने डॉक्टर से पूछा कि जेपी का हाल क्या है ? आपको क्या लगता है ? डॉक्टर ने मुझसे कहा कि हालत चिंताजनक है। वे कुछ घंटे के ही मेहमान हैं। मामला अब दिनों का नहीं है। वहीं डॉक्टर मणि उनकी बात सुन रहे थे। मैंने उनको अलग ले जाकर पूछा कि आपकी क्या राय है ? वे बोले : जेपी के बारे में क्लीनिकली और मेडिकली उनकी राय ठीक है, पर मैं आपको कह सकता हूँ, जेपी ठीक होंगे और पटना जाएँगे। वे गुर्दे की बीमारी से नहीं मरेंगे। उनकी मृत्यु हृदयगति रुकने से होगी।

मै हैरान हूँ कि उनकी बात अक्षरशः सत्य निकली।

उन दिनों मैं इण्डियन ऑयल के गेस्ट हाउस में ठहरा हुआ था। ज्यादातर समय तो मैं अस्पताल में ही रहता था। थोड़ी देर दोपहर में आता था। एक दिन अस्पताल से हम लोग अतिथि गृह में आए। मेरे साथ रामनाथ गोयनका, मोहन धारिया और नानाजी देशमुख थे। रामनाथ गोयनका ने बहुत भावुक होकर कहा : अगर जेपी को कुछ हो जाता है तो हमें प्रयास करना चाहिए कि उनका अन्तिम संस्कार उसी प्रकार हो, जैसे महात्मा गांधी का हुआ था। उन्होंने मुझसे कहा कि आप मोरारजी भाई से बात करिए। मैंने मना कर दिया। मैने कहा कि मैं नहीं चाहता कि सरकार से इस संबंध में मैं कोई बात करूँ। यह काम सरकार का है। उसके विवेक पर छोड़ देना चाहिए। मोहन धारिया ने अपनी ओर से तुरंत कहा कि मैं बात करूँगा। उन्होंने प्रधानमंत्री से सम्पर्क करने के प्रयास किए। उन्होंने जगजीवन राम और चौधरी चरण सिंह से भी बात करनी चाही पर नहीं हो पाई। उनका सम्पर्क हुआ जार्ज फर्नांडीज से। जार्ज फर्नांडीज ने उन्हें बताया कि इस तरह का प्रस्ताव लेकर हम तीनों नेताओं के पास गए थे। वे अस्वीकार कर चुके हैं। यह सुनना था कि रामनाथ गोयनका जोर-जोर से बिलख पड़े। मेरी चारपाई पर उसी विह्वल अवस्था में आकर लुढक गए। मुझे लगा कि नई मुसीबत आई ! कहीं रामनाथ गोयनका को कुछ हो न जाए। मैंने उनको ढाढ़स बँधाया। कहा : आप चिंता मत करिए, सारा प्रबंध करेंगे। भारत सरकार को जो मन में आए, करे। जेपी के मरने के बाद उन्हें उसी राष्ट्रीय सम्मान से विदा किया जाएगा जिसकी आपको इच्छा है। हम लोग वहाँ से उठे और अस्पताल पहुँचे। मथुरा दास के कमरे में पहुँचने के बाद मैंने नानाजी देशमुख से कहा, आप मुख्यमंत्रियों से जेपी के अन्तिम संस्कार को राजकीय सम्मान से करने के लिए बात कीजिए। नानाजी ने कहा कि मेरे लिए जनता पार्टी के मुख्यमंत्रियों से बात करना आसान है, दूसरे मुख्यमंत्रियों से आप सीधे बात करिए। सबसे पहले उन्होंने मेरी बात कराई आन्ध्र प्रदेश के मुख्यमंत्री चेन्ना रेड्डी से। उन्होंने बात सुन कर फौरन कहा कि मैंने तो पहले से ही यह निर्णय किया हुआ है। यही जवाब पश्चिम बंगाल के मुख्यमंत्री ज्योति बसु का था। उन्होंने प्रायः सभी मुख्य मंत्रियों से बात कर ली। मैंने नानाजी से कहा कि आप दिल्ली के मुख्य महानगर पार्षद केदारनाथ साहनी से भी बात कर लीजिए। यह सब चर्चा जब हो रही थी, ऐसा लगता है कि वहाँ खुफिया ब्यूरो का कोई आदमी ये बातें सुन रहा था। उसने पूरा मामला समझे बगैर यह निष्कर्ष निकाल लिया कि हम लोग जेपी के निधन को छिपा रहे हैं, घोषणा नहीं करना चाहते, लेकिन प्रबंध में लग गए हैं। उसने दिल्ली खबर की होगी और सरकारी तन्त्र से प्रधानमंत्री को जानकारी मिली होगी। बिना छानबीन कराए प्रधानमंत्री ने संसद को जेपी के निधन की सूचना दे दी। संसद में शोक प्रकट किया जाने लगा। उसी समय महाराष्ट्र विधानसभा में भी यह खबर मिली थी पर वहाँ विधानसभा के अध्यक्ष ने अपने दफ्तर को निर्देश दे रखा था कि पहले मुख्यमंत्री शरद पवार से पुष्टि कर लें।

मैंने दिल्ली पार्टी कार्यालय में फोन किया। चंद्रशेखर मिश्र से बात करनी थी, वह

नहीं मिले। मुझे सूचना दी गई कि वे लोकसभा में गए हैं, दूसरे लोग भी वहीं हैं। मैंने सबका एक साथ ही लोकसभा जाने का कारण पूछा तो वहाँ काम करने वाले लड़के ने कहा कि सब लोग जेपी के निधन के शोक में लोकसभा में जो कार्यवाही चल रही है, उसे देखने गए हैं। मैं हैरान रह गया। अस्पताल से हम लोग तुरंत आए थे लेकिन हमें कोई खबर नहीं मिली तो दिल्ली कैसे खबर पहुँच गई ? अतिथि गृह के दरवाजे पर पुलिस का एक व्यक्ति वायरलेस लेकर सदा खड़ा रहता था, शरद पवार ने यह प्रबंध करा रखा था ताकि हर समय अस्पताल से सम्पर्क बना रहे, उसे भी कुछ पता नहीं। फिर भी हम लोग तुरंत अस्पताल के लिए चल दिए। जब हम लोग वहाँ पहुँचे तो हजारों की भीड़ थी। अस्पताल के कर्मचारी, निदेशक और खुद मथुरा दास बहुत घबराए हुए थे। मैंने पूछा, क्या बात है ? तो मथुरा दास ने कहा कि आपको पता नहीं, किसी ने जेपी के मरने की अफवाह उड़ा दी है ? भीड़ के सामने एक एम्बेसडर कार फँसी थी। मैं उसकी छत पर चढ़ गया। लोगों से कहा : शोर मत मचाइए। यह अस्पताल है। जेपी जीवित हैं। किसी ने गलत अफवाह उड़ा दी है। इसी कारण अस्पतालवाले एहतियात बरत रहे हैं। इस तरह वहाँ का संकट टला।

अध्यक्ष के रूप में खट्टे-मीठे अनुभव

मुझे याद नहीं है कि जनता पार्टी की किसी बैठक में कोई झगड़ा हुआ हो, लेकिन एक घटना ऐसी है, जिसे अप्रिय प्रसंग कहा जा सकता है। पार्टी की मीटिंग चल रही थी। राजनारायण जी ने अपने स्वभाव के अनुसार कुछ कहा। मैंने उन्हें टोका। राजनारायण बोले : आप चुप रहिए, मैं आपको अध्यक्ष नहीं मानता। मैंने उनसे कहा कि आप अपने शब्द वापस लीजिए। वे अपनी जिद पर अड़े रहे। मैंने कहा कि अगर आपने ऐसा नहीं किया तो मुझे दो मिनट नहीं लगेंगे, आपको यहाँ से बाहर जाना पड़ेगा, आप खुद नहीं, गए तो चपरासी से बाहर निकलवा दूँगा। उस मीटिंग में मोरारजी, चरण सिंह वगैरह सब लोग थे। किसी ने राजनारायण जी की तरफदारी नहीं की। चौधरी चरण सिंह ने उनसे शब्द वापस लेने के लिए कहा । राजनारायण जी को अपने शब्द वापस लेने पड़े। बंधु से मेरी नोक-झोंक चलती रहती थी, पर उनका मेरे प्रति जो ममत्व था, वह सदा बना रहा।

एक किस्सा राजस्थान की भैरो सिंह शेखावत सरकार में मंत्री बनाने का है। दौलत राम सारण उन दिनों लोकसभा सदस्य थे। वे राज्य मंत्रिमंडल में कई कारणों से पहली बार शपथ लेने नहीं गए, हालाँकि मैंने कोशिश की थी। उनको समझाया भी था। एक दिन सुबह-सुबह कुम्भाराम आर्य और भैरो सिंह शेखावत दोनों बिना बताए आ धमके। मैंने पूछा, क्या बात है ? कुम्भाराम आर्य पर भैरो सिंह का जादू सवार था। वे शुरू हो गए। कहने लगे, भैरो सिंह आजकल हर बात के लिए मुझसे कहते हैं। मेरा माथा ठनका कि कहीं कुछ गड़बड़ है। मैंने फिर पूछा, चौधरी साहब, बात क्या है ? बोले : कुछ खास बात नहीं है। दौलतराम सारण को मंत्रिमंडल में लेने की बात है। मैंने भैरो

सिंह से पूछा। उन्होंने कहा कि हाँ, तय हो गया है। बहुत सवेरे चाय पीने के बाद जब वे लोग चलने लगे तो भैरो सिंह शेखावत ने मुझसे कहा कि मुझे एक काम करना पड़ेगा। जनता पार्टी संसदीय बोर्ड का फैसला है कि कोई एम. पी. राज्य मंत्रिमंडल में नहीं जाएगा। इस आधार पर मोरारजी भाई एतराज करेंगे, इसलिए आप उसकी इजाजत दिला दीजिए। थोड़ी देर बाद यह सोचकर कि कहीं बात बिगड़े नहीं, इसलिए मैंने अपनी ओर से मोरारजी भाई से बात की। उन्हें बताया कि भैरो सिंह शेखावत दौलत राम सारण को मंत्रिमंडल में ले रहे हैं, आपसे बात करने गए हैं। मोरारजी भाई ने कहा कि हाँ, बात हो गई है। उनको मंत्रिमंडल में लेने की कोई जरूरत नहीं है। ऐसी आँखमिचौली जनता पार्टी में चलती रहती थी और इसमें सबसे अधिक माहिर मेरे दो मित्र थे–भैरों सिंह और शरद पवार। कौन बड़ा था, कहना कठिन है।

सुषमा स्वराज को देवीलाल मंत्री नहीं बनाना चाहते थे। वे बहाने बना रहे थे। उन्होंने सुषमा जी को केबिनेट मंत्री की शपथ नहीं दिलाई। कहते थे, राज्यमंत्री बन जाओ। एक दिन मधुलिमए के साथ सुषमा स्वराज आईं। उनको भय था कि देवीलाल शपथ नहीं दिलाएँगे। मैंने कहा : ऐसा नहीं हो सकता। जनता पार्टी संसदीय बोर्ड का फैसला है। मैंने देवीलाल से बात की। देवीलाल कहने लगे कि उनसे कहिए, राज्यमंत्री की शपथ ले लें। उन्हें उस पर आपत्ति थी। मधु लिमए का कहना था कि अगर यह बात चौधरी चरण सिंह को मालूम हो गई और अगर उन्होंने सुषमा स्वराज को देख लिया तो राज्यमंत्री बनने का मौका भी हाथ से निकल जाएगा। मैंने देवीलाल से कहा कि यह संसदीय बोर्ड का फैसला है, जिस पर मैंने दस्तखत किए हैं, आपको उसका आदर करना चाहिए। चौधरी देवीलाल ने सवालिया अंदाज में कहा कि मंत्री-पद की शपथ कैसे दिलवा दें, वह बहुत छोटी है, पर उन्होंने सुषमा जी को शपथ दिला दी। सुषमा स्वराज की देवीलाल जी से ज्यादा दिन तक नहीं निभ सकी। दो-तीन महीने बाद ही फिर वे मधुलिमए के साथ आईं। कहने लगीं कि मुख्यमंत्री मुझे बर्खास्त करने वाले हैं। मेरा इस्तीफा ले लीजिए, नहीं तो बेइज्जती होगी। मैंने कहा : ऐसा कैसे होगा ? बिना पूछे वे ऐसा नहीं कर सकते। अगर आशंका है तो मधु को त्यागपत्र दे देना। सुषमा स्वराज के जाने के थोड़ी देर बाद ही एजेंसियों से खबर आई कि हरियाणा के मुख्यमंत्री ने अपने एक मंत्री को फरीदाबाद के मर्चेंट चेम्बर ऑफ कॉमर्स की सभा में बर्खास्त कर दिया। मैं उनके इस अभद्र व्यवहार पर हैरान था। मैंने देवीलाल से बात की। मैंने कहा कि खबर आई है, आपने सुषमा स्वराज को बर्खास्त कर दिया ? देवीलाल कहने लगे, वह किसी काम की नहीं हैं। कोई काम नहीं करतीं, परेशानी पैदा करती हैं। मैंने कहा कि आप उनको वापस लीजिए। उन्होंने सुषमा स्वराज को वापस लेने से इनकार कर दिया और कहा कि अब वे मंत्री नहीं रह सकतीं। मैंने कहा कि चौधरी साहब, अगर आपने सुषमा स्वराज को वापस नहीं लिया तो आप चीफ मिनिस्टर नहीं रह सकते। मुझे पार्टी अध्यक्ष होने के नाते जरूरत पड़ने पर इस बात का अधिकार है कि आपको पार्टी से निकाल दूँ। नोटिस पीरियड 15 दिन का होगा। उस दौरान मैं नये नेता के चुनाव का

आर्डर कर दूँगा। आपका ही कोई आदमी आपके खिलाफ खड़ा हो जाएगा, और वह चुन लिया जाएगा।

चौधरी देवीलाल इस तरह के संवाद के लिए तैयार नहीं थे। वे दौड़े हुए दिल्ली आए, चौधरी चरण सिंह के पास पहुँचे। चौधरी चरण सिंह ने मुझसे पूछा कि क्या आपने देवीलाल को बर्खास्त करने की धमकी दी है ? मैंने कहा : हाँ। उन्होंने पूछा कि बात क्या है ? मैंने कहा कि देवीलाल ने अपने एक मंत्री को सार्वजनिक सभा में बर्खास्त कर दिया। चौधरी चरण सिंह ने पूछा कि क्या आपसे सलाह ली थी ? मैंने कहा, नहीं। उनका अगला सवाल था, क्या गवर्नर को चिट्ठी भेज दी है ? मैंने बताया कि जहाँ तक मेरी जानकारी है, उन्होंने राज्यपाल से भी बात नहीं की है। मैंने उन्हें यह भी बताया कि मुख्यमंत्री ने अपने मंत्री को फरीदाबाद की मर्चेंट चेम्बर ऑफ कॉमर्स की मीटिंग में बर्खास्त किया है। यह सुनना था कि चौधरी चरण सिंह बोले : इसे पार्टी से निकालो। पार्टी में रहने लायक नहीं है। पार्टी का अनुशासन नहीं मानता। चौधरी देवीलाल वहीं रहे होंगे। थोड़ी देर बाद वे मेरे यहाँ आए। उनकी भाषा बदली हुई थी। मैंने कहा कि चौधरी साहब, सुषमा आपकी बेटी के समान है। सुषमा को समझाया, दोनों को अपने यहाँ बुलाकर चाय पिलाई। सुषमा मंत्रिमंडल में बनी रहीं।

चरण सिंह का प्रधानमंत्री बनना

राजनारायण मंत्रिमंडल से अलग कर दिए गए थे। मोरारजी भाई अड़े हुए थे कि राजनारायण को सरकार में नहीं लेना है। असली संकट शुरू हुआ, जब चौधरी चरण सिंह हटाए गए। यह एक साल बाद की ही घटना है। जब राजनारायण को लगा कि वे सरकार में वापस नहीं आ सकते हैं तो उन्होंने चंद्रास्वामी की मदद ली। चंद्रास्वामी के तार उन दिनों इंदिरा गांधी से जुड़े हुए थे। उन्होंने ही राजनारायण और संजय गांधी की मुलाकात करवाई।

जनता पार्टी की सरकार नेताओं की महत्त्वाकांक्षा से टूटी, लेकिन राष्ट्रपति नीलम संजीव रेड्डी ने तटस्थता बरती होती, तो हम दोबारा सरकार बनाने की स्थिति में थे। उसका रास्ता निकल गया था। कई नाम उन दिनों चर्चा में थे। मोरारजी भाई के बाद जनता पार्टी का संसदीय नेता कौन हो ? हमने जगजीवन राम को चुना। लेकिन उससे पहले मेरे नाम की भी चर्चा चली थी। इंदिरा गांधी की एक सहयोगी मेरे पास आईं कि आपको नेतृत्व सँभालना चाहिए। उसके बाद इंदिरा जी का फोन आया कि अगर आप नेता बनते हैं तो हमें प्रसन्नता होगी। जगजीवन बाबू को हम नहीं चाहते हैं। यही प्रस्ताव कमलापति त्रिपाठी की ओर से भी आया, लेकिन मुझे अपने फैसले पर विश्वास था।

राष्ट्रपति नीलम संजीव रेड्डी ने मुझसे कहा था कि उनको कोई जल्दी नहीं है। शाम तक आप लिस्ट दे दीजिए। हम लोग राष्ट्रपति से मिलने के बाद संसद आए कि खबर उड़ गई, जो सच थी कि चौधरी चरण सिंह को राष्ट्रपति ने सरकार बनाने के लिए निमन्त्रित कर दिया है। राष्ट्रपति ने हमारे साथ दगाबाजी की। वे अगर थोड़ा वक्त दे

देते तो हम सरकार बनाने में सक्षम थे। हमारे पास बहुमत था। खेल पलट गया था। राष्ट्रपति ने अपना वजन चौधरी चरण सिंह की तरफ कर दिया था। इसके विरोध में फौरन हमने संसद सदस्यों का जुलूस निकाला। वोट क्लब से राष्ट्रपति भवन की तरफ बढ़े। विजय चौक पर सभा हुई। उसमें मैंने एक सख्त भाषण किया। मुझे बाद में पता चला कि संजीव रेड्डी इस बात से बहुत दुखी हुए कि उनके लिए ऐसा कहा। मैं वह सब कहने के लिए विवश था। वह आरोप नहीं था, हकीकत थी। मैं नीलम संजीव रेड्डी को छठे दशक से जानता हूँ। 1977 में जनता राज के दिनों की बात है। राष्ट्रपति पद के लिए नामों की तलाश थी। उनका नाम आया। मैंने एतराज किया। उस समय संसदीय बोर्ड में अकेले बीजू पटनायक ने मेरी बात का समर्थन किया। नीलम संजीव रेड्डी 1969 के चुनाव में राष्ट्रपति पद से वंचित हो गए थे। यह कहा जाए कि मोरारजी भाई देसाई जैसे नेताओं को लगता था कि उनके साथ ज्यादती हुई है, इसलिए मौका देना चाहिए। इसी कारण उनका नाम आया। वे इस बार फिर उम्मीदवार बनाए गए और चुने गए। राष्ट्रपति पद पर वे बैठ सके, लेकिन नीलम संजीव रेड्डी नहीं बदले। जनता पार्टी की टूट के वक्त उनका रवैया अपने-आप में एक प्रमाण है।

चौधरी चरण सिंह अपनी सरकार नहीं चला पाए। लोकसभा का सामना नहीं कर पाए। चुनाव में जाना पड़ा। चौधरी चरण सिंह भारतीय राजनीति में सही मायने में पश्चिम उत्तर प्रदेश के नेता थे। उनको पूरे देश की कोई समझ नहीं थी। वे अपने आप में सन्तुष्ट थे। कुछ अटपटे विचारों को वे पाले रहते थे। एक बार बीपी कोइराला दिल्ली आए। उन्होंने प्रधानमंत्री मोरारजी भाई देसाई से मुलाकात करनी चाही। एक बैठक के बाद मैंने मोरारजी भाई से पूछा कि बीपी कोइराला मिलना चाहते है, कब ठीक रहेगा ? तो उन्होंने कहा कि अभी बुला लीजिए। मैंने कहा, नहीं, वे कल आएँगे। हम लोग निकल ही रहे थे कि चौधरी चरण सिंह ने मुझसे कहा कि बीपी कोइराला से मुझे भी बात करनी है। मैंने कहा कि दोपहर में उन्हें खाने पर बुला लीजिए। बीपी कोइराला से चौधरी चरण सिंह ने जो बात की, उससे खाना ही खराब हो गया। नेपाल की परिस्थितियों को जाने बगैर वे बीपी कोइराला को इतिहास की जानकारी देने लगे। कहा कि नेपाल नरेश त्रिभुवन ने नेहरु जी से कहा था कि नेपाल को भारत में मिला लीजिए। अगर नेहरू ने यह गलती न की होती तो समस्या पैदा ही नहीं होती। मैं बीपी कोइराला का चेहरा देख रहा था। वे चौधरी चरण सिंह को सुन रहे थे और उनके होश उड़ते जा रहे थे। मैंने बाद में बीपी कोइराला से मजाक में कहा कि देखा आपने, हमारे यहाँ कैसे-कैसे नेता हैं !

छठा अध्याय

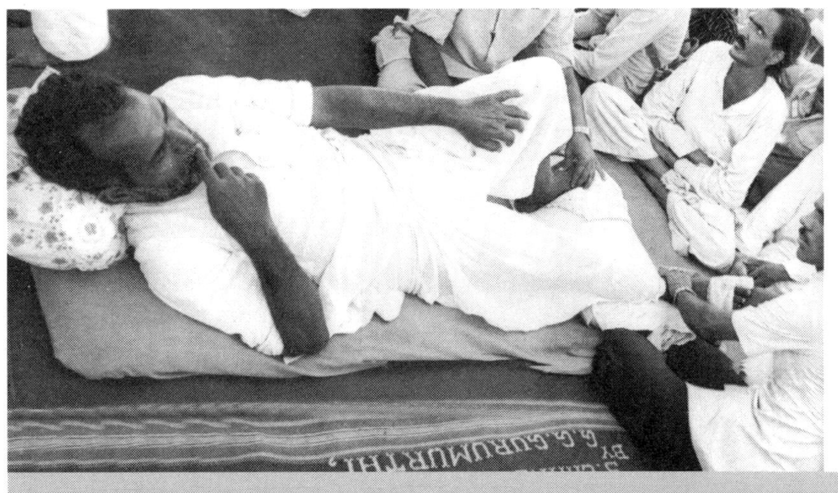

जनता पार्टी का बंटवारा और भारत-यात्रा

1980 में लोकसभा का चुनाव हुआ। बाबू जगजीवन राम जी पार्टी के नेता थे। जनता पार्टी के टूटने से इंदिरा गांधी की वापसी निश्चित थी। जनता पार्टी के टूटने से लोगों का मोहभंग हुआ। लोकदल में बहुत-से लोग सम्मिलित हो गए, बचे हुए लोग चुनाव में साथ रहे। बाबू जगजीवन राम के नेता बनने में भी विवाद खड़ा हुआ। मोरारजी भाई उनको नेता बनाने के विरुद्ध थे, मैं भी उनके नाम से सहमत नहीं था। चुनाव के ठीक पहले वे स्व. दिनेश सिंह की मध्यस्तता में इंदिरा जी से बात चला रहे थे। उस समय मैंने उनका विरोध किया पर पार्टी में जो समाजवादी मित्र थे, उन्होंने जयप्रकाश जी से एक पत्र मेरे नाम लिखवाया, जिसकी अत्यंत दुखद कहानी है। मैंने जयप्रकाश जी को आश्वस्त किया कि उनके आदेश का पालन होगा। मैंने उस विवाद को आगे बढ़ाना उचित नहीं समझा। ब्रह्मानन्द जी जयप्रकाश जी से बात करके आए थे और इस प्रसंग पर पत्र-प्रतिनिधियों से बात करने का उन्होंने निश्चय किया था, पर मैंने उस अप्रिय प्रसंग को तूल न देने का निर्णय किया था।

मोरारजी भाई ने मुझसे केवल इतना कहा कि मैं जगजीवन का नाम प्रस्तावित न करूँ और मैंने उनकी बात मानकर वही किया। मोरारजी भाई की महानता उस समय सामने आई जब रूठे जगजीवन राम जी को मनाने वे स्वयं उनके घर गए। उसके लिए मुझे जगजीवन राम जी की इच्छानुसार सुरेश के साथ जय गुरुदेव के सम्मेलन में मथुरा जाना पड़ा। बाबू जगजीवन राम चुनाव के दौरान बलिया आए। वहाँ की सभा में उन्होंने जनता पार्टी के लिए वोट माँगा। मैं वहाँ से पार्टी का उम्मीदवार था। सार्वजनिक सभा में उन्होंने मेरा नाम नहीं लिया। विश्वनाथ चौबे स्वतन्त्रता संग्राम सेनानी मेरे चुनाव के प्रतिनिधि थे। उन्होंने सभा में ही जगजीवन राम जी का भाषण समाप्त होने पर इस ओर उनका ध्यान दिलाया, कुछ हिचक के बाद वे फिर उठे और उन्होंने कहा कि चंद्रशेखर जी पार्टी के उम्मीदवार हैं। पहले वे हमारे विरुद्ध थे, अब हमारे पक्ष में हो गए हैं। यह बात मैंने चुनाव के बाद पार्टी संसदीय बोर्ड में जगजीवन राम जी के सामने कही, वे बहुत झेंपे। अटल जी और मोरारजी ने उनके इस व्यवहार पर आश्चर्य व्यक्त किया।

पार्टी में एक बार फिर विघटन हुआ। जनसंघ घटक के ज्यादातर लोग नई पार्टी में चले गए। भारतीय जनता पार्टी बनी, बहुत थोड़े-से लोग पार्टी में रह गए। उसके बाद बम्बई में सम्मेलन हुआ। मैंने मोरारजी भाई से अनुरोध किया कि वे सम्मेलन में चलें पर उन्होंने मेरा अनुरोध अस्वीकार कर दिया और मुझे भी सलाह दी कि मैं उस सम्मेलन

में न जाऊँ, पर मेरे लिए यह करना सम्भव नहीं था। मैं सम्मेलन में सम्मिलित हुआ। वहाँ बाबू भाई पटेल सहित गुजरात के प्रायः सभी प्रमुख साथी थे। नानाजी साहब गोरे और एसएम जोशी को कोई पार्टी अध्यक्ष बनाने को तैयार नहीं था। पार्टी लोगों की दृष्टि में समाप्त हो चुकी थी। ऐसी स्थिति में मैं पुनः पार्टी का अध्यक्ष बना। अपनी मनःस्थिति के बारे में मैंने कभी किसी से जिक्र नहीं किया। बिखरे हुए लोगों को फिर से संगठित करने का प्रयास प्रारंभ हुआ। धीरे-धीरे लोग फिर जुटने लगे। लोगों को यह आभास होने लगा कि पार्टी समाप्त नहीं हुई है। उन दिनों पार्टी के लोगों ने असीम धीरज का सबूत दिया। 1980 के अन्त में हम लोगों ने पार्टी का एक अखिल भारतीय सम्मेलन करने का निर्णय लिया। उस समय लोगों को यह एक दुःसाहसिक निर्णय लगा। पहले सम्मेलन के लिए लखनऊ को चुना गया। आशा थी कि स्व. चंद्रभानु गुप्त जी की संस्था मोतीलाल नेहरु संस्थान में सम्मेलन करने की अनुमति मिल जाएगी। गुप्त जी के देहावसान के बाद कैलाश प्रकाश जी उस संस्था के अध्यक्ष बन गए थे। उन्होंने अनुमति अस्वीकार कर दी। उनकी अपनी विवशता थी।

इंदिरा जी पुनः सत्ता में आ गई थीं। उनका रुख फिर ऐसा था कि लोग उनकी इच्छा के विरुद्ध कुछ भी करने का साहस नहीं कर सकते थे। यद्यपि मैंने कभी यह अनुभव नहीं किया कि वे किसी भी काम में राजनीतिक विभेद के कारण कठिनाई पैदा करेंगी। हम लोगों के कई मित्रों ने कैलाश प्रकाश जी से अनुरोध किया, पर वे अपनी बात पर अड़े रहे। बरेली के राममूर्ति जी उस समय उत्तर प्रदेश पार्टी के अध्यक्ष थे। वे भी उन्हें नहीं समझा सके। डॉ. मनमोहन सिंह सिद्धू, गौरीशंकर राय, ओमप्रकाश आदि सब लोगों ने प्रयास किया पर न जाने क्या कारण था कि कैलाश प्रकाश जी अपनी बात पर अड़े रहे। इस स्थिति में मैंने कैलाश प्रकाश जी से अनुरोध करना उचित नहीं समझा।

सारनाथ सम्मेलन

ओमप्रकाश श्रीवास्तव और कुछ अन्य लोगों से सलाह-मशवरा करने के बाद हमने निर्णय किया कि सम्मेलन सारनाथ में किया जाए। यह निर्णय इस विश्वास के साथ किया गया था कि वहाँ एक अच्छी धर्मशाला है, खुला स्थान है, वहाँ पर सम्मेलन के लिए प्रबंध करने में सुविधा होगी। मैंने ओमप्रकाश जी को सारनाथ जाकर स्थान देखने के लिए कहा और स्वयं पटियाला पार्टी के कार्यक्रम में चला गया। वहीं ओमप्रकाश जी ने सूचना दी कि वह धर्मशाला उपलब्ध नहीं है क्योंकि उसमें तिब्बत के शरणार्थी गए हुए थे। कोई और दूसरी ऐसी जगह नहीं है। मैंने तुरंत निर्णय लिया कि अब फिर से यदि स्थान बदलने की बात चली तो सारा कार्यक्रम ही एक उपहास की बात बनकर रह जाएगा। सम्मेलन अब सारनाथ में ही होगा, चाहे जो भी कठिनाई आए। उस समय यह निर्णय लेना आसान नहीं था, पर न जाने क्यों जब कोई चुनौती सामने आती है तो उससे निपटने के लिए हर स्थिति से जूझते हुए निर्णय लेना मेरे स्वभाव का अंग है।

सारनाथ का निर्णय ले लिया गया। यह निश्चय किया गया कि ओमप्रकाश जी वहाँ जाकर कार्यालय की स्थापना करेंगे। ओमप्रकाश ने मुझसे कहा कि वहाँ के प्रारम्भिक खर्च के लिए कुछ पैसे चाहिए। उस समय सहायता के लिए कोई तैयार नहीं था। मैंने पटियाला में ही अपने मित्र और पार्टी के साथी सरदार तेजा सिंह तिवाना से कहा कि क्या वे मुझे पच्चीस हजार रुपये उधार दे सकते हैं ? वे सारी परिस्थिति से परिचित थे, पर फिर भी उन्होंने बिना हिचक मेरा अनुरोध स्वीकार कर लिया और दूसरे दिन बैंक खुलने के तुरंत बाद पच्चीस हजार रुपये दिए। मैंने उनको यह विश्वास दिलाया कि जिस समय वे सारनाथ सम्मेलन में आएँगे, लौटते समय ये पैसे वापस उनके हाथ में होंगे और मुझे सन्तोष है कि मैंने अपनी बात पूरी की। तिवाना जी की यह उदारता और मेरे प्रति उनका विश्वास मैं कभी भुला नहीं सका। ओमप्रकाश ही उस सम्मेलन की तैयारी उस निपुणता से कर सकते थे जिसका उन्होंने परिचय अपनी कार्य-कुशलता से दिया। सब मिलाकर थोड़े-से पैसे, कुल पच्चीस हजार रुपये थे, पर अपनी वाक्पटुता से वे सबका विश्वास प्राप्त करते रहे। पाँच हजार की अग्रिम राशि और एक लाख का ठेका देकर काम प्रारंभ करा देने की उनकी क्षमता देखकर मैं भी हैरान था। मन में कभी-कभी संशय भी होता था कि कहीं हग अपनी योजना पूरी नहीं कर सके तो क्या परिणाम होगा ? पर जब कार्य प्रारंभ हुआ तो सब कुछ सुगम होता गया।

पार्टी के एक पुराने साथी ने अपना बंगला कार्यालय के लिए दे दिया। थाईलैंड के बौद्ध भिक्षु भंते जी ने अपने मंदिर के अहाते को सम्मेलन के लिए उपयोग किए जाने की अनुमति दे दी। मैं भी सारनाथ पहुँच गया। उत्तर प्रदेश के पूर्वी जिलों और बिहार के पश्चिमी जिलों के सभी ग्राम प्रधानों को व्यक्तिगत रूप से पत्र लिखा और उनसे अनुरोध किया कि सम्मेलन उनके क्षेत्र में हो रहा है, उनका सहयोग चाहिए, सहायता चाहिए। अनाज, सब्जी, पैसा जो भी दे सकें, आपका अनुग्रह होगा। हम सबको लोगों की सहयोग-भावना देखकर हैरानी हुई। पत्र आने लगे और सहायता देने के वादे होने लगे। थोड़े दिन बाद ही लोग सम्मेलन कार्यालय में आने लगे। बढ़ती संख्या और लोगों के उत्साह को देखकर टैंट, बिजली, पानी का प्रबंध करने वाले ठेकेदारों का विश्वास जमने लगा और वाक्शक्ति और बुद्धिमानी का खुलकर प्रयोग करने में ओमप्रकाश की कला रंग लाने लगी। मैं रोज डेढ़-दो सौ किलोमीटर कार से यात्रा करके गाँवों में लोगों से सम्पर्क करता और फिर रात देर से सारनाथ वापस आता। नित्य कुछ पैसे एकत्र करके लाता। अन्न, सब्जी और पैसे सीधे लोग सम्मेलन कार्यालय में पहुँचाने लगे। ऐसा आभास होता था जैसे लोगों में होड़ लगी हो, जैसे पार्टी की सीमाएँ व्यापक हो गई हों ! साधारण लोगों ने इसे अपना काम मान लिया हो ! जहाँ गया वहीं, एक उत्साहपूर्ण माहौल था। सम्मेलन में आने के लिए लोगों की तैयारी थी। पार्टी के निराश कार्यकर्ता जाग उठे। अपने-अपने गाँव में और पास के इलाके में वे स्वयं सक्रिय हो गए। मेरा जाना तो केवल एक मात्र बहाना था, पर मैंने भी इसे एक चुनौती के रूप में लिया।

बीस वर्ष पहले मुझमें मेहनत करने की क्षमता थी। उन दिनों की याद कितनी

प्रेरणादायिनी है ! अपनी क्षमता और लोगों के सहयोग की भावना, उनका उत्साह, कितनी आशा से भरे थे वे दिन ! पार्टी के बुरे दिनों में भी लोगों का उत्साह देखकर मैं स्वयं विस्मित था, देर रात ओमप्रकाश, दयाशंकर, अवधेश नारायण सिंह और शिवदेव नारायण से चर्चा होती। भंते जी का अहाता छोटा दिखने लगा। मैंने ओमप्रकाश से कहा कि पास के किसानों की जमीन लेने के लिए बात करें, छोटे-छोटे खेत, बीच में बनी हुई मेंड़े और उनमें लगे हुए चने के पौधे–सब मिलाकर ऐसा लगता था, जैसे वे अपने भविष्य पर आँसू बहा रहे हों ! गाँव के प्रमुख लोगों से चर्चा प्रारंभ हुई। खेत के मालिक से स्वयं पूछा जाता था कि कितना चना पैदा होने की आशा है ? अधिकतर लोगों ने सही अनुमान लगाया। उन्हें बाजार भाव से उतना पैसा चुकता किया जाने लगा। खेत खाली होने लगे, मेंड़े टूटने लगीं, टैक्टर चलने लगे, जमीन बराबर होने लगी। सहयोग और उत्साह का एक नया माहौल। मेंड़ टूटने पर किसी को आपत्ति नहीं, केवल ऐसे चिन्ह अंकित किए गए कि बाद में कोई विवाद न हो। पर न किसी ने कोई आपत्ति उठाई और न बाद में कोई विवाद खड़ा हुआ।

मैं रोज रात को आसपास के इलाके से लौटकर आता, बराबर होती जमीन को देखता और अनुमान लगाता कि स्थान कम पड़ेगा। सामने की सेना की जमीन का उपयोग करने की इजाजत ले ली गई। ओमप्रकाश की प्रभावकारी कुशलता रंग लाने लगी। प्रतिनिधियों के आवास के लिए टेंट लगने लगे। धीरे-धीरे कुल मिलाकर लगभग साठ-सत्तर एकड़ जमीन में सम्मेलन स्थल पर लोगों के आवास और भोजन के लिए एक नया नगर बस गया–'आचार्य नरेंद्रदेव नगर' !

यह नगर सबसे बड़ा आकर्षण का केंद्र बन गया। सम्मेलन के प्रतिनिधि सम्मेलन का पंडाल। सूर्यदेव सिंह धनबाद से कारीगर लाए, ट्रकों से सामान आया, पचास हजार लोगों के बैठने के लिए पंडाल बना। अत्यंत भव्य और सुंदर। पार्टी के झंडों के रंग से बनने वाले इस पंडाल की चर्चा बनारस शहर में होने लगी। लोग सम्मेलन की तैयारी देखने के लिए शाम को सारनाथ आने लगे। न कोई पर्चा और न कोई प्रचार, पर वहाँ की तैयारी ही प्रचार का साधन बन गई। सूर्यदेव ने जिस निष्ठा और तन्मयता से उस सम्मेलन की तैयारी में काम किया, वह मेरे लिए एक अविस्मरणीय बात है। पंडाल जिस प्रकार से बना, उसकी सराहना किए बिना कोई रह नहीं सका। भोजन बनवाने और प्रतिनिधियों को खिलाने का प्रबंध करने की जिम्मेदारी सूर्यदेव ने अपने ऊपर ले ली। सामान सम्मेलन की ओर से दिया गया। खरीदने की आवश्यकता ही नहीं पड़ी। सम्मेलन समाप्त होने के बाद लगभग डेढ़ लाख का सामान पार्टी ने बेचा।

सम्मेलन प्रारंभ होने के तीन-चार दिन पहले का दृश्य देखने लायक था। सम्मेलन स्थल पर बसा नगर, चौड़ी सड़कें, चारों तरफ बिजली की रोशनी, पंडाल की चकाचौंध और आवश्यकता पड़ने पर दर्जनों जेनरेटरों का प्रबंध ! उत्तर प्रदेश पार्टी के अध्यक्ष राममूर्ति जी वहाँ कई दिन पहले पहुँच गए थे। सम्मेलन की तैयारी देखकर यह कहते रहे, इतनी मेहनत की क्या आवश्यकता थी ! हाई स्कूल के हॉल में कौंसिल मिल

लेती, सार्वजनिक सभा बाहर मैदान में हो जाती, पर जब सम्मेलन के दिन लोगों ने आना प्रारंभ किया तो वे हैरान रह गए। सम्मेलन में सम्मिलित होने के लिए जब मोरारजी भाई कैंट स्टेशन पर उतरे तो उन्होंने लोगों से यह पूछा कि शहर से इतनी दूर सारनाथ के वीराने में लोग आएँगे या केवल हम लोग ही वहाँ रहेंगे ? पर जब मोरारजी भाई सम्मेलन के पंडाल में पहुँचे तो उसमें तिल रखने की जगह नहीं थी। वे देखकर आश्चर्यचकित रह गए। सम्मेलन के बारे में ओमप्रकाश का प्रचार जारी था। एक दिन समाचार-पत्रों में खबर छपी कि सम्मेलन में कितने हाथी, कितने घोड़े और कितने ऊँट आएँगे। मोरारजी भाई ने उस खबर को पढ़ा और कहा कि जिस सम्मेलन में हाथी, घोड़े आएँगे, उसमें वे सम्मिलित नहीं होंगे। मैंने ओमप्रकाश को मोरारजी भाई की आपत्ति से अवगत कराया। उसके उत्तर में उन्होंने मोरारजी भाई को कहा कि यदि आपको हाथी कहीं दिखाई पड़े तो आप सम्मेलन में मत रहिएगा। जुलूस आखिरी दिन निकलने वाला था। मोरारजी भाई उसके पहले होटल में गए तो उनके आने के पहले जुलूस का अगला हिस्सा निकल गया था। मोरारजी भाई चौराहे पर गाड़ी में बैठे दिखाई पड़े। मैंने अपनी जीप रोकी, लोगों से रास्ता देने का निवेदन किया और उन्हें जीप की अगली सीट पर बैठने को कहा। मैं जुलूस का प्रबंध देखने के लिए पंडाल से सड़क पर आया था। अपार भीड़, अति उत्साह, लोगों ने मुझे घेर लिया। पीलू मोदी मेरे साथ थे। हम दोनों जीप में बैठने को लाचार थे। जुलूस चल पड़ा था। हम लोगों से आगे जुलूस का एक बड़ा हिस्सा था। बनारस की सड़कों पर दोनों तरफ से लोगों ने फूल की मालाएँ दीं, छतों से फूल बरसाए गए। किसी ने प्रबंध नहीं किया था, यह लोगों के उत्साह का परिणाम था।

जुलूस बेनिया बाग में समाप्त हुआ। सार्वजनिक सभा में मोरारजी भाई ने कहा कि उन्होंने अखिल भारतीय कांग्रेस समिति के हर अधिवेशन में भाग लिया, पर अपने जीवन में इस प्रकार का सम्मेलन नहीं देखा। मोरारजी भाई सम्मेलन की सफलता से बहुत प्रसन्न थे। नाना साहब गोरे ने सम्मेलन के बारे में अपने विचार व्यक्त करते हुए कहा था कि उन्हें इसे देखकर फिनिक्स की गाथा याद आती है। ऐसा लगता है, जनता पार्टी अपनी राख से फिर उठ खड़ी होगी। कितनी सारी यादें, कितनी उम्मीदों से भरी यह जीवन की कहानी ! इसी वातावरण में मेरे मित्र सुब्रमण्यम् स्वामी ने मेरे विरुद्ध अध्यक्ष-पद का चुनाव लड़ा, पर न कोई अप्रिय बात हुई, न आपस में कोई मनोमालिन्य।

उन दिनों राजनारायण जी जनता पार्टी में सम्मिलित होना चाहते थे। मेरी भी ऐसी ही राय थी कि उन्हें पार्टी में मिला लिया जाए। वे सदा मेरे प्रति स्नेहपूर्ण व्यवहार करते थे पर कभी-कभी उखड़ी बातें करने में नहीं हिचकते थे। मेरे प्रयास के बावजूद वे पार्टी में सम्मेलन से पहले नहीं आ सके। उनका नाराज होना स्वाभाविक था। उन्होंने सम्मेलन की सफलता के बारे में वक्तव्य द्वारा सन्देह प्रकट किया। उसे पूर्वी जिलों के एक वर्ग विशेष का सम्मेलन बताया और उसका उत्तर दिए बिना हम लोगों ने उसके कुछ महीने बाद बंगलौर में एक दूसरा सम्मेलन कराया। उसको भी अभूतपूर्व सफलता मिली। अतीत की स्मृतियाँ सुहावनी हैं, सुखकर हैं पर भविष्य की आशंकाएँ उतनी ही भयावह।

भारत-यात्रा का गंतव्य

जनता पार्टी की सरकार के रहते हुए ही हम विवादों में घिरे हुए थे। नित्य नई समस्याएँ उभरती रहीं। एक का समाधान हो, तब तक दूसरी सामने आ जाती थी। पार्टी की अध्यक्षता का बड़ा तीखा अनुभव था। समस्याएँ जनता के सवाल को लेकर नहीं, नेताओं के आपसी विवाद को लेकर थीं। यह नित्य-प्रति का एक काम बन गया था। बाहर कुछ कहना उचित नहीं था। मन में एक प्रकार की घुटन महसूस कर रहा था। कई बार सोचा कि सब कुछ छोड़कर सीधा जनता के बीच चला जाऊँ, पर पार्टी के प्रति मोह, अपनी जिम्मेदारी की बात, संकल्प को निभाने का सवाल और शायद अपनी कमजोरी भी रही होगी। समस्याओं में उलझा रहा, उस समय निर्णय नहीं ले सका। पार्टी टूटने के बाद से फिर वे विचार मेरे मन में आए पर उस समय निर्णय लेने का अर्थ होता, एक पलायनवादी प्रवृत्ति का प्रतीक। अब पार्टी फिर से सक्रिय हो गई थी। कर्नाटक में पार्टी की सरकार बन गई थी। पार्टी के कार्यकर्ताओं में आशा का नया संचार हुआ था। ऐसे समय में कुछ नया कदम उठाना उपयुक्त जान पड़ा।

इसी बीच कुछ युवक मुझसे मिलने के लिए आए। एन्थोनी और राजन विशेष रूप से सक्रिय थे। इनका पार्टी से कोई संबंध नहीं था, पर ये सामाजिक चेतना से पूर्ण युवक थे, जो समाज में परिवर्तन की आवश्यकता में विश्वास करते थे। इन्होंने दक्षिण भारत के कुछ हिस्सों में विशेषकर केरल में एक सर्वेक्षण किया था। कुछ लोगों का नाम लेकर उन्होंने जनता से सवाल पूछा था और उनका निष्कर्ष था कि यदि मैं दक्षिण से उत्तर तक पैदल चलकर लोगों से सम्पर्क करूँ तो उसका असर जन-मानस पर पड़ेगा। उनकी बात का मेरे ऊपर असर पड़ा। कुछ अजीब अनुभूति भी हुई, जो बात मैं इतने दिनों से सोच रहा था वही बात ये युवक मुझे बता रहे थे–बिना मेरे विचार जाने हुए। एक अजीब संयोग था। मैंने डॉ. सरोजनी महिषी और किशोरलाल जी को कहा कि दक्षिण भारत जाकर यह पता लगाना चाहिए कि यदि ऐसा कार्यक्रम बनाया जाए तो क्या असर होगा। ये लोग चले गए और लौटकर आए। इनके विचार में यह एक कष्टकारी और निरर्थक प्रयोग था।

इन लोगों ने उस समय दक्षिण भारत में अन्ना डीएमके और डीएमके के नेताओं का जिक्र किया। उसमें लगाए गए साधन की बात की, उसकी तुलना में हमारा कार्यक्रम फीका रहेगा। उसका उपहास होगा। मैंने उनकी बात सुन ली पर मैं उससे सहमत नहीं हो सका और इसी कारण बिना किसी को बताए मैंने सुधीन्द्र भदौरिया को दक्षिण भारत भेजा और कहा कि वहाँ जाकर वह पार्टी नेताओं और विशिष्ट लोगों से मिलने के स्थान पर युवकों, विद्यार्थियों और श्रमिकों के संगठनों से सम्पर्क करें और उनकी प्रतिक्रिया का आकलन करें कि यदि हम लोग कन्याकुमारी से यात्रा शुरू करें तो लोगों का सहयोग मिलेगा या नहीं। इस बारे में मुझे अलग सलाह दी गई। जिन नौजवानों ने दक्षिण जाकर सर्वे किया, उनकी राय थी कि यात्रा शुरू कर देनी चाहिए। पार्टी के बड़े बूढ़े नेताओं का मत अलग था। हमने सोचा कि पदयात्रा शुरू करने में ज्यादा अड़चन नहीं है क्योंकि

उसमें बहुत साधन की जरूरत नहीं पड़ती।

1982 के अंत में पदयात्रा शुरू करने का निर्णय किया था। उसी समय कर्नाटक में चुनाव की घोषणा हो गई। मैंने उसे स्थगित किया पर साथ ही यह निर्णय किया कि जिस दिन कर्नाटक के चुनाव समाप्त होंगे, उसके दूसरे दिन मैं पदयात्रा प्रारंभ करूँगा और इसी लिए 6 जनवरी, 1983 को मैंने कन्याकुमारी के गांधी मंडपम् से पदयात्रा प्रारंभ कर दी। पहले दिन मेरे साथ कुल पचास लोग थे। मैंने केवल 25 लोगों के साथ चलने का निर्णय लिया था क्योंकि लोगों के प्रबंध का प्रश्न था, पर वहाँ आए युवकों को निराश नहीं कर सका। साधारण लोगों के सहारे हम चले थे। वे जो खाना देते थे, खा लेते थे। जैसी व्यवस्था वे कर देते थे, उसके साथ हम अपना सामंजस्य बिठा लेते थे।

केरल में त्रिवेंद्रम के बाद एक कटु अनुभव हुआ। त्रिवेंद्रम के बाहर हम लोग मलयालम के एक प्रसिद्ध लेखक के घर पर ठहरे थे। सवेरे उनके बरामदे में हम बैठे चाय पीते हुए बात कर रहे थे कि उसी समय केरल के एक प्रमुख समाजवादी नेता आए, बड़े रोब के साथ बोले कि आपके साथ के युवक हमसे मीट, मुर्गा और मछली माँगते हैं। हम कहाँ से प्रबंध करें ? मुझे यह सुनकर धक्का लगा, दुख हुआ। इस प्रकार का व्यवहार ये युवक करेंगे, इसकी मुझे आशा नहीं थी। मैंने कह रखा था कि जो मिले, उससे काम चलाएँ। यदि कोई विशेष असुविधा हो तो मुझे बताएँ। मैंने सुबोधकांत और सुधींद्र को बुलाकर यह बात पूछी। वे हँस पड़े। मुझे आश्चर्य हुआ। मैंने पूछा, बात क्या है ? उन्होंने बताया कि त्रिवेंद्रम के अतिथि गृह में मेरे कमरे में एक पुराने अखबार के पन्ने में लिपटे मछली के जो टुकड़े वे खा रहे थे, वह पद्मनन उनके लिए लाया था। उन दोनों ने उससे कहा कि तुम्हारे राज्य के समुद्री किनारे से हम गुजर रहे हैं और तुम मछली भी नहीं खिलाओगे ? उनके कहने पर वह किसी रास्ते के रेस्त्रां से मछली लाया था।

मुझे यह जानकर दुख हुआ। मैंने किसी से कुछ कहा नहीं, पर तत्काल मेरे मन में यह बात आई कि यदि इसे तुरंत समाप्त नहीं किया गया तो इसका परिणाम बुरा होगा। मैंने पहले ही गाँव में लोगों से निवेदन किया, आप हमारी सहायता करें। मुझे याद है कि वहाँ एकत्र लोगों ने दो सौ रुपये और कुछ पैसे दिए। पास में एक कस्बा था, वहाँ बहुत लोग एकत्र थे। मैंने वहाँ भाषण दिया। उसमें मैंने कहा कि यह यात्रा पार्टी का कार्यक्रम नहीं है। इसमें पार्टी का कोई कार्यकर्ता या नेता इसका प्रबंध करने या पैसा एकत्र करने के लिए जिम्मेदार नहीं हैं। रास्ते में लोग जो कुछ देंगे, वही खा लेंगे। उसी से काम चलाएँगे। जिसे यह मंजूर है, साथ रहे, नहीं तो वापस चला जाए। वहाँ भी मैंने लोगों से मदद माँगी। लोगों ने खुले मन से सहायता की। जिन नेता जी ने आपत्ति उठाई थी, उन्होंने ही वहाँ पर किसी एक जानेमाने व्यक्ति के यहाँ दोपहर के भोजन का प्रबंध किया था। मैंने अपने भाषण के अंत में कहा कि मैं दोपहर में भोजन नहीं करूँगा। आप लोग भोजन करके आएँ। मैं एक-डेढ़ किलोमीटर दूर किसी पेड़ के नीचे विश्राम करता मिलूँगा।

मैं रुका नहीं, चल पड़ा। एक भी व्यक्ति नहीं रुका। सब साथ-साथ चल पड़े। सौ-दो सौ गज भी नहीं गए होंगे कि एक इंस्पेक्टर दौड़ता हुआ आया। उसने कहा, एक-डेढ़ किलोमीटर दूर जंगल विभाग का अतिथि गृह है। यदि अनुमति दें तो मैं वहाँ विश्राम का प्रबंध करूँ। उसके अनुरोध पर हम उस गेस्ट हाउस में गए। थोड़ी देर बाद वहाँ पदयात्रियों के लिए इडली-बड़ा, डोसा आदि आया। वहीं उन नेता जी का आगमन हुआ। उन्होंने अपने यहाँ बना भोजन वहाँ पहुँचाया। मैं तो खा चुका था। हमारे साथ चल रहे लड़कों ने खाने से इनकार कर दिया। बाद में मैंने थोड़ा यूँ ही खा लिया, फिर दूसरे लोगों ने भी उनके खाने में से कुछ खाया। इसके बाद पूरी यात्रा में पाँच-छह जगहें ऐसी होंगी, जहाँ हम लोगों को अपना इंतजाम खुद करना पड़ा। वह भी इसलिए कि वहाँ गाँव नहीं थे। कई जगह हम लोगों ने खेत में ही टैंट लगा लिए थे।

सेहत में गड़बड़ी

दक्षिण भारत में यात्राओं का अपना इतिहास है। उस समय भी कई तरह की यात्राएँ चल रही थीं। कहीं कार-यात्रा चल रही थी तो कहीं पद-यात्रा। उन पर लाखों रुपये बहाए जा रहे थे। ऐसे वक्त में हमारी पद-यात्रा उनके मुकाबले में कंगाल लोगों की पद-यात्रा थी। साधारण-सी दिखने वाली इस यात्रा के बारे में हमारे सहयोगियों को एक ही शंका थी कि लोग साथ नहीं देंगे। लेकिन धीरे-धीरे लोग साथ आते गए। हमने 25 किलोमीटर रोज चलने का लक्ष्य रखा था। एक नौजवान सुकेतु शाह ने पद-यात्रा की पूरी रूपरेखा तैयार की थी। मैंने अपने साथियों से कहा कि 25 जून को इस यात्रा को दिल्ली तक पूरा करना है। सबने कहा, यह नहीं हो सकता। लोगों का तर्क था कि रोज का सुनिश्चित गंतव्य कैसे पूरा हो सकेगा ? कोई भी बीमार हो सकता है, कोई अन्य बाधा भी आ सकती है। मैंने कहा, जो होगा, देखा जाएगा, पर वहाँ पहुँचना है। हफ्ते में हम एक दिन आराम करते थे। मुझे याद है कि एक दिन हम कम से कम आठ किलोमीटर ही चले जबकि एक दिन 45 किलोमीटर की दूरी तय कर ली थी।

इस यात्रा के दौरान मेरा स्वास्थ्य पूरी तरह ठीक नहीं रहा। एक बार पैर में मोच आ गई, उससे सूजन आ गई और उसकी वजह से काफी दर्द रहा, पर यात्रा रुकी नहीं। जिस दिन कर्नाटक से महाराष्ट्र में प्रवेश किया, उस दौरान मैं एक बार बीमार भी पड़ा। रास्ते में एक जगह है—कागल। मुझे जोरों की भूख लगी थी। वैसे तो मैं नहाने के बाद ही खाना खाता था लेकिन उस दिन सबके साथ भोजन पर बैठ गया। करीब एक हजार लोग हमारे साथ थे। वहाँ पर बाजरे की रोटी और आमटी जमकर खाई। उसके बाद नहाकर मैं सो गया। गेस्ट हाउस में मेरे साथ पंकज था। रात में तीन बजे मुझे बड़ी बेचैनी महसूस हुई, नींद खुल गई। मैं करवटें बदलता रहा। जब बर्दाश्त के बाहर हुआ तो पंकज को जगाया और कहा कि डॉक्टर को बुलाओ।

तब तक सुबह के पाँच बज गए थे। डाक्टर सिद्धू आए और उन्होंने मेरी जाँच की, वे भी उस दिन पद-यात्रा में थे। पता चला कि मुझे गंभीर अपच हो गया है। डॉक्टर

ने आराम करने की सलाह दी, लेकिन मैंने कहा कि मैं चल सकता हूँ। डॉक्टर की राय नहीं थी, लेकिन मैं यात्रा में चला। 12 किलोमीटर दूर दिन के विश्राम की जगह थी। सिद्धू मेरे साथ थे, वहाँ मैं फिर बीमार पड़ा। सब लोग वहाँ ठहर गए और मुझे सिद्धू कोल्हापुर ले आए, वहाँ एक डॉक्टर को दिखाया गया। डॉक्टर ने कहा कि कुछ खा लीजिए, तबियत खराब हो गई है। मैंने कहा, खाने की मेरी इच्छा बिलकुल नहीं है। मुझे याद है, डॉक्टर ने छाछ मँगवाया। उसके बाद दवा दी। उसे लेकर मैं सो गया। साढ़े पाँच बजे जब मैं जगा तो मुझे भूख लगी थी। इस दौरान रेडियो ने खबर दी कि मैं बीमार पड़ गया हूँ, इसलिए पद-यात्रा स्थगित हो गई है, हालाँकि रेडियो को हमारी ओर से कोई सूचना नहीं दी गई थी। इस खबर से अफरा-तफरी मची। लोग हमारे पास दौड़े आए और पूछने लगे कि क्या करें ? क्या पद-यात्रा स्थगित हो गई ? मैंने कहा, नहीं। अपने साथियों को मैंने सूचना भिजवाई कि मैं आता हूँ। शाम को यात्रा-स्थल पर पहुँचा। जो यात्रा दो बजे शुरू होने वाली थी, वह थोड़ी देर से शुरू हुई और आधी रात को हम कोल्हापुर पहुँचे।

जब हमने महाराष्ट्र से मध्य प्रदेश में प्रवेश किया तो मुझे चक्कर आ गया। मेरे साथ हरिमोहन धवन चल रहे थे, उनसे कहा कि रुकिए, चक्कर आ रहा है। वे घबरा गए। मैं लेट गया। वे मुझे उठाने लगे। हमारे साथ दो सरकारी डॉक्टर भी चल रहे थे। उन लोगों ने मुझे देखा और बताया कि नर्व ब्लाक (नस सुन्न) हो गई है। डॉक्टरों ने दवा दी, थोड़ा आराम हुआ। लेकिन सरकारी डॉक्टरों की सलाह थी कि कोई विशेष समस्या नहीं, पर यात्रा स्थगित कर देना ही ठीक रहेगा। मैं इससे सहमत नहीं था। मेरे साथ के डॉक्टर जर्रा चल रहे थे। उन्होंने कहा कि आप चलिए, कोई बात नहीं। मैं आपके साथ रहूँगा और अब आपको दिल्ली पहुँचाकर ही लौटूँगा। उन्होंने अपनी बात निभाई और उन्होंने उस यात्रा में जो सेवा की, वह भुलाई नहीं जा सकती। केवल मेरी ही नहीं, सभी पद-यात्रियों की।

कुल मिलाकर दिल्ली तक हमने करीब 63 सौ किलोमीटर पद-यात्रा की। इस यात्रा में हमारे साथ कई तरह के लोग जुड़े हुए थे। कुछ लोग एक-दो जिले तक साथ चलते थे, कुछ लोग दो-तीन दिन साथ चलते थे। कुछ लोग थोड़ी दूर ही साथ देते थे। जहाँ नई सीमा शुरू होती थी, वहाँ कुछ लोग छूटते थे और नए जुड़ते थे। इस पद-यात्रा में जितने लोग रास्ते में मिलते थे, वे कुछ न कुछ दूर तक हमारे साथ जरूर चलते थे। उल्टी दिशा में जाने वाले यात्री दो-चार किलोमीटर दूर जाने के बाद वापस लौट जाते थे। साथ चलने वालों में महिलाएँ और पुरुष–दोनों थे।

यात्रा का एक यादगार दृश्य

यात्रा के दौरान एक बड़ा ही दिल को छूने वाला वाकया आज भी मुझे याद है। रात का समय था, पहाड़ी रास्ता था जो जंगल से होकर गुजर रहा था। एक बूढ़ी महिला अपनी झोंपड़ी के आगे लालटेन लेकर खड़ी थी। इस दृश्य ने मेरी संवेदना को झकझोर

दिया। यात्रा चाहे केरल से निकाली या तमिलनाडु से या कर्नाटक या महाराष्ट्र से, कोई गाँव, शहर या कस्बा ऐसा नहीं मिला जहाँ भाषा ने रुकावट डाली हो। भाषा, धर्म, जाति, क्षेत्र, और ऐसी पहचानें हमारी यात्रा में मददगार ही बनीं। वह यात्रा भारत को जानने की भक्ति से भरी साधना थी। भारत को जानने का सीधा-सा मतलब उन लोगों को जानना है जो यहाँ रहते हैं, जो रोज-ब-रोज जीवन की हकीकतों से जूझते हैं। उनके इस संघर्ष का हमें साक्षी होना था।

यह था अपना निश्चय। उस पद-यात्रा में राजनीतिक मकसद ढूँढ़ना भी दूर की बात थी। मुझे याद है कि इस बात को मैंने कई तरह से अपने साथियों को समझाया और यही सबको बताने की कोशिश की। जो लोग राजनीतिक मकसद खोज रहे थे, वे अपनी नजर से ही इसे देखकर धारणा बना रहे थे। उनके लिए प्रार्थना ही की जा सकती है। उनसे सहानुभूति ही होती है, कितनी संकीर्ण भावनाओं से ग्रसित थे ये लोग ! मैंने पाया कि हर जगह लोग सहयोग देने के लिए तत्पर थे।

कुछ दिलचस्प अनुभव

मैंने साढ़े तीन हजार रुपये के साथ पद-यात्रा की शुरुआत की थी। दिल्ली पहुँचते-पहुँचते हमारे पास साढ़े सात लाख रुपये जमा हो गए थे। इसमें सबका योगदान था। हर विचारधारा और पंथ के लोगों ने मदद की। हर दल ने सहयोग दिया। शुरू में ही यह बात स्पष्ट कर दी गई थी कि यात्रा में जो पैसा जमा होगा, वह पार्टी के मद में खर्च नहीं होगा। उसका इस्तेमाल ग्रामीण विकास के कार्यक्रम को चलाने के लिए होगा। भोंड़सी में भारत-यात्रा केंद्र बनाने का विचार बाद में आया। सबसे पहला केंद्र हमने आरकाट (तमिलनाडु) में बनाया। सेलम (तमिलनाडु) से थोड़ी दूर पर वह जगह है। जयप्रकाश नारायण ऑपरेशन के बाद एक महीने के लिए वहीं आराम करने के लिए रूके थे। यात्रा के दौरान जब हम एक गाँव में आराम कर रहे थे तो कोई मुझसे मिलने आए। मुझे कहा गया कि विश्वनाथन् जी आए हैं। उद्योगपति हैं। वे जेपी के प्रशंसक थे। उन्होंने मुझसे कहा कि जब आप लोगों ने सरकार बनाई, उस समय मैं आपसे नहीं मिल सका। जेपी यहाँ से चले गए। अब आपने जो काम शुरू किया है वह जेपी की भावनाओं के अनुरूप है। इसलिए मैं यहाँ आया हूँ, कि अगर मेरे लिए कोई आपका आदेश है तो मैं उसका पालन करूँगा। उन्हीं विश्वनाथन् जी ने पद-यात्रा का साहित्य और पोस्टर छपवाने में हमें सहयोग किया। अब वे नहीं रहे। पिछले साल इस संसार से चल बसे। जेपी के प्रति उनकी निष्ठा असीम थी।

थोड़े दिनों बाद तय हुआ कि यात्रा का एक पोस्टर छापा जाए। शिवकाशी में छपवाने का प्रबंध हुआ। विजय राघवन हमारी पार्टी के नेता थे, उन्होंने तमिलनाडु की यात्रा के लिए बहुत काम किया। पोस्टर के लिए जितना कागज चाहिए था, उससे डेढ़ गुना अधिक कागज विश्वनाथन् ने अपने कारखाने से उन्हें दिलवाया। उससे हमें कुछ बचत हुई। लेकिन पोस्टर की छपाई का पैसा एक मुश्त देना था। उसकी सख्त जरूरत

थी लेकिन कहीं से पैसे मिलने के आसार नहीं थे, पर उसी समय कर्नाटक से बी.एल. शंकर ने पैसे इकट्ठे करके हमारी समस्या का समाधान किया। यात्रा के दौरान ऐसी अनेक घटनाएँ हुईं, जिन पर आम तौर यकीन नहीं किया जा सकता। यात्रा में संयोग ऐसा बना कि जब जहाँ जैसी जरूरत पड़ी, अभाव नहीं रहा। जाड़े के दिन थे, इसलिए यात्रियों के लिए हल्के और छोटे होलडाल की जरूरत थी। ऐसे 50 होलडाल हमको चाहिए थे। उन्हीं दिनों राष्ट्रीय कार्यसमिति की बैठक के लिए बंगलौर जाना पड़ा। रात साढ़े 12 बजे बंगलौर के कावेरी कंटीनेटल होटल में पहुँचने के बाद मैंने स्वागत कक्ष में कहा कि आठ बजे सवेरे तक मुझे कोई फोन न दें। सवेरे आठ बजे के तुरंत बाद सन्तोष तुलसियान का फोन आया, उन्होंने रात्रि-भोजन का निमन्त्रण दिया। मैंने कहा कि हेगड़े से पूछ लो, मुझे कोई आपत्ति नहीं। उन्होंने कहा कि बात कर ली है, वे तैयार हैं। मैंने उनसे फोन पर ही कहा कि पदयात्रियों के लिए फोम वाले होलडाल चाहिए। एक-दो नहीं, पचास। उन्होंने कहा कि मैं देखता हूँ। अगर यहाँ मिल जाएगा तो साथ लेकर आता हूँ। अगर कम पड़ेंगे तो बम्बई से जहाज से मँगवा लेता हूँ। आप तो परसों जाएँगे। तब साथ लेते जाइएगा। इसकी सूचना मैंने भाई वैद्य को दी। जब वे उसी दिन सवेरे चाय पीने के लिए आए तो उन्हें यकीन नहीं आया। व्यंग्य में कहने लगे कि आपको हनुमान जी ने भेज दिया होगा। मैंने कहा, हनुमान जी की परीक्षा मत लिया करो। होलडाल ले चलना भूल मत जाना। जब होलडाल होटल में आ गए, वे हतप्रभ रह गए। ऐसी कई घटनाएँ उस यात्रा में घटी हैं।

एक जगह हम लोग रात को जहाँ रुके, वह छोटी जगह थी—एक छोटे-से स्कूल का बरामदा। वहाँ बादल छाए थे, बिजली चमक रही थी, हम बाहर मैदान में थे। डर था कि रात को मूसलाधार बारिश होगी। वहाँ पिछले तीन दिनों से पानी बरस रहा था। भाई ने पहले ही अपना बिस्तर बरामदे में लगा लिए था। वे वहीं से बोले, अब हनुमान जी को कहिए कि पानी न बरसने दें या रात भर भीगते रहिए। मैंने कहा, चुपचाप सो जाओ, सुबह तक पानी नहीं बरसेगा और यही हुआ। सवेरे जब हम लोग चले तो पानी बरसने लगा। सबसे विचित्र घटना मध्य प्रदेश में हुई। हम लोग कुछ दिनों में दिल्ली पहुँचने वाले थे, पोस्टर शिवकाशी में छप कर तैयार थे। विजय राघवन परेशान एक गाँव में आए। दोपहर का विश्राम था। उन्होंने कहा, प्रेस वाले को जब तक एक लाख रुपये नहीं दिए जाएँगे वह पोस्टर नहीं देगा। एक ऐसी मुसीबत थी जिसका कोई समाधान नहीं दिखाई देता था। हम लोग ऐसी जगह थे, जहाँ से किसी को फोन नहीं किया जा सकता था। मेरे मित्र भाई वैद्य जो चमत्कार में यकीन नहीं करते थे और मेरे वरिष्ठ सहयोगी थे, उनको सलाह के लिए बुलाया गया। उन्होंने कहा कि यह आपकी परीक्षा है। अगर आज पैसे मिल गए तो आप चमत्कार में विश्वास करने लगेंगे। बंगलौर से विजय राघवन् एक चिट्ठी लेकर आए थे। उन्होंने वह चिट्ठी मुझे दी, बी. एल. शंकर ने लिखी थी। वे आजकल कर्नाटक विधान परिषद के अध्यक्ष हैं। उन्होंने लिखा था कि जब मैं बंगलौर में था तो मैंने लोगों से आर्थिक सहायता के लिए अनुरोध किया था, बहुतों के पास पैसा

नहीं था, वे खाली हाथ सभा में आए थे। बाद में उन लोगों ने सहायता की रकम बी. एल. शंकर को दे दी। शंकर ने लिखा था कि एक लाख से कुछ अधिक पैसे उनके पास एकत्र हो गए हैं, उनका मैं क्या करूँ ? मैंने उस वाक्य को रेखांकित किया और हाशिए में लिख दिया, इसे विजय राघवन को दे देना। मैंने वह पत्र भाई वैद्य को दिखाया। थोड़ी देर के लिए वे हतप्रभ थे, फिर वही अड़ियलपन। मैंने उनसे अवश्य कहा था, देख लिया हनुमान जी का चैक !

हेगड़े का मुख्यमंत्री बनना

जब हम पद-यात्रा में केरल के एक गाँव में थे, तो पता चला कि विधानसभा दल में गतिरोध है। कौन मुख्यमंत्री हो, यह विवाद चल रहा है। एचडी देवगौड़ा, एसआर बोम्मई, बंगरप्पा और हेगड़े दावेदार हैं। इनमें कौन मुख्यमंत्री हो, निर्णय नहीं हो पा रहा था। मैंने सुझाया कि मिल-बैठकर रास्ता निकालना चाहिए। विवाद चलता रहा तो सरकार नहीं बन पाएगी। मैंने यात्रा के बीच ही केरल के एक गाँव से पार्टी के एमएलए के घर से फोन किया। संयोगवश पार्टी कार्यालय में बीएल शंकर मिल गए। उन्होंने बताया कि देवगौड़ा भी वही हैं। मैंने फोन पर उनसे बात की। उनसे कहा कि रामकृष्ण हेगड़े का उन्हें समर्थन करना चाहिए। देवगौडा इसके लिए तैयार हो गए। रामकृष्ण हेगड़े उस समय जनता पार्टी के महासचिव थे। देवेगौड़ा की सहमति मिलने के बाद मैंने बीजू पटनायक से सम्पर्क किया।

वे वहाँ केंद्रीय पार्टी की ओर से मौजूद थे। उन्होंने मेरे इस सुझाव पर आश्चर्य व्यक्त किया। उन्होंने पूछा कि मैं हेगड़े के नाम का किस आधार पर सुझाव दे रहा हूँ ? मैंने उनसे कहा कि आज के हालात में वे सबसे सहयोग ले सकते हैं। इस पर मैं बीजू की प्रतिक्रिया सुनकर हैरान रह गया। उन्होंने कहा कि विधानमंडल की बैठक में उनका नाम कौन प्रस्तावित करेगा ? मैंने कहा कि चिंता करने की आवश्यकता नहीं, वहाँ नाम प्रस्तावित करने वाले लोग मिल जाएँगे। उन्होंने जोर देकर कहा : कैसी बात करते हो, पागल हो गए हो क्या ? हेगड़े का नाम कोई प्रस्तावित नहीं करेगा। मैं चाहता था कि बीजू पटनायक पर्यवेक्षक होकर न जाएँ क्योंकि वे कब क्या करेंगे, यह कहना कठिन था; पर वे तैयार होकर बैठे थे और वहाँ पहुँच गए थे। विधायक दल की बैठक में देवगौड़ा ने हेगड़े के नाम का प्रस्ताव किया। इस तरह हेगड़े ने मुख्यमंत्री का पद सँभाला।

भारत-यात्रा केंद्र कैसे बने

मैंने पद-यात्रा के बीच यह कहा था कि जो धन एकत्र हो रहा है, वह पार्टी के काम में नहीं लगेगा। इसे विकास का काम करने में लगाया जाएगा। इसी धारणा से भारत-यात्रा न्यास की स्थापना हुई। उसमें उन्हीं लोगों का नाम रखा गया जो प्रारंभ से ही इस काम में लगे हुए थे। पहला केंद्र तमिलनाडु में सेलम के पास एरकाड में खुला। उसके

बाद सिलसिला चल पड़ा। मुझे लगा कि दिल्ली के आसपास कोई जगह होनी आवश्यक है। जहाँ से देश के विभिन्न भागों में इस केंद्र के काम को व्यापक बनाया जाए। भुवनेश्वरी गाँव के सरपंच ओमपाल सिंह थे। उन्होंने भँवर सिंह से यह कहा कि गाँव-सभा चंद्रशेखर जी के लिए जमीन देने को तैयार है। उन्हें भारत-यात्रा का कार्यक्रम दिखाया गया। उससे वे पहले से ही प्रभावित थे। पहले ओमप्रकाश श्रीवास्तव ने उस जगह को देखा। उसके बाद मैं गया।

वहाँ हम पहुँचे लेकिन जीप के लिए भी कोई रास्ता नहीं था। जीप को सड़क पर खड़ा करके हम गाँव तक गए। ओमपाल सिंह से यह भी कहा गया कि जमीन क्यों दे रहे हैं तो उन्होंने कहा : गाँव-सभा सर्वसम्मति से यह काम करना चाहती है, 100 एकड़ जमीन देने का प्रस्ताव मेरे सामने रखा था। सीआरपीएफ का शिविर जहाँ बन रहा है, उस जमीन को देने का इरादा था। मैंने उनके कहने पर कह दिया कि हमें ज्यादा जमीन नहीं चाहिए। हमें 30-35 एकड़ जमीन ही चाहिए। वह जगह तीन तरफ से अरावली से घिरी हुई थी, मुझे बहुत आकर्षक लगी। पर वे बार-बार यही कहते रहे कि उस जमीन को क्यों लेना चाहते हैं ? यहाँ तो घास भी नहीं उगती। मैंने उन्हें जवाब दिया कि आदमी सब कुछ बना सकता है, पहाड़ नहीं बना सकता, इसलिए मैं पहाड़ के पास की जमीन पसंद कर रहा हूँ। 2 अप्रैल, 1984 को हमने जमीन ली। 17 अप्रैल को वहाँ एक मीटिंग हुई। उसमें राजनारायण, देवीलाल सहित दो-ढाई सौ लोग आए। वहाँ झाड़झंखाड़ ही था, उसकी सफाई हुई।

अब प्रश्न उस स्थान को विकसित करने का था। मैंने विशेषज्ञों से राय ली, कुछ सरकारी अफसरों ने आकर सलाह दी। एक व्यक्ति ने बहुत मदद की, वे थे बाली साहब। वे एक दिन अचानक आए : कहा, अगर आप यहाँ बाँध बनवा दें तो पानी इकट्ठा हो जाएगा और इस जगह हरियाली हो जाएगी। पूरा इलाका डरावना था। माधव जी अक्सर कहा करते थे कि ऐसी जमीन तो मैंने कभी देखी ही नहीं, जहाँ झींगुर भी नहीं बोलते। मैंने कहा कि यहाँ पानी नहीं है इसलिए ऐसा हो रहा है। बाँध का काम प्रारंभ कर दिया गया। बाली साहब छोटे बाँधों के निर्माण के विशेषज्ञ थे। संयुक्त राष्ट्र संघ में इसी बारे में काम कर चुके थे। उन्होंने एक नक्शा तैयार किया और मुझे सलाह दी कि मैं काम सितम्बर में प्रारंभ करूँ। मैंने इस देर का कारण पूछा तो उन्होंने कहा कि यहाँ वर्षा कम होती है, पर इतनी अवश्य होती है कि पहाड़ से जो पानी आएगा, वह सारी मिट्टी बहा ले जाएगा। बरसात से पहले तो बाँध का काम पूरा नहीं होगा। मैंने उन्हें विश्वास दिलाया कि 25 जून से पहले यह बाँध पूरा हो जाएगा और हम लोगों ने यह कर दिखाया। वह बाँध मई में ही बनकर पूरा हो गया। तीन-चार महीने बाद वातावरण बदलने लगा। पानी रुका तो कुछ कौए दिखाई पड़े। नए जीवन का लक्षण प्रकट हुआ।

भुवनेश्वरी में भारत-यात्रा केंद्र ग्रामीण विकास का एक उदाहरण पेश करने के लिए बना। उसके प्रयोग और इस काम में लगे लोगों की गोष्ठी तथा विचार-विमर्श के लिए

सुविधा उपलब्ध कराने की आवश्यकता थी। कामकाज शुरू करने के लिए कुछ अस्थायी घर भी बनाए। एक दिन सतीश गुजराल वहाँ आए। उनके डिजाइन पर एक चौड़ी नींव डलवाई गई। उनका सुझाव था कि एक हवामहल बनवाना चाहिए। जब चबूतरा बन गया तो एक दिन कहने लगे कि यह खराब लगेगा। इसे ऐसे ही छोड़ दीजिए। डिजाइन के लिए इतना ही काफी है। मैंने उनसे पूछा कि इसका होगा क्या ? वे कहने लगे कि बैठने की जगह बन जाएगी। मेरे पटियाला जेल में एक कैदी थे जो शिल्पकार भी थे। वे जेल से रिहा होने के बाद लगातार मेरे यहाँ आते रहे। उनके सुझाव पर हमने एक काम किया। उस चबूतरे की मिट्टी के सहारे हम लोगों ने एक लिंटर डाल दिया। पीछे की ओर से दीवार तोड़ कर धीरे-धीरे मिट्टी निकाल दी गई और एक कमरा बनाया गया। इंजीनियर इससे सहमत नहीं थे।

भारत-यात्रा केंद्र में जो स्थान हम लोगों ने रहने के लिए बनवाया है, वह ऐसे ही बना है। पहाड़ी पर एक जगह एक गुफा है। कहते हैं, यह गुफा दूर तक गई थी। गाँववालों का कहना है, वहाँ जो साधू आए थे, उन्होंने कहा था कि इस स्थान की खुदाई करो, यहाँ त्रिशूल मिलेगा। लोग मानते हैं कि यह स्थान द्रोणाचार्य की तपोभूमि थी। खुदाई में सचमुच त्रिशूल मिला। भारत-यात्रा केंद्र की हर ईंट वहाँ नवनिर्माण की गवाह है। आसपास के लोगों ने इसमें बड़ी मदद की। सबसे अधिक सहयोग किया, प्रारंभ के दिनों में सीमा सुरक्षा बल के नौजवानों ने और राजपूताना राइफल्स के लोगों ने।

भारत-यात्रा के मुद्दे

भारत-यात्रा में पाँच मुद्दे थे—उपयुक्त आहार की कमी, पीने के पानी का अभाव, प्राथमिक शिक्षा, सुलभ स्वास्थ्य सहायता और पाँचवाँ—सामाजिक सद्भाव। भारत-यात्रा को राजनीतिक रंग में रँगने के भी कम प्रयास नहीं हुए। मैं समझता हूँ कि प्रधानमंत्री बनकर उस कार्यक्रम को चलाना चाहिए पर यह प्रधानमंत्री बनने का अभियान नहीं हो सकता। इतनी समझ मुझमें है। मैंने सोचा था कि उन मुद्दों पर देश के 350 पिछड़े जिलों में जनजागरण करेंगे। मैंने इसके लिए पार्टी की अध्यक्षता छोड़ कर पूरी तरह इसी काम में लगने का विचार किया था, पर मैं ऐसा नहीं कर सका। यात्रा के बाद ही विपक्ष की राजनीति में फँस गया, वह मेरी भूल थी।

भारत-यात्रा का दूसरा चरण जो शुरू होने वाला था, वह रह गया। अगर इन मुद्दों पर निरंतर जनजागरण का प्रयास होता रहता तो इसके दूरगामी परिणाम हो सकते थे। इन मुद्दों को 1971 में ही प्रमुख स्थान मिला गया था। 'गरीबी हटाओ' का नारा उसका आधार था। लेकिन वह नारा बनकर ही रह गया। मैंने अपने प्रधानमंत्रित्व काल में जो भी समय मिला, उसमें इसे एक स्वरूप देने का प्रयास किया। रचनावाहिनी की योजना को सामने रखा। योजना आयोग और विश्वविद्यालय अनुदान आयोग के सहयोग से निरक्षर लोगों को साक्षर बनाने की योजना पर विचार हुआ, जिसमें 21 विश्वविद्यालयों के उपकुलपतियों की बैठक यशपाल जी के प्रयास से हुई, पर सरकार समाप्त हो गई

और ये विचार केवल सरकारी फाइलों में रह गए।

शिखर सम्मेलनों का दौर

उसी समय विपक्षी एकता के लिए शिखर सम्मेलन हो रहे थे। वह सिलसिला पहले से ही चल रहा था। मैं चाहता था कि उसमें न जाऊँ लेकिन हमारी पार्टी के नेताओं को शिखर सम्मेलनों से उम्मीद थी। उनका दबाव था कि मुझे उसमें जाना ही चाहिए। अगर मैं उसमें नहीं जाता तो समझा जाता कि मैं व्यक्तिगत राजनीति कर रहा हूँ। एक छोटी मीटिंग पहले दिल्ली में हुई, उसके बाद श्रीनगर और फिर पुणे में शिखर सम्मेलन हुए। एनटी रामाराव, रामकृष्ण हेगड़े, ज्योति बसु, कर्पूरी ठाकुर, डॉक्टर फारूख अब्दुल्ला, प्रकाश सिंह बादल, शरद पवार आदि इन बैठकों में सम्मिलित हुए। शरद पवार बहुत दुखी थे। वे मेरे यहाँ आए, सुझाव दिया कि मैं जनता पार्टी के अध्यक्ष-पद से इस्तीफा दे दूँ। वे खुद अपनी पार्टी का अध्यक्ष-पद छोड़ने के लिए तैयार थे। तीसरा उन्होंने फारूख अब्दुल्ला को चुना और वे चाहते थे कि हम लोग अटल जी को तैयार करें कि वे अपने पार्टी के अध्यक्ष-पद से इस्तीफा दे दें। हम चार लोगों ने मिलकर देश के लिए एक कार्यक्रम बनाया। मैं और शरद पवार अटल जी के यहाँ पहुँचे, उनसे चर्चा की। अटल जी ने हम लोगों की बात सुनी। कमरा बन्द किया और फिर कहने लगे कि आप लोग इसका मतलब नहीं समझते। हमारे यहाँ इसे सही ढंग से नहीं लिया जाएगा।

कुल मिलाकर यह था कि अटल जी इसके लिए तैयार नहीं हुए, इसलिए फारूख से बात करने की जरूरत नहीं महसूस की गई। यात्रा के कई महीनों बाद एक दिन सीताराम केसरी जी मुझसे मिले। उन्होंने कहा, भाई साहब, आपने बड़ा अच्छा काम किया है। सीताराम केसरी की नजर में भारत-यात्रा मूलगामी परिवर्तन की राजनीति का जरिया था। इसी रूप में उसे कांग्रेस ने भी देखा था। यह मुझे सीताराम केसरी से मालूम हुआ। उन्होंने जो कहा, वे बातें मुझे याद हैं। उन्होंने बताया था कि कांग्रेस के नेता डरे हुए थे लेकिन विपक्ष के शिखर सम्मेलन में शामिल हो जाने के बाद वे समझ गए हैं कि भारत-यात्रा की राह मैंने छोड़ दी। उस यात्रा से केवल कांग्रेस ही नहीं सहम गईं थीं, सभी यथास्थितिवादी ताकतें भी डरी हुई थीं। कोई कम, कोई ज्यादा।

इंदिरा गांधी की हत्या

मैं भुवनेश्वरी आश्रम में बुल्डोजर चलवा रहा था। धूल से सना हुआ था। मेरे छोटे भाई कृपाशंकर जी और ओम (किशोरलाल के छोटे भाई) घबराए हुए मेरे पास आए। उन्होंने दुखद सूचना दी कि इंदिरा जी को गोली मार दी गई है। उनकी हत्या कर दी गई है। लेकिन उनकी मृत्यु की घोषणा नहीं की गई है। मैं गुसलखाने गया। जल्दी-जल्दी सिर पर पानी डाला और कपड़े बदले। सीधे जनता पार्टी कार्यालय गया। 7, जन्तर मन्तर के इस ऑफिस में जनता पार्टी के और भी नेता पहले से मौजूद थे। वहाँ से मैं इंदिरा गांधी को देखने सीधे अस्पताल चल पड़ा। वहाँ बैठे लोगों से मैंने पूछा कि आप लोग

अस्पताल नहीं गए ? मुझे बताया गया कि वहाँ बहुत उत्तेजना है। मैंने सोचा कि चाहे जो हो, मुझे जाना ही चाहिए। मेरे साथ सुबोधकांत सहाय और कैप्टन विक्रम सिंह भी आए। अस्पताल में चारों तरफ कड़ी सुरक्षा व्यवस्था थी। मैं अंदर पहुँचा, वहाँ यशपाल कपूर दिखाई पड़े। मैंने उनसे पूछा, क्या हुआ ? यशपाल ने कहा : अपने ही लोगों ने मरवा दिया। मैं थोड़ी देर वहाँ ठहरा। बाहर निकला तो लोग यह जानने के लिए परेशान थे कि क्या हुआ ? लोग टूट पड़े। सब जानना चाहते थे और इसीलिए उत्तेजनामय जिज्ञासा का माहौल था। मैं कैसे कहता कि इंदिरा जी नहीं रहीं। मैंने इतना ही बताया कि ऑपरेशन चल रहा है। मैं वापस जाने के लिए गाड़ी में बैठा, उसी समय ज्ञानी जैल सिंह वहाँ आ रहे थे, पर बीच रास्ते से राष्ट्रपति भवन चले गए। सफदरजंग पुल पर पहला पत्थर उनकी गाड़ी पर पड़ा। वहीं से हिंसा की घटनाओं की शुरुआत हुई। तरह-तरह की बातें भी वहाँ शुरू हो गई थीं। बाद में आरके धवन पर आरोप लगे, उनके खिलाफ जाँच भी हुई, लेकिन धवन आज भी इंदिरा गांधी के पहले जैसे ही वफादार हैं। इंदिरा गांधी की हत्या के बारे में बहुत सारे सवाल उठाए गए। उनकी हत्या के बारे में तरह-तरह की अफवाहें सुनने को मिलीं, जाँच आयोग से किसी की सच्चाई सामने नहीं आई।

उस दिन शाम होते-होते दंगे भड़क गए। मेरे भतीजे बब्बू के साथी ने रात 12 बजे रोते हुए कहा कि हमारे पिता जी को दंगाइयों ने मार दिया है, उनकी लाश राममनोहर लोहिया अस्पताल में पड़ी हुई है, कोई पूछने वाला नहीं है। आप कुछ करें। उस वक्त मैंने तत्कालीन गृहमंत्री पीवी नरसिंह राव से सम्पर्क किया, उनसे अनुरोध किया कि कम से कम दो पुलिस वालों को लगा दें ताकि परिवार वाले उस व्यक्ति की अन्तिम क्रिया का प्रबंध कर सकें पर उन्होंने असमर्थता व्यक्त की। समय ही ऐसा हो गया था। दंगे हो रहे थे इसलिए मैं चाहता था कि पुलिस कर्फ्यू पास दे दे ताकि हम उन इलाकों में जा सकें। मैंने पुलिस कमिश्नर से भी सम्पर्क किया। पुलिस अफसरों ने कहा कि पास देने में दिक्कत होगी लेकिन आपको कोई रोकेगा नहीं। मेरे साथ 15-20 नौजवान थे। हम लोग निकले। जहाँ मुझे जाना था, वह इलाका जमुना पार पड़ता था। वहाँ से फिर मैं तिलक नगर गया। हर जगह मैं कह देता था, कर्फ्यू पास नहीं है, पर मैंने पुलिस नियंत्रण कक्ष को सूचना दे दी है। इसके बाद कहीं किसी ने रोका नहीं। एक जगह सीआरपीएफ के लोग तैनात थे। उन्होंने युवकों को रोका। बहस हो रही थी। मैंने भीड़ को चीरते हुए जहाँ बहस चल रही थी, सीआरपीएफ के अधिकारी को अपना नाम बताया। कंट्रोल रूम से हुई बात का जिक्र किया। उसने मेरी बात सुनकर आगे जाने की अनुमति दे दी। थोड़ी देर बाद सड़क पर कुछ लोग इकट्ठा थे। एक आदमी ने आकर बताया कि वहाँ एक हिंदू की लाश पड़ी है। लोग ठिठके। मैंने पूछा कि बात क्या है ? मुझसे कहा गया कि सामने हिंदू की लाश पड़ी है। मैंने कहा कि इससे क्या होता है ! मुझे तो वहाँ भी संवेदना प्रकट करनी होगी, लोगों को समझाना होगा, हम आगे बढ़े। अभी हम वहाँ पहुँचे भी नहीं थे कि भीड़ तितर-बितर हो गई। बाद में एक व्यक्ति

ने बताया कि लोग कहीं लूट मार करने की योजना बना रहे थे। पुलिस अधिकारी ने कहा, चंद्रशेखर जी आ रहे हैं, भाग जाओ और लोग वहाँ से खिसक लिए।

इंदिरा जी की भूल

इंदिरा जी से मैंने कई बार कहा था कि सिक्खों की समस्या सावधानी से हल करने का प्रयास करिए। जहाँ तक हरमन्दिर साहब का सवाल है, वहाँ से भिंडरावाले और उसके सहयोगियों को निकालने के लिए फौज का इस्तेमाल करने की बात कभी मत सोचिएगा, और भी उपाय हैं। वहाँ पानी बंद करवा दीजिए, लाइट कटवा दीजिए पर सेना भेजने की बात कभी न सोचिए। यह बात मैं बार-बार कहता रहा। यह मेरी बात नहीं, सिक्ख धर्म का इतिहास जो भी जानता है, वह यही कहेगा। इमरजेंसी के दिनों में जब मैं जेल में था तो वहाँ तीन महीने मैंने सिक्ख धर्म और इतिहास की किताबें ही पढ़ी थीं। इंदिरा जी इससे सहमत थीं, पर अचानक क्या हुआ ? इंदिरा गांधी जी ने एक जोखिम भरा कदम उठाया। मैं महसूस करता हूँ कि भिंडरावाले को राजनीतिक कारणों से ज्ञानी जैल सिंह ने इंदिरा गांधी जी के कहने पर आगे बढ़ाया। वे शहीद बन गए। अकाली दल की राजनीति के लिए एक बड़ी चुनौती खड़ी हो गई। आतंकवाद उन दिनों उफान पर था। मैं एक बार संत लोंगोवाल से मिलने के लिए हरमन्दिर गया था। जहाँ वे रहते थे, उसके पास ही भिंडरावाले जी का कमरा था। उनका सन्देश लेकर कोई आया कि भिंडरवाले मुझसे मिलना चाहते हैं, पर बात नहीं हो सकी। मैंने कहा कि मैं संत लोगोंवाल से मिलने आया हूँ, उनसे मिलने नहीं आया।

आनंदपुर साहब में जब प्रस्ताव पारित हुआ तो मैं उस समय वहाँ था। प्रतिनिधियों के बीच भिंडरावाले भी बैठे हुए थे। उन्होंने उठकर कुछ कहना चाहा। प्रकाश सिंह बादल ने डाँटकर कहा कि बैठ जाओ, और वह बैठ गए। सिक्ख इतिहास ने इमरजेंसी से एक नई करवट ली। इमरजेंसी के विरोध करने में रोज अगर कहीं सत्याग्रह हुआ तो वह पंजाब ही था। सिक्खों ने विरोध की ठान ली थी। सिक्खों ने जनता शासन के बाद कई कारणों से महसूस किया कि उनके साथ भेदभाव बरता जा रहा है। हरियाणा के नेताओं ने अपने रवैए से उसे बढ़ाया। एशियाड के दिनों में एक दिन भजनलाल ने धमकी दे दी कि हरियाणा से होकर सिक्खों को आने नहीं दिया जाएगा। ऐसी छोटी-मोटी घटनाओं ने भिंडरावाले को पैदा किया। वह एक विकृत मानसिकता का परिणाम था।

इंदिरा गांधी की अगर हत्या न होती तो भारतीय राजनीति का स्वरूप 1984 में बदल जाता। भारत की राजनीति में ऐसे अनेक अवसर आए। यही बात राजीव गांधी की हत्या पर भी लागू होती है। 1984 में इंदिरा गांधी वह नहीं रह गई थीं जिसके लिए वे जानी जाती थीं। दोबारा सत्ता में आने के बाद इंदिरा गांधी का मन बदल गया था। वे आत्मरक्षा के भाव से ग्रसित हो गई थीं। वे बहुत संकल्पवाली महिला थीं। उन्होंने अपनी पूरी ताकत लगाकर संजय गांधी को राजनीति में बढ़ाया। संजय की मौत ने

उनको भीतर से तोड़ दिया। वह सदमा उनके लिए इतना भारी था कि वे ऊपर से भले ही अविचलित दिखती थीं, लेकिन अन्दर से टूटी हुई थीं। ऐसा लगता था कि राजनीति में उनकी कोई दिलचस्पी नहीं बची। इसका असर उनके दूसरे कार्यकाल के शासन में दिखाई पड़ने लगा था। सरकार की निश्चित दिशा नहीं थी। भूमंडलीकरण के जिस दौर के हम शिकार हुए हैं, उसकी नींव उन्हीं दिनों पड़ी। कर्ज लेने में अनाप-शनाप नीतियाँ अपनाई गईं। इंदिरा गांधी के दूसरे दौर में ही उपभोक्ता क्षेत्र के लिए कर्ज लेने का सिलसिला शुरू हुआ। उसका बोझ आज इतना बढ़ गया है कि हम सवा लाख करोड़ रूपये सालाना ब्याज चुका रहे हैं। इंदिरा गांधी सरकार के खिलाफ विपक्ष की एकता के कई प्रयास चल रहे थे। गठबंधन बन गए थे, लेकिन इंदिरा गांधी की हत्या के बाद सहानुभूति की जो लहर बनी, उससे राजनीति की मान्यता ही बदल गई।

हत्या के बाद राजीव गांधी प्रधानमंत्री बने। उनको प्रधानमंत्री बनवाने में अरुण नेहरु की विशेष भूमिका थी। अरुण नेहरु समझदार आदमी हैं। उनकी अलग एक हस्ती है। वे कॉरपोरेट घराने से आए थे, लेकिन उनमें राजनीतिक समझ है। प्रधानमंत्री की लाइन में प्रणव मुखर्जी भी थे। राजीव गांधी के आ जाने से बहुत लोगों को लगता था कि नई सोच पैदा होगी। अनेक नेता थे जो समझ बैठे थे कि 20-25 साल की राजनीति तय हो गई। यह भयभीत होने वाली मानसिकता है, जैसे इमरजेंसी में लोग डर गए थे।

1984 के चुनाव में एक नेता ने मेरे एक मित्र को बुलाया और उनसे कहा कि चंद्रशेखर को हराना है। इसके लिए जो भी करना है, करिए। जितना पैसा ले जाना हो, ले जाइए। कांग्रेस के एक नेता से मिलने का उन्हें निर्देश मिला। उन्होंने मुझे हराने के लिए मात्र एक जीप माँगी। वह जीप भी चोरी चली गई। मुझे हराने के लिए क्या नहीं किया गया, वह बीती कहानी है।

सातवाँ अध्याय

जनता दल का दौर

राजीव गांधी भारी बहुमत से चुनाव जीते थे। उनको प्रबल समर्थन मिला था। समाचार-पत्रों ने उनकी सराहना की थी। बम्बई में उन्होंने एक भाषण दिया था, जिसमें देश में व्याप्त भ्रष्टाचार पर चिंता व्यक्त की थी। लोगों के मन में एक नई आशा जगी थी। सरकार की नीयत के बारे में लोगों ने सराहना की थी। राजीव गांधी को मिस्टर क्लीन की उपाधि मिली थी, पर यह सब क्षणिक रहा। वास्तविकता का सामना करने में अनेक प्रकार की कठिनाइयाँ उपस्थित होने लगीं। राज्यों में विरोध की आवाज उठने लगी। आन्ध्र प्रदेश में एनटी रामाराव का उदय तेलगू स्वाभिमान के नारे पर हुआ। राजीव गांधी ने टी. अंजैया को जिस तरह अपमानित किया, उसकी प्रतिक्रिया होनी ही थी। हरियाणा में चौधरी देवीलाल गाँव-गाँव घूम रहे थे। 1987 आते-आते देवीलाल जी हरियाणा के लोगों के मानस पर छा गए, कांग्रेस की पराजय का संकेत स्पष्ट था। कांग्रेस राज्यों में भारी अंतर्द्वंद्व में फँसी हुई थी। दूसरी तरफ विपक्ष में यह अहसास बनने लगा था कि एकजुट होकर कांग्रेस को हराया जा सकता है। उन्हीं दिनों बोफोर्स का मुद्दा उछला।

बोफोर्स मामले का सच

इसकी एक कहानी है। विश्वनाथ प्रताप सिंह, राजीव गांधी के वित्त मंत्री थे। उन्हें राजीव गांधी ने वित्तमंत्री से हटाकर रक्षा मंत्री बना दिया। इससे इन दोनों के बीच विवाद बढ़ा। इसके पीछे और कारण क्या था यह विवादास्पद है। लेकिन जो प्रचार हुआ, उससे यह समझ में आया कि विश्वनाथ प्रताप सिंह किसी पूँजीपति के खिलाफ कुछ कदम उठाना चाहते थे और प्रधानमंत्री ने इसे रोका था। इससे वे अत्यंत रुष्ट हुए। उधर प्रधानमंत्री राजीव गांधी भी नाराज हुए और उन्होंने इनका पद बदल दिया। रक्षामंत्री बनने के बाद विश्वनाथ प्रताप सिंह ने बोफोर्स और पनडुब्बी खरीद के मामले उठाए। ये मामले जिस तरह से उछले, उससे कई तरह के संदेह पैदा होते हैं। बोफोर्स तोपों की खरीद में घोटाले की खबर एक विदेशी रेडियो ने दी। इन बातों पर राजीव गांधी और विश्वनाथ प्रताप सिंह में विवाद बढ़ा। ऐसी स्थिति आई कि उन्हें कांग्रेस से बाहर निकलना पड़ा।

थोड़े दिनों बाद विश्वनाथ प्रताप सिंह को आगे कर जनमोर्चा बनाया गया। विश्वनाथ प्रताप सिंह के अलावा रामधन, अरुण नेहरु, विद्याचरण शुक्ल, आरिफ मोहम्मद खान, सत्यपाल मलिक आदि ने जनमोर्चा बनाया। यह अक्टूबर, 1987 की बात है। जनमोर्चा के नेताओं ने 'एकला चलो' का नारा दिया। जिन लोगों ने यह नारा दिया,

उन्हें भी पता था कि अकेला चना भाड़ नहीं फोड़ सकता। जनमोर्चा बनाते समय इन लोगों ने ऐलान किया था कि मोर्चा स्वतंत्र ढंग से काम करेगा। किसी दल से समझौता नहीं करेगा। अपनी एक अलग राजनीति चलाएगा और उस राजनीति में उनका सबसे अधिक जोर भ्रष्टाचार को समाप्त करने पर था। वादा था कि ये लोग सार्वजनिक जीवन में भ्रष्टाचार को खत्म करने के लिए लड़ेंगे और उसके लिए कुर्बान हो जाएँगे। इनके अगुआ विश्वनाथ प्रताप सिंह थे। इन लोगों ने सबसे बड़ा मुद्दा बोफोर्स का बनाया। जब ये सवाल उठे तो मैं संसद सदस्य नहीं था। मैं 1984 का चुनाव हार गया था। उस समय मैंने यह बात कही थी कि यह एक सब-इंस्पेक्टर का काम है। पहले जाँच हो। उससे अगर कोई व्यक्ति दोषी साबित होता है तो उस पर मुकदमा चले। मुकदमे में कोई दखलंदाजी न हो। मैं समझता हूँ कि इस सवाल पर संसद का वक्त बर्बाद नहीं किया जाना चाहिए।

मुझे ऐसा लगता है कि इस मुद्दे पर राजीव गांधी से भी भूल हुई। वह यह कि उन्होंने संसद में बार-बार दोहराया कि मैंने या मेरे परिवार या मेरे निकट के किसी आदमी ने कमीशन नहीं लिया है। यह बात अगर वे जोर से न कहते तो उन पर आरोप लगाने का आधार ही नहीं बनता, क्योंकि दुनिया में सबको मालूम है कि कमीशन देने की नीति सारी विदेशी कम्पनियों की है। वे कमीशन देती हैं और लोग लेते हैं। राजीव गांधी के बयान को लोगों ने पकड़ लिया और माना कि उनके निकट के लोग हैं जिन्होंने कमीशन लिया। यह 65 करोड़ रुपये का मामला था। इस बारे में मेरा जो शुरुआती बयान था वही सच साबित हुआ। मैं यह अब तक समझ नहीं पाया कि राजीव गांधी दोषी हैं तो विश्वनाथ प्रताप सिंह निर्दोष कैसे हैं ? वित्तमंत्री होने के नाते उस कागज पर पहले उनका दस्तखत हुआ होगा और प्रधानमंत्री का बाद में।

जनमत राजीव गांधी के खिलाफ होता जा रहा था। जनमत लहर की तरह चलता है। एक बार जो राय बन जाती है, वह मजबूत होती जाती है। राजीव गांधी पर भ्रष्टाचार का आरोप चिपकता गया। जब उन्होंने मुम्बई में कांग्रेस के शती अधिवेशन में देश को 21वीं सदी में ले जाने की बात कही तो लोगों को अच्छा लगा था। यह प्रभाव पड़ा कि यह व्यक्ति देश को 21वीं सदी में ले जाने वाला है। वहीं राजीव गांधी ने भ्रष्टाचार और सत्ता के दलालों का मसला उठाया। कहा कि 100 पैसे में से सिर्फ 15 या 20 पैसे ही वास्तव में विकास के मद में खर्च होते हैं, बाकी के पैसे बिचौलियों की जेब में चले जाते हैं। इससे राजीव गांधी को वाहवाही मिली थी। उसी राजीव गांधी पर कमीशन खाने का आरोप लगा तो जनमत बदल गया। आम लोगों में जबरदस्त प्रतिक्रिया हुई। सच या झूठ क्या है, यह तो अलग बात है, आम आदमी ने तब विश्वास कर लिया कि विश्वनाथ प्रताप सिंह जो कह रहे हैं, वह सच ही होगा। इससे कांग्रेस के खिलाफ फिजा बनने लगी। कांग्रेस के विरोध में जो माहौल बन रहा था, उससे एक राजनीतिक विकल्प की जरूरत पैदा हुई।

बदलती राजनीतिक परिस्थिति में विकल्प के प्रयास उस समय कई स्तरों पर किए

जा रहे थे। मैंने भी कुछ कोशिशें की। तमिलनाडु के इरोड में आचार्य नरेंद्रदेव की बरसी पर एक सम्मेलन हुआ। 19 फरवरी, 1988 की बात है। उसमें जनता पार्टी, लोकदल, कांग्रेस-स और जनमोर्चा के नेता बुलाए गए थे। वहाँ विश्वनाथ प्रताप सिंह, विद्याचरण शुक्ल, अजीत सिंह, डॉक्टर स्वामी आदि आए थे। उस सम्मेलन से एक राजनीतिक प्रक्रिया प्रारंभ हुई। गुटों और छोटे-मोटे समूहों में बँटे नेताओं में मेलजोल प्रारंभ हुआ। इससे उन नेताओं को थोड़ी परेशानी हुई जो स्वयंभू थे। हालाँकि उन्हें भी पता था कि अकेले कुछ कर पाना उनके लिए भी सम्भव नहीं है। इरोड के सम्मेलन से यह वातावरण बना कि एक नई पार्टी बननी चाहिए।

कैसे बना जनता दल

इरोड वह जगह है जहाँ आचार्य नरेंद्रदेव की मृत्यु हुई थी। विपक्ष की व्यापक एकता के लिए मैंने हर सम्भव प्रयास किए। उस समय जनमोर्चा के नेता विभिन्न स्वरों में बोल रहे थे। इस देश में जब भी जन आंदोलन उमड़ता है, कुछ लोग राजनीति में रहते हुए भी अराजनीतिक आचरण करते हैं। उनकी भाषा बदल जाती है। ऐसा ही उन दिनों रामधन जी कर रहे थे। वे जनमोर्चा को ऐसा मंच बनता हुआ देख रहे थे जो इतिहास में विशिष्ट स्थान रखता है। रामधन जी उन दिनों किसी दूसरी दुनिया में थे। विश्वनाथ प्रताप सिंह दल बनाने की बात करने लगे थे। उनका सबसे बड़ा विरोध रामधन ही कर रहे थे। जनमोर्चा के कुछ नेता एक सपना देख रहे थे कि जल्दी ही उसके एक करोड़ सदस्य हो जाएँगे। संसदीय राजनीति का तकाजा था कि एक नया दल बने ताकि चुनाव से पहले उसे अपना संगठन और सिद्धांत बनाने के लिए कम से कम एक साल मिल जाए। मुझे यह भी सूचना मिली कि मुझे अलग-थलग करने का प्रयास चल रहा है। हेमवतीनंदन बहुगुणा जी की राय थी कि हमें अपना अलग मोर्चा बनाना चाहिए। मेरा प्रयास था कि मोर्चा की बजाय दल बने तो बेहतर होगा। इसके लिए पहला कदम जो उठा, वह सही दिशा में था। जनता पार्टी, लोकदल-अजीत, कांग्रेस-स और जनमोर्चा की एक समन्वय समिति बनी। इसमें एक कमी रह गई। लोकदल-ब नहीं आ पाया। लोकदल-ब यानी बहुगुणा जी। उन दिनों देवीलाल के लोकदल के अध्यक्ष हेमवतीनंदन बहुगुणा थे। शरद पवार के कांग्रेस में शामिल हो जाने के बाद जो पार्टी बची थी, उसका नेतृत्व कांग्रेस-स के नाम पर केपी उन्नीकृष्णन कर रहे थे।

राजनीतिक घटनाचक्र तेजी से घूम रहा था। कुछ नेताओं को यह लगने लगा कि समन्वय समिति की बजाय एक नई पार्टी की जरूरत है। मैं पूना के परनवाडी सम्मेलन से ही जनता पार्टी की अध्यक्षता छोड़ने का आग्रही था। मैंने बहुत पहले पार्टी में बता रखा था कि मैं अध्यक्ष-पद पर नहीं बने रहना चाहता। फिर सवाल उठा, किसको अध्यक्ष बनाया जाए ? इंदुभाई पटेल आए। उन्होंने कहा कि वे अध्यक्ष का चुनाव लड़ना चाहते हैं। मैंने कहा कि आप लड़िए, मैं समर्थन करूँगा। आप दंडवते और हेगड़े से हाँ करवा लीजिए। वे लौट कर आए और कहने लगे कि वे लोग मान गए हैं।

उन दिनों रामकृष्ण हेगड़े बीमार थे, मैं उनको देखने गया। मैंने उन्हें बताया कि इंदुभाई आए थे। उनसे कह दिया है कि अगर आप लोगों की सहमति हो तो मैं समर्थन करूँगा। रामकृष्ण हेगड़े से बंगलौर अस्पताल में मेरी बात हुई। उन्होंने मुझे बताया कि इंदुभाई आए थे, उनसे किसी नाम पर तो बात नहीं हुई। उनसे मैंने यह कहा कि जो नाम आप चाहेंगे, कर्नाटक के लोगों से मैंने कह दिया है, वे उसी नाम का समर्थन करेंगे। सम्मेलन स्थल पर पहुँचा तो मालूम हुआ कि कई उम्मीदवार खड़े हो गए हैं। इसकी चर्चा बहुत थी। कार्यकर्ताओं में असन्तोष पैदा हुआ। उनका दबाव था कि मैं ही अध्यक्ष बना रहूँ। मैंने कहा कि मैं अध्यक्ष नहीं बना रहना चाहता। किसी और को बना दीजिए। मैंने भारत-यात्रा केंद्र में 10-15 दिन रहकर एक झोंपड़ी बनाई थी। उसी में ठहरा था। रात को 11 बजे बीजू पटनायक आए। उन्होंने कहा कि चंद्रशेखर, यदि तुम अध्यक्ष नहीं बनोगे तो मैं पार्टी छोड़ दूँगा। मैंने उनसे कहा कि लोग सर्वसम्मति से तैयार हो जाएँ और अपने नाम वापस ले लें, तो मैं आपकी बात मान लूँगा।

स्वामी अग्निवेश का नाम भी उम्मीदवारी में था। बापू कालदाते चुनाव अधिकारी थे। बापू कालदाते ने इस फार्मूले के कारण सभी उम्मीदवारों के नाम वापस कर दिए, लेकिन स्वामी अग्निवेश ने कहा कि उन्होंने अपना नाम वापस नहीं लिया है। उन्होंने उम्मीदवार बने रहने की घोषणा की। चुनाव हुआ। स्वामी अग्निवेश को कुछ वोट मिले।

यह पृष्ठभूमि है जिसे जनता दल के बनने से पहले की हलचलों को समझने के लिए ध्यान में रखना चाहिए। सूरजकुण्ड में देवीलाल ने विपक्षी दलों का सम्मेलन किया। उसमें नौ दलों के नेता आए। वहाँ भाजपा भी आमंत्रित थी। भाजपा की ओर से अटल बिहारी वाजपेयी बैठक में थे। वहाँ विपक्षी एकता पर परामर्श हुआ। सितम्बर, 1987 में वह बैठक हुई थी। सूरजकुण्ड की एकता दिल्ली पहुँचते-पहुँचते बिखर गई। इस एकता के प्रयास में निजी राजनीति अधिक थी। चौधरी देवीलाल जो प्रयास चला रहे थे, उसमें भाजपा का स्थान महत्त्वपूर्ण था। उन्होंने वोट क्लब पर एक रैली की। वे चाहते थे कि विश्वनाथ प्रताप सिंह आएँ, लेकिन भाजपा की मंच पर मौजूदगी के कारण वे नहीं आए। कुछ दिनों बाद एक मोर्चा बनाने का फैसला हुआ। उसमें जनता पार्टी के नेताओं की ज्यादा हिस्सेदारी थी। जनता दल बनने से पहले सात दलों ने मिलकर राष्ट्रीय मोर्चा बनाया। एनटी रामाराव, देवीलाल, रामकृष्ण हेगड़े, केपी उन्नीकृष्णन, अजित सिंह, दिनेश गोस्वामी, विश्वनाथ प्रताप सिंह, रामधन, मधु दंडवते, मोरासोली मारन और पी. उपेन्द्र की कोशिशों से राष्ट्रीय मोर्चा की समन्वय समिति बनी। उसके बाद बना जनता दल जिसमें चार दल शामिल हुए।

जनता दल बनने से पहले जनता पार्टी और लोकदल-अजित का आपस में विलय हुआ। जब मैंने अजित सिंह को जनता पार्टी का अध्यक्ष बनाने का प्रस्ताव रखा तो मेरे पास बीजू पटनायक आए। उन्होंने कहा कि चुनाव तक तुम ही अध्यक्ष बने रहो। मधु दंडवते समझते हैं कि उनके मुकाबले मैंने अजित सिंह का पक्ष लिया, यह सही नहीं है। चौधरी चरण सिंह की बीमारी के दिनों में देवीलाल ने लोकदल में अजित सिंह को हाशिए

पर करने के लिए हेमवतीनंदन बहुगुणा को अध्यक्ष बनाया था। मैं चाहता था कि पार्टी का चरित्र और स्वरूप बदले। अजित सिंह के आने से यह सँभावना बनी थी। लेकिन जनता पार्टी में अध्यक्ष बनने के अनेक दावेदार खड़े हो गए थे, यह देखकर मैंने अजित सिंह के लिए जनता पार्टी की अध्यक्षता छोड़ी। दस साल जनता पार्टी का अध्यक्ष रहने के बाद मैंने जो सोचकर अजित सिंह को अध्यक्ष बनाया था, वह पूरा नहीं हुआ। याद करता हूँ तो उसे मैं एक दुखद अध्याय मानता हूँ। अजित सिंह के अध्यक्ष बनने के बाद बिना मुझसे पूछे किसी कारणवश वे बदल गए और विश्वनाथ प्रताप सिंह को नेता बनाने के पक्ष में हो गए। यह काम देवीलाल जी के चंडीगढ़ दफ्तर में हुआ। उसके बाद अजित सिंह मुझसे भोंड़सी मिलने आए। वे जनता पार्टी की अध्यक्षता छोड़ना चाहते थे। मैंने उनसे पूछा कि क्या उन्होंने कुछ मन बदल दिया है ? उन्होंने साफ इनकार किया पर उस समय की राजनीति में पर्दे के पीछे की गतिविधियाँ अधिक मायने रखती थीं। इस तरह की गतिविधियों को हमारे ही कुछ मित्र चला रहे थे। वे सूत्रधार थे। इन लोगों को तब यह लग रहा था कि विश्वनाथ प्रताप सिंह का 'अवतार' राजनीति को सुधारने के लिए हुआ है। यह भ्रम ज्यादा दिन नहीं टिका।

उस वक्त जो वातावरण था, उसमें कोई गलतफहमी पैदा न हो, यही मेरा प्रयास था। कुछ लोग नहीं चाहते थे कि मैं जनता दल के बनने में कोई भूमिका निभाऊँ। वे उस समय चल रही सारी तिकड़म से दुखी थे। मेरे कई मित्र जैसे–सैयद शहाबुद्दीन, सुब्रह्मण्यम स्वामी, इंदुभाई पटेल और एच. डी. देवगौड़ा ने जनता दल के बनते वक्त सैद्धांतिक सवाल उठाए। 11 अक्टूबर को जेपी का जन्मदिन पड़ता है। 1988 में उसी दिन बंगलौर के सम्मेलन में जनता दल बना। जेपी की मृत्यु के बाद हर साल मैं 11 अक्टूबर को सिताबदियारा जाता रहा हूँ। उस साल पहली बार ऐसा हुआ जब मैं नहीं गया। मुझसे कहा गया कि आप अगर नहीं रहेंगे तो भारी गलतफहमी पैदा हो जाएगी। जनता दल तो बन गया लेकिन नेताओं में ताल-तिकड़म चलता रहा।

महीने भर बाद जनता पार्टी ने जनता दल में विलय का फैसला किया। जनता दल की जितनी प्रमुख समितियाँ थीं, मैं उनमें सदस्य था, जैसे–पार्लियामेंट्री बोर्ड, कार्यसमिति और अन्य। हर समिति में बातचीत होती थी। जनता दल के नेता मन से नहीं चाहते थे कि मैं उसमें रहूँ। दल की एकता और एकजुटता के लिए मैं उसमें साक्षी भाव से बना रहा।

जनता दल के नेताओं की इस राजनीतिक पहल से मेरी असहमति थी। भाजपा से समझौता करके चुनाव लड़ने के पक्ष में मैं नहीं था। मेरा मानना था कि कि इस तरह के समझौते के दूरगामी परिणाम अच्छे नहीं होंगे। जनता दल के नेताओं के दिमाग में राज हथियाने की बात सर्वोपरि थी, इसलिए मेरी सलाह उनके गले नहीं उतरी। मैंने भी इसको मुद्दा नहीं बनाया। यह मेरी कमजोरी थी। जनमत के सामने झुक जाने की मेरी आदत नहीं, पर मित्रों की हरकतों से मैं बहुत खिन्न था। कई बार ऐसा होता है जब राजनीति में यश कम मिलता है और अपयश ज्यादा। जिनकी मदद करिए, वे ही अपयश

के माध्यम बनते हैं।

उन्हीं दिनों एक उपचुनाव हो रहा था उत्तर प्रदेश के बुलंदशहर में। एक दिन मेरे पास बेनीप्रसाद माधव आए, कहा : मैं सारी ज़िन्दगी बनारसीदास के खिलाफ रहा हूँ लेकिन अगर चुनाव जीतना है तो उन्हें खड़ा करना चाहिए। मैंने कहा, चलिए, बहुगुणा जी से बात करता हूँ। बात हुई। मैंने उन्हें बताया कि बेनीमाधव जी कह रहे हैं कि बनारसीदास चुनाव जीत जाएँगे। हँसी-मजाक भी हुआ। बहुगुणा ने कहा कि बनारसीदास को लड़ा दो, बेनी माधव उनसे अपना बदला निकाल लेगा। बेनी माधव जी ने कहा कि बदला लेने की नीयत से नहीं कह रहा हूँ, बनारसीदास चुनाव जीत जाएँगे। बहुगुणा ने कहा कि एक लाख रुपये चुनाव फंड में दूँगा। मैंने कहा : बहुगुणा जी, सोच कर बोलिए। उन्होंने कहा : हाँ, मैं सोचकर बोल रहा हूँ। मैंने कहा कि मैं भी कुछ करूँगा। इस तरह बनारसीदास उम्मीदवार बने। बहुगुणा ने एक लाख रुपये तो नहीं दिए, चंद्रजीत यादव ने दिए। वे उस समय हमारे साथ थे। एक लाख रुपये शरद पवार ने दिए। इसके अलावा दो-तीन लाख रुपये मैंने जुटाए। बनारसीदास के चुनाव का खर्च हम लोगों ने मिल-जुलकर उठाया। वे लोकसभा के सदस्य हो गए।

उसी समय मधु दण्डवते और रामकृष्ण हेगड़े ने मुझसे कहा कि सैयद शहाबुद्दीन को राज्य सभा में टिकट देना चाहिए। मैंने कहा कि सत्येन्द्र नारायण सिंह उर्फ छोटे साहब शहाबुद्दीन के बहुत खिलाफ हैं। उनकी मौजूदगी में सैयद शहाबुद्दीन को उम्मीदवार बनाया गया। मैंने हेगड़े से कहा कि सत्येन्द्र बाबू को समझा पाना मुश्किल है, उनसे आप अलग से बात कर लें। मैंने कहा कि चुनाव के लिए पैसा चाहिए और मैं इस समय पैसे नहीं जुटा सकूँगा तो हेगड़े ने कहा कि मैं कुछ करूँगा। मैं उसी बीच पटना गया था। वहीं हमारी पार्टी के एमपी राजमंगल मिश्र मिले। बुजुर्ग आदमी थे। उन्होंने कहा कि छोटे साहब से मिल लीजिए। मैं उनके साथ गया। छोटे साहब ने नाराजगी जाहिर की। फिर उन्होंने कहा कि चुनाव के लिए पैसा चाहिए और बताया कि पटना के सम्मेलन के एक लाख रुपये बचे हुए हैं। उसका चुनाव में इस्तेमाल हो जाएगा। मैंने उनसे पूछा कि और कितना पैसा चाहिए ? उन्होंने कहा कि एक लाख रुपये और चाहिए। मैंने कहा कि आप खर्च कर लीजिए, बाद में प्रबंध हो जाएगा। उन्होंने कहा कि मैं तो नहीं कर सकता। बात हो गई। मैं हवाईअड्डे आया। सूर्यदेव सिंह मुझे छोड़ने आए। मैंने उनसे कहा कि मुझे एक लाख रुपये दे सकते हो ? उन्होंने पूछा कि आपको क्या जरूरत पड़ गई ? मैंने कहा कि जरूरत मत पूछो, दे सकते हो क्या ? उन्होंने कहा, जरूर दे सकता हूँ लेकिन यह बताइए कि कहीं आप इसे छोटे साहब को तो नहीं देने जा रहे हैं ? यदि ऐसा है तो सैयद शहाबुद्दीन के विरुद्ध इस्तेमाल होगा। मैंने कहा कि चाहे कुछ भी हो तुम एक लाख रुपये छोटे साहब को पहुँचा दो। उसने एक लाख रुपये पहुँचा दिए। सैयद शहाबुद्दीन चुनाव हार गए। छोटे साहब ने उन्हें हरवाने में अपनी ताकत लगाई। मैंने उनको प्रदेश अध्यक्ष पद से हटा दिया।

हंगामा मचा। छोटे साहब ने बयान दिया कि हमको पैसा दिया गया। विडंबना यह

कि जिसने पैसा लिया, वही बयान दे रहा है। इसी प्रसंग में एक बार बनारसीदास ने भी उल्टे बयान दिया। मैंने उनसे पूछा कि आपको अपनी बात याद है, जब आपने मुझसे कहा था कि मैं जवाहरलाल नेहरु, एस. के. पाटिल और चंद्रभानु गुप्त के साथ रहा हूँ पर जिस उदारता का परिचय आपने दिया, मैंने वह कहीं भी नहीं देखी, तो कहने लगे कि मेरी मजबूरी थी। मैं आज तक समझ नहीं पाया कि नेता चाहे जो भी हो, वह मजबूरी में क्यों बयान देता है ?

मैं मुड़कर देखता हूँ तो मुझे लगता है कि जनता दल के बनते वक्त हेमवतीनंदन बहुगुणा ज्यादा सही थे। वे कहा करते थे कि जनता दल ज्यादा दिन नहीं टिकेगा। उस समय वे बन रहे जनता दल को शापित मान रहे थे। ऐसा उन्हें लगता था। वे कहते थे कि जनता दल उतने दिन भी नहीं टिकेगा जितने दिन जनता पार्टी टिक गई। जनता दल बनाने वालों के प्रति वे कटु थे। उनकी सलाह थी कि मैं उसमें न जाऊँ, वे कई कारणों से प्रतिक्रिया में थे। उन्हें अपने ही दल में बेचारा हो जाना पड़ा था।

जनता पार्टी टूटने के बाद थोड़े दिनों के लिए हेमवतीनंदन बहुगुणा चौधरी चरण सिंह के साथ चले गए थे। वहाँ से वे कांग्रेस में वापस गए। इंदिरा गांधी ने उन्हें प्रधान महासचिव के पद से नवाजा, लेकिन सत्ता में वापसी के बाद संजय गांधी से उनकी पटरी नहीं बन पाई। उन्होंने कांग्रेस छोड़ी। कांग्रेस के टिकट पर 1980 में वे लोकसभा में आए थे। उन्होंने एक मिसाल कायम करते हुए लोकसभा सदस्यता छोड़ दी। उन्होंने लोकतांत्रिक समाजवादी पार्टी बनाई। उसी के टिकट पर वे गढ़वाल से फिर जीते। लेकिन बहुगुणा को विपक्ष से हमेशा शिकायत बनी रही। उनको द्वारिका प्रसाद मिश्र से भी शिकायत थी। गढ़वाल से जीतने के बाद उन्होंने द्वारिका प्रसाद मिश्र से आशीर्वाद माँगा। द्वारिका प्रसाद मिश्र ने जवाब दिया कि छह महीने बाद आना। गढ़वाल की हवा अगर बनी रही तो साथ भी रहूँगा और आशीर्वाद भी दूँगा। इन कारणों से हेमतवीनंदन बहुगुणा जनता दल के प्रति सकारात्मक नहीं रह सके।

मैं भी यह महसूस करता था कि जनता दल भावनात्मक सवालों पर बनाया जा रहा है जो उसके स्वस्थ विकास के लिए उचित नहीं होगा। उस समय इन बातों को उठाने का वह सही समय नहीं था। अगर ये सवाल मैं उठाता तो कहा जाता कि जनता दल के बनने को मैं रोक रहा हूँ। जनता दल उस समय की जरूरत बन गया था। उसके बनने में सहयोग करना ही मैंने सर्वथा उचित माना। जनता दल 1977 की जनता पार्टी का प्रतिरूप नहीं था। उसका अगला कदम था। सामाजिक और राजनीतिक प्रक्रिया में जनता दल जिस यथार्थ पर खड़ा था, वहाँ से वह आम आदमी के वास्तविक मुद्दों पर ज्यादा ध्यान दे सकता था। लेकिन मूल सवालों की तरफ जनता दल के नेताओं का रूझान नहीं था। वे जोड़-तोड़ में ज्यादा वक्त दे रहे थे। जनता दल के बनते वक्त मोरारजी भाई की राय थी कि जनता पार्टी का नाम बने रहना चाहिए। हमारे कुछ मित्र जनता दल के बनने का अलग-अलग कारणों से विरोध कर रहे थे। मैंने उन्हें समझाया लेकिन वे नहीं माने। जनता दल की कुछ कमजोरियाँ थीं। कुछ लोग उसमें ईर्ष्या और

द्वेष की राजनीति से ग्रस्त थे।

1984 के लोकसभा चुनाव में राजीव गांधी बलिया गए। उन्होंने वहाँ सभा में कहा कि चंद्रशेखर बलिया के भिंडरावाले हैं, वे देश के दुश्मन हैं। इनको वोट नहीं देना चाहिए। जब मैं दिल्ली आया और जिस दिन राजीव गांधी चुने हुए प्रधानमंत्री के रूप में शपथ ले रहे थे, उस दिन जापान के एक पत्रकार मेरे घर आए। उन्होंने मुझसे पूछा कि क्या आप इस सरकार का समर्थन करेंगे ? मैंने कहा, हाँ, जरूर करूँगा। उसने पूछा कि आप कैसे समर्थन करेंगे ?—आप तो संसद-सदस्य नहीं हैं ? हँसी-मजाक चल रहा था। मैंने उनसे कहा कि एक नागरिक तो हूँ। इस नाते भारत के प्रधानमंत्री को मैं इतना सहयोग अवश्य करूँगा कि उन्हें एक राष्ट्र विरोधी नागरिक से मिलने का कष्ट नहीं उठाना पड़ेगा।

जब सत्ता आती है तो आदमी का दिमाग आसमान पर रहता है। छह महीने बाद ही उन्होंने इधर-उधर से कहलवाना शुरू किया कि चंद्रशेखर जी तो मिलते नहीं। उन्हें मिलना चाहिए। मैंने सोचा कि मुझे तो कोई जरूरत है नहीं। यहाँ एक बात बताना जरूरी है। कुछ लोगों को यकीन न आए लेकिन यह हकीकत है कि 1984 का चुनाव हारने के बाद मैंने जितने रचनात्मक कार्य किए, उतने पहले नहीं किए थे। भारत-यात्रा के केंद्र उन्हीं दिनों बनाए। आचार्य नरेंद्रदेव की स्मृति में बलिया में संस्थान खड़ा किया। मैं इन्हीं कामों में लगा हुआ था। मुझे राजीव गांधी के दर्शन की कोई लालसा नहीं थी। एक दिन ऐसा हुआ कि मेरे मित्र पत्रकार उदयन शर्मा एक छपा हुआ इंटरव्यू लेकर आए। मुझसे कहने लगे कि यह राजीव गांधी का इंटरव्यू है। इसमें उन्होंने आपकी बड़ी तारीफ की है। राजीव गांधी ने कहा है कि चंद्रशेखर राष्ट्रीय नेता हैं, मैं उनकी बड़ी इज्जत करता हूँ। उदयन ने कहा कि अब तो आप मिल सकते हैं। उन्होंने आपकी तारीफ की है। मैंने उदयन से कहा कि ऐसा हम बचपन में किया करते थे। सुबह कुट्टी करते थे और शाम को दोस्ती कर लेते थे। ऐसी बातों में मेरी दिलचस्पी नहीं, इसे छोड़ो। मैं राजीव गांधी से नहीं मिला। हालाँकि वे इसीलिए आए थे। वह इंटरव्यू उन्होंने ही लिया था। उदयन मेरे बड़े घनिष्ट मित्र थे और मेरे मन में उनके लिए बड़ा आदर था।

एक और घटना याद आ रही है। सरकार में बूटा सिंह गृहमंत्री थे। उनका फोन आया कि वे मिलना चाहते हैं। मैंने कहा कि आ जाइए या आप अपने यहाँ चाय पर बुलाइए, मैं आ जाता हूँ। उन्होंने कहा कि मैं चाहता हूँ कि हमारी भेंट गोपनीय रहे। इसके लिए एक सरकारी अधिकारी के घर पर हम लोग मिले। वह उनके मातहत काम करता था और मेरे मित्र यशवन्त सिन्हा (वर्तमान वित्तमंत्री) का मित्र था। हम लोग उस अफसर के घर मिले, बातचीत हुई। ऐसी तीन-चार मुलाकातें वहीं पर हुईं। उन मुलाकातों में सरदार बूटा सिंह ने मुझे कुछ बातें बताईं। जो सूचना वे देना चाहते थे, वह मेरे पास पहले ही थी। मैंने उनसे कहा कि आपके पास इतनी सूचनाएँ हैं, आप इसका उपयोग क्यों नहीं करते ? उन्होंने मुझे जवाब दिया कि मैं यही चाहता हूँ लेकिन हमारे लोग तैयार नहीं हैं। मैंने उनसे कहा कि प्रधानमंत्री से अनुमति लेकर यह सूचना मुझे दे दीजिए।

मैं इस बात की परवाह नहीं करूँगा कि मेरे राजनीतिक भविष्य पर इसका कैसा प्रभाव पड़ेगा। मैं इन बातों को देश की जनता के सामने रखूँगा। बूटा सिंह शायद पूछने पर अनुमति नहीं ले सके। उसके बाद लौटकर नहीं आए। उसके बाद कई बार सेंट्रल हॉल में मैंने कहा कि वे उस सारी सूचना को लिपिबद्ध कर दें, प्रकाशन भले बाद में हो। उन सूचनाओं में क्या-क्या था और किन बड़े नेताओं के नाम थे, यह सब एक इतिहास है। इस पर कोई चाहे तो शोध कर सकता है। जो सूचनाएँ थीं, उनमें कुछ तो सच्चाई होगी ही। उससे हमारे भविष्य के बारे में भयावह संकेत उभरते थे।

संसदीय दल के नेता-पद का चुनाव और उसका नाटक

राष्ट्रीय मोर्चा और उसके समर्थक दलों का लोकसभा चुनाव में स्पष्ट बहुमत आ गया था। जनता दल मोर्चे की धुरी था। सरकार बनाने के लिए जरूरी था कि जनता दल की संसदीय पार्टी अपना नेता चुने। उसे राष्ट्रीय मोर्चा और उसके सहयोगी दल समर्थन दें। नवम्बर, 1989 के आखिर में नतीजे आ गए थे। दिसम्बर, 1989 को जनता दल की संसदीय पार्टी के नेता के चुनाव का नाटक हुआ। जनता पार्टी और जनता दल में तुलना की जाती है। जनता पार्टी एक आंदोलन की उपज थी। जनता दल राजनीतिक जोड़तोड़ की उपज था। मेरी उपस्थिति वहाँ जनता दल के नेताओं को अखरती थी। 1989 के चुनाव के बाद जब जनता दल के नेता का चुनाव हुआ तो तिकड़म की राजनीति ही उसका संचालन कर रही थी।

जनता दल की संसदीय पार्टी का चुनाव मैं न लड़ूँ इसके लिए घटिया दर्जे की तिकड़म की गई। मुझे अँधेरे में रखा गया। उड़ीसा भवन में एक मीटिंग हुई। बीजू पटनायक मुझे वहाँ ले गए। वहीं पहले से तय हो गया था जिसका संसद के केंद्रीय कक्ष में नाटक किया गया। अगर मुझे यह मालूम होता तो मैं वहाँ जाता ही नहीं और जाता तो चुनाव लड़ने के लिए जाता। वहाँ तय हुआ कि देवीलाल जी प्रधानमंत्री बनेंगे। वे जिसको चाहेंगे उसको मंत्रिमंडल में रखेंगे। इस फैसले पर मेरा समर्थन था। देवीलाल जी स्वतन्त्रता संग्राम सेनानी थे, उस समय लोकप्रिय नेता थे। संसद के केंद्रीय कक्ष में नेता-पद का चुनाव हुआ। दण्डवते चुनाव अधिकारी थे। मैंने देवीलाल के नाम का समर्थन किया। देवीलाल ने कहा कि मैं ताऊ का रोल अदा कर रहा हूँ। मैं अपना पद विश्वनाथ प्रताप सिंह को देता हूँ। उस समय विश्वनाथ प्रताप सिंह का चुनाव नहीं हुआ। घोषणा हो गई। मैंने उसी समय कहा कि यह गलत है, मैं इसे नहीं मानता। उसके बाद बीजू पटनायक और देवीलाल दोनों मेरे पास आए। कहा : आप उपप्रधानमंत्री बन जाइए। मैंने कहा : आप कृपा करो। मुझे यह प्रस्ताव मंजूर नहीं है।

मुझे यह महसूस हुआ कि जैसे सरकार का प्रारंभ ही कपटपूर्ण हुआ। मैं कभी सोच ही नहीं सकता कि हम लोगों में ऐसी बात होगी। मधु दंडवते इस तरह की तिकड़म के साझीदार होंगे, इसका मुझे कभी विश्वास नहीं हुआ। यह बहुत निम्न स्तर की राजनीति है और इस प्रकार विश्वनाथ प्रताप सिंह नैतिक पुरुष के रूप में उभरे। मेरा कई सवालों

पर दृष्टिकोण अलग था। विश्वनाथ प्रताप सिंह से नीति स्तर पर मेरा मतभेद बना हुआ था। आर्थिक नीति हो या उद्योग नीति, कश्मीर का सवाल हो या बाबरी मस्जिद, हर सवाल पर मेरा दृष्टिकोण अलग था। विश्वनाथ प्रताप सिंह का उदय राजनीति में फिसलन की शुरुआत थी। भ्रष्टाचार के मुद्दे को उन्होंने भावनात्मक बना दिया। जब जनता को किसी मुद्दे पर भावनात्मक बना दिया जाता है तो तर्क की गुजाइंश कम हो जाती है। लेकिन भ्रष्टाचार को खत्म करने के लिए जो संस्थात्मक व्यवस्थाएँ होनी चाहिए, उसे सरकार में आने के बाद बनाने की चिंता नहीं थी। मैं मानता हूँ कि भ्रष्टाचार संस्थागत गड़बड़ियों से पैदा होता है। उसे दूर भी संस्थाओं के जरिए ही किया जा सकता है। उसके लिए संस्थाओं में सुधार होना चाहिए। काफी दिनों बाद संसद में बोफोर्स का सवाल जब उठा तो रमाकान्त खलप ने जानकारी दी कि स्विटजरलैंड से एक सन्देश मिला है कि जो कुछ भी कागज उन लोगों ने दिए हैं, उसकी पुलिस जाँच करेगी। यदि आरोप पत्र दाखिल हो तो उसे अदालत को दिया जा सकता है, उसका इस्तेमाल संसद में बहस के लिए नहीं किया जा सकता। मैंने जो कहा था, वही हुआ। उस समय जसवंत सिंह ने बहस शुरू की थी। वे मेरे पास ही बैठे थे। तत्कालीन कानून मंत्री रमाकान्त खलप के बोलने के बाद मैंने जसवंत सिंह से पूछा कि अब क्या होगा, तो उन्होंने कहा कि अब क्या हो सकता है, इसे पुलिस और अदालत ही देख सकती है। मैंने कहा, यही बात मैं वर्षो से कह रहा हूँ, उस समय यह आप लोगों की समझ में नहीं आई। विदेश का एक मजिस्ट्रेट बता रहा है, तब आपको समझ में आया है।

जो तरीका भ्रष्टाचार के बारे में राजीव गांधी ने अपनाया था, वही नारा विश्वनाथ प्रताप सिंह ने दिया। लोग नेताओं के मायाजाल में फँस जाते हैं। मेरा विश्वनाथ प्रताप सिंह से व्यक्तिगत विरोध नहीं था। उनकी सरकार में अजित सिंह मंत्री थे। उन्होंने एक औद्योगिक नीति का दस्तावेज संसद में रखा। वही दस्तावेज था जिसके आधार पर पीवी नरसिंहराव की सरकार ने उदारीकरण की नीति बनाई। उसी दस्तावेज में अगली सरकार ने मामूली फेरबदल करके नई नीतियों का निर्धारण किया। विश्वनाथ प्रताप सिंह की सरकार थी और मैं उस दल में था, फिर भी मैंने विरोध किया।

जगमोहन को जम्मू-कश्मीर का राज्यपाल बनाने का विरोध

मेरा विरोध सैद्धांतिक और व्यावहारिक दोनों था। मुझे पता लगा कि भाजपा के कहने पर विश्वनाथ प्रताप सिंह जगमोहन को कश्मीर का राज्यपाल बनाने जा रहे हैं। मैं बिना बुलाए कभी प्रधानमंत्री के यहाँ नहीं जाता हूँ जब तक विशेष कारण न हो। यह तो कभी नहीं करता कि जाकर प्रधानमंत्री को सलाह दूँ कि आप फलाँ को बनाइए और फलाँ को न बनाइए। अपवादस्वरूप मैं विश्वनाथ प्रताप सिंह के यहाँ गया। उनसे कहा कि जगमोहन को वहाँ भेजने से हालत हाथ से बेकाबू हो सकती है। कश्मीर के मामले को बिगड़ने से रोकने के लिए मैंने ऐसा किया। एक सर्वदलीय बैठक में भी मैंने कहा था कि किसी और को गवर्नर बनाना चाहिए। जगमोहन को गवर्नर बनाते ही फारूख

अब्दुल्ला इस्तीफा दे देंगे। कश्मीर में कुछ करना है तो फारूख अब्दुल्ला का सहयोग चाहिए। कश्मीर में हालत खराब थी, फिर भी मैं मानता था कि काफी लोग हमारे साथ हैं। इसी कारण मैं प्रधानमंत्री के पास गया। उनसे कहा कि देखिए, विश्वनाथ जी, बहुत नाजुक मामला है, अगर इस समय फारूख अब्दुल्ला इस्तीफा दे देंगे तो हम कश्मीर में और मुश्किल में फँसेगे। उन्होंने दूसरे कमरे में जाकर फोन पर बात की। आकर बोले कि मुफ्ती साहब नहीं मान रहे हैं। विश्वनाथ प्रताप सिंह को यह बात नहीं मालूम कि उन्होंने जो व्यवहार मेरे साथ किया, वैसा किसी प्रधानमंत्री ने कभी नहीं किया। मुफ्ती मोहम्मद सईद उन दिनों गृहमंत्री थे। प्रधानमंत्री ने कहा कि मुफ्ती साहब ने आपको खाने पर बुलाया है। मैं, हरकिशन सिंह सुरजीत, डॉ. फारूखी और आर.के.मिश्र के साथ मुफ्ती के घर गया। घंटे भर बातें हुई। उनसे हम कहते रहे कि जगमोहन को वहाँ नहीं भेजना चाहिए। गृहमंत्री ने हमसे कहा कि मैं सोचूँगा। उसके बाद मैं काठमांडू चल गया।

काठमांडू में मैं अपने कमरे में सोया था। कामरेड सुरजीत ने फोन किया और बताया कि जगमोहन को राज्यपाल बना दिया गया है। मुझे जो आशंका थी, वही हुआ। डॉ. फारूख अब्दुल्ला ने इस्तीफा दे दिया। मैं मानता हूँ कि विश्वनाथ प्रताप सिंह की सरकार की यह सबसे बड़ी भूल थी। मुफ्ती मोहम्मद सईद की लड़की का अपहरण हुआ। मैंने फारूख अब्दुल्ला को फोन किया, उन्होंने कहा कि बात चल रही है, मसले का हल निकल जाएगा। मैं बाहर चला गया। लौटते समय ट्रेन में समाचार मिला कि समस्या का समाधान नहीं हुआ। मैं सीधे मुफ्ती साहब के घर गया। उन्होंने जो बात बताई, उस पर मैंने फारूख से बात की। वे तैयार हो गए। उनकी अपनी सूचना थी। जिस प्रकार दबाव दिल्ली में था, उससे वे गुस्से में थे। उनका यह मानना था कि यदि इन लोगों की बात मान लेंगे तो आतंकवादियों से निपट पाना और कठिन हो जाएगा। वे यहाँ के लोगों की बात मान गए, मुझे भी सब कुछ बताया। उसका जिक्र करना आज भी मैं उचित नहीं मानता, किंतु जिस दिन मुफ्ती साहब की बेटी रिहा हुई, उस दिन प्रधानमंत्री और गृहमंत्री खुशी मना रहे थे। एक-दूसरे को लड्डू खिला रहे थे। जब पत्रकारों ने पूछा कि आप लोगों ने इतने आतंकवादियों को क्यों छोड़ दिया, तो इन लोगों ने उत्तर दिया कि यह कश्मीर सरकार का निर्णय था। उसके तुरंत बाद फारूख अब्दुल्ला मेरे घर आए। वे पत्रकार-सम्मेलन करने पर आमादा थे। उनको मैंने मना किया, वे मान गए, अन्यथा केंद्रीय सरकार और देश की छीछालेदार होती।

नेपाल यात्रा का मुद्दा

तीसरा मामला नेपाल का आया। उस जमाने में नेपाल में आंदोलन चल रहा था। वहाँ से निमंत्रण आया कि भारत का प्रतिनिधिमंडल उनके सम्मेलन में हिस्सा ले। मुझे भी निमंत्रण मिला, अन्य पार्टियों को भी। इंद्रकुमार गुजराल उस समय विदेश मंत्री थे। मैंने उनसे बात की। उन्होंने कहा कि मुझे जरूर जाना चाहिए। मैंने गुजराल से कहा कि आप प्रधानमंत्री से बात कर लें, तो इस पर उन्होंने कहा कि इसमें उन्हें क्या एतराज होगा !

मैंने कहा कि एतराज की बात नहीं है, आप बात कर लें, क्योंकि मुझे दूसरे संकेत मिल रहे हैं। उन्हीं दिनों गिरिजा प्रसाद कोइराला दिल्ली आए। मेरे घर पर इंद्रकुमार गुजराल और गिरिजा प्रसाद कोइराला की भेंट हुई। वे लोग बात करते रहे और मैं उनके खाने का इंतजाम करता रहा।

हमारे विदेश मंत्री ने नेपाल के प्रधानमंत्री गिरजा प्रसाद कोइराला को आश्वासन दिया कि हम लोग आपकी पूरी मदद करेंगे। मुझे जाने को कहा, और लोगों को साथ ले जाने को कहा। उस सम्मेलन में प्रायः सभी पार्टियों के लोग गए। कामरेड सुरजीत, एम. जे. अकबर, फारूकी साहब, हरिकिशोर जी—सब काठमांडू पहुँचे और सम्मेलन में भाग लिया। उस सम्मेलन में कई देशों के राजनयिक पर्यवेक्षक के रूप में शामिल हुए, पर भारत का कोई प्रतिनिधित्व नहीं हुआ था। शाम को हमारे दूतावास ने चाय-पार्टी दी और वहीं यह मालूम हुआ कि केंद्र सरकार की ओर से, प्रधानमंत्री कार्यालय से उन्हें मना किया गया था। उसके बाद हम लोग नेपाल गए। आंदोलन जब उफान पर आ गया, लाठी-गोली चलने लगी और वहाँ हंगामा होने लगा तो अचानक एक दिन किसी ने कहा कि हमारी सरकार के अधिकारी नेपाल जा रहे हैं, समझौता करने। मैंने गुजराल से पूछा कि क्या ऐसी बात है ? मुझे पता चला कि विदेश सचिव के साथ एक प्रतिनिधि मण्डल जा रहा है। मैंने लोकसभा अध्यक्ष को नोटिस किया। रविराय अध्यक्ष थे। मैं उनके कमरे में गया। मैंने कहा कि मुझे नेपाल का मामला उठाना है। उन्होंने कहा कि कल उठाना। मैंने कहा : नहीं, मैं आज ही उठाऊँगा। अगर आप मुझे इजाजत नहीं देंगे तो इस बात की तैयारी कर लीजिए कि मुझे मार्शल से सदन से बाहर निकलवाना पड़ेगा। रविराय ने कहा कि तुम क्या बात करते हो, क्या हम तुम्हारे साथ ऐसा व्यवहार करेंगे ? संसदीय कार्यमंत्री चाहते थे कि मैं प्रधानमंत्री और विदेश मंत्री से बात करूँ। मैंने उनसे कहा कि क्या वे इस लायक हैं ? मैं अब संसद के फोरम से या सीधे लोगों के बीच जाऊँगा। सदन में जब मैं खड़ा हुआ तो विदेश मंत्री गुजराल फौरन खड़े हो गए, कहा, कि उन्हें नेपाल पर एक बयान देना है। रविराय को मैं पहले बता चुका था इसलिए उन्होंने मुझे मौका दिया। जनता दल में रहते हुए मैंने इन सवालों पर अपनी असहमति जताई।

ऐसे लोग हमको नैतिकता, राजनीति और उच्च आदर्श की शिक्षा देने की हिम्मत करते हैं। विश्वनाथ प्रताप सिंह ने मुलायम सिंह से एक बात की, लालू से दूसरी बात की और भाजपा से तीसरी बात की। इस तरह देश का शासन नहीं चलता।

आठवाँ अध्याय

प्रधानमंत्री के रूप में

विश्वनाथ प्रताप सिंह की सरकार को कम्युनिस्ट और भाजपा दोनों समर्थन दे रहे थे। हर मंगलवार को प्रधानमंत्री अपने घर पर अटल जी और आडवाणी जी से बात करते थे। यह चर्चा थी कि वहाँ नीति संबंधी हर मुद्दे पर बातचीत होती थी। उसके अनुरूप सरकार अपने फैसले करती थी। अगर ऐसा था तो लालकृष्ण आडवाणी जी ने रथयात्रा कैसे निकाली ? उनसे विश्वनाथ प्रताप सिंह ने अपने मन की बात नहीं की होगी तभी लालकृष्ण आडवाणी जी ने उन दिनों रथयात्रा निकाली। दिल्ली आने पर ज्योति बसु और जार्ज फर्नांडीज से भी लालकृष्ण आडवाणी जी की बात हुई। बात बनी नहीं। लालकृष्ण आडवाणी ने अपनी यात्रा का दूसरा चरण धनबाद से शुरू किया, जो अयोध्या जाकर पूरा होता। वे जब पटना पहुँचे, वहाँ यात्रा का बहुत स्वागत हुआ। अगले दिन वे समस्तीपुर से उत्तर प्रदेश की तरफ अपना रथ लेकर बढ़ने वाले थे। उस समय मुख्यमंत्री लालू प्रसाद यादव जी को सलाह दी गई कि आडवाणी जी को गिरफ्तार कर लिया जाए। उनकी गिरफ्तारी के साथ ही वह रथयात्रा समाप्त हो गई। मुलायम सिंह जी को यही सलाह नहीं मिली। वे लोगों की नजरों से उतर जाएँ, ऐसा प्रयास था। आडवाणी जी ट्रेन से धनबाद गए थे। मुलायम सिंह चाहते थे कि उत्तर प्रदेश से लालकृष्ण आडवाणी जब गुजरें तो उन्हें गिरफ्तार किया जाए। मैंने उनसे कहा था कि ऐसा मत कीजिए। मैंने, जो चर्चा चल रही थी, उस पर विश्वास नहीं किया था।

वीपी की सरकार कैसे गई

राष्ट्रीय मोर्चा की सरकार दो बैसाखियों पर टिकी थी–भाजपा और कम्युनिस्ट। लालकृष्ण आडवाणी की गिरफ्तारी के बाद भाजपा ने 23 अक्टूबर, 1990 को विश्वनाथ प्रताप सिंह सरकार से अपना समर्थन वापस ले लिया। अटल बिहारी वाजपेयी समर्थन वापसी की चिट्ठी लेकर राष्ट्रपति आर. वेंकटरमण के यहाँ गए थे। भाजपा के समर्थन वापस लेने के बाद विश्वनाथ प्रताप सिंह ने राष्ट्रपति से तीन हफ्ते का समय माँगा। वे जानते थे कि बहुमत सिद्ध नहीं कर पाएँगे। आखिरकार सात नवम्बर को विश्वनाथ प्रताप सिंह की सरकार विश्वास मत में हारने के बाद चली गई। चौधरी देवीलाल सरकार से हट गए थे। उन्हें विश्वनाथ प्रताप सिंह ने उप-प्रधानमंत्री पद से हटा दिया था। जो कारण बताए गए, उनका औचित्य मेरी समझ में नहीं आया। उनके बारे में कहा गया कि वे हर कदम पर सरकार का विरोध कर रहे थे। कोई न कोई बयान दे देते थे। इसे भितरघात माना गया। पद से हटाए जाने के बाद देवीलाल बहुत हताश और निराश थे। वे अपमानित महसूस कर रहे थे। इससे बेहद दुखी थे। पता नहीं, प्रधानमंत्री ने इस बारे

में किसी और से राय ली या नहीं। मुझे तो इसकी भनक भी नहीं थी। रात को ही देवीलाल जी के यहाँ से फोन आया। मैंने कहा, बहुत बुरा हुआ। इस तरह से उन्हें हटाना उचित नहीं था। अगर किसी बात पर मतभेद था तो देवीलाल जैसे वरिष्ठ व्यक्ति से त्यागपत्र ले लेना चाहिए था। पद से हटाए जाने के बाद उन्होंने एक बड़ी भारी रैली की। उसमें मैं भी शामिल हुआ। लोग कहते हैं कि वह उस समय की सबसे बड़ी रैली थी। इसके बाद घटनाचक्र तेजी से घूमा। रैली के बाद 5 नवम्बर, 1990 को देवीलाल ने समाजवादी जनता दल बनाया।

उन दिनों जो परिस्थितियाँ थीं, उसे किसी भी पैमाने पर असाधारण ही कहा जाएगा। खून-खराबे का दौर था। युवक आत्मदाह कर रहे थे। मंडल आयोग की सिफारिशों को लागू करने के बहाने सत्ता की राजनीति की जा रही थी। उसकी समाज में भयानक प्रतिक्रिया हुई थी। असल में देवीलाल को नीचा दिखाने के लिए मंडल का नारा लगाया गया। भाजपा ने सोचा कि अब इसके विकल्प के रूप में धर्म की बात उठाई जाए। इसीलिए रथयात्रा की योजना बनी। इन सब घटनाओं से किसको नफा-नुकसान हुआ, यह अलग बात है, लेकिन भारतीय राजनीति में विघटनकारी ताकतों को बल मिला। रथयात्रा से भावनाएँ भड़कीं। समाज की एकजुटता में दरार आई। मुझे बताया गया कि भाजपा के नेता विवादित स्थान पर पूजा करने का अवसर चाहते हैं। अगर ऐसा हो जाए तो आंदोलन खत्म हो सकता है। मैंने मुलायम सिंह से कहा कि इन नेताओं को हेलीकॉप्टर से भेजकर पूजा करवा दीजिए। इस झगड़े को और मत बढ़ाइए। मुलायम सिंह ने मेरी बात नहीं मानी। आज की हालत को देखकर लगता है कि उनकी समझ ठीक थी। प्रधानमंत्री कार्यालय से उस समय परस्पर विरोधी संकेत दिए जा रहे थे। इससे मामला पेचीदा होता गया। भाजपा के लिए कोई विकल्प नहीं बचा था सिवा इसके कि सरकार से समर्थन वापस ले ले।

उस वक्त नेतृत्व परिवर्तन कर सरकार बचाने का भी एक विकल्प था, लेकिन उसके लिए विश्वनाथ प्रताप सिंह तैयार नहीं हुए। मुझे इतना ही पता था कि इस तरह की बातें चल रही हैं। जनता दल जब टूटा तो उसका कोई सांसद उस समय चुनाव नहीं चाहता था। मैंने नेताओं से तो बात नहीं की लेकिन किसी और को नेता चुनकर सरकार बनाया जाए, इसका मैं समर्थक था। लेकिन जो अतिउत्साही लोग थे, वे यह समझते थे कि विश्वनाथ प्रताप सिंह ही आखिरी व्यक्ति हैं। सही बात यह है कि कांग्रेस के लोग भी उस समय देवीलाल के नेतृत्व में सरकार बनाना चाहते थे। मुझसे जब यह चर्चा किसी ने की तो मैंने कहा कि आप उन्हीं के नेतृत्व में सरकार बना दीजिए। इस समय अगर चुनाव होगा तो बहुत खून बहेगा। बात बिगड़ जाएगी, इसलिए चुनाव अभी न कराकर देवीलाल जी को ही प्रधानमंत्री बना दिया जाए।

राजीव गांधी से मुलाकात

यह बिलकुल भ्रामक बात है कि मेरी राजीव गांधी से पहले ही बात हो गई थी। वे मुझसे

मिलना चाहते हैं, यह कई लोगों ने आकर कहा। कहाँ भेंट हो, इस पर अनेक सुझाव आए। पहले कहा गया कि राजेश पायलट के घर बात हो। मेरा रुख साफ था। मुझे किसी के घर जाने में कोई परेशानी नहीं थी। मैंने यह भी कहा कि मैं राजीव गांधी के घर आ सकता हूँ। उसके बाद बूटा सिंह के घर मिलने की बात हुई, वह भी टल गई। फिर सीताराम केसरी के निवास पर मिलना तय हुआ। वह भी नहीं हो सका। अन्ततः मेरी और राजीव गांधी की मुलाकात जितेन्द्र प्रसाद के घर पर रात के खाने पर होने वाली थी। जितेन्द्र प्रसाद ने मुझे फोन किया और पूछा कि 'आप मेरे यहाँ खाना खाने आइएगा ?' मैंने कहा कि 'बुलाओगे तो जरूर आऊँगा।' इस पर उन्होंने कहा, 'ठीक है मैं तारीख तय करके बताता हूँ।' एक दिन अचानक ग्यारह बजे रात को मेरे पास रोमेश भंडारी का फोन आया कि आप मेरे घर कॉफी पीने के लिए आइए। मैं समझ गया कि पहले से बिना तय किए हुए रात ग्यारह बजे कोई कॉफी पीने के लिए क्यों बुलाएगा ? मैं जब वहाँ गया तो राजीव गांधी जी पहले से वहाँ बैठे हुए थे। हमारी-उनकी बात हुई, लेकिन सरकार बनाने के बारे में कोई बात नहीं हुई।

उन्होने कहा, 'देश की हालत बहुत खराब है, दंगे हो रहे हैं। इसका कुछ हल निकालना चाहिए।'

मैंने उनकी बात का समर्थन किया। उस समय अगर कुछ नहीं किया जाता तो देश के टूटने की स्थिति पैदा हो सकती थी। बात आधे घण्टे से अधिक ही हुई होगी। जहाँ तक मुझे याद है, यह बातचीत रोमेश भण्डारी के हौजखास वाले घर में हुई।

फिर एक दिन अचानक मेरे पास आर.के. धवन आए। उन्होंने कहा कि राजीव जी आपसे मिलना चाहते हैं। हमारे घर पर मिलने पर आपको कोई एतराज तो नहीं हैं ? मैंने कहा, मुझे क्या एतराज हो सकता है ! उन्होंने कहा कि राजीव जी की सुरक्षा की समस्या है, इसलिए उनको लेने के लिए मैं खुद जाऊँगा। आपको ले आने के लिए हमारा भांजा आएगा। मैं गया तो राजीव गांधी वहाँ बैठे हुए थे। बात शुरू हुई। उन्होंने फिर कहा कि हालत बहुत खराब है। मैंने वही बातें फिर से दुहराईं। उन्होंने कहा कि आपकी क्या राय है ? मैंने कहा, मेरी राय है कि इस समय कोई सरकार बननी चाहिए। इस पर उन्होंने मेरे सामने एक प्रस्ताव रखा। मुझे उनके शब्द तो याद नहीं हैं लेकिन उसका आशय यह था कि क्या आप सरकार बनाएँगे ? मैंने कहा, सरकार बनाने का मेरा कोई नैतिक आधार नहीं है। मेरे पास सरकार बनाने के लिए पर्याप्त संख्या भी नहीं है। उस समय मुझे यह भी नहीं मालूम था कि मेरे साथ कितने सांसद आएँगे। इस पर उन्होंने कहा कि 'आप सरकार बनाइए। मैंने और लोगों से राय ली है। आपको ही सरकार बनानी चाहिए।' मुझे मालूम था कि मुझसे पहले देवीलाल जी से उनकी सारी बातें हुई थीं। अंत में उन्होंने कहा कि आप सरकार बनाते हैं तो मैं पूरी तरह समर्थन करूँगा। मैंने उनसे कहा, राजीव जी, एक बात मैं प्रारंभ में स्पष्ट कर देना चाहाता हूँ कि जैसी आज देश की स्थिति है, उसमें सरकार चलाना मुश्किल काम है। दूसरे, संख्या का भी सवाल है। वह भी पक्ष में नहीं है। अच्छा होगा कि कांग्रेस के लोग भी सरकार में शामिल

हों। अगर बड़े नेताओं को शामिल होने में कोई दिक्कत है तो कुछ नौजवानों को इसकी छूट दीजिए क्योंकि हमारे पास इतने आदमी नहीं होंगे कि सरकार सक्षम ढंग से चल सके। उन्होंने मुझे कहा कि एक-दो महीने बाद हमारे लोग उसमें शामिल हो जाएँगे। फिर उनसे मैंने दूसरी बात कही कि अगर आपको किसी समय कुछ भी कहना हो तो आप सीधे मुझसे कहेंगे। स्वीकार करने योग्य बात होगी तो मैं बिना देर किए मान लूँगा। यदि कोई कठिनाई होगी तो आपको बता दूँगा। लेकिन एक बात आप याद रखिए कि अगर आपने या आपके किसी आदमी ने आपकी सहमति या आशीर्वाद से अड़ंगेबाजी की या पिनप्रिकिंग की तो मेरे लिए इस्तीफा देने के अलावा दूसरा विकल्प नहीं होगा। इस्तीफा देने में मैं देर नहीं करूँगा। सरकार बनाना ही मेरे लिए बड़ी राजनीतिक समस्या है। इस स्थिति में लोगों के दबाव में निर्णय लेना उससे भी कठिन और जटिल समस्या होगी। इस पर राजीव गांधी ने पूरी सहमति जताई। मैंने उनसे यह नहीं पूछा कि कांग्रेस मेरी सरकार का कितने दिन समर्थन करेगी।

दूसरे दिन मैं राष्ट्रपति महोदय से जाकर मिला। राष्ट्रपति जी ने उस समय मुझे न कोई शर्त बताई और न यह कहा कि उनकी राजीव गांधी से क्या बात हुई है। उन्होंने कहा कि आप सरकार बनाइए। मेरे बारे में आशंकाएँ थीं कि क्या मैं सरकार बना भी सकूँगा या नहीं, और यदि बन गई तो उसे चला पाऊँगा या नहीं ? जो भी मुझसे मिले, सबने कहा कि कांग्रेस पार्टी ने समर्थन के लिए कह दिया, इस बारे में कोई बहस नहीं हुई। ज्यादा चर्चा भी नहीं हुई।

जनता दल के बँटवारे का औपचारिक प्रस्ताव नहीं आया। जनता दल के सांसदों की जगह-जगह बैठकें होने लगीं। एक जगह वे लोग मिलते थे जो विश्वनाथ प्रताप सिंह के साथ थे। दूसरी जगह हम लोगों की बैठकें चल रही थीं। ज्यादा विवाद नहीं था कि कौन किस खेमें में रहे। एक ही व्यक्ति अपवाद थे। वे रामधन जी थे। उनका अचानक हृदय-परिवर्तन हो गया। वे हमारे साथ आकर बैठे और बीच में ही उठकर चले गए। उन्होंने कहा कि मुझे कुछ काम है, फिर वे लौटे नहीं। बाद में उन्होंने लोकसभा में यहाँ तक कह दिया कि उन्हें धमकी दी गई थी। मैंने तत्काल लोकसभा में कहा कि अगर ऐसा है तो उनकी सुरक्षा का पूरा इंतजाम होना चाहिए ताकि धमकी से वे निश्चिंत रह सकें।

राजीव गांधी शायद उस समय स्वयं सरद ार इसलिए नहीं बनाना चाहते थे क्योंकि उनको पता था कि उन्हें समर्थन नहीं मिलेगा। जहाँ तक मेरे समर्थन का सवाल है, जो लोग मेरे साथ थे, वे राजीव गांधी का समर्थन करने के लिए तैयार होते या नहीं, मैं नहीं जानता। यह बात कभी चली भी नहीं।

सरकार बनाने की जिम्मेदारी क्यों स्वीकारी ?

मैंने सरकार बनाने की जिम्मेदारी इसलिए स्वीकार की क्योंकि उस समय देश की हालत बहुत खराब थी। उस समय दो तरह के दंगे-फसाद चल रहे थे–साम्प्रदायिक और

सामाजिक। प्रधानमंत्री पद की शपथ मैंने 11 नवम्बर, 1990 को ली। उस दिन 70-75 जगहों पर कर्फ्यू लगा हुआ था। युवक आत्मदाह कर रहे थे। वे मण्डल आयोग की सिफारिशों के खिलाफ भड़क गए थे। दूसरी तरफ साम्प्रदायिक दंगे हो रहे थे। मुझे सरकार बनाने और चलाने का कोई अनुभव नहीं था, लेकिन मेरा विश्वास था कि अगर देश के लोगों से सही बात कही जाए तो देश की जनता देश के भविष्य के लिए सब कुछ करने के लिए तैयार रहेगी। जो आग भड़क गई थी, उस पर कुछ ठंडा पानी डाला जा सकता है, ऐसा मेरा विश्वास था। कठिनाइयों के बावजूद मुझे लगा कि कोई न कोई रास्ता जरूर निकल सकता है, भले ही वह अस्थायी हो। मुझे इसमें संदेह नहीं था कि मेरी सरकार अधिक दिनों तक चलेगी। शपथ ग्रहण के पहले दिन कई तरह की बातें हुईं। मेरे ऊपर उसका ज्यादा असर नहीं था। मैंने जानने की कोशिश भी नहीं की। कांग्रेस के समर्थन के पहले, सरकार बनाने के पहले कुछ और संभावनाओं को टटोला गया था। मेरे जीवन की एक अजीब विडम्बना है। इस पर मैंने काफी आत्मविवेचन किया है, लेकिन मुझे कोई उत्तर आज तक नहीं मिल पाया है। मैंने कभी किसी के विरुद्ध व्यक्तिगत कारणों से आज तक आक्षेप नहीं किया है और न ही आरोप लगाया है। मैंने इस बात की कभी परवाह नहीं की कि कौन व्यक्ति किस पद पर है। लेकिन लोगों को मुझसे घबराहट होती रहती है, मेरी समझ में यह नहीं आता कि ऐसा क्यों है ?

प्रधानमंत्री का पद मैंने एक प्रकार से कर्तव्य-पालन की भावना से स्वीकार किया। उस समय वीपी की सरकार देश को जिस रास्ते पर ले जा रही थी, वह खतरनाक रास्ता था। उससे देश विनाश की ओर जा रहा था। मैं उसे बदल सकता हूँ, इसका विश्वास मुझे था। तात्कालिक समस्याओं का हल असम्भव नहीं लगा। मेरी धारणा को बल मिला। मैं चार महीने पूरी तरह और तीन महीने कामचलाऊ प्रधानमंत्री रहा। इन सात महीने में मैंने महसूस किया कि प्रधानमंत्री पद की जिम्मेदारी या काम इतना बड़ा नहीं है कि इस पद पर आसीन व्यक्ति के पास दूसरे कामों के लिए बिलकुल समय न हो। मेरे कार्यकाल में देश और विदेश की भयानक समस्याएँ खड़ी थीं। विदेश में खाड़ी युद्ध हुआ। थोड़े ही समय में जितनी बड़ी समस्याएँ हो सकती हैं, वह सब पैदा हुईं। उनका समाधान भी हुआ।

पद सँभालने के बाद

पद सँभालने के दूसरे या तीसरे दिन की बात है। मुझे बताया गया कि आर्थिक स्थिति बहुत खराब हो चुकी है। तत्काल विचार करना जरूरी है। मैंने मीटिंग बुलाई। कुछ बड़े अफसर आए। उन लोगों ने जो बातें बताईं, उनको मैं सुनता रहा। उसके बाद वित्त सचिव ने एक पेज का नोट मुझे दिया। उसमें लिखा था कि हालत इतनी खराब है कि हम कुछ नहीं कर सकते। मतलब साफ था कि हमें अंतरराष्ट्रीय मुद्रा कोष और विश्व बैंक पर निर्भर रहना पड़ेगा। जब वे अपनी बात खत्म कर चुके तो मैंने पूछा कि आपके नोट का जो आखिरी वाक्य है, उसके बाद आपको वित्त सचिव की कुर्सी पर बने रहने

का क्या औचित्य है ? यह स्थिति एक दिन में पैदा नहीं हुई होगी, महीनों में बनी होगी। मैं जानना चाहता हूँ कि पिछले दिनों क्या कदम उठाए गए, उन्होंने क्या सुझाव दिए। उन्होंने कोई उत्तर नहीं दिया। अगले दिन मैंने वित्त सचिव को हटा दिया। उन्हें वहीं दूसरे पद पर कर दिया गया। एक सज्जन ने कहा कि जिस पद पर उनको भेजा गया है वहाँ लोगों को राज्यमंत्री का दर्जा दिया जाता था। मैंने कहा : जैसी उन्होंने राय दी थी, उसको देखते हुए वे उस पद के अधिकारी नहीं रह गए थे। मैंने उनको अगले दिन बुलवाया, वे अपनी बात कहना चाहते थे। वे कुछ कागजात लेकर आए, जिससे पता लगा कि पिछली सरकार में उन्होंने वित्त मंत्री और प्रधानमंत्री को नोट भेजे थे। मुझे आश्चर्य था कि मुझसे बात करते समय इसका जिक्र उन्होंने क्यों नहीं किया ? शायद वे सोचे होंगे कि नया आदमी हूँ, कभी सरकार में रहा नहीं। मैं कुछ नहीं जानता। बात सही हो सकती है, पर उनका जो फर्ज है, उसे तो पूरा करना चाहिए। मैंने चेतावनी दी कि भविष्य में आप ऐसा दूसरे के साथ कृपया कभी न करें। यह व्यक्तिगत सवाल नहीं है, यह देश का प्रश्न है। उन्हें राज्यमंत्री का पद दे दिया गया।

जहाँ तक अफसरों को पहचानने और उनके मूल्यांकन का सवाल है, मैंने साधारणतया कोई गलती नहीं की। मैंने उनके काम में दखल नहीं दिया। किसी से यह नहीं कहा कि क्या फाइल बनाएँ। उन्हें उनके विवेक पर छोड़ दिया। पहली नजर में जो अफसर गड़बड़ लगे, उनके बारे में मैंने कोई समझौता नहीं किया। एक सज्जन पिछली दो सरकारों में प्रधानमंत्री के प्रमुख सचिव थे, मुझे उनका ढंग कुछ ठीक नहीं लगा। मैंने यशवन्त सिन्हा से कहा कि मेरा उनसे बात करना ठीक नहीं है, आप बात कीजिए। उनसे पूछिए, वे कहाँ जाना चाहेंगे ? इतने वरिष्ठ अधिकारी हैं, दो प्रधानमंत्रियों के प्रिय पात्र रहे हैं, इन्हें कोई स्थान मिलना चाहिए। वे दूसरे दिन मिलने आए, एक अभिमान-भरे अन्दाज में उन्होंने फरमाया कि क्या आप समझते हैं कि मैं नौकरी के लिए यहाँ हूँ ? मुझे टाटा के यहाँ से कई साल पहले से ऑफर है। दो प्रधानमंत्रियों के अनुरोध पर यहाँ बना हुआ हूँ। मुझे लगा कि भारत सरकार में सबसे ऊँचे पद पर बैठा हुआ यह व्यक्ति टाटा की नौकरी के बल पर यहाँ बना हुआ है, मैं कभी ऐसा सोच भी नहीं सकता था। ज़िन्दगी में पहली बार अपने घर में किसी आए हुए व्यक्ति से बात करने के बजाय मैं उठा और चला गया। उनसे कहा कि आप यहाँ से जा सकते हैं। उन्होंने इस्तीफा भेजा और मैंने मंजूर कर लिया। उसके बाद उनकी दरख्वास्त आई कि टाटा में नौकरी की इजाजत दी जाए। मैंने निर्देश दिया कि उनके आवेदन पर नियमानुसार कार्रवाई हो। कायदे से वे बिना सरकार की अनुमति के दो साल तक किसी निजी घराने में नौकरी नहीं कर सकते थे। दूसरी सरकार आई और अनुमति मिल गई। उस अफसर ने मेरे खिलाफ कई लेख लिखे। मैंने कोई प्रतिक्रिया व्यक्त करना उचित नहीं समझा।

मेरी प्राथमिकताएँ

जो आदमी राजनीति में सही ढंग से सोचता है, उसकी प्राथमिकताएँ नहीं बदलतीं।

प्रधानमंत्री-पद सँभालने पर मेरी प्राथमिकताएँ वही रहीं, जो मेरे राजनीतिक जीवन के प्रारंभ में थीं। सवाल था कि देश का विकास कैसे हो ? इसके दो ही साधन हैं– प्राकृतिक और मानव शक्ति। हमारे पास प्राकृतिक संसाधनों की प्रचुरता है। मनुष्य शक्ति और कुशल मानव संसाधन का हमारे पास अभाव नहीं है। थोड़े में सन्तोष करनेवाले लोग हैं। मेहनती हैं। सरकार को इतना ही करना है कि लोगों के श्रम का और प्राकृतिक संसाधनों के विकास के लिए समुचित संयोजन हो जाए। मैंने समाजवादी आंदोलन में जो सीखा था, उसके आधार पर मैंने सरकारी अधिकारियों से बात की। रचनावाहिनी बनाने की कल्पना उनके सामने रखी। मैंने अधिकारियों से पूछा कि एक आदमी अगर बंजर जमीन को खेती या बागबानी के लायक बनाए तो उसे एक महीने में कितना दिया जाना चाहिए। मेरा सुझाव था कि उसे कम से कम एक सिपाही के वेतन के बराबर वेतन देने पर भी कोई घाटा नहीं होगा और इस प्रकार कुपोषण की समस्या का समाधान कर सकना सम्भव हो सकेगा। इसी तरह से निरक्षरता को दूर करने के लिए योजना बनाने की बात चली। योजना आयोग और विश्वविद्यालय अनुदान आयोग के लोगों से बात हुई। विश्व विद्यालय आयोग के अध्यक्ष यशपाल जी के प्रयास से एक बैठक हुई। देश के 21 विश्वविद्यालयों के कुलपति आए। उन्होंने स्वयं सुझाव दिया कि विश्वविद्यालयों में अवकाश की अवधि तीन महीने कर दी जाए और उस अवधि में छात्रों को अध्यापकों सहित गाँव में भेजने का प्रबंध हो और उनके द्वारा निरक्षरता निवारण का अभियान चलाया जाए। एक राष्ट्रीय पुनर्निर्माण कोष बनाने का भी विचार था। उस कोष में प्रधानमंत्री से शुरू कर निचले दर्जे तक सब लोग अपने वेतन से कुछ न कुछ पैसा दे। सरकारी और खासकर विदेशी खरीद में जो कमीशन का पैसा मिलता है, उसे विकास के काम में लगाने का कानूनी प्रबंध होना चाहिए। ऐसे कामों के लिए अभियान चलाने की योजना थी।

अपनी प्राथमिकताएँ तय करते वक्त मैं इस मानसिक बोझ से नहीं दबा कि सरकार कितने दिन चलेगी। जीवन के बारे में मेरा शुरू से एक दृष्टिकोण रहा है। उसे सरकार पर भी लागू करना होगा, ऐसा मेरा विचार है। जीवन अपने हाथ में नहीं है। अपने वश में कर्म है। जीवन लम्बा चल सकता है, वह कल भी समाप्त हो सकता है। दोनों स्थितियों में मैं यह मानता हूँ कि कोई व्यक्ति इतिहास का आखिरी व्यक्ति नहीं है। वह सारी समस्याओं का समाधान नहीं कर सकता। जितना हो सके, उतना पूरी लगन से प्रयास करना चाहिए। मैं लोगों से सुनता हूँ कि कांग्रेस के नेता उन दिनों कहा करते थे कि वे मेरी सरकार को कम से कम ग्यारह महीने चलने देंगे। अचानक उनका इरादा बदला तो इसकी कोई वजह होगी। इस बारे में कुछ बातें कही जाती हैं। कांग्रेस के कुछ नेता शायद यह सोचते थे कि वे जैसा चाहेंगे, वैसा सरकार को चलाएँगे। मेरा रुख यह था कि उनकी उचित बातें मानूँगा। जिसे ठीक नहीं मानता, उसे पूरा नहीं कर सकता। शुरू में नियुक्तियों का मामला आया। जहाँ मैंने गलत सिफारिश देखी और पाया कि यह आदमी उस पद के लायक नहीं है, उसे विनम्रतापूर्वक मना कर दिया। हर ठीक सिफारिश

को मैंने माना। जहाँ कठिनाइयाँ थीं, उन्हें बताकर अस्वीकार भी करना पड़ा।

प्रधानमंत्री के नाते मैंने अफसरों को पूरी छूट दी। उनसे कहा कि वे बात-बात पर सलाह लेने न आया करें। वे अपनी जिम्मेदारी समझें और निभाएँ। एक दिन साउथ एवेन्यू में कुछ अधिकारी आए। उनमें प्रवर्तन निदेशालय और केंद्रीय जाँच ब्यूरो के अफसर थे। मुझे बताया गया कि बहुत जरूरी बात है, कुछ अफसर मिलने आए हैं। मैंने उनको बुलवाया। मैंने पूछा : क्या बात है ? अत्यंत सवेरे आए थे। मैंने पूछा, क्या बात है ? उन्होंने कहा कि चंद्रास्वामी विदेश से आ रहे हैं। उन्हें गिरफ्तार करना चाहते हैं। मैंने कहा कि मुझे क्या करना है ? उन अफसरों ने कहा कि ऐसे मामलों में प्रधानमंत्री से सलाह ली जाती है। मैंने उनसे कहा, मेरा एक ही जवाब है कि अगर आप जरूरी समझते हैं और हर पहलू से यह सही है तो अपनी जिम्मेदारी पर फैसला लीजिए। अगर आप सही फैसला लेंगे तो कोई व्यक्ति आप पर दबाव नहीं डालेगा। अगर बदले की भावना से काम करेंगे तो उसकी जवाबदेही भी आप पर होगी। प्रधानमंत्री से ऐसी सलाह कभी मत लीजिएगा, यह उनका काम नहीं है।

प्रधानमंत्री चाहे तो फाइलों के बोझ से बच सकता है। बहुत गैर-जरूरी फाइलें भी उसके सामने रख दी जाती हैं। मेरा अनुभव दूसरे तरह का है। पहले ही दिन मेरे सामने तमाम फाइलें आईं। उन सबको मैंने निपटाया। तीन रोज तक यह सिलसिला चला। उसके बाद मैंने प्रमुख सचिव को बुलाया और पूछा कि क्या कोई नियम है जिसके कारण ये फाइलें मेरे पास आनी ही चाहिए ? उन्होंने कहा कि नहीं, पहले ऐसी फाइलें ज्वाइंट सेक्रेटरी ही निपटा देता था। वे सारी फाइलें मरीजों को सहायता देने के बारे में थी। उसके बाद मैंने लिखा कि भविष्य में ऐसी फाइलें मेरे पास तभी आएँ जब 25 हजार रुपये से ज्यादा की मदद का मामला हो। मैं अपने गाँव गया। मैं जिस स्कूल में आठवीं कक्षा तक पढ़ा था, वहाँ के प्रिंसिपल जीवित थे। उन्होंने मुझसे कहा कि लडकियों का डिग्री कालेज बन रहा है, कुछ पैसे दे दीजिए। उन्होंने मुझे पढ़ाया था। मैंने कहा कि इस विद्यालय के लिए पाँच लाख रूपये दे दिए जाएँ। दिल्ली लौट कर आया तो एक दिन मेरे पास नोट आया कि वह पैसा नहीं दिया जा सकता। मैंने पूछा कि क्यों ? बताया गया कि आज तक किसी ने नहीं दिया है। उस अफसर से मैंने कहा कि अगर कोई नियम है तो वह बताइए। उसे बदला जा सकता है। इसके बाद नियम की बात तो नहीं आई। कुछ दिनों बाद उन्हीं अफसरों ने ढूँढ लिया कि पं. जवाहरलाल नेहरु ने एक बार किसी विद्यालय को पैसा दिया था।

मैं सीमा सुरक्षा बल के वार्षिक समारोह में गया। वहाँ के एक महानिदेशक ने मुझसे कहा कि अगर आप थोड़ा समय दें तो हमारे अफसर कुछ कहना चाहते हैं। उन लोगों ने बताया कि पंजाब और राजस्थान सीमा पर गरम कोट देने की व्यवस्था नहीं है। मैंने पूछा कि गरम कोट के बगैर वहाँ सैनिक रात में पहरा कैसे देते हैं, तो पता चला कि कम्बल या रजाई ओढ़कर ड्यूटी करते हैं। यह मामला उन अफसरों ने बार-बार उठाया था। दो साल से चल रहा था। मैंने वित्त मंत्रालय से कहा कि यह उसी दिन स्वीकृत किया

जाए। मैंने महानिदेशक से बात की। उनसे पता चला कि उन्होंने केंद्र से 70 लाख रुपये की माँग की है, सैनिक कल्याण की मद में वे लोग कुछ पैसा अपने वेतन से देते हैं। लेकिन आतंकवादी हमले के कारण हादसे ज्यादा होते हैं और पैसे पूरे नहीं होते। इसलिए सरकार से सहायता चाहते हैं। मैंने जब पता किया तो इस मद में काफी धन उपलब्ध था, पर निर्णय नहीं हो पा रहा था। कई बार फैसले के अभाव में जरूरी परंतु छोटे काम भी अटके रहते हैं। सरकार के पास साधन होता है, लेकिन फैसला न होने के कारण उसका उपयोग नहीं हो पाता।

अयोध्या-विवाद

प्रधानमंत्री का पद सँभालने के बाद मेरे सामने तीन बड़े सवाल थे—अयोध्या का मन्दिर-मस्जिद विवाद, पंजाब में आतंकवाद और कश्मीर की समस्या। यह बात तो सभी स्वीकार करते हैं कि मुझे अगर दो महीने का वक्त मिल जाता तो मन्दिर-मस्जिद विवाद सुलझ गया होता। जनता दल बनने के बाद से ही मैं यह कहता रहा हूँ कि नेतृत्व इस सवाल पर ईमानदार नहीं है। समस्या के मूल में जाने की कोशिश नहीं की गई है। मेरी यह धारणा है कि भारत की जनता पढ़े-लिखे लोगों की कसौटी पर अनपढ़ भले ही मानी जाए लेकिन उससे अगर खुलकर बात की जाए तो वह हमेशा सहयोग करती है और असम्भव काम कर दिखाती है। विश्व हिन्दू परिषद ने उन दिनों कहा कि वे आंदोलन करेंगे। वे मुझसे मिलना चाहते थे। मैं स्वयं उनकी एक मीटिंग में गया। सुरक्षा अधिकारियों ने आपत्ति की। मैंने उनसे कहा कि सब परिचित हैं, मेरे मित्र हैं, मेरे प्रति हिंसा की बात तो छोड़ दीजिए। कोई कठोर बात भी नहीं करेंगे और मैं मीटिंग में गया।

मेरे सामने उत्तेजनापूर्ण बात की गई। मैंने स्पष्ट शब्दों में कहा कि यदि आपने यह रुख अपनाया तो मेरे लिए कोई विकल्प नहीं बचेगा सिवाय कठोर कदम उठाने के। यह सरकार का कर्तव्य हो जाएगा। मस्जिद को बचाने के लिए जो भी करना होगा, सरकार करेगी। जरूरत पड़ने पर गोली चलानी पड़े तो मुझे कोई हिचक नहीं होगी। आप लोग बातचीत का रास्ता अपनाएँ। विश्व हिन्दू परिषद के लोगों का कहना था कि बातचीत के लिए दूसरा पक्ष तैयार नहीं है। मैंने कहा कि यह मेरे ऊपर छोड़िए। मैंने बाबरी मस्जिद एक्शन कमेटी के नेताओं से बातचीत की। उनसे खुलकर बात हुई। उनसे मैंने कहा कि हिन्दुस्तान में करीब साढ़े सात लाख गाँव में हिन्दू-मुसलमान साथ रहते हैं। कोई भी सरकार हर गाँव की सुरक्षा के लिए फौज तैनात नहीं कर सकती। जो लोग साम्प्रदायिकता बढ़ाएँगे और गाँव-गाँव में दंगे करवाएँगे, वे बेगुनाह लोगों की मौत के जिम्मेदार होंगे। आपको तय करना है कि हजारों लोगों की जान जाए या बातचीत से रास्ता निकाला जाए। आप लोग चुन लीजिए, विकल्प ज्यादा नहीं हैं।

उन लोगों का कहना था कि विश्व हिन्दू परिषद इसके लिए तैयार नहीं होगी। मैंने विश्व हिन्दू परिषद और बाबरी मस्जिद एक्शन को एकसाथ बात करके समस्या का हल निकालने के लिए तैयार कर लिया। भैरोसिंह शेखावत और शरद पवार से कहा कि

मुलायम सिंह से सलाह की जाए और दोनों पक्ष से बात करके रास्ता निकालें। एक स्थिति ऐसी आई कि दोनों पक्ष सहमत थे, समाधान सामने था। उच्चतम न्यायालय के निर्णय को मानने के लिए दोनों पक्ष के लोग तैयार हो गए थे। बाबरी मस्जिद के अनेक लोगों ने कहा था कि अगर यह साबित हो जाए कि वहाँ कोई मन्दिर रहा है तो वे मस्जिद बनाए रखने का आग्रह छोड़ देंगे। मैंने सोचा था कि क्यों न पुरातत्व विभाग से कहें कि वह खुदाई कराकर इसका पता लगाए। विश्व हिन्दू परिषद और बाबरी मस्जिद के लोग खुले आम कुछ कहने के लिए तैयार नहीं थे, लेकिन वे सिद्धांततः यह मान गए थे कि सुप्रीम कोर्ट का जो भी फैसला होगा, वे मानेंगे। सुप्रीम कोर्ट सलाह देने के लिए नहीं; मान्य निर्णय देने के लिए तैयार था। संविधान में धारा 138 बी के तहत ऐसे मसलों पर सुप्रीम कोर्ट की सलाह की व्यवस्था है जो हर पक्ष पर लागू होती है। सुप्रीम कोर्ट तीन महीने में फैसला देने के लिए तैयार था। दोनों धर्म के नेताओं का सहयोग निश्चित था। चारों तरफ यह चर्चा चल गई कि अब निर्णय हो जाएगा। इसी बीच हरियाणा के सिपाहियों पर जासूसी का बहाना बनाकर कांग्रेस ने संकट पैदा किया और सरकार ने त्यागपत्र दे दिया।

कुछ लोग सुझाव देते हैं कि मन्दिर और मस्जिद दोनों एक जगह बना दिया जाना चाहिए। जब तक यह बात चलती रहेगी, इसका समाधान नहीं हो सकता। मेरी दृष्टि में एक ही जगह मन्दिर व मस्जिद बनाना उचित नहीं है। इससे झगड़े का अन्त नहीं होगा। इस समस्या का समाधान आपसी समझदारी और लेन-देन की भावना से ही किया जा सकता है। उस समय दोनों पक्ष इसके लिए तैयार हो गए।

पंजाब

पंजाब में आतंकवाद की समस्या अत्यंत गंभीर थी। खाड़कू लोग थे जो निर्मम हत्या करने पर उतारू थे। पुलिस की ओर से भी ज्यादतियाँ हो रही थीं। चंडीगढ़ में समाचार-पत्रों के लोग डरे हुए थे। वे आतंकित थे। जैसा आतंकवादी चाहते थे, वही खबर छापने पर मजबूत थे। अखबार के लोगों से मैंने कहा कि डरकर खबर मत छापिए। पुलिस को साधनों की जो कमी थी उसे पूरा किया गया। उग्रवादी समूहों को भी आश्वासन दिया गया कि फर्जी मुठभेड़ नहीं होगी। लेकिन यह भी याद रखिए कि किसी घर में अगर आतंकवादी को शरण मिली हुई है तो पुलिस उनके विरुद्ध कदम उठाएगी। उस कार्रवाई में अगर निर्दोष लोग भी मारे जाएँगे तो पुलिस उसके लिए दण्डित नहीं होगी।

इसके साथ ही जगह-जगह जो टार्चर सेंटर बन गए थे, उसे खत्म किया गया। इससे कुछ लोगों को परेशानी हुई, उड़ीसा के राज्यपाल यज्ञदत्त शर्मा की बेटी की शादी थी। उसमें शरीक होने मैं चंडीगढ़ गया। वहाँ मुझे बताया गया कि ट्रिब्यून में एक खबर छपी है कि अगर के.पी.एस. गिल का ट्रासंफर नहीं किया गया तो सात एस. पी. इस्तीफा देने की बात सोच रहे हैं। मेरे पास सिमरनजीत मान के लोग आए। वे उनका पत्र लेकर आए थे और ऐसा मानते थे कि सरकार कुछ नहीं कर सकती। मैंने उनसे कहा कि आप

लोग जाइए। सरकार अपना काम करेगी। मैंने गिल साहब को बुलाया और उनसे पूछा कि वे सात एस.पी. कौन हैं, उनका नाम बताइए। वे बोले, मै नहीं जानता। मैंने उनसे कहा कि उन लोगों को इस्तीफा नहीं देना पड़ेगा। मैं उनका काम आसान करना चाहता हूँ। उनको राष्ट्रपति के आदेश से बर्खास्त किया जा सकता है। अगर दो-चार और एस. पी. हैं तो उनके भी नाम बता दीजिए। अगले दिन उन्हें सी.आर.पी.एफ. का डी.जी. बनाकर दिल्ली बुला लिया।

आतंकवादियों से बातचीत का एक सिलसिला चला, उसमें कुछ अन्य एजेंसियों ने भी मदद दी। कुछ आतंकवादियों को विभिन्न जेलों से एक जगह इकट्ठा किया गया। उनसे बातचीत शुरू होने वाली थी कि उसी समय सरकार चली गई।

कश्मीर

कश्मीर के मामले में मीर कासिम ने पहल की थी। मैंने संसद में कहा था कि मैं उस हर आदमी से बात करूँगा जो भारत का नागरिक है। कश्मीर में भी सफलता मिल सकती थी। कश्मीर की समस्या कई कारणों से पेचीदी बनी है। इसमें संवादहीनता भी एक कारण है।

असम और तमिलनाडु

यह भ्रम है कि कांग्रेस के कहने पर मैंने असम और तमिलनाडु की सरकार को बर्खास्त किया। असम में उल्फा की समस्या थी। प्रफुल्ल महंत की सरकार लाचार थी। उसी तरह से तमिलनाडु में लिट्टे बेरोकटोक अपना काम कर रही थी। मैंने करुणानिधि से कहा कि आप कोई कदम उठाइए। उन्होंने आश्वासन दिया कि वे कार्रवाई करेंगे। प्रत्येक कैम्प से कुछ चुने हुए उन उग्रवादियों को एक जगह रखिए, जो संकट पैदा करने के लिए जिम्मेदार हैं। उन पर काबू पा सकते हैं। मेरी जो बातचीत उनसे हुई, वह तीन दिन बाद उसी रूप में मेरे पास आ गई। उस दिन मैंने फैसला किया कि उस सरकार का बने रहना उचित नहीं। मैंने उच्च स्तर पर बात की, आवश्यक सावधानी बरतने के बाद उस सरकार को हटाना पड़ा।

मेरी सरकार क्यों गई ?

मेरी सरकार को गिराने के लिए एक बहाना बनाया गया। खुफिया पुलिस का बहाना था। वह अकेला कारण नहीं है। आखिरी और निर्णायक कारण कई हो सकते हैं। ब्रिटेन के एक अखबार ने लिखा कि यह जो सरकार है, उसके बारे में शुरू में धारणा थी कि यह कांग्रेस की बैसाखी पर है इसलिए कुछ फैसले नहीं लेगी, लेकिन सरकार जिस तरीके से फैसले ले रही है, ऐसा लगता है कि जवाहरलाल नेहरु के बाद यह सबसे प्रभावी सरकार है।

सरकार बनाने के तुरंत बाद मैं कलकत्ता गया। एक उद्योगपति के पिता की मूर्ति

का अनावरण था। वहाँ गया तो इस बात पर विवाद खड़ा हो गया कि मैं उस पूँजीपति के घर खाना खाने क्यों गया ? मैंने कहा कि उनके पिता को जानता था, वे अशोक मेहता के दोस्त थे। उनके घर पहले भी गया हूँ और अब भी जाऊँगा। जब मैं जा रहा था, उस समय उन सज्जन ने कहा कि चंद्रशेखर जी, आपकी सरकार में रिश्वत चल रही है। उस समय मैं और देवीलाल दोनों ही केवल सरकार के थे। मैंने उनसे कहा कि जब हम निजी तौर पर बात करते हैं तो वह एक अलग स्थिति है, लेकिन जब आप प्रधानमंत्री को कोई जानकारी दे रहे हैं तो इसके लिए तैयार रहना चाहिए कि पूरी जानकारी दें। रिश्वत की बात का पता लगाया गया। पता चला कि एक सज्जन ने रिश्वत ली है। उनका कहना था कि हमारी सरकार चलाने का काम वे ही करते हैं। मैंने वहाँ सभा में कहा कि कुछ लोग सरकार के नाम पर पैसे ले रहे हैं और कुछ लोग दे रहे हैं। वे अपनी जिम्मेदारी पर अपना काम करें, इसका परिणाम उन्हें ही भुगतना पड़ेगा। उसके बाद एक विशिष्ट व्यक्ति आए। वे चाहते थे कि हम उस अध्याय को भुला दें।

इस प्रकार दूरी बढ़ती गई। राज्यपालों की नियुक्ति के सवाल पर भी मतभेद उभरे। मैं चाहता था कि हितेन्द्र देसाई को गवर्नर बनाना चाहिए। कांग्रेस का तर्क था कि इससे गुजरात में उनका दलीय गणित गड़बड़ा जाएगा। इसी तरह अनुसूचित जाति-जनजाति आयोग के अध्यक्ष का सवाल आया। कांग्रेस चाहती थी कि मैं रामधन को हटाकर किसी और व्यक्ति को अध्यक्ष बना दूँ। जो नाम दिए गए, वे सुखदेव प्रसाद और महावीर प्रसाद के थे। मैंने कहा कि कांग्रेस में इससे अधिक योग्य लोग हैं, उनके नाम दीजिए, नहीं तो रामधन ही अध्यक्ष रहेंगे। ब्रिटेन में उच्चायुक्त की नियुक्ति जरूरी थी। विद्याचरण शुक्ल ने एक लिस्ट बनाई थी, उसमें रामनिवास मिर्धा का नाम था। राजीव गांधी इस नाम पर सहमत थे। बाद में वहाँ भी राजस्थान के गणित का सवाल उठा। मैंने बिना सलाह किए राष्ट्रपति की सहमति से लक्ष्मीमल सिंघवी को भेजा।

कैबिनेट सेक्रेटरी बनाने के सवाल पर भी मतभेद हुआ। पहले जिस व्यक्ति का नाम सुझाया गया, वह मेरी राय में लोगों को साथ लेकर काम करने की योग्यता नहीं रखता था। एक दूसरे व्यक्ति का नाम दिया गया। उन सज्जन का एक नामी-गिरामी औद्योगिक घराने से संबंध थे। मेरे एक वरिष्ठ मित्र भी उनके पक्ष में थे, पर उन्हें मैं कैबिनेट सेक्रेटरी के पद पर नियुक्त नहीं कर सकता था। मैंने वरिष्ठता के आधार पर ही हर नियुक्ति की।

पुलिस की जासूसी का बहाना बनाने वालों ने यह नहीं सोचा था कि मैं इस्तीफा दे दूँगा। लोकसभा में मैं जवाब देने के लिए खड़ा हुआ, उस समय देवीलाल जी ने मुझे कहा कि राजीव गांधी जी बात करना चाहते हैं, मैं जाऊँ ? मैंने कहा : जरूर जाइए और अपनी प्राइममिनिस्टरी की बात करके आइएगा। मेरे दिन इस पद पर पूरे हो गए हैं। लोकसभा में भाषण करने के बाद मैंने अपनी सरकार का इस्तीफा सौंप दिया। उसी रात में मेरे पास प्रस्ताव आया कि आप दोबारा शपथ लीजिए। आपकी सरकार में कांग्रेस भी शामिल हो जाएगी। मैंने कहा कि मेरा काम हो गया। यह प्रस्ताव शायद

इसलिए आया कि लोग तुरंत चुनाव नहीं चाहते थे।

राजीव गांधी की हत्या

राजीव गांधी की सुरक्षा के बारे में एजेंसियों में चिंता थी। उनकी ओर से राजीव गांधी को बार-बार अनुरोध किया जाता था कि वे सुरक्षा-नियमों को न तोड़ें। जब मुझे बताया गया तो मैंने खुद भी उनसे कहा, दूसरी बार मैंने पत्र लिखा। उनके सहयोगियों ने राजीव गांधी की सुरक्षा से अधिक राजनीति-लाभ को महत्त्व दिया। ऐसे लोगों ने उन्हें जनता में जाने के लिए कहा। सुरक्षा-नियमों को तोड़ने के लिए अवसर उपस्थित किए। चुनाव के दिन थे। मुझे कहा गया कि राजीव गांधी ने अपने विश्वासपात्रों के जरिए लिट्टे से सम्पर्क बनाया है। लिट्टेवालों ने उनको भरोसा दिया है कि वे भविष्य में मिल-जुलकर काम करेंगे। उनको धोखा दिया जा रहा है, यह अनुमान नहीं लगाया गया। आकलन की भूल थी। वे मानव-बम के इस धोखे के कारण शिकार हुए। इस दुखद प्रसंग की याद आज भी एक भयंकर त्रासदी की याद दिलाती है। उनकी हत्या की सूचना मुझे भुवनेश्वर में मिली।

जिन दिनों मैं कामचलाऊ सरकार सँभाल रहा था, उस समय एक दुर्भाग्यपूर्ण घटना यह हुई कि सीमा पर पाकिस्तान की तरफ से घुसपैठ होने लगी। सीमा सुरक्षाबलवालों ने रोका। इस प्रयास में कुछ घुसपैठिए मारे गए। मुझे पता चला कि अमरीका की सीनेट में इस पर चिंता प्रकट की गई है। विदेश मंत्रालय के अफसर घबराए हुए थे। वे इसे बहुत गंभीर और संवेदनशील मामला समझते थे। मेरे पास अफसर आए और कहा कि राजीव गांधी के अन्तिम संस्कार में अमरीका के उप राष्ट्रपति आने वाले हैं। वे शिष्टाचार की मुलाकात में कुछ बातें उठाएँगे। उनको जवाब देने में सावधानी बरतने की जरूरत होगी। मैंने अपने अफसरों से कहा कि इसमें कोई घबराने की बात नहीं है। अमरीका के उप राष्ट्रपति से मुलाकात हुई। जैसी उम्मीद थी या यूँ कहिए कि आशंका थी, उन्होंने कहा कि हमारे यहाँ सिनेटर और कांग्रेस सदस्य इस घटना के बारे में बहुत चिन्तित हैं। मैंने उनसे कहा कि अमरिकी सिनेटर और कांग्रेस के लोगों से ज्यादा सही जानकारी अपनी सीमाओं के बारे में मुझे है। सीमा-नीति हमें निश्चित करनी है, किसी और को नहीं। मुझे मालूम है कि दूसरे राष्ट्र अपने ऊपर आनेवाले सम्भावित खतरे को भाँपकर किस प्रकार अपनी सीमा से हजारों किलोमीटर दूर जाकर बम बरसाते हैं। हमें अपनी सीमा की रक्षा के लिए कभी-कभी कठोर कदम उठाने पड़ेंगे। इसके बाद फिर उन्होंने इस सवाल को आगे नहीं बढ़ाया। इसी तरह उन्हीं दिनों ब्रिटेन की लेबर पार्टी के उपनेता काफमैन आए। वे पाक अधिकृत कश्मीर से होकर आए थे और यहाँ कश्मीर जाना चाहते थे। उन्हें इजाजत नहीं दी गई। हमारे अफसर डरे हुए थे। वे बता रहे थे कि यह आदमी लेबर पार्टी का बड़ा नेता है। वह सम्भावित प्रधानमंत्री है। मैंने कहा कि जो भी हो, उन्हें कश्मीर नहीं जाने देना है। उन्होंने भारत के विरुद्ध बात की है। राजीव जी के अन्तिम संस्कार में लेबर पार्टी के नेता आए। उनके साथ कुछ सांसद भी

थे। वे लोग मुझसे मिले। उनसे औपचारिकता निर्वाह के बाद, मैंने बिना इस सवाल को उठाए यह कहा कि यह काफमैन साहब कौन हैं ? ये हमारे और आपके बीच बेवजह समस्या पैदा कर रहे हैं। वे स्वयं सफाई देने लगे, बात का वहीं अंत हो गया। उस प्रतिनिधि मंडल में एक सांसद भारतीय मूल का था। जब मैं बाद में लंदन गया तो वह मुझे मिला और उसने याद दिलाया, 'आपने उस दिन मेरे नेता की बोलती बन्द कर दी थी।'

नौवाँ अध्याय

75वें पड़ाव तक

इस समय देश की राजनीति दूसरी दिशा में चली गई है। कैसे लोगों के दिलों के जज्बातों को उभार कर उनका समर्थन पाया जाए, यही राजनीति होकर रह गई है। इसके लिए कोई मजहब का नारा लगा रहा है तो कोई जाति का। ये दोनों नारे ऐसे हैं जिनसे समाज में बिखराव आएगा। तनाव और टकराव की घटनाएँ बढ़ेंगी। ये प्रवृत्तियाँ राजनीति में अचानक पैदा नहीं हुई हैं। इनके लक्षण शुरू से रहे हैं, लेकिन फर्क यह आया है कि पहले थोड़ा संकोच था, अब वह खत्म हो गया है। खुल्लमखुल्ला ये बातें की जा रही हैं। इसी को लोग अपनी बड़ी भारी उपलब्धि मानते हैं। उसके साथ ही एक और दुष्प्रवृत्ति छा गई है। इसकी प्रमुखता 1980 से शुरू हुई। यह थी धन और बल की राजनीति। उसने राजनीति की धारा ही बदल दी है। ऐसे समय में मैं अपने लिए बहुत महत्त्वपूर्ण भूमिका नहीं देख पा रहा हूँ। लेकिन राजनीति का छात्र रहा हूँ और इसी रास्ते पर चल रहा हूँ, इसलिए जो भी सम्भव है, वह करने का प्रयास करता हूँ। मैंने यह जरूर किया है कि देश के सामने जब कोई सवाल आया तो लोगों का ध्यान खींचने का प्रयास किया। कुछ लोग इस धारणा के हैं कि मैं अलग-थलग पड़ गया हूँ। वे तात्कालिक स्थिति में सही हैं, पर मेरा विश्वास है कि मैं जो कह रहा हूँ, आगे आनेवाले दिनों में वही सही सिद्ध होगा।

समाजवादी जनता पार्टी का निर्माण

समाजवादी जनता पार्टी उन लोगों ने बनाई जो इसकी जरूरत महसूस कर रहे थे। इसमें महत्त्वपूर्ण भूमिका देवीलाल की थी। वे जब पद से हटाए गए थे, तभी से नया दल बनाने की बात कर रहे थे। समाजवादी जनता पार्टी जनता पार्टी और जनता दल का सम्मिश्रण है। उसका वैचारिक आधार उसी कड़ी से है। जनता पार्टी में थोड़ी-बहुत वैचारिक बहस हुई थी। जनता पार्टी की मौलिक नीतियों को समाजवादी जनता पार्टी ने अपनाया है। समाजवादी जनता पार्टी में शुरू में देवीलाल, मुलायम सिंह आदि सब थे। समाजवादी जनता पार्टी से अलग होकर मुलायम सिंह ने समाजवादी पार्टी बनाई। मुझे नहीं मालूम कि उन्होंने ऐसा क्यों किया।

कई किस्से मैं सुनता हूँ। मुझे लगता है कि उनके अलग होने में नाराजगी का एक कारण यह हो सकता है कि जब पीवी नरसिंहराव के खिलाफ अविश्वास प्रस्ताव आया था, उस समय मैंने जो भाषण दिया, उसमें सरकार की कटु आलोचना थी। भाषण के बाद मुलायम सिंह ने पार्टी के कुछ सांसदों को अलग बुलाकर कहा कि आप लोग

अविश्वास प्रस्ताव पर मतदान में तटस्थ रहिए। उदयप्रताप सिंह उस समय उन पाँच सांसदों में से एक थे। उस समय पार्टी के हम पाँच सांसद ही थे। उनमें एचडी देवगौड़ा भी थे। उदयप्रताप सिंह ने मुझे कहा कि आपसे एक बात करनी है। सेंट्रल हॉल में बात हो रही थी। उन्होंने बताया कि हमको तटस्थ रहने का निर्देश हुआ है। इससे पार्टी में विभेद पैदा हो जाएगा। आप इस स्थिति को बचा सकते हैं। मैंने उनसे कहा कि मैं कैसे बचा सकता हूँ ? उनकी सलाह थी कि मैं भी तटस्थ रह जाऊँ। मैंने उनसे पूछा कि क्या आपने मेरा भाषण सुना ? उन्होंने कहा, हाँ, सुना था। फिर मैंने सवाल किया कि उस भाषण के बाद क्या मुझे तटस्थ रहना चाहिए ? वे बात को समझ गए। उन्होंने कहा कि आप तटस्थ नहीं रह सकते। उनकी दूसरी सलाह थी कि मैं मुलायम सिंह से बात करूँ। किसी सिलसिले में मुलायम सिंह का फोन आया। मैंने उनसे पूछा कि क्या आपने इन सदस्यों से कहा कि सरकार का विरोध न करें ? उन्होंने कहा कि मैं उन सांसदों से बात कर लूँ। मैंने उनसे कहा कि आप जो निर्देश अपने साथियों को दे रहे हैं, मैं उसे बदलने के लिए क्यों कहूँ ? मैं इसमें नहीं पड़ना चाहता।

मैंने सरकार के खिलाफ वोट दिया। हो सकता है, यहाँ से मेरा और उनका रास्ता अलग हुआ हो ! यह भी मुझे बताया जाता है कि 1993 की पहली तिमाही में बसपा के कांशीराम से उनकी कई मुलाकातें हुई थीं। उन मुलाकातों में जो खिचड़ी पकी, उससे मुलायम सिंह ने अपनी पार्टी बनाई। मैं नहीं जानता कि कांशीराम ने इसके लिए शर्त रखी थी या नहीं।

इसी तरह ओमप्रकाश चौटाला ने हरियाणा विधानसभा चुनाव के पहले अपनी पार्टी बना ली। ये पार्टियाँ किसी सिद्धांत के लिए नहीं बनीं। चुनावी तकाजा ही उनके निर्माण की प्रेरणा थी।

राजनीति की पुरानी मान्यताएँ बदल गई हैं। अब तो भीड़ की राजनीति हो गई है। लोगों ने यह समझ लिया है कि जनतन्त्र का मतलब है, किसी तरह से जन-समर्थन जुटा लो—चाहे इसके लिए जो भी करना पड़े। ऐसी परिस्थिति में मैं उदासीन हो गया। मैंने राजनीति में सक्रिय हस्तक्षेप बन्द कर दिया। मेरे बहुत-से साथी जो इन्तजार करने को तैयार नहीं थे, वे साथ छोड़कर चले गए। मुझे उनसे कोई शिकायत नहीं, लेकिन यह कहना कि वे लोग सोच-समझकर गए हैं, यह स्वीकार करना मेरे लिए सम्भव नहीं। वे राजनीति को अपने उत्थान का साधन मानते हैं। उत्थान की भी एक परिभाषा होती है। भौतिकवादी अर्थ में लें तो उच्च पद पर पहुँचना, पैसा इकट्ठा करना और लोगों को प्रभावित कर लेना ही उत्थान मान लिया गया है। मैं इस स्थिति में ऐसा मानता हूँ कि आदमी को परिस्थितियाँ देखकर चुप भी रहना चाहिए।

उदारीकरण का सवाल

जहाँ देश का भविष्य दाँव पर हो तो ऐसे सवालों पर मैंने इस बात की परवाह किए बगैर हस्तक्षेप किया कि इसका नतीजा क्या होगा। उदारीकरण की नीति एक ऐसा ही

मसला है। इसकी तैयारी पहले से चल रही थी। वीपी सिंह की सरकार के समय वह दस्तावेज आया था। मेरे कार्यकाल में अफसरशाही की हिम्मत नहीं पड़ी कि वे इसकी घोषणा करवा सकें। विश्व बैंक के उपसभापति मेरे कार्यकाल में आए थे। उन्होंने कुछ इस तरह की बात कही थी। मेरा रुख देखकर उन्होंने बात आगे नहीं बढ़ाई। मैंने उनसे साफ कहा कि देश इसको स्वीकार नहीं करेगा। उन्होंने मुझसे पूछा कि विश्व बैंक और अंतरराष्ट्रीय मुद्रा कोष ने अगर तय कर लिया कि भारत को सहायता बन्द कर देनी है तो आप क्या करेंगे ? मैंने कहा कि मैं ऑल इंडिया रेडियो और दूरदर्शन पर जाऊँगा। देश के नाम सन्देश में कहूँगा कि ये एजेंसियाँ हमारा हाथ मरोड़ना चाहती हैं। यह देश की मर्यादा के खिलाफ है। इसलिए मैं फैसला करने जा रहा हूँ कि आयात पर पूरी तरह से रोक लगा देनी है। सिर्फ पेट्रोलियम पदार्थ और जीवन रक्षक दवाएँ अपवाद होंगी।

उन्होंने कहा कि क्या आप यह कर सकते हैं ? मैंने कहा : क्यों नहीं कर सकता ? आप लोगों को इस देश के बारे में बहुत गलतफहमी है। यहाँ तीस फीसदी लोग ऐसे हैं जिनका यहाँ के बाजार से भी यदाकदा ही वास्ता पड़ता है। आप लोग जो बाजार की अर्थव्यवस्था चला रहे हैं, उसमें बहुत थोड़े लोग आते हैं। याद रखिए, वे ही राष्ट्र नहीं हैं। मेरी बात सुनकर वे सफाई देने लगे। मैंने उनसे पूछा कि जो देश विश्व बैंक और अंतरराष्ट्रीय मुद्रा कोष को नियंत्रित कर रहे हैं, क्या वे भारत के बाजार को भूल जाएँगे ? मुझे मालूम है कि वे देश भारत को अपने उद्योगों के लिए बाजार बनाना चाहते हैं। उन्होंने इस बातचीत के बाद सनत मेहता को फोन किया कि चंद्रशेखर जब तक हैं तब तक इस देश में कुछ नहीं हो सकता।

उदारीकरण की जिस नीति की घोषणा पीवी नरसिंहराव की सरकार ने की उसका आधार अजित सिंह की उद्योग-नीति थी। वह विश्वनाथ प्रताप सिंह की सरकार में बनी थी। उदारीकरण की नीति देश को बेचने वाली है। उसे रोका जाना चाहिए। हमारे पास जो कुछ भी है उसको हम लोग गिरवी रख रहे हैं। भुलावे में रखने के लिए लोगों से बहुत-सी बातें कही जाती हैं। दावा किया जाता है कि हमारे पास विदेशी मुद्रा बहुत है। मैं पूछता हूँ कि क्या जिस विदेशी मुद्रा के भण्डार के बल पर इस नीति को चलाने का तर्क दिया जा रहा है, उसे हमने कमाया है ? यह तो उन लोगों का पैसा है जिन्होंने यहाँ जमा कर रखा है। हमें गलतफहमी में नहीं रहना चाहिए। मैक्सिको की अर्थव्यवस्था जिस तरह चौपट हुई है और वहाँ हर तरह की बदहाली बढ़ती जा रही है, उससे हम सबक सीख सकते हैं। पड़ोस के उन देशों में क्या हुआ जो एशियन टाइगर माने जाते थे ? अपना जमा कराया हुआ पैसा जब लोग उठा ले जाते हैं तो अर्थव्यवस्था ध्वस्त हो जाती है। छोटे-मोटे देशों को मदद करके बचाया जा सकता है, भारत जैसे बड़े देश को बचाना मुश्किल है। महात्मा गांधी ने स्वदेशी और स्वावलम्बन का जो नारा लगाया था, वह मात्र नारा नहीं था, वह एक आर्थिक जीवन दर्शन था जिसके जरिए अपना विकास किया जा सकता है।

नई आर्थिक नीति जब आई तो उन्हीं दिनों राष्ट्रीय स्वयंसेवक संघ के सरसंघचालक बालासाहब देवरस का एक बयान आया। उसे मैंने पढ़ा। मेरे मन में आया कि इस बयान का स्वागत करना राष्ट्रीय कर्तव्य है। बयान में अपने प्राकृतिक संसाधनों और श्रमशक्ति पर भरोसा करने की बात कही गई थी। स्वदेशी पर बल दिया गया था और नई आर्थिक नीतियों को देश हित के खिलाफ बताया गया था। बयान को पढ़ने के बाद मैं पूरी तरह आश्वस्त नहीं था कि संघ के लोग बालासाहब के बयान की दिशा में कितनी दूर तक जाएँगे, फिर भी मैंने समझा कि कम से कम इस सवाल पर इनका साथ देना चाहिए। आरएसएस के लोगों से सैद्धांतिक सवालों पर मेरी चर्चा होती रही है। जो लोग आर्थिक सवाल पर बड़े प्रगतिशील होते हैं, वे राष्ट्रीय सवालों पर कुछ विदेशी ताकतों के पिछलग्गू बन जाते हैं। इसका कई बार देश को खामियाजा भुगतना पड़ा है। जो लोग एकदम धार्मिक और कट्टर होते हैं, वे राष्ट्रभक्ति में बहुत दूर तक चले जाते हैं। इनमें समन्वय होना चाहिए। इसका प्रयास जयप्रकाश नारायण ने किया था। उसी समन्वय की राजनीति से जनता पार्टी पैदा हुई थी। आज तक किसी ने यह नहीं कहा कि जनता पार्टी की सरकार दोषपूर्ण रही।

बालासाहब देवरस के बयान का जब मैंने स्वागत किया तो कुछ लोगों ने मुझसे अनुरोध किया कि आप हमारी मीटिंग में चलें। वे स्वदेशी जागरण मंच वाले थे। मुझसे पूछा गया कि क्या मैं सभाओं में जाऊँगा ? मैंने बताया कि मैं जाने के लिए तैयार हूँ। मुम्बई, अहमदाबाद, पटना और दिल्ली की सभाओं में मैं गया। उनमें भाजपा का एक नेता भी नहीं होता था। दिल्ली की सभा में मदनलाल खुराना जरूर आए थे। दिल्ली की सभा सप्रू हाउस में हुई थी। उसमें संघ के अनेक बड़े नेता श्रोताओं में बैठे थे। मैं वहाँ उसी तरह से अपनी बात कहने गया था, जैसे जेपी दूसरे मंचों पर भी अपनी बात कहने जाते थे। एक बार दिल्ली में, युवक कांग्रेस के 1946 में हुए सम्मेलन में, अरविन्द बोस ने जेपी का विरोध किया था। उस पर उन्होंने सम्मेलन का उद्घाटन करना अस्वीकृत कर दिया था, किंतु देर तक आग्रह करने के बाद उन्होंने यह कहा था कि मैं देश में अपनी बात कहने निकला हूँ, घर-घर जाऊँगा। अपनी बात पेड़-पौधों से, जंगल से, पहाड़ों से—सबसे कहूँगा और उन्होंने इसके बाद भाषण किया था।

जिसमें आत्मविश्वास नहीं होता है, वही ज्यादा सशंकित रहता है। मैं तो स्वदेशी जागरण मंच की सभाओं में जाने के लिए तब भी तैयार था, पर उसी दौरान भाजपा की गांधीनगर में राष्ट्रीय परिषद की बैठक हुई। उसमें एक आर्थिक प्रस्ताव पास किया गया जो उदारीकरण के समर्थन में था। इसके बाद स्वदेशी जागरण मंचवालों से मैंने कहा कि आप लोग अपना अभियान अब ज्यादा दूर तक नहीं चला सकते। मैंने यह बात इस कारण कही थी कि संघ से जुड़े हुए जो संगठन हैं, वे उससे नियंत्रित होते हैं। बिना संघ के निर्देश के कोई संगठन अपने अभियान को बहुत दूर तक नहीं ले जा सकता। स्वदेशी जागरण मंच से मेरा कोई मतभेद नहीं हुआ, उन लोगों ने ही मुझे बुलाना बन्द कर दिया।

डंकल ड्राफ्ट के खिलाफ मैंने देश भर में जन-चेतना अभियान चलाया। उस समय

अभियान चलाना दुष्कर काम था। पूरे देश में यात्रा की। जहाँ गया, वहाँ विरोध की फुसफुसाहट थी। उल्टी हवा बह रही थी। जो भी छोटा-मोटा व्यवसाय करता था, वह उदारीकरण के प्रभाव को लेकर बड़ा आशावान था। उसे गलतफहमी हो गई थी कि उदारीकरण से बहुत पैसा कमाया जा सकता है। हर आदमी जो लखपति था, वह करोड़पति होने का सपना देख रहा था। करोड़पति अरबपति होना चाहता था। कोई सुनने को तैयार नहीं था। मैंने कई बार लोगों को यह कहते हुए सुना है कि समाजवादी अपनी पुरानी बात ही दोहराते रहते हैं, नया नहीं सोचते। मेरा कहना है कि नीति और सिद्धांत परिस्थितियों के संदर्भ में बनते हैं। परिस्थितियाँ अगर ज्यों की त्यों हैं तो नीतियों में परिवर्तन करके आप क्या हासिल कर लेंगे ? हमारे यहाँ गरीबी है, भूख है और बेरोजगारी है। ये सवाल निरर्थक कैसे हो गए ?

उदारीकरण को दस साल हो रहे हैं। शुरू में जो बात मैं कहता था, उसको अब सही माना जा रहा है। ऐसा माननेवालों ने संवाद का एक सिलसिला चलाया। भारत-यात्रा केंद्र भुवनेश्वरी में 28 मई, 2000 को एक संवाद रखा गया था। उसका सूत्र वाक्य था–'विकल्प है।' सरकार कहती है कि उदारीकरण के अलावा कोई दूसरा रास्ता नहीं है। संवाद ने एक मत से माना कि विकल्प है। उसमें देश भर के लोग आए। सभी राजनीतिक धाराओं का प्रतिनिधित्व था। बुद्धिजीवी थे। आंदोलनकारी संगठन थे। इस तरह 124 लोग बातचीत में शामिल हुए। उदारीकरण के दूसरे चरण को चुनौती देने के लिए वह आयोजन था, जो सफल रहा। उससे ही एक विकल्प-अभियान तैयार हुआ। पहले संवाद और फिर विकल्प-अभियान के जो प्रयास हुए, उससे एक संकल्प पैदा हुआ। मुम्बई में 8 अगस्त, 2000 को मैंने अगस्त-क्रांति के संकल्प को फिर से दोहराया। वह इस प्रकार है–'58 साल पहले आज ही के दिन और इसी जगह मुम्बई में महात्मा गांधी ने आजादी के सिपाहियों से कहा था : 'एक छोटा-सा मंत्र मैं आपको देता हूँ–करो या मरो। हम भारत को आजाद करेंगे या आजादी की कोशिश में जान देंगे।' आज फिर अपना देश स्वराज के सपने को भूलकर ऐसी आर्थिक गुलामी की जंजीरों में जकड़ा जा रहा है जो अपनी राजनीतिक और सामाजिक आजादी को भी अंतरराष्ट्रीय बाजार की ताकतों के पास गिरवी रख देगी। बाजार के रास्ते आ रहे इस नवसाम्राज्यवाद के खिलाफ अब फिर करने या मरने का वक्त आ गया है।

दस साल पहले बड़े-बड़े वायदों और लुभावनी घोषणाओं के साथ नई आर्थिक नीतियों की शुरुआत हुई थी। दावा किया गया था कि उदारीकरण और भूमंडलीकरण की इन आर्थिक नीतियों का लाभ अन्तिम व्यक्ति तक पहुँचेगा। भारत आर्थिक विकास के नए दौर में प्रवेश करेगा और इक्कीसवीं सदी में एक नए आर्थिक महाबली के रूप में उभरेगा। गरीबी घटेगी, रोजगार बढ़ेगा और समाज में खुशहाली आएगी। देर से ही सही, स्वराज का एक सपना पूरा होगा। लेकिन पिछले दस साल में न तो आर्थिक विकास की दिशा आशानुरूप रही, न देश में विदेशी पूँजी उम्मीद के अनुसार आई। जो आई, वह भी लक्ष्मी नहीं, अप्सरा साबित हुई। आज हमारी अर्थव्यवस्था विदेशी कर्ज

के बोझ से दबी है। विदेशी कम्पनियों के हमले से बड़े-छोटे उद्योगधंधे चौपट हुए हैं। सरकारी आँकड़े ही बताते हैं कि इस दौरान गरीबी, बेरोजगारी तथा अमीरों और गरीबों के बीच खाई भी बढ़ी है। क्षेत्रीय विकास का सन्तुलन और गड़बड़ाया है। रही-सही कसर निजीकरण ने पूरी कर दी है। स्कूली शिक्षा हो या सार्वजनिक अस्पताल, सस्ती बिजली हो या नौकरी की सुरक्षा–सरकार इन सब जिम्मेदारियों से पीछे हट रही है। राष्ट्र ने जो उत्पादक सम्पत्ति इतने वर्षों में खड़ी की थी, उसे भी नए बहानों से औने-पौने दामों में बेचा जा रहा है।

अब हमला भारतीय अर्थव्यवस्था और आजादी की रीढ़ खेती पर है। खेती की चीजों का आयात खोलकर हमारे किसानों के हितों पर हमला किया जा रहा है। देश की खाद्य-सुरक्षा खतरे में है। भूमिसुधार को धता बताकर कम्पनियों की जमींदारी वापस लाई जा रही है। मशीनों से और सब्सिडी पर होने वाली अमरीकी-यूरोपीय खेती के माल को खपाने के लिए भारत की खेती और किसानों को उजाड़े जाने का षड़यंत्र शुरू हो गया है। बड़े शहरों में वैभव के कुछ टापू भले ही बने हों, इस देश के दलित, आदिवासी, किसान, मजदूर, कारीगर और औरतों का जीवन पहले से बदतर हुआ है। विश्व बैंक, अंतरराष्ट्रीय मुद्रा कोष और विश्व व्यापार संगठन के इशारों पर चल रही इन आर्थिक नीतियों ने राष्ट्र की संप्रभुता और लोकतन्त्र की जड़ों पर भी प्रहार किया है। चोर-दरवाजे से लाई गई इन नीतियों से संसद को अप्रासंगिक बनाने की कोशिश जारी है। कुछ राजनेताओं, अफसरशाहों और बुद्धिजीवियों ने समाज के अमीर तबके के साथ मिलकर देश में ऐसा माहौल बनाया है कि जैसे इन नीतियों का कोई विकल्प न हो !

अगस्त-क्रांति की विरासत और भारतीय संविधान की आत्मा का सम्मान करने वाले हर भारतीय का धर्म है कि वह इन राष्ट्र विरोधी नीतियों के विरुद्ध संघर्ष करे। विकल्प-अभियान मानता है कि इन नीतियों का पायेदार विकल्प है। विकल्प का यह मतलब नहीं है (यह सम्भव भी नहीं है) कि पुरानी नीतियों को फिर लागू कर दिया जाए। जरूरी है कि हम अपनी अर्थव्यवस्था को अपने लोगों के पराक्रम और संसाधनों पर खड़ा करें और उसकी कसौटी गांधी जी के उस मंत्र को बनाएँ जो आखिरी आदमी की आँखों के आँसू पोंछने का संकल्प देता है। इस देश के आम नागरिक ने आज भी अपना आत्मविश्वास और आत्मसम्मान खोया नहीं है। वह अपने बनाए राज्य और संविधान को पीछे हटते नहीं देख सकता। बाजार कभी भी और कहीं भी समता लाने का औजार नहीं बना है। बाजार की ताकतों ने कहीं भी सामाजिक न्याय नहीं दिया है। भारत में तो अंतरराष्ट्रीय बाजार अमीरों को और अमीर बनाने और गरीबों को और गरीब करने का हथियार है। अंग्रेजी हुकूमत से संघर्ष के बाद स्वराज पाने वाला भारतीय अब फिर गुलाम नहीं होगा। विकल्प अभियान आजाद रहने वाले हर भारतीय नागरिक का अभियान है।

राष्ट्र की संप्रभुता को प्रभावित करने वाला हर आर्थिक फैसला संसद के सामने रखा जाए और जब तक देश की जनता उस पर खुली और पूरी बहस न कर ले, उस पर

अमल न किया जाए। नई आर्थिक नीति की वजह से आम जनता पर पड़े प्रभाव का जब तक पूरा आकलन न हो, दूसरे दौर के तथाकथित सुधारों को लागू न किया जाए। विदेशी माल के खुले आयात को रोका जाए और राशन की व्यवस्था को बचाया जाए। विदेशी पूँजी को बाजार में सट्टेबाजी का खेल न करने दिया जाए। जनता की खून-पसीने की कमाई से जो कल-कारखाने पचास साल में खड़े किए गए हैं। उन्हें किसी भी कीमत पर बेचा न जाए।

बाजार हमारे स्वराज के सपने को मिटाने का हथियार है। उससे इस देश के हर आदमी को रोटी, कपड़ा, मकान और इज्जत की ज़िन्दगी नहीं मिल सकती। देश अपने लोगों के पराक्रम और संसाधनों से ही बन सकता है–सत्य, प्रेम और करुणा का समाज। बाजार, विदेशी पूँजी और तकनीकी चमक से नहीं बन सकता। आजाद और मजबूत भारत बनाने के लिए हमें अपने पैरों पर खड़ा होना होगा। अगस्त-क्रांति का यही संदेश था, यहीं संकल्प था वह आज भी उतना ही प्रासंगिक है। विकल्प-अभियान के लिए सनत मेहता और प्रभाष जोशी ने पहल की थी। इन प्रयासों से आंदोलन पैदा होना चाहिए था पर वह आशा पूरी नहीं हुई।

उदारीकरण भूमंडलीकरण का हिस्सा है, जो दुनिया भर में चलाया जा रहा है। वह पूँजीवाद को नए संदर्भ में लागू करने का प्रयास है। आजादी के बाद हमने मिश्रित अर्थव्यवस्था का रास्ता चुना था। मिश्रित अर्थव्यवस्था का एक दर्शन है। पूँजीवाद और साम्यवाद–दोनों एक-दूसरे की प्रतिक्रिया में पैदा हुए थे। वे असफल साबित हुए। भारत में सम्यक् विचार की परम्परा रही है। महात्मा गांधी ने उसे पहचाना और मध्यमार्ग अपनाने की बात की। यह उनका नया दर्शन था, जिसका महत्व पूरी दुनिया समझने लगी है। अगर उपेक्षित और गरीब लोगों को आगे बढ़ाना है तो हमें अपने को गरीब की ज़िन्दगी से जोड़ना होगा। उससे नया समाज बनाने की शक्ति पैदा होगी। वैभव से होड़ लेने की जो प्रवृत्ति है, उससे आपसी कटुता और वैमनस्य पैदा होता है। मैंने अपनी जेल-डायरी में लिखा है कि ज़िन्दगी सुख का सुहाना सपना ही नहीं, संतापों की सिसकी भी है। जो इन संतापों को परख लेता है, उसे मिटाने का प्रयास करता है, वह एक नया इन्सान बन जाता है। महात्मा गांधी उन्हीं में से थे। श्रम की प्रतिष्ठा और गरीब के प्रति अनुराग का जो नया दर्शन उन्होंने दिया, उसे क्रियान्वित करने के लिए रचना के केंद्र खोले। इसके साथ ही उन्होंने कुरीतियों, अन्याय और शोषण के प्रतिकार के लिए संघर्ष का मार्ग दिखाया।

इस समय सरकार की अनर्थकारी नीतियों के खिलाफ आंदोलन इसलिए नहीं उभर पाते क्योंकि राजनीति वैभव के रंग में रंग गई है। इस राजनीति से कोई अपेक्षा करना गलत है। मुझसे यूगोस्लाबिया के एक प्रोफेसर ने 1971 में पूछा था कि इस देश से गरीबी क्यों नहीं मिटती ? मैंने उनसे कहा था कि इतिहास में एक भी आदमी ऐसा बताइए जिसने गरीबी का अनुभव किए बगैर गरीबों के लिए वास्तव में कुछ किया हो ? हमारे सामने भी यही सवाल है। देश की कीर्तिमान स्थिति आज उसी के कारण है। प्रारंभ

में अगर सरदार पटेल या लालबहादुर शास्त्री के हाथों में बागडोर होती तो परिस्थिति अलग होती। उनको गरीबी के दर्द का अहसास था क्योंकि उन्होंने गाँव की बेबसी और गरीबी को देखा था।

मिल-जुलकर कुछ बातों पर देश का ध्यान खींचने की आवश्यकता है। पूर्व प्रधानमंत्रीगण आपस में मिले। इस मिलन को बहुत बढ़ा-चढ़ाकर पेश किया गया। सच बात यह है कि मेरे पैर में फ्रैक्चर था। मुझे एक सज्जन ने सन्देश दिया कि पूर्वप्रधानमंत्रीगण आपसे मिलना चाहते हैं। मैंने कहा : स्वागत है। मैंने उनसे पूछा कि किस-किसको बुलाया है ? मालूम हुआ कि पीवी नरसिंहराव के अलावा सबको बुलाया गया है। मैंने कहा : यह भेद क्यों ? उनको भी बुलाना चाहिए। उस समय मेरी बात नहीं चली। बाद में गुजराल ने भी वही बात कही। नरसिंहराव को बुलाने की जिम्मेदारी मुझ पर छोड़ी गई। मैंने उन्हें सूचना दी और अपनी राय बताई कि उन्हें नहीं आना चाहिए। जब हमारे यहाँ लोग आए तो विश्वनाथ प्रताप सिंह ने अपने कोट की जेब से एक ड्राफ्ट निकाला। कहा, यह बयान अच्छा बना है, आपने बनवाया है ? मैंने कहा कि कैसा बयान ? उन्होंने कहा कि उन्हें बताया गया है कि आपने बनवाया है। फिर उन्होंने कहा कि सम्भव है, देवगौड़ा ने बनवाया होगा ! देवगौड़ा आए तो उन्होंने कहा कि उन्हें भी नहीं मालूम। गुजराल को भी नहीं मालूम था। मैंने एक बयान बनवाया था, गुजराल ने एक नया ड्राफ्ट बनाने की जिम्मेदारी ली, दोनों बयान गुजराल ले गए। उन्होंने एक नया ड्राफ्ट बनाया। बाद में जो बयान प्रेस को बाँटा गया, उसका मुझे ही स्पष्टीकरण देना पड़ा। हम लोगों ने सोचा था कि समय-समय पर मिलेंगे और ज्वलंत प्रश्नों पर अपनी बात करेंगे। वह सिलसिला ज्यादा नहीं चला।

संसदीय जीवन का विहंगावलोकन

संसद में शुरुआत के दिनों में जो बहस होती थी, उसमें राष्ट्र और समाज के प्रति सरोकार दिखाई पड़ता था। संसद के सवाल पर गाँव में चर्चा होती थी। आज हालत बदल गई है। संसद में झगड़ा ज्यादा होता है। उसी की बाहर चर्चा होती है। संसद में अगर बहस होती है तो उसमें रस्म-अदायगी ज्यादा होती है। बैंक राष्ट्रीयकरण और प्रिवीपर्स के लिए हमने संसद में सवाल उठाया। रघुनाथ रेड्डी ने 1962 में एक निजी विधेयक पेश किया। उसके बाद हम लोगों ने एक रिपोर्ट बनाई, पूरे देश में बहस चली। कोई ऐसा संगठन नहीं था जो उस वक्त हमें भाषण के लिए नहीं बुलाता था। वैसी बहस अब बंद हो गई है। बहस का स्तर भी गिर गया है। गाँव और संसद की बहस में अब कोई अंतर नहीं रहा। गाँव में कम से कम लोगों की पीड़ा की चर्चा तो होती है, संसद तो उससे भी दूर होती जा रही है।

मुझे संसद की एक कमेटी का अनुभव है। 1967 में मैं लोकलेखा-समिति का सदस्य था। राधेश्याम मोरारका उसके अध्यक्ष थे। सदस्यों में अटलबिहारी वाजपेयी, प्रकाशवीर शास्त्री, रवीन्द्र वर्मा वगैरह थे। दो वर्ष में एक भी रिपोर्ट ऐसी नहीं आई जिसमें कोई

मतभेद हुआ हो। भारत सेवकसमाज के बारे में एक टिप्पणी आई। उस पर चर्चा हो रही थी। गुलजारीलाल नंदा उस समय भारत सेवकसमाज के संस्थापक थे। एक दिन लोकसभा की लॉबी में राधेश्याम मोरारका से गुलजारीलाल नंदा कोई बात कर रहे थे। आचार्य जेवी कृपलानी ने सुन लिया। यह मामला संसद में किसी ने उठा दिया कि लोक लेखा-समिति के चेयरमैन को एक नेता धमका रहे थे। ऐसा हंगामा मचा कि गुलजारीलाल नंदा को सफाई देनी पड़ी। उनकी सफाई काम नहीं आई। मोरारका को कहना पड़ा कि मैं नंदा जी से कुछ सलाह कर रहा था।

राज्यसभा का एक अनुभव है। भूपेश गुप्त जी कम्युनिस्ट पार्टी के वरिष्ठ सदस्य थे। पीएसपी के खिलाफ थे। वे रोज प्रजा सोशलिस्ट पार्टी का नाम लेकर कोई न कोई आक्षेप करते थे। प्रजा सोशलिस्ट पार्टी को प्रतिक्रियावादी कहना उनके लिए सामान्य बात थी। एक दिन गंगा बाबू से मैंने कहा कि यह आदमी रोज आरोप लगा रहा है, आप जवाब क्यों नहीं देते। गंगा शरण सिंह हमारे नेता थे। गंगा बाबू ने कहा कि बोलना मत, नहीं तो और गाली देगा। बहुत खतरनाक आदमी है। एक दिन मुझसे भूपेश गुप्त की टिप्पणी बर्दाश्त नहीं हुई। मेरी झड़प हो गई। भूपेश गुप्त ने तल्खी में कहा कि यू आर वर्स्ट दैन डकैट्स आफ भिण्ड-मुरैना (आप भिण्ड और मुरैना के डकैतों से भी गए गुजरे हैं)। मैंने पलटकर जवाब दिया कि आप 1942 के आंदोलन के गद्दार हैं। दोनों का कहा हुआ कार्यवाही से निकाल दिया गया। उस दिन से भूपेश गुप्त सीधे आरोप नहीं लगाते थे। परोक्ष या इशारे से आरोप लगाते थे। एक दिन तारकेश्वरी सिन्हा का वित्त मंत्रालय का पूरक बजट था। मैंने देखा, मौका अच्छा है। मैडम अल्वा अध्यक्षता कर रही थीं। मैंने उनसे बोलने का मौका माँगा। फाइनेंस बिल की साधारण आलोचना के बाद मैंने कहा कि ट्राटस्की ने स्टालिन की जीवनी लिखी। उसने उसकी भूमिका में लिखा कि ए राइटर इज ग्रेटर दैन एज ओरेटर, ए राइटर कैन प्रोड्यूस सो मैनी ओरेटर्स बट इट वॉज ए सियर फैक्ट ऑफ हिस्टरी दैट स्टालिन हू वॉज नाइदर, ए राइटर, नार एन ओरेटर, वनली ए कांस्पीरेटर चेन्ज दी कोर्स ऑफ हिस्टरी। मैंने कहा : मैडम, डिप्टी चेयरमैन दि आनरेबुल डिप्टी मिनिस्टर शुड रिमेंबर दैट दीज कांस्पीरेटोरियल सस ऑफ स्टालिन आर एक्टिव इन एवरी पार्ट ऑफ द इमेन इन अवर ओन कंट्री। मैंने कहा कि अगर सरकार ने सबक नहीं सीखा तो गरीब लोग यहाँ भी पूरी राज्य-व्यवस्था के खिलाफ उठ खड़े होंगे। इस पर सब लोगों ने सदन की मेज थपथपाई। सदन में ही भूपेश गुप्त ने गंगा बाबू को बधाई दी। उन्होंने कहा : मैडम, आई कांग्रेचुलेट गंगा शरण सिंह फार हैविंग सच ए ब्रिलिएंट फॉलोअर। उस समय राज्यसभा में सुरेन्द्रनाथ बैनर्जी, मैथिलीशरण गुप्त और भूपेश गुप्त जैसे लोग थे। अपने खिलाफ आलोचना को भी उस समय उदारता से ग्रहण करने की परम्परा थी।

यदि संसद में समितियों का काम ठीक से चले तो संसद का सरकार पर अंकुश प्रभावकारी हो सकता है। सदस्यों को हर स्थिति में संसद में होने वाली चर्चा में भाग लेने के लिए तैयारी करनी ही होगी। उसके लिए अगर समय सदस्य नहीं निकालते तो

वे अपना सही योगदान नहीं कर सकते। एक आईसीएस अफसर दहेजिया हुआ करते थे। वे वित्त सचिव थे। कुछ गरूरी जेहनियत के थे। एक दिन वित्त मंत्रालय के किसी 'पैरे' पर चर्चा हो रही थी। एक मेंम्बर ने उनसे सवाल पूछा तो इस तरह जवाब दिया कि उस सदस्य को चुप हो जाना पड़ा। मुझे लगा कि यह गलत बात है। मैंने उसी सवाल को दूसरे शब्दों में पूछा। उनका जवाब था कि अगर सदस्य मेरे जवाब को नहीं समझ पा रहे हैं तो मैं उनकी मदद करने में असमर्थ हूँ। समिति के अध्यक्ष ने दहेजिया जी को उसी समय आगाह किया, किंतु वे कहाँ मानने वाले थे ! उस समय हम लोग कमेटी में तैयारी करके जाते थे। मैंने पूरी तरह से तैयार होकर एक सवाल पूछा। दहेजिया जी ने उत्तर में कुछ अपने लहजे में जवाब दिया और मैंने उन्हें नियम का उद्धरण देकर उनके उत्तर का प्रतिकार किया। उनको जब जवाब नहीं मिला तो उन्होंने कहा कि मैंने यूँ ही कह दिया था। मैंने कहा कि यह कोई आपका ड्राइंगरूम है ? यहाँ सोच-समझकर उत्तर देना चाहिए। उन्होंने कह दिया था कि यदि हमने संविधान का उल्लंघन किया है तो कोई भी अदालत में जा सकता है। मैंने कहा कि यह समिति कोई सॉलीसीटर फर्म नहीं है जहाँ लोगों को अदालत में जाने के लिए सलाह दी जाती है। यह संसद की समिति है ताकि आप जैसे लोगों पर संसद अंकुश लगा सके। अध्यक्ष महोदय, मैं यह प्रस्ताव करता हूँ कि इस अधिकारी के व्यवहार की भर्त्सना की जाए और इसे रिपोर्ट में सम्मिलित किया जाए।

फिर उस अधिकारी को समिति से माफी माँगनी पड़ी। कमेटी-प्रणाली ठीक से काम करे तो अफसरशाही को जनता के प्रति अधिक जवाबदेह बनाया जा सकता है। कमेटी का अंकुश न रहने पर अफसर सेवक के बजाय मालिक की तरह व्यवहार करते हैं। मुझे जहाँ तक याद है, एक समय में लोकसभा में फिरोज गांधी अकेले विपक्ष की भूमिका निभाते थे। वे जवाहरलाल नेहरु जी की भी आलोचना करने में नहीं हिचकते थे।

पूर्वी उत्तर प्रदेश के छह जिलों के लिए 1963 में पटेल आयोग बनाए जाने की पृष्टभूमि में विश्वनाथ सिंह गहमरी की विशिष्ट भूमिका थी। विश्वनाथ गहमरी भावुक आदमी थे। पुराने समाजवादी थे। बोलते-बोलते भावुक हो जाते थे। एक दिन उन्होंने बजट अधिवेशन में कुछ बोला। पूर्वी उत्तर प्रदेश की गरीबी का चित्र रखा। गाजीपुर, बलिया और आजमगढ़ की गरीबी को जिस मार्मिक ढंग से प्रस्तुत किया, उससे सदन में सन्नाटा छा गया। उनके भाषण पर प्रधानमंत्री जवाहरलाल नेहरु ने उन्हें बुलवाया। उनसे बात की। उन्होंने जाँच करवाने के लिए अनुरोध किया। प्रधानमंत्री ने तत्काल योजना आयोग को निर्देश दिया कि वहाँ के पिछड़ेपन और गरीबी के अध्ययन तथा निवारण के लिए एक विशेष आयोग बनाया जाए। सदन में दिए गए भाषणों को इस प्रकार महत्व दिया जाता था। लोकसभा में जेवी कृपलानी और प्रोफेसर हिरेन मुखर्जी जैसे लोगों के भाषणों का एक दूरगामी परिणाम होता था।

लोकसभा में मैंने कुछ विशेष मुद्दों को उठाया। इसमें कई बार अप्रिय प्रसंग भी खड़े हुए हैं। पीवी नरसिंहराव की सरकार के समय में मैंने जापानी सिटी बनाने के

सरकार के समझौते पर सवाल उठाया था। जापानी शहर की जो संस्कृति और रहन-सहन के चिन्ह हैं, जैसे—मसाज पार्लर आदि, क्या वे भी इस समझौते में सम्मिलित हैं ? उस समय के वित्तमंत्री मनमोहन सिंह ने खड़े होकर कहा कि यह समझौता तो आपकी सरकार के समय में हुआ था। मैं इस टिप्पणी से अवाक् रह गया। मैंने कहा : अध्यक्ष महोदय, अगर मेरी याददाश्त जवाब नहीं दे रही है तो मुझे खयाल नहीं कि मैंने ऐसा कोई समझौता किया था। यदि किया था तो यह हमारी भूल थी और इसके लिए मैं सारे राष्ट्र और सदन के सामने खेद प्रकट करता हूँ। मैं घर आया। मैंने अपने उस समय के सहयोगियों से बात की। पता चला कि जापान की ओर से प्रस्ताव आने पर फिजिविल्टी रिपोर्ट तैयार करने के लिए कहा गया था। तब मैंने मनमोहन सिंह को फोन किया। उनसे पूछा कि वे किस आधार पर यह कह रहे थे कि यह अनुमति मेरी सरकार ने दी थी ? वे कहने लगे, आपने फिजिविल्टी रिपोर्ट माँगी थी। मैंने उनसे कहा कि आपको अंग्रेजी तो आती है और आप सरकार में भी रहे हैं। जब किसी विदेशी सरकार से कोई प्रस्ताव आता है तो उसे रद्द करने की बजाय फिजीविल्टी रिपोर्ट माँगे बिना क्या उसे यूँ ही अस्वीकृत कर देते ? मनमोहन सिंह जी को भी उस समय तक अपनी गलती मालूम हो गई थी। लोकसभा अध्यक्ष शिवराज पाटिल ने मुझे चाय पर बुलाया। मनमोहन सिंह जी भी मौजूद थे। उन्होंने खेद प्रकट किया। उनके आग्रह पर इसको मैंने तूल नहीं दिया। मुझे यह पता नहीं था कि शिवराज पाटिल ने मनमोहन सिंह को भी बुला रखा है। मैं इस मामले को लोकसभा में उठाकर मनमोहन सिंह की धृष्टता को सबके सामने लाना चाहता था। लोकसभा अध्यक्ष को डर था कि बहस हो जाएगी तो बात बेकाबू हो सकती है। फिर उसे लालमुनि चौबे ने उठाया, जिस पर लोकसभा अध्यक्ष ने जानकारी दी कि वित्तमंत्री ने अपनी टिप्पणी के लिए खेद जताया है।

संसद में बड़े घराने के लिए लोग लॉबिंग पहले से करते आ रहे हैं। एक दौर था जब यह काम आँख की शर्म बचा कर किया जाता था। अब यह सांसद की हैसियत से जुड़ गया है। लोकसभा अध्यक्ष-पद पर पहले जो भी बैठता था, उस पर विवाद नहीं होता था। गुरुदयाल सिंह ढिल्लो तक यह परम्परा बनी हुई थी। उनके बाद ढलान जारी है। मैं 1971 के बाद संसद की किसी कमेटी में सदस्य नहीं बना। इसे यूँ भी कहा जा सकता है कि मैं कमेटियों के लिए अयोग्य हो गया। एक बार रघु रमैया इंदिरा गांधी जी से बात करके मेरे पास आए और पूछा, मैं किस कमेटी में रहना चाहूँगा ? सदस्य नहीं, अध्यक्ष या चेयरमैन होने की बात थी। मैंने किसी भी कमेटी में जाने से इन्कार कर दिया। उन्होंने मुझे याचिका-समिति का अध्यक्ष बना दिया। मैंने रघु रमैया जी से उस समय कहा था कि तय करने से पहले जरा सोच लीजिए। कमेटी के सामने एक याचिका आई, उस सिलसिले में जानकारी मंत्रालयों से माँगी गई। वह जानकारी रोक ली गई थी। विषय संवेदनशील था। जब कई मीटिंग स्थगित करनी पड़ी तो मैंने एक मीटिंग में सम्बन्धित अफसर से पूछा कि आज क्या होने वाला है ? उसने कहा कि मीटिंग फिर स्थगित करनी पड़ेगी क्योंकि जवाब नहीं आया है। मैंने एक पत्र लिखवाया

कि सम्बन्धित मंत्रालय से यदि जवाब दो बजे तक नहीं आता है तो समिति को राज्यसभा को रिपोर्ट करनी पड़ेगी कि ये मंत्रालय समिति से सहयोग नहीं कर रहे हैं। इसका असर हुआ। डेढ़ बजे से पहले ही मेरे दो मित्र रघुनाथ रेड्डी और शफी कुरैशी आए। पूछने लगे कि तुमने क्या कर दिया ? वह जानकारी इन्हीं दोनों के मंत्रालय से सम्बन्धित थी। मंत्रालयों को यह समझ आ गई कि समिति को भ्रमित नहीं किया जा सकता, टाला नहीं जा सकता है। अगले साल रघु रमैया जी फिर वही सवाल लेकर मेरे पास आए। मैंने कहा : अब बहुत हो गया। जिस किसी कमेटी में मैं जाऊँगा, सरकार को परेशानी होगी। बात 1971 की है। इसके बाद मैं संसद की किसी समिति का सदस्य नहीं बना।

इस सदन के पूर्व अध्यक्ष जीएमसी बालयोगी (दिवंगत) ने मुझसे एक बार कहा कि चंद्रशेखर जी राज्यसभा में एक आचार-संहिता कमेटी बन गई थी, उसकी रिपोर्ट आ गई है। लोकसभा की भी एक कमेटी बननी है। किसी नाम पर लोग सहमत नहीं थे, आपके नाम पर सहमति है। मैंने उनसे कहा कि मेरा अनुभव अच्छा नहीं रहा है। उन्हें पुरानी बात बताई। मैंने कहा, आप सोच लीजिए, किसी और को बनाइए। उसके बाद बालयोगी जी ने एक दिन मुझसे पूछे बिना घोषणा कर दी। बुलेटिन में आ गया। उसे पढ़कर लोग जब मुझे बधाई देने लगे तब पता चला कि मैं इस कमेटी का अध्यक्ष हो गया हूँ। मैंने अध्यक्ष जी से बाद में कहा कि आपने यह ठीक काम नहीं किया। अगर मैं इस्तीफा दूँ तो अच्छा नहीं होगा और मैं कुछ कर नहीं सकूँगा। जब अध्यक्ष के प्रति ही आचरण ठीक नहीं तो आचार-संहिता समिति क्या कर पाएगी ?

अक्सर यह बात कही जाती है कि विधायिका पर कार्यपालिका हावी हो रही है। दोनों के संबंधों का सन्तुलन टूट रहा है। बड़ा झटका इसे लगा था जब जज रामास्वामी पर महाभियोग का सवाल आया था तब उनके बचाव में उनके वकील खड़े हो गए थे। महााभियोग के नियम में व्यवस्था है कि जज को अपना पक्ष जज कमेटी के सामने ही रखने का अवसर मिलेगा। वह संसद में न तो अपने लिए पेश होंगे और न ही वकील रख सकेंगे। यह बात मैंने उस समय के अध्यक्ष शिवराज पाटिल जी से पूछी थी तो उन्होंने कहा कि सभी दलों के नेताओं ने इसे मान लिया था। मैंने कहा कि यदि सभी दलों के नेता सलाह दे दें तो संविधान के विरुद्ध काम करने की अनुमति दे दी जाएगी।

दलीय राजनीति छोड़ देने की सलाह मुझे अक्सर दी जाती है। लोग यह भूल जाते हैं कि दलविहीन राजनीति के मैं हमेशा के खिलाफ रहा हूँ। दलविहीन राजनीति अधिनायकवाद की राह सुगम करती है। इस पर जयप्रकाश जी की बात मैं नहीं समझ सका और वे भी मुझे नहीं समझा सके। मेरे पास सशक्त पार्टी नहीं है, इसका यह मतलब तो नहीं होता कि मैं सलाह देता फिरूँ कि सब लोग अपनी पार्टियाँ तोड़ दें ? मैं जितना निभा सकता हूँ, उतना अपनी शक्ति भर काम करता हूँ–चाहे वह राजनीतिक सवाल हो या सामाजिक अथवा आर्थिक। मैं इतना अनजान नहीं हूँ कि अपने रास्ते के बारे में गफलत में रहूँ। कुछ लोगों को यह लगता है कि एक बार मैंने पद-यात्रा कर दी

तो मुझे हमेशा पद-यात्रा ही करते रहना चाहिए। मुझे इस बात से आत्मसन्तोष है कि मैंने अपनी बुद्धि के अनुसार पूरी लगन से अध्ययन करने की बात कही है। मैंने पूरी ईमानदारी और संकल्प से अपना फर्ज निभाया है। आचार्य नरेंद्रदेव की प्रेरणा से राजनीति में आया था। तब से मैंने लौटकर नहीं देखा। जितना कर सकता हूँ, कर रहा हूँ। इस बात की भी चिंता नहीं करता कि मेरी बात कोई सुनेगा या नहीं। मैं जानता हूँ कि कोई व्यक्ति इतिहास का आखिरी व्यक्ति नहीं होता। मैंने सब चीजों को ठीक करने की जिम्मेदारी नहीं ली है। मुझे अपने फैसलों पर कोई अफसोस नहीं है। हाँ, यह भी जानता हूँ कि कई फैसले गलत थे। ऐसा कोई आदमी अगर है तो मैं उससे मिलना चाहूँगा जिसने कोई गलती न की हो। स्वदेशी के सवाल पर मैं बालासाहब देवरस के साथ चल सकता हूँ और वहाँ मैं यदि समर्थन कर सकता हूँ तो मुझे यह कहने में कोई झिझक नहीं है कि कांग्रेस अगर देश के लिए बुनियादी मामलों में उचित कदम उठाती है तो मैं उसका समर्थन करूँगा। यह बात अधूरी रहेगी। इसमें यह जोड़ना जरूरी है कि आज की सरकार और कांग्रेस की नीयत में मुझे ज्यादा अंतर नहीं दिखता।

दसवाँ अध्याय

आत्मकथा लेखन के दौरान

मुश्किल है जिन्हें भूलना

परिवार

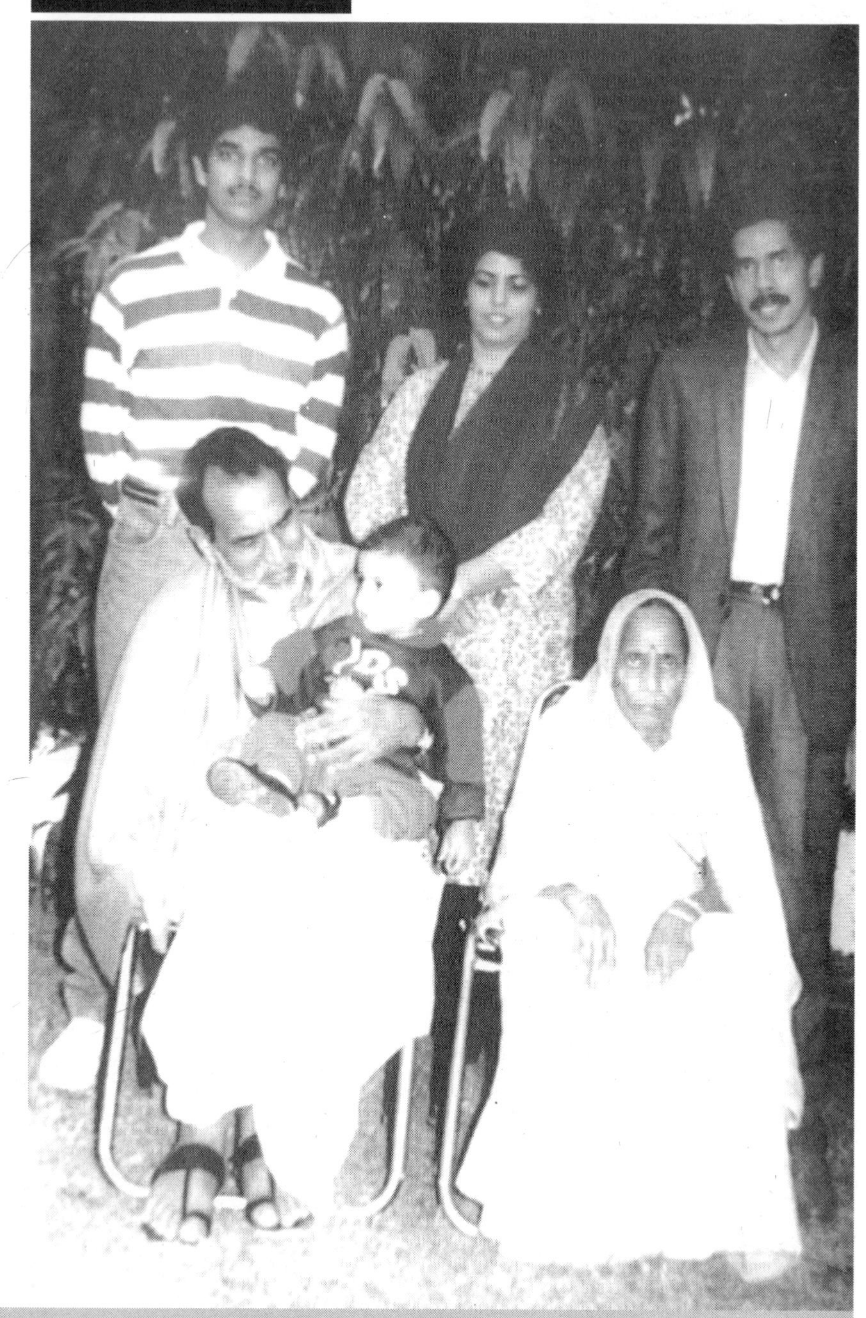

चंद्रशेखर की गोद में पौत्र शशांक शेखर, पत्नी द्विजा देवी (दायें)
पीछे खड़े (दायें से) बड़े पुत्र पंकज, पुत्रवधू रश्मि और छोटे पुत्र नीरज शेखर

बलिया के एक छोटे से गाँव-से आज तक की यात्रा एक ऐसी गाथा है, जिसमें ज़िन्दगी उतार-चढ़ाव के हिचकोलों से गुजरी है। कितने सहयोगी मिले, कितनों ने उन्मुक्त स्नेह दिया, कितनों ने उदासी के क्षणों में सहारा दिया। अपने ममत्व का सम्बल दिया। साथ ही उनसे भी प्रेरणा मिली जिन्होंने मार्ग में रोड़े अटकाए। अकारण आक्षेप लगाए। मेरे मनसूबों को तोड़ने की हर कोशिश की, पर ऐसे कम ही रहे। जो रहे भी, उनका मेरे मन पर कोई गहरा असर नहीं पड़ा। क्षणिक आक्रोश या उदासी में समय बीता, पर शायद ऐसी ही है जग की रीति। कोई इससे बच नहीं पाता, फिर मैं ही अपवाद कैसे होता ? बचपन के दिन हँसी-खेल में बीत गए। गाँव में गरीबी-अमीरी का अंतर समझ में नहीं आया। निम्न मध्यम वर्ग के परिवार में पालन-पोषण हुआ, फिर वैभव और बेबसी का अनुभव अधिक धारदार हो भी नहीं सकता था उस गाँव की ज़िन्दगी में, जो अति गरीब परिवार के बच्चों को हुआ होगा। जिस वर्ग से हमारे जैसे लोग आते हैं, उनके लिए तो विशेष अंतर का अहसास होना भी कठिन ही था। सब लोग लगभग एक जैसे ही थे। उस समय के गाँव में सब बच्चे समान ही लगते थे। कपड़ों में कोई विशेष विभेद नहीं, खेलकूद में किसी प्रसाधन का प्रयोग नहीं—कबड्डी, गुल्ली-डण्डा, ओल्हापाती, कौड़ी का खेल और बड़ा होने पर ताश के पत्ते। फुटबॉल, बालीबॉल का कोई स्थान नहीं। क्रिकेट के बारे में तो मैं बहुत बाद में सुनने लगा। अभाव का संतोष भी बहुत महत्त्वपूर्ण होता है। न किसी से ईर्ष्या, न किसी से द्वेष। इस माने में गाँव की ज़िन्दगी में उस समय एक विशेष प्रकार का समन्वय था। अत्यंत बेबस लोगों से परंपरागत सामाजिक दुराव के कारण संपर्क ही नहीं हो पाता था। अज्ञान से भी मनुष्य सन्तोष पाता है, शायद कुछ ऐसी ही स्थिति उस समय गाँव के बचपन में हम लोगों की थी। छोटा-सा गाँव, पट्टियों में बँटे हुए थोड़े-से लोग, बच्चों में कोई अंतर नहीं; सब मिलकर खेलते-कूदते स्कूल जाते; कुछ थोड़े ही दिनों बाद घर बैठ जाते; शेष चौथी कक्षा के बाद मीलों चलकर स्कूल जाते। सारे दिन की दौड़-धूप, अध्यापक लोगों की डाँट-फटकार, और शाम होते थकान से चूर निद्रा की गोद में। फिर दूसरे दिन वहीं क्रम। जैसे पलक मारते वे दिन यों ही बीत गए।

मिडिल स्कूल में हम तीन लोग गाँव से भीमपुरा जाते थे। ऋषिदेव सिंह हम लोगों में उम्र में सबसे बड़े और खेलकूद-कुश्ती में भी तेज थे। लेकिन विद्या के प्रति उनमें अरुचि थी। उनका ज्यादा साथ नहीं रहा। उन्होंने पढ़ाई छोड़ दी। वैसे बाद में गाँव के खेल- तमाशे में वे जरूर साथ रहे। रामसूरत सिंह (देवेन्द्र नाथ सिंह) का साथ किसी तरह हाई स्कूल तक रहा। परमानंद सिंह जी का साहचर्य प्राइमरी स्कूल तक ही रहा। बाद

में छुट्टियों में दिन-रात एकसाथ रहे। परमानंद सिंह जी पहलवान थे। मेरे अभिन्न मित्र। बाद में बंगाल में जाकर वहीं बस गए। बहुत समय तक आते रहे, पर कई सालों से न मिलना हुआ, न उनका कोई पता रहा। मौसी के बेटे अनिरुद्ध सिंह से भी घनिष्ठता रही। बहुत दिनों से बीमार हैं। यों ही लटक रहे हैं। श्रीस्ता काका और रामनरेश काका चल बसे। बल्ली काका और रामकठिन काका भी नहीं रहे। हमारे गाँव में थी एक बूढ़ी। उन्हें लोग पैजनियाँ फूआ कहते थे। हम लड़के उन्हें चिढ़ाते। वे गाली देतीं, मारने की धमकी देतीं, पर किसी पर हाथ नहीं छोड़तीं। मेवा लोहार बड़े बुजुर्ग थे। हम लोग उनका आदर करते, पर गाँव के लोग उन्हीं को बुरा-भला कहकर होली गाते। झींगुर दर्जी मेरे दोस्त थे। एक हँसमुख व्यक्ति, रहीमुल्लाह पहलवान थे। मुझसे उनकी अच्छी पटती थी। देवनारायण भइया झाड़-फूँक करते थे। साँप काटने पर मंत्र से पानी को अभिमंत्रित करके पीने के लिए देते थे। एक बार मुझे भी दिया था, जब मुझे साँप ने काटा था। काफी खून निकल आया था। लोगों में कोहराम मचा। पर वह साँप विषैला नहीं था। पानी का साँप था–धामिन। गाँव में सबसे प्रतिष्ठित व्यक्ति थे धरणीधर मिश्र। विद्वान थे। धार्मिक अनुष्ठान वही कराते थे। मेरे प्रति उनका बड़ा स्नेह था। मैं भी उनका बहुत आदर करता था। उनकी दुखद मृत्यु हुई। खेत के झगड़े में उनकी हत्या हो गई। मैं आज भी उस बात को भुला नहीं पाता।

मेरे गाँव में एक महेन्द्र भैया थे। उन्होंने गाँव में सबसे पहले मैट्रिक पास किया। नौकरी कर रहे थे कि तपेदिक के शिकार हो गए। उनकी मौत से मुझे बड़ा आधात लगा था। दुबर दुसाध मेरे पड़ोसी थे, गाँव के चौकीदार भी। सेवक गोंड, गाँव के बुजुर्ग, सदा सेवा में लगे रहने वाले ! गाँव में कोई भी प्रयोजन हो, सेवक उनमें पूरी तरह तल्लीन रहते थे। केशव बनिया के भाई श्यामलाल थे, जो गाँव में सबसे पहले चाय लाए थे। गाँव के बीच में बरगद के नीचे, वे हम लोगों को मुफ्त चाय पिलाते थे। बाद में पागल हो गए और इस दुनिया से चल बसे। जब वे पागल हुए, उन्हीं दिनों गांधी जी की हत्या हुई। गांधी जी के मरने के बाद मैंने श्यामलाल को गाँव में घूम-घूमकर यह कहते हुए सुना था : 'गांधी मर गए, सती हो गई जिन्ना-जवाहर की बेटी।' मैं इस उन्मादपूर्ण बात के बारे में बहुत दिनों तक सोचता रहा। क्यों कहा श्यामलाल ने ऐसा ? क्या वह यूँ ही एक पागल की बेमतलब बात थी या इसके पीछे उसके मन में समाया स्वतःस्फूर्त कोई गूढ़ अर्थ भी हो सकता है ? अचानक मुझे लगा कि उसका निहितार्थ अत्यंत गंभीर था। गांधी जी के विरोध के बावजूद देश बँटा। बहुत खून बहा। इस घटना के बाद गांधी जी का जीवन के प्रति लगाव नहीं रहा। कितनी बहू-बेटियाँ विधवा हुईं। वे सब भारत माँ की बेटियाँ थीं, चाहे पाकिस्तान में हों या हिन्दुस्तान में–जिन्ना-जवाहर की बेटियाँ। क्या इस कथन के गूढ को हम यों ही पागल की बोली मानकर भुला देंगे ?

याद आती है तारा कोयरी की कोड़ार और परगन बाबा के पीपल के पेड़ की छाँव, जिसके नीचे बैठकर मैंने गर्मी की कितनी दुपहरिया बिताई थी–गाँव के लोगों के बसने का इतिहास लिखने के लिए। गाँव के लोगों का रंग-बिरंगा कुर्सीनामा लिखा था। कोई

उठा ले गया मेरे दरवाजे से। कुछ लोग कहते थे कि यह काम बीरा काका ने किया। पर क्यों करते वे यह काम ? भला उनकी इसमें क्या रुचि थी ? जो भी हो, उसके गुम होने से मुझे बहुत दुख हुआ था। कुर्सीनामा भी गया और उसी बीच परगन बाबा भी चले गए, इस दुनिया से। उनके बेटे रामचंद्र दादा को कुछ नाम याद थे, पर वह काम उनके जरिए होना सम्भव नहीं था। परमानंद मेरे मित्र थे और उनके निकट के पड़ोसी। उनके पिता रजापति भइया भी थे। अपने-आपमें अनोखे व्यक्ति। उसी मुहल्ले में थे मैनेजर सिंह, अपनी कंजूसी के लिए मशहूर। इकलौता बेटा चल बसा पर उसका ठीक उपचार नहीं किया। बाद में पत्नी भी नहीं रहीं। बहुत दिनों तक एकाकी ज़िन्दगी बिताई। मैं तो गाँव से बाहर था पर सुना कि जब उनकी मृत्यु हुई, तो उनकी लाश की किसी को फिक्र नहीं थी। लोग उनका पैसा, गहना, चीनी-चावल लूटने में लग गए थे। यह एक ऐसी विकृति थी जो उस समय के गाँव की ज़िन्दगी में कोई सोच भी नहीं सकता था।

गुजराती को सजा

मैं स्वभाव से बड़ा सहनशील जाना जाता था, और मैं था भी। पर एक बार मैं अपना आत्मनियंत्रण खो बैठा। गुजराती हरिजन मेरे पास आए और रोते-रोते कहा कि उनकी बेटी को कोई भगा ले गया है। मैं उस समय पढ़ाई समाप्त कर पार्टी में काम करता था। मुझे इस घटना से बहुत दुख हुआ क्योंकि यह गाँव की मर्यादा का सवाल था। इसे सहन कर पाना मेरे लिए सम्भव नहीं हो सका। मैंने पता लगाना शुरू किया कि सही बात क्या है ? कौन अपराधी है ? गुजराती ने किसी की ओर इंगित किया था। थोड़ी ही देर में सही बात सामने आ गई। उन्होंने अपनी बेटी को स्वयं ही बेच दिया था। मेरे क्रोध की सीमा नहीं रही। सीधे उनके घर की ओर चला। रास्ते में एक हलवाहा हल चला रहा था। उससे बैलों को हाँकने वाला पैना छीन लिया। गुजराती रास्ते में ही मिल गए, उन्हें उसी से कई बार मारा और उन्हें सीधे अपनी बेटी को वापस लाने के लिए भेजा। वह उभाँव थाने के किसी गाँव में रह रही थी। चौकीदार साथ गया। मैंने उस थाने के थानेदार को चिट्ठी लिखी। वह लड़की शायद वापस आ गई। सारा गाँव इस घटना से अवाक् था। मैं स्वयं अपने इस व्यवहार से आश्चर्यचकित था कि मुझे इतना क्रोध क्यों आया ? बेचारे की गरीबी ने ऐसा करने पर विवश कर दिया होगा। ग्लानि हुई, पर गाँव की बेटी की मर्यादा पर आघात शायद मैं सहन नहीं कर सका। बहुत दिनों तक यह घटना मेरे मन पर छाई रही। बुजुर्गों से सुना था, गाँव की बेटी सबकी बेटी। कभी-कभी एकपक्षीय सोच मनुष्य को पागल बना देती है। मुझे याद नहीं कि कभी किसी अन्य के साथ मैंने ऐसा किया हो। मैंने यह सोचा भी नहीं था कि किसी मजबूरी में उसने यह किया होगा।

हरिजन बस्ती के झगरू मेरे समवयस्क हैं। आज भी हमारे मित्र हैं। मंगरू हमारे यहाँ काम करते थे। वे नहीं रहे। पर इन लोगों का स्नेह बचपन से अंत तक बना रहा। पास

के गाँव के लोग आते रहते थे। गरीबी थी, पर आपसी व्यवहार में एक अनुपम लगाव और ममत्व का भाव था। अब तो गाँव में वैसा कुछ नहीं रहा। सब लोग अपनी-अपनी समस्याओं में उलझे हुए हैं। अधिकतर लोग गाँव से बाहर हैं। चंद बूढ़े और बच्चे ही गाँव में रह गए हैं। पिछली बार जब गाँव गया था तो मुझे बताया गया कि कुछ ही लोग अब घर के बाहर मैदान में सोते हैं। अब धुआँ करके मच्छर से बचने का सवाल ही नहीं रहा। जो साधन-सम्पन्न हैं, वे बिजली के पंखे के नीचे सोते हैं। कुछ ऐसे हैं जो बिजली न रहने पर जेंनरेटर का इस्तेमाल करते हैं। पर आज भी अधिकतर वैसे ही हैं जो भगवान भरोसे रात काटते हैं। प्रारम्भिक पाठशाला के बाद भीमपुरा के मिडिल स्कूल में पढ़ा था। आज भी उस स्कूल का भवन मौजूद है। लोगों ने चारों ओर से दुकानें बनाकर उसे घेर लिया है। कितना मजबूत बना था भवन ! उस ओर से गुजरते हुए याद आती है बचपन के उन दिनों की। याद आते हैं पंडित सीताराम पाण्डेय। कितना प्रभावकारी व्यक्तित्व था उनका—गोरा-चिट्टा, लम्बा कद और चेहरे पर प्रतिभा की चमक ! जैसा उनका व्यक्तित्व था, उतने ही कुशल अध्यापक थे। जिधर से गुजरते थे, देखने वाले चकित रह जाते थे। वे मेरे गाँव के निकट छोटकी सुल्तानीपुर के थे। लोगों के बीच उनका बड़ा आदर था। अवकाश प्राप्त करने के बाद भी वे बहुत दिनों तक रहे। उनका सारा परिवार पढ़ा लिखा था। सुना है, आज भी उस परिवार के लड़के बाहर रहकर कुछ कर रहे हैं।

पास के उसुरी गाँव के शिवपूजन यादव मेरे बड़े घनिष्ठ मित्र थे। वे तो अब नहीं रहे, उनके परिवार के लोगों से आज भी वैसा ही घनिष्ठ संबंध बना हुआ है। उसी गाँव के फेकू तेली रामलीला के प्रमुख कार्यकर्ताओं में से थे। मेरे गाँव के नगीना बाबू रामलीला में जोकर का काम करते थे। रामलीला में जहाँ राम-भक्ति से अनुप्राणित भीड़ एकत्र होती थी, वहीं वह 15 दिनों तक लोगों के मनोरंजन का अच्छा साधन भी होता था। जब तक गाँव से बाहर पढ़ने के लिए नहीं गए, हम लोग बड़ी लगन से उस आयोजन में काम करते थे। उनमें न तो कोई शोर-शराबा और न ही कोई उद्दंडता होती थी—एक समर्पण का भाव, शालीनता और सद्‌भावना का माहौल। आज तो सरस्वती-पूजन में भी दूसरा ही दृश्य दिखाई देता है। दुर्गा-पूजा में गाँव में कितनी अभद्रता का प्रदर्शन होता है ! यह गिरावट तेजी से बढ़ रही है।

मऊ में हाईस्कूल में बहुत-से मित्र बने, कुछ अत्यंत मेधावी और कुछ कला के माहिर। भुवनेश्वर राय का बहुत दिनों से पता नहीं। गणित में उन जैसा मेघावी मिलना कठिन था। मार्कंडेय सिंह (जो दिल्ली में बाद में राज्यपाल बने) अंग्रेजी भाषा में अत्यंत निपुण माने जाते थे और थे भी। उस समय जीवनराम हाईस्कूल में यह बात प्रचलित थी कि उन्हें सारी ऑक्सफोर्ड डिक्शनरी याद है। आज भी जब किसी तर्क में कमजोर पड़ते दिखाई देते हैं तो वे भोजपुरी से पल्ला झाड़कर अंग्रेजी पर उतर आते हैं और उन्हें बरबस मुझे भोजपुरी की याद दिलानी पड़ती है। पहले अपनी जवानी का जोर दिखाने या उसका जिक्र चलाने के बारे में सदा जरूरत से ज्यादा सजग रहते थे, पर इधर

कुछ ढीले पड़ गए हैं। यह देखकर चिंता होती है। ठाकुर साहब हैं दिलचस्प व्यक्ति। जब मैं कांग्रेस कार्यसमिति का सदस्य था तो कई बार मेरा फोटो इंदिरा जी के साथ अखबारों में छपता था। वे उसे देखकर टिप्पणी किए बिना नहीं रहते थे। उस समय वे दिल्ली में एसपी थे। एक दिन तीन मूर्ति भवन में नेहरु जी के जीवन के बारे में कोई कार्यक्रम चल रहा था। मैं भी उसमें सम्मिलित होने गया था। कार्यक्रम समाप्त होने के बाद मैं बाहर निकल रहा था। उस समय आज जैसी सुरक्षा नहीं थी। इंदिरा जी भी उसी समय आ गईं। हम लोग साथ-साथ चल रहे थे, तभी मार्कंडेय सिंह दिखाई पड़े। वे वर्दी में ड्यूटी पर थे। मैंने उन्हें पुकारा तो वे दूसरी ओर भाग गए। इंदिरा जी खड़ी हो गईं। उन्होंने पूछा, क्या बात है ? मैंने कहा : मेरे एक सहपाठी हैं, यहाँ पुलिस अधिकारी हैं, आपसे मिलना चाहते थे। मुझसे कई बार कहा, दिखाई दिए तो मैंने उन्हें पुकारा, लेकिन वे भाग निकले। उन्होंने हँसकर कहा : ऐसा क्यों ? मैंने कहा : वे आपसे डर गए होंगे। वे मुस्कराईं, बात समाप्त हो गई। पर आज भी जब उस दिन का जिक्र होता है तो मार्कंडेय यह कहे बिना नहीं रहते कि तुम्हारा क्या पता, क्या कह देते ! मैं अपनी नौकरी गँवाने के लिए तैयार नहीं था। यह मात्र उनके मन का डर था। पाँच दशक से अधिक लम्बी मित्रता और निकट संबंध में उनके साथ बीती अनेक ऐसी घटनाएँ हैं जो आज भी मन को झकझोर देती हैं।

आंदोलन के साथी

बलिया में समाजवादी आंदोलन के दिनों में कितने ही ऐसे लोगों के सम्पर्क में आया जिनके जीवन से मैंने बहुत कुछ सीखा। उनका अनुकरण तो नहीं कर सका, करना भी नहीं चाहता था, क्योंकि आपबीती ने मुझे बहुत कुछ स्वयं अपने अनुभव से सीखने का मौका दिया। कुछ अजीब बात है कि जो लोग साधारण जन की दृष्टि में भी अनजान से रहे, वही मुझे प्रेरणा दे सके। उनसे मैंने कई सीख ली।

महानंद मिश्र जी उन्हीं लोगों में से एक थे। कम पढ़े-लिखे व्यक्ति, पर उनमें दूर तक सोचने की विलक्षण शक्ति थी। उनका पुरुषार्थ और आत्मविश्वास असीम था। साधारण व्यक्ति के लिए उसे समझ पाना सम्भव नहीं था। किसी की उपेक्षा का उन पर तिलभर असर नहीं होता था। किसी भी साथी की आवश्यकता पूरी करना वे अपनी जिम्मेदारी समझते थे। राष्ट्रीय दायित्व निभाने में आई कठिनाइयों के बीच वे साधारण जन की सहायता पर विश्वास करते थे। उसके लिए हाथ फैलाने में उन्हें संकोच नहीं था। सादगी उनके जीवन में रम गई थी और मंजिल तक पहुँचने का इरादा सदा बना रहा। मिटा नहीं। एकाकी जीवन उन्हें खलेगा, पर उनके मन पर इसका कोई असर नहीं, मृत्यु भी उनके आत्मविश्वास को हिला नहीं सकी। 1942 की कारागार की ज़िन्दगी का बयान वे कभी नहीं करते क्योंकि इसे वे दैव गति कहते और उसे सहर्ष स्वीकार करने के लिए सदा तैयार रहते थे। उनकी एक विशेषता और थी। कभी-कभी उनकी लोगों से बहस होती थी। मिश्र जी अपनी पढ़ाई-लिखाई की कमी से प्रभावित नहीं हुए। अपनी

बात बिना हिचक कहते, कभी-कभी दूसरों की नाराजगी का उन्हें शिकार होना पड़ता था, पर उधर ध्यान दिए बिना अपने कर्त्तव्य-पालन में लगे रहते थे। उनके साथ काम करने वाले सदा उनकी इस क्षमता पर विश्वास के साथ उनके पास जाते और वे उनकी सहायता भी करते थे। ऐसे थे मिश्र जी, जो अब नहीं रहे।

समाजवादी आंदोलन के प्रारंभिक दिनों में उन्होंने मुझे निरंतर उत्साहित किया। पंडित पारसनाथ मिश्र और विश्वनाथ चौबे जी से मेरा उन्हीं दिनों सम्पर्क हुआ और निरंतर प्रगाढ़ होता गया। मेरे जीवन में ऐसे भी क्षण आए जब गलतफहमी पैदा हुई, पर मैं पूरी तरह आश्वस्त था कि यह केवल अल्पकालिक है।

चौबे जी अपनी तरह के निराले व्यक्ति रहे। अपनी टेक पर चलने की उनकी क्षमता असीम रही। मौत को उन्होंने सदा अपने सिर पर मँडराते देखा, कम से कम यह उनके मन की शंका रही, पर उसे पास फटकने नहीं दिया पर पारसनाथ जी सदा के लिए उसकी गोद में सो गए। कितनी चुपचाप आती है मौत ! अब कभी नहीं हो सकेगी पारसनाथ जी से वह व्यर्थ की अनचाही बहस।

विद्यार्थी-जीवन में ही समाजवादी आंदोलन में वासुदेव राय ने अपना स्थान बना लिया था। मैं, गौरीशंकर और वासुदेव सदा साथ रहते थे। गौरीशंकर, राय साहब थे, वासुदेव, शर्मा जी और मैं, ठाकुर साहब। अधिकतर हम लोग एक-दूसरे को इन्हीं नामों से पुकारते थे। वासुदेव अत्यंत मेधावी थे, साथ ही एक विशिष्ट व्यक्तित्व के धनी। कभी उन्होंने किसी बुराई से समझौता नहीं किया। बेलौस बात करने वाले, निकट के लोगों को खरी-खोटी सुना देने वाले ऐसे लोग शायद भगवान को जल्दी प्यारे हो जाते हैं। जिस साल उन्होंने काशी विद्यापीठ में समाजशास्त्र में मास्टर की उपाधि ली, उसी साल वे टाइफाइड से चल बसे। कितना सदमा लगा था मुझे, कितना रोया था ! मुझे वे दिन आज भी याद आते हैं तो मन उदास हो जाता है।

ब्रजबिहारी श्रीवास्तव रचनात्मक कामों में रुचि रखते थे, अच्छे पत्रकार थे। लेखक थे। इब्राहिम पट्टी में मेरे घर से लेकर अस्पताल के प्राँगण तक जितने भी वृक्ष लगे है, उनकी याद दिलाते रहते हैं। दिल्ली आए थे मुझे मिलने। दिल का दौरा पड़ा और चल बसे। एक सहारा टूट गया। कैसे भुला सकूँगा ऐसे लोगों को ! बलिया में केशव सोशलिस्ट कार्यकर्त्ता थे–समर्पित व्यक्ति। एक विद्यालय में नौकरी करते थे। वहाँ से हटे तो ठेकेदार बने। पैसा कमाया और उसी तरह खर्च भी कर दिया। कहा जाता है कि असफल प्रेम-कहानी ने उनके जीवन को बदल दिया। विरक्ति का भाव आया। भगवान रजनीश के आश्रम गए। उनसे मिलना हो गया, क्योंकि मुझसे अपना संबंध बताया था। रजनीश जी ने उन्हें बुलाया और शीघ्र ही उन्हें दीक्षित भी कर दिया। मुझसे उम्र में वे छोटे थे पर हम लोग उन्हें हँसी-मजाक में चिढ़ाते रहते थे। लेकिन उन पर कोई असर नहीं। वही उन्मुक्त हँसी और हर बात को टाल जाने की अनोखी अदा ! मेरे लिए अपार स्नेह। मैं चाहे जितनी भी फटकार लगाऊँ, मुझे जलपान व भोजन कराने की उनकी जिद कभी कमजोर नहीं पड़ी। कन्याकुमारी से दिल्ली तक की पद-यात्रा में वे दिन भर इसी

प्रकार की सेवा में लगे रहते थे। उनका यह सेवा-भाव मेरे तक ही सीमित नहीं था। परिवार में कोई भी काम हो, किसी को कोई आवश्यकता हो, सबके सहायक स्वामी केशवानन्द भी अचानक हम सब लोगों को छोड़कर चले गए। हृदय-रोग का झटका और उनका यों चला जाना मेरे लिए और पूरे परिवार के लिए एक गंभीर झटका था। विद्यार्थी-जीवन में कितने ही लोग साथ आए। उनसे पारिवारिक संबंध जुड़ गए। सूरज नारायण की सड़क-दुर्घटना में मृत्यु हो गई। कितना विश्वास था, उसका मुझ पर और मेरा भी उस पर कितना था स्नेह ! घरवालों ने उसकी शादी का प्रस्ताव रखा तो उसने मुझे पत्र लिखा। सलाह माँगी। मेरी शादी बहुत पहले हो चुकी थी। मैंने लिखा कि मुझे सलाह देने को अधिकार तो नहीं क्योंकि मेरी राय शायद पूर्वग्रह से मुक्त न हो, पर जब तुमने लिखा है तो उत्तर तो देना ही है। पत्र अंग्रेजी में था। मैंने अंग्रेजी में ही लिखा, 'मैरिज इज वेरी अट्रैक्टिव फ्रूट टू लुक ऐट, बट वेरी सावर इफ टेस्ट।' उसने शादी कर ली। उसके बच्चे भी हैं। इधर बहुत दिनों से मिले भी नहीं थे, पर असमय ही सड़क-दुर्घटना में उसकी मृत्यु हो गई। उसकी याद सदा बनी रहती है। दो साल पहले उसके घर गया था—बलिया जिले के मनियर टाउन एरिया के एक छोटे-से गाँव असना में। उसकी पत्नी से मिला था।

इलाहाबाद विश्वविद्यालय के मित्र

इलाहाबाद विश्वविद्यालय के साथी भी अक्सर याद आते हैं। उनमें से अधिकांश अब नहीं रहे। उनमें था रामकिशोर दत्त। एक परिवार के एक सदस्य जैसा। जूनियर इंजीनियर हो गया था। उनके संघ का पदाधिकारी भी था। मेरे बिना जाने मुझे भी कई सालों तक अध्यक्ष पद पर बनाए रखा। जब तक रहा, एक समर्पित ज़िन्दगी जी। ईमानदारी के साथ काम किया और साथ ही अपने साथियों का संगठन बनाकर उस वर्ग में एक नई सामाजिक चेतना पैदा करने का काम किया। अपने सहयोगियों की आशा का केंद्र चला गया—सबको रोता-बिलखता छोड़कर। उसका हँसमुख भोलाभाला चेहरा आज भी आँखों के सामने रहता है। उन दिनों के कितने ही साथी-सहयोगी सदा के लिए बिछुड़ गए—उरई के जमींपाल सिंह सेंगर, बाँदा के ललन सिंह, भिण्ड के वृहदबल कुशवाहा, महोबा के सोमनाथ शर्मा। कितने उल्लास भरे थे इलाहाबाद विश्वविद्यालय के वे दिन, जब हम सबने मिलकर एक नये समाज के निर्माण का सपना देखा था। इलाहाबाद विश्वविद्यालय के दिनों की याद आती है तो उससे जुड़ा हुआ है संतबक्श का नाम, जो कभी भुलाया नहीं जा सकता। कितना शिष्ट, साथ ही कितना मेधावी ! समाजवादी आंदोलन में आए तो फिर अपनी उस राजशाही की जेहनियत को छोड़कर, जिससे मुक्त होना बहुतों के लिए कठिन हो जाता है। एक सामान्य साथी-सा व्यवहार, छोटे-बड़े का खयाल—उम्र के नाते, धन और सम्पदा के आधार पर नहीं। जब बाद में संसद सदस्य बने तो उस समय भी वही चिरपरिचित मुस्कान, वही मृदुल स्वभाव। जनता दल के दिनों में वे चुनाव नहीं लड़ सके जिसका उनके मन पर सदमा रहा। जिसके

सम्पर्क में भी सन्तबक्श आए, उसे आकृष्ट कर लिया। ताया जिंकिन्स उनके प्रशंसकों में थीं। 1965 में जब हम लोग इंग्लैण्ड के दौरे पर गए थे तो उन्होंने एक सवाल पूछा था कि यदि जयप्रकाश जी और विनोबा भावे जैसे लोग कश्मीर में लोगों को अपने भविष्य का निर्णय करने का अधिकार देना चाहते हैं तो आप इसे क्यों नहीं स्वीकार कर लेते ?

मेरे एक मित्र इन दोनों महापुरुषों की आलोचना करने लगे। बीच में ताया जिंकिन्स ने टोककर कहा कि इस प्रश्न का उत्तर वे मुझसे चाहती हैं। जयप्रकाश जी के प्रशंसक के रूप में वे मुझे जानती थीं। 1955-56 में मुझसे लखनऊ प्रजा सोशलिस्ट पार्टी कार्यालय में मिली थीं। यह मुलाकात संतबक्श ने ही कराई थी। वे उस समय लीवर ब्रदर्स में काम करते थे। सवाल अंग्रेजी में था। मैं प्रायः ऐसे अवसरों पर चुप ही रहता था, पर प्रश्न सीधा मुझसे था और जेपी के बारे में था, इस कारण उत्तर देना आवश्यक हो गया। मैंने तुरंत अंग्रेजी में ही उत्तर दिया : 'विनोबा भावे एण्ड जेपी आर ग्रेट संस ऑफ इण्डिया। दे टेक इन्सपीरेशन फ्रॉम गॉड आल माइटी डायरेक्टली। वी गेट ऑवर इन्सपीरेशन फ्रॉम पीपुल ऑफ इण्डिया। सो द डिफरेन्स इज ऑवियस।' सारा हॉल तालियों से गूँज उठा और ताया जिंकिन्स ने कहा, 'वेरी क्लेवर'। बात समाप्त हो गई। सन्तबख्श के साथ और अनेक यादें जुड़ी हुई हैं। विश्वविद्यालय में रामअधार पाण्डेय और पद्माकर लाल समाजवादी आंदोलन के प्रमुख स्तंभ रहे। पाण्डेय जी का संघर्षशील व्यक्तित्व और पद्माकर लाल की बैठकबाजी हम लोगों के संगठन को शक्ति देने में समर्थ थी। पद्माकर में लोगों को प्रभावित करने की अद्भुत क्षमता थी और रामअधार में हर चुनौती के समय संघर्ष की शक्ति।

अली सरदार जाफरी का प्रसंग

काशीनाथ मिश्र का निराला ढंग और लोगों को चिढ़ाने की अद्भुत शैली। काशीनाथ विश्वविद्यालय छात्रसंघ के अध्यक्ष थे। छात्रसंघ एक कवि सम्मेलन-मुशायरा आयोजित कर रहा था। उन्होंने अध्यक्ष की हैसियत से अनेक लोगों को पत्र लिखा। सम्मेलन में आने का न्यौता दिया। उन्होंने उसी सिलसिले में अली सरदार जाफरी को भी पत्र लिखा था। उसके उत्तर में उन्होंने लिखा कि वे सम्मेलन में आ सकते हैं, यदि उन्हें हवाई जहाज का टिकट भेजा जाए। उस समय बम्बई से इलाहाबाद के लिए कोई वायु-सेवा नहीं थी। दिल्ली में भी जो जहाज आता था, वह धीमी गति से चलता था और फिर दिल्ली से इलाहाबाद ट्रेन से आना पड़ता था। काशीनाथ ने उन्हें पत्र लिखा कि ऐसा लगता है कि आपके पास समय की कमी नहीं है, केवल छात्रसंघ का अधिक पैसा खर्च कराना चाहते हैं। मेरी सलाह है कि आप एक बैलगाड़ी कर लें। दो बैलों की जोड़ी का प्रचार करते इलाहाबाद पहुँच जाएँ। उतना ही पैसा लग जाएगा। छात्रसंघ का पैसा भी खर्च हो जाएगा और कांग्रेस का चुनाव-प्रचार भी हो जाएगा।

1952 के चुनाव होने वाले थे। अली सरदार जाफरी बहुत नाराज हुए और उन्होंने

कम्युनिस्ट पार्टी के लोगों को नाराजगी में एक पत्र लिखा कि इलाहाबाद छात्रसंघ का अध्यक्ष किस किस्म का आदमी है ? उन्होंने शायद उस पत्र का विवरण भी भेजा था। मेरे दो कम्युनिस्ट मित्र आरके गर्ग और आसिफ अंसारी मेरे पास आए और बड़ी नाराजगी से बोले कि काशीनाथ की गुंडई वे लोग अब सहन नहीं करेंगे। मुझे मालूम नहीं था कि बात क्या है ? मैंने काशीनाथ को बुलाया कि ये लोग नाराज क्यों हैं ? बात क्या है ? काशीनाथ हँसते रहे और अत्यंत निर्दोष मुद्रा में कहा कि उन्होंने कोई गलती नहीं की। इन्हीं से पूछिए, नाराज क्यों हैं ? मुझे यह जरूर लगा कि अपने स्वभाव के मुताबिक काशीनाथ ने कुछ शैतानी अवश्य की होगी। फिर बात आगे बढ़ी तो आसिफ ने कहा कि काशी से पूछो कि इसने जाफरी साहब को क्या पत्र लिखा है। इस पर काशीनाथ हँस पड़े और बोले कि उनका एक पत्र आया था, उसी का उत्तर दे दिया था। जब मैंने पूछा, तुमने उसमें क्या लिखा था तो उन्होंने उस पत्र का सार बताया, मुझे भी हँसी आ गई। पर मैंने काशी को फटकारा और बात योंही हँसी में उड़ गई। ऐसे हैं मेरे मित्र काशीनाथ।

विश्वविद्यालय की शिक्षा के बाद इलाहाबाद में ही मैंने लगभग एक साल तक पार्टी का काम किया। पार्टी में अधिकतर वकील थे, उनमें से अधिकांश अपने क्षेत्र में प्रमुख अधिवक्ता थे। प्रकाशचंद्र चतुर्वेदी और सतीश खरे इलाहाबाद उच्च न्यायालय में ख्याति-प्राप्त व्यक्ति थे। सरवर हुसैन, महानारायण मिश्र, आले हसन साहब—ये लोग पार्टी से जुड़े हुए थे। पं. महानारायण मिश्र इनमें सबसे अधिक सक्रिय थे। नेपाल के वासुदेव उपाध्याय बैरिस्टर बनकर इलाहाबाद आए थे। वे पार्टी में एक सामान्य कार्यकर्ता के रूप में काम करते थे। बड़े दिलचस्प व्यक्ति थे—हँसमुख और अत्यंत सहज स्वभाव के। बाद में नेपाल के उच्चतम न्यायालय के मुख्य न्यायाधीश हो गए थे। एक बार मजदूर आंदोलन के सिलसिले में पुलिस-हवालात में भी रहे। पार्टी के प्रचार में घोड़े पर सवार होकर माँडा का दौरा भी हम लोगों के साथ कर चुके थे। हर परिस्थिति में प्रसन्न और अपने हास-परिहास से सब लोगों को प्रसन्न रखने की उनमें अद्‌भुत क्षमता थी।

समाजवादी आंदोलन में उन दिनों उत्तर प्रदेश के पूर्वी जिलों में कितने ऐसे लोग समर्पित थे जिनका समाज में एक विशिष्ट स्थान था। पास के आजमगढ़ में विश्राम राय जैसा ईमानदार और सादगी की ज़िन्दगी बिताने वाला एक कर्मवीर बिरले ही मिलता है। इसके अलावा उस दौरे के मुछ प्रमुख लोगों के नाम हैं : उमाशंकर मिश्र, रामसुंदर पाण्डेय, दौलत लाल, दल सिंगार पाण्डेय और केदारनाथ, आदि। उसी दौर के लोची सिंह का अपने क्षेत्र में काफी प्रभाव और सम्मान था। बाद की पीढ़ी में बच्चो बाबू (त्रिपुरारि पूजन प्रताप सिंह) घर के सदस्य जैसे थे, पूरी तरह समर्पित। अचानक कम उम्र में चल बसे। उनके जाने की कसक सदा बनी रहेगी। गाजीपुर के सिद्धेश्वर प्रसाद सिंह, विश्वनाथ सिंह गहमरी, दल श्रृंगार दुबे, फागू चौधरी, बेनी माधव राय, पण्डित राय आदि अनेक वरिष्ठ और सम्मानित समाजवादी नेता भी याद आ रहे हैं। देवरिया के गेन्दा सिंह, राजवंशी बाबू, रामजी लाल वर्मा, राम सुभग जी, कृष्णा राय, बाँके लाल और

रामायण राय जैसे वरिष्ठ साथी और अग्रणी लोगों ने मेरे जैसे लोगों को प्रभावित किया और सदा के लिए विछुड़ गए।

उन दिनों समाजवादी आंदोलन से बहुत-से प्रतिभाशाली लोग जुड़े थे। एक बार समाजवादी युवक सभा की ओर से छात्रसंघ के हॉल में एक सभा हुई। सभा बम्बई के सूती मिल के मजदूरों की हड़ताल के समर्थन में थी। विश्वविद्यालय के कई प्रोफेसर उसमें शामिल हुए।

फिराक का भाषण

रघुपति सहाय फिराक उसमें बोलने आए, मैं उस सभा की अध्यक्षता कर रहा था। फिराक साहब क्या बोल देंगे, इसका अनुमान लगाना कठिन था। मैं डर रहा था कि हम लोगों पर ही न बरस पड़ें। सभा शुरू हुई। दो-तीन लोग ही बोले थे कि अचानक फिराक साहब ने कहा : अब वे बोलेंगे। उन्हें भला कौन रोकता ! उन्होंने अपनी तकरीर शुरू की। कहा, जनाब सदर और दोस्तो ! आज मैं एक तारीखी तकरीर करने जा रहा हूँ। एक ऐतिहासिक बात कहूँगा—आप में से किसी को नहीं मालूम। सदर मोहतरम, आपको भी नहीं मालूम। मैं डरा कि मेरी शामत आई। पर उन्होंने जो भाषण दिया, वह सुनकर सब दंग रह गए। उन्होंने कहा कि पहली बार इस मुल्क की इन्टेलेक्चुअल वर्किंग क्लास की लड़ाई में उसकी हिमायत करने के लिए उतरे हैं। यह अलामत है इस बात की कि अब इस मुल्क में इंकलाब नजदीक है और फिर उन्होंने इस विषय पर मार्क्स के विचारों के आधार पर जिस योग्यता और वेग से भाषण दिया, उससे एक बार माहौल ही बदल गया। ऐसे थे वे दिन और ये थे सियासत के बारे में लोगों के खयालात। अब वह सब यादों में ही रह गया। उन दिनों इलाहाबाद में नेता थे शालिग्राम जायसवाल, छुन्नन गुरु, कुन्दन गुरु और नर्मदा प्रसाद। मजदूर-क्षेत्र में भी अनेक लोग थे, अब तो सब बदल गया।

बलिया में

इलाहाबाद से 1952 के चुनावों की पराजय के बाद मैंने बलिया में पार्टी के मंत्री के रूप में काम किया। वही साधनविहीनता और वही बेबसी। पर कुछ लोग थे जिनके रहते अभाव का अहसास नहीं हुआ। विश्वनाथ तिवारी का होटल सब राजनीतिक कार्यकर्त्ताओं की शरणस्थली था। जगन्नाथ शास्त्री जी का व्यक्तित्व, उनकी आशावादिता, उनकी श्रम करने की शक्ति, उनकी स्पष्ट बातें, हर परिस्थिति में निरापद बने रहने की अद्‌भुद शक्ति स्वयं में हम सबके लिए सम्बल थी। पं. तारकेश्वर पाण्डेय और पं. रामलक्षण तिवारी जी का व्यक्तित्व भी एक सहारा था। तारकेश्वर पाण्डेय जी यूँ तो कांग्रेस में जा चुके थे, पर अपनी बातों में सदा समाजवादी आंदोलन के पक्षधर थे। अपनी आन पर अड़े रहने में पं. विश्वनाथ चौबे और बुरे दिनों में भी अपनी आशावादिता पर अटल महानंद मिश्र ! पार्टी के काम में दिन-रात लगे रहने वाले पं.

राजेश्वर त्रिपाठी, हिदायतुल्लाह, डॉ. हरिचरण लाल, बाँके बहादुर सिंह, हनुमान प्रसाद, श्यामबिहारी सिंह, श्यामबहादुर सिंह, उदयभान सिंह, जटाधारी सिंह, मुक्ता सोनार, जगदेव बहादुर, लक्ष्मीशंकर त्रिवेदी, भोजदत्त जी आदि साथी थे। गौरीशंकर राय मेरे सहपाठी और मित्र थे। छात्र-आंदोलन के नेता थे। पंचानंद मिश्र बलिया में थोड़े दिन समाजवादी आंदोलन से जुड़े रहे। अधिक समय बाहर ही रहे। प्रभुनाथ सिंह जी ने सदा साथ दिया। इधर 1974 के आंदोलन में बहुत-से युवक आए। श्यामबहादुर सिंह, गौरी भैया, राम गोविन्द चौधरी, गंगा सिंह, तारकेश्वर सिंह, विश्वम्भर कुँवर, अम्बिका चौधरी, भरत सिंह–कितने युवकों ने जेपी आंदोलन में हिस्सा लिया, इनमें भी कुछ असमय ही हमारे बीच से चले गए। गौरी भैया से बड़ी आशा थी–फक्कड़ स्वभाव का यह युवक मेरी शक्ति का सहारा था, कुछ भी कर सकने में समर्थ था। निष्ठा में निराला, साहस में सबसे अधिक निडर और कार्य करने में असीम क्षमता वाला ! अचानक एक दुर्घटना में चल बसा, एक सहारा टूट गया।

बलिया से लखनऊ की यात्रा ने जीवन को एक नई धारा में मोड़ दिया। कार्यक्षेत्र व्यापक हो गया। राजनीतिक नेताओं से सम्पर्क बढ़ा। बहुत सारे खट्टे-मीठे अनुभव हुए। जिन्हें आदर्श मान रखा था, वे बाद में आशा के विपरीत मिले। राजनीति की ज़िन्दगी यों भी उतार-चढ़ाव की होती है, पर इस व्यापक क्षेत्र में काम करने का अवसर ऐसी स्थिति में मिला जब उत्तर प्रदेश के अधिकांश दिग्गज लोग डॉ. राम मनोहर लोहिया जी के साथ जा चुके थे। एक चुनौती थी पर उसका सामना करना था। आचार्य नरेंद्रदेव जी का वरदहस्त था। उन्हें भी मौत ने थोड़े ही दिनों में हमारे बीच से उठा लिया। कितनी उथल-पुथल के बीच चला ज़िन्दगी का कारवाँ !

जीवन जैसा जिया

आचार्य नरेंद्र देव ने कहा था : चंद्रशेखर, छोड़िए शोध-कार्य, देश बनाने के लिए निकलिए। उसी एक वाक्य ने जीवन की धारा को सदा के लिए बदल दिया। मंजिल की तलाश में चलता रहा, देश बनाने की तमन्ना दिल में लिए, कितने जोखिम-भरे अवसरों से गुजरा, कितने ऐसे मुकाम आए जब मंजिल सामने आती दिखाई पड़ी, पर फिर वही उधेड़बुन, वही ईर्ष्या-द्वेष ! विवादों से बचने के प्रयास का परिणाम निकला एक उलझन-भरा जीवन। देश को निकट से देखा-समझा। उच्च स्थानों पर आसीन लोगों के क्रियाकलापों को देखने-परखने का अवसर मिला। सत्ता के गलियारे में काम करने वाले लोगों से सम्पर्क हुआ। अल्प समय के लिए ही सही, उसका व्यक्तिगत अनुभव भी किया। साधारणजन की भावनाओं से परिचित हुआ, देश की क्षमता और इसके लोगों की शक्ति में भरोसा बढ़ा। जो कुछ करना संभव था उसके लिए व्यक्तिगत रूप से प्रयास किया। समय रहते आसन्नसंकट के प्रति उत्तरदायी लोगों को आगाह किया, पर परिणाम अधिकतर आशा के विपरीत ही रहे। कई बार मेरी आवाज को चुनौती समझकर उसका प्रतिकार करने का प्रयास किया गया, पर मेरी सदा यही कोशिश रहीकि समय रहते लोगों

को आने वाले संभावित खतरे के प्रति आगाह कर दूँ। सारे प्रयास के बावजूद आज जिस दौर से हम गुजर रहे हैं, उसमें भविष्य अंधकारमय दिखाई देता है पर हर ऐसे मोड़ पर देश के लोगों ने अपनी शक्ति का परिचय दिया है। अपनी दूरदृष्टि के आधार पर उन्होंने उज्ज्वल भविष्य के निर्माण के लिए कदम उठाया है। उन्हीं यादों का सहारा है। मैंने संभवतः 1955 में अपनी डायरी में लिखा था : 'परिवार की सीमाओं में हम समा न सके, नए परिवार हम बना न सके, प्यार के परंपरागत स्रोत सूख गए और नए चश्मों की तलाश में हम भटकते ही रहे।' अपनी तो मनःस्थिति आज भी वैसी ही है। काश, हम भारत के इस परिवार को सँजोए रखने की दिशा में कुछ कर सकते !

अनुक्रमणिका

ए

ओ

ऋ

क

ख

ग

त

द

ध

न

प

फ

ब

भ

म

य

र

ल

व

श

स

ह

त्र

ज्ञ

❂❂❂